하해여관

하해여관

2011년 12월 30일 초판 1쇄 찍음
2012년 1월 5일 초판 1쇄 펴냄

지은이 김성희
펴낸곳 ㈜사회평론
펴낸이 윤철호

편집 김현정, 김천희
마케팅 서재필, 박현이
디자인 김진운

등록번호 10-876호(1993년 10월 6일)
전화 02-326-1182(영업) 02-326-1543(편집)
팩스 02-326-1626
주소 서울시 마포구 서교동 247-14 임오빌딩 3층
이메일 editor@sapyoung.com
홈페이지 www.sapyoung.com

ISBN 978-89-6435-513-8 03810

하해여관

김성희 지음

사회평론

차 례

같은 마을 소년들과 함께 선 이병기

그 여름에 두고 온 사람

정오를 갓 넘긴 팔월의 햇살이 연신 얼굴을 달구었다. 구부러진 등줄기를 타고 진득한 땀방울이 흘러내렸다. 뜨겁고 따가웠다. 한 걸음 앞서 오르던 아들이 몸을 돌렸다.

"어무이예, 힘들지예?"

아들은 손수건을 꺼내 이마에 솟은 땀을 닦아낸 후 슬며시 어머니의 손을 잡아끌었다. 언제 이렇듯 나이가 들었을까. 일흔이 다 된 아들의 손등은 삭정이처럼 마르고 꺼칫했다. 오묘연은 아들의 손마디를 쥔 채 발걸음을 내디뎠다.

언덕길에는 모래 포대가 계단처럼 놓여 있어 걸음을 떼기가 조금은 수월했다. 초목은 우거지지 않아 시야를 가리지 않았고 고개를 돌리면 사방으로 펼쳐진 산 풍경이 연둣빛으로 아련했다. 가끔씩 산새들이 나무 꺾이는 소리를 내며 날아올랐다.

"느그 아버지도 이 길을 따라 올라갔드냐?"

오묘연의 물음에 아들은 오솔길 왼편 산 중턱에 있는 사층 높이의 병원 건물을 가리키며 말하였다.

"아닐 거라예. 아마도 아부지는 저쪽, 병원으로 올라가는 큰길로 갔을 깁니더. 철삿줄로 너덧 명씩 묶어서 줄줄이 끌고 갔다 하지예. 수천 명이 그렇게 끌려 올라가서 아무도 내려오지 못한 거라예."

오묘연의 가슴이 쿵쿵 울렸다. 두 다리는 자꾸만 헛발을 디뎠다. 아들의 손을 꾹 움켜쥐었다. 아무 말도 하지 않았다. 할 수 없었다. 입을 열면 눈물도 터져 나와 걷잡을 수 없을 것 같았다. 58년 동안 내밀히 삭혀왔던 슬픔이 한꺼번에 되살아오는 듯, 목울대까지 콱 차올랐다.

모자는 산 중턱 공터에 올라서서 숨을 몰아쉬며 허리를 폈다. 노인요양병원 주차장에 붙은 좁고 긴 공터였다. 높다란 조립식 양철 담장이 병원 주차장과 이쪽 공터를 구분해주고 있었다. 마치 전혀 다른 두 세상을 보는 듯했다. 공터 한쪽 컨테이너 위에 내걸린 현수막이 눈에 들어왔다.

"가슴에 맺힌 상처! 진실 규명에 최선을 다하겠습니다. 진실화해 위원회"

오묘연은 몸을 돌려 산 아래쪽을 내려다보았다. 산 아래 북쪽으로는 경산시 외곽의 한적한 농촌 풍경이 펼쳐져 있고, 왼편 계곡으로는 골프장의 녹색 잔디밭과 건물들이 보였다. 한여름, 아지랑이처럼 열기가 솟아오를 뿐 세상은 정지된 듯 평화롭고 고요했다.

"어무이, 저기 보이소."

아들이 공터 안쪽에 있는 갱의 입구를 가리켰다. 오묘연의 시선이 좁고 까만 입을 벌리고 있는 수평갱 입구에 꽂혔다. 옆으로 젖혀진 철문에는 노란 리본과 꽃다발들, 현수막이 매달려 있고, 굴에서 흘러나온 물이 바깥 바닥까지 흥건히 적셔놓고 있었다. 어두운 굴 속을 바라보는 오묘연의 눈빛이 순간 아득해졌다.

'효철이 아부지예, 보고 계시지예? 이제서야 왔네예. '묘하다, 묘하다, 참 묘하다!' 하며 끔찍이 지를 이뻐하신 당신, 당신께로 오는 길이 그렇게 그렇게도 멀었네예.'

오묘연은 안경을 벗고 땀과 눈물로 흐릿해진 눈과 얼굴을 쿡쿡 눌러 찍어냈다.

"어떻게 오셨습니까?"

한 중년 남자가 컨테이너에서 나와 이들에게 다가왔다. 회색 장화에 노란 안전모를 쓰고 가슴에는 '발굴 책임자'라는 명찰을 달고 있었다. 아들이 얼굴에 웃음을 띠며 악수를 청했다.

"수고 많으십니더. 지는 이효철이라고 합니더. 저희 아버님 성함이 이, 병 자, 기 자, 이병기라고 하는데예, 이곳에서 돌아가셨다 아입니꺼? 어무이가 낼모레 아흔이시라, 살아생전에 아버님이 돌아가신 자리를 꼭 보고 싶다 하셔 가꼬 찾아왔십더. 지는 지난번 위령제 때도 왔었는데예 기억나십니꺼?"

"아, 이병기 선생님 댁이요? 명판에서 보았습니다. 어머님, 잘 오셨습니다."

발굴 책임자는 스스럼없이 어머니라 부르며 오묘연의 손을 잡고 어루만졌다.

"꼭 보셔야지요. 힘드시겠지만, 저 깊고 어두운 굴속에 갇힌 채 반세기 동안이나 어머니를 기다린 분도 계시잖습니까?"

발굴 책임자는 대학 문화인류학과 교수이며 고고학 또는 인류학과 학생들과 함께 유골 발굴 작업을 맡고 있다고 했다. 그는 컨테이

너 안으로 두 사람을 데리고 들어가 안전모와 장화를 착용하도록 했다. 셋이 굴 입구로 들어서려는데 청색 비닐 앞치마를 두른 젊은 남녀가 노란색 널찍한 플라스틱 상자를 맞들고 나왔다. 유골 발굴을 맡은 인류학과 대학생들이었다. 플라스틱 상자 안에는 짙은 흙빛을 띤 유골들이 수북이 쌓여 있었다. 굵은 다리뼈들이며 깨어진 해골들이 뒤섞인 뼈 무더기를 보자 오묘연이 움찔 눈을 감고 옆으로 비켜섰다. 그녀의 표정을 읽은 발굴 책임자가 말했다.

"올해가 2008년이니까 사망한 지 벌써 58년이나 되었지요. 시간이 그리 흐르다 보니 살이 흙이 되어 가지고 뼈들을 보면 땅에서 파낸 듯이 흙이 묻어 있습니다. 흙에서 나서 흙으로 돌아간다는 말을 실감하게 되지요. 굴 안에 들어가봐도 그저 흙냄새만 납니다."

아들이 한숨을 쉬며 말했다.

"참으로 허망하지예. 평생 독립운동한다꼬 일본 놈들과 싸울 때도 잡혀가 매만 맞고 나왔는데, 해방된 조국에서 아무 죄도 없이 이런 산골짜기까지 끌려와 죽음을 당하실 줄 누가 알았겠어예?"

"그러게나 말입니다. 다시는 이 땅에 그런 비극은 없어야지요. 그래서 저희들이 발굴 작업을 하는 것이지요. 누구도 다시는 그런 짓을 못하도록 말입니다."

수평갱은 높이 2미터, 폭 4미터 정도의 사각형 구조로, 입구는 비교적 넓은 편이었다. 바닥에는 광석 운반을 위해 철로를 지탱했던 갱목이 그대로 방치되어 있었다. 지하 갱도 안의 온도는 일 년 내내 10도 이하를 유지했다. 더위에 달궈졌던 몸이 굴속으로 들어가자 오싹 소름이 돋았다. 발굴 책임자는 막장까지 앞장서 걸어가면서 광산의 유래에 관해 설명해주었다.

"이 경산 코발트 광산은 태평양전쟁에 소요되는 군사용 코발트 공급을 위해 일제가 1930년대에 채광을 시작했다가 1942년에 폐광한 곳입니다. 1950년 6월 25일 한국전쟁이 시작되자 남한의 이승만 대통령은 좌익 사건 관련자들이 인민군을 도와 후방을 교란시키리라 우려해서 그들을 몽땅 죽이라는 지시를 내리지요. 전국에서 20만 명 이상이 무참히 학살되었답니다. 이곳에서도 3,000명 이상이 죽은 것으로 알려져 있습니다. 폐광된 굴이 거미줄처럼 이어져 있어 땅을 팔 필요도 없으니, 죽여서 굴속에 시신을 던져 넣은 거지요."

남편 이병기가 경찰에 붙들려 간 때는 1950년 6월 27일, 개전 사흘째 되던 날 새벽이었다. 삼팔선에서는 한두 해 전부터 여러 차례 큰 싸움이 났지만 이내 가라앉곤 하였다. 서울에서 멀리 떨어진 대구에 사는 사람들은 전쟁이 이틀째 계속되어도 크게 불안해하지 않았다. 전날 밤, 경찰의 수배를 피해 밖으로 나돌던 남편이 막내 아이의 백일이라고 돌아온 것도 전쟁 소식에 무관심했기 때문이었다. 본래 대범한 사람이기도 했다. 마치 남편이 돌아오기를 기다렸다는 듯이 꼭두새벽에 형사들이 들이닥쳤을 때도 그는 느긋한 표정으로 고무신을 신고 큰아들 효철의 머리까지 쓰다듬어주고 따라나섰다.

남편을 끌고 간 형사들은 통상적으로 실시하는 국민보도연맹원 반공 교육이라고 말했고 수갑도 채우지 않았다. 그런데 일주일 후 남편을 이곳으로 끌고 와 사살해버렸다. 남편과 함께 경찰서나 학교 건물에 수용되어 있던 다른 보도연맹원들도 모조리 죽임을 당했다. 대구 형무소에 수감되어 있던 정치범들은 부산 형무소로 이

감한다며 군용 트럭에 싣고 와 죽였다.

발굴 책임자가 말했다.

"잘 아시겠지만, 대부분의 보도연맹원들은 전쟁이 났어도 무장봉기는커녕 겁에 질려 집에 있다가 체포된 사람들이었지요. 형무소 재소자들 중에도 사형선고를 받은 이는 거의 없었습니다. 군경은 법의 규정이나 절차를 완전히 무시한 채 하루에 수백 명씩 처형하며 일주일이 넘도록 이곳에서 학살을 계속했습니다. 매일 열 대의 군용 트럭에 실려 왔다고 하니까 죽은 숫자는 최소한 3,500명 이상으로 추산됩니다."

코발트 광산의 굴들이 시신으로 가득 차자 뒤에 끌려온 이들은 골짜기 곳곳에서 사살된 후 파묻혔다. 효철이 말했다.

"저 위에 골프장을 지을 때 뼈가 억수로 나왔다 안 합니꺼? 그 유골들을 다 어떻게 태우고 어디다 묻어버렸는지 모르지만도, 몇 년 전에 골프장 회사가 이 광산 자리까지 깎아서 골프장으로 만들려 해가꼬, 유족들이 필사적으로 못하게 싸웠지예. 그래서 이곳은 겨우 지켰다 하지예."

아들은 그 싸움에는 참여하지 않았다. 그보다 훨씬 전인 1960년 4·19가 났을 때 앞장서서 진상 규명을 요구하며 싸웠다가 경찰에 끌려가 혹독한 고문을 당하고 감옥살이를 했다. 그 후 수십 년 동안 이곳은 쳐다보지도 않았다. 아들은 지난번 위령제 때 처음으로 이곳을 찾았고, 이번이 자신을 데리고 두 번째로 온 길이었다.

안으로 들어갈수록 굴 천장이 낮아졌고, 길은 좁고 공기는 더욱 서늘했다. 드문드문 줄에 매달린 노란 등이 동굴 안을 어스름하게 밝혀주었다. 울퉁불퉁한 천장에서 물과 흙더미가 간간이 떨어져 내렸다. 키가 작은 오묘연은 그런대로 걸었으나 남자 둘은 등과 고개를 웅크리고 수그린 채 비스듬히 걸음을 옮겼다. 발목까지 흥건히 고인 물에 진흙이 섞여 장화가 푹푹 빠지고 걸음은 갈수록 무거워졌다.

60미터쯤 들어갔을까, 암반이 끝나고 울퉁불퉁한 붉은 흙벽이 나타났다. 자세히 보니 흙벽이 아니라 흙으로 변하고 있는 유골들이었다. 수직갱 자리였다. 산 정상 부근에서 시작된 갱이 수직으로 뻗어 내려와 이 수평갱을 관통해 깊이를 알 수 없는 저 밑으로 꽂혀 있었다. 그런데 군경은 맨 위의 수직갱 입구에서 총살한 시신을 떨어뜨리기 시작해 굴을 완전히 채워버린 것이었다. 세월이 가면서 시신이 썩어 밑으로 가라앉기 시작했고, 수평갱과 연결된 이 부분에서 옆으로 삐져나오기 시작했다고 발굴 책임자가 말했다.

"진실화해위원회가 발굴을 시작하면서 수평갱으로 삐져나온 유골들은 정리했는데, 저 수직갱의 유골들은 안전 문제 때문에 함부로 건드리지 못하고 있습니다. 보시다시피 탄광 기술자들이 동원되어 통나무로 받쳐두긴 했지만, 이곳의 유골을 파내면 수직갱 위쪽에 쌓였던 유골들이 밀려 내려와 사고 날 위험이 크니까요. 유골들도 훼손될 거고요."

수직갱 앞의 질퍽한 바닥에 젊은 남녀 학생들 몇 명이 쪼그리고 앉아 호미로 바닥을 긁고 있었다. 작은 뼛조각들을 거두려는 것이었다. 발굴 책임자가 부탁하자 스무 살이나 되었을 앳된 여학생 하나가 상자에 담겨 있는 해골 하나를 손에 들고 설명을 해주었다. 해골에는 구멍 한 개가 드릴로 뚫은 듯 선명하게 뚫려 있었다.

"이 구멍은 총알이 뚫고 지나간 자리에요. 저 위 수직갱 입구에 사람들을 나란히 세워놓고 머리를 쏘아 죽인 후 밀어서 떨어뜨린 거죠. 그런데 총알 자국이 있는 해골은 그리 많지 않아요. 이렇게 머리에 정통으로 총알을 맞아 즉사하신 분들은 차라리 편한 죽음을 맞으신 거죠. 가슴이나 다른 곳에 총을 맞고 굴로 떨어진 채 죽을 때까지 신음하신 분들의 고통은 정말 상상하기도 힘들어요. 경찰은 총알도 아깝다며 네 명씩 앞뒤로 나란히 세워놓고는 앞 사람에게 한 방만 쏘고 한꺼번에 굴속에 밀어 떨어뜨렸다고 하니까요. 미처 목숨이 끊어지지 않은 분들도 함께 굴속으로 떨어져 살려달라고 소리치니까 나중엔 굴속에 기름을 부어 산 채로 태워 죽였다고 해요."

굳은 표정으로 듣고 있던 발굴 책임자가 말을 이었다.

"여기뿐 아닙니다. 전국에서 그런 식으로 20만 명을 죽였지요. 이승만 정권이 세운 대한민국은 피의 공화국이었던 겁니다."

"사람이 어쩌면 그렇게 잔인할 수가……."

아들은 차마 말을 잇지 못하고 고개를 돌렸다. 오묘연은 바싹 말라붙은 입술을 꾹 깨물었다. 더 이상 예리한 통증은 느껴지지 않았다. 고통은 붉고 뜨겁게 타오르다 꺼져버렸다. 이제 고통은 그녀의 가슴속에 시커먼 화석으로 남았을 뿐이다. 그녀는 가뭇없이 사라져버린 남편을 떠올렸다. 깊은 두 눈과 희미한 미소, 그의 빛나던 한 생을. 이 먹먹함을 단지 슬픔이라 불러도 좋은 걸까. 그저 단순히, 아픔이라고 해도 충분한 걸까. 그녀는 떨리는 눈을 지그시 눌러 감았다. 너무도 오래된, 그러나 결코 잊히지 않는 그날 오후로 그녀의 기억은 달려가고 있었다.

그날은 햇살 따스한 시월의 오후였다. 부모님은 들일을 나가고 오묘연은 혼자 마루에 앉아 바느질을 하고 있었다. 웃음소리가 들려와 그녀는 무심코 고개를 들었다. 울타리 싸리나무 사이로 동네 꼬마 몇이 보였다. 아이들은 위쪽을 올려다보며 자기들끼리 키득키득 웃고 있었다.

"머꼬?"

오묘연은 갸웃하며 고개를 쳐들었다. 집 앞 측백나무 가지에 남자 하나가 매달린 채 이쪽을 내려다보고 있었다. 가난한 초가집 마당이라야 네댓 발짝 거리밖에 되지 않았다. 까무잡잡한 피부에 군살 없이 강인해 보이는 젊은 남자의 얼굴이, 가지런히 드러난 이빨까지 확연히 보였다. 낯선 남자가 자신을 바라보며 웃고 있음을 깨닫자 오묘연은 너무 놀라 벌어진 입을 다물지 못했다. 그녀가 엉거주춤 일어나려고 하니, 남자는 싱긋 웃음을 던지고는 나무에서 내려와 홀연히 사라져버렸다.

얼마나 놀랐는지 충격이 쉬 가시질 않았다. 얼굴이 화끈거리고 가슴이 콩닥거려 바늘은 애꿎은 손마디만 찔러댔다. 오묘연이 저녁 무렵에야 들어온 부모님에게 오후에 벌어진 일을 말하려 기회를 엿보고 있을 때였다. 싸리문이 열리더니 한 여자가 마루로 뛰어 올라왔다. 옆집에 사는 이씨였다.

"묘연이 어무이 방에 계시지예?"

그녀는 들어오란 말이 채 떨어지기도 전에 방 안으로 황급히 발을 들이밀었다. 이씨는 시내에 있는 큰 여관에서 찬모로 일했다. 행색을 보아하니 자기 집에 들르지도 않고 오묘연 집으로 달려온 것이, 무언가 급한 볼일이 있는 모양이었다.

"이제 열일곱인데 뭔 시집?"

아버지가 못마땅해하는 목소리가 옆방까지 쩌렁쩌렁 울렸다. 좁은 마루에 방 두 칸과 부엌이 나란히 붙은 작은 집이라 어디서 무슨 말을 해도 다른 사람에게 들리기 십상이었다. 오묘연은 시집, 이란 말에 귀를 쫑긋 세우고 문지방 가까이로 바짝 다가앉았다.

"열일곱이 뭐가 어린교? 찰 만큼 찬 나이 아닌교? 지가 저 애를 낳은 게 열여덟 아니었어예. 말 나온 김에 혼사를 치르는 것도 괜찮지 싶은데예."

며칠 전 이씨가 어머니에게 와서 속닥거리고 가더니만 자신의 혼사 문제였구나 싶었다. 순간 오묘연의 얼굴이 달아올랐다. 어머니 말에 이씨는 흥이 나서 말했다.

"안동에서 알아주는 최고 명문 양반댁이라예. 퇴계 이황 선생 후손 맞심더. 우리 여관으로 찾아오는 손님들이 어떤 분들인가 알면 놀라 자빠질 깁니더. 전국에서 이름난 독립운동 지사치고 우리 여관에 안 온 분이 없어예. 시아버지 되실 어른이 워낙에 대쪽 같은 양반에다 애국지사 아입니꺼. 일본 헌병이니 순사들도 감히 대문 안에 발을 못 들인다 아입니꺼."

안동 명가라는 말에 아버지는 솔깃했다. 대대로 남의 땅에서 소작을 살아온데다 민적에 상민으로 기록되어 있는 오씨 집안의 설움이 떠올랐다.

"근데 어째 그런 댁 아들이 여태 장가를 못 가고 우리 같은 상민 집안에 혼사를 넣는단 말이오? 혹시 신랑에게 무슨 하자가 있는 건 아니오?"

아버지의 의심에 찬모 이씨는 펄쩍 뛰며 못을 박았다.

"천벌을 받을 소리 하지 마이소! 키 크고 사지 멀쩡하고 잘생긴 양반댁 큰아드님께 무슨 망발이라예? 바로 옆집에 사는 지가 우예 그런 걸 속이겠는교?"

"나이는 몇 살이나 먹었는가?"

아버지의 언성이 다소 누그러졌다. 찬모는 잠깐 생각하더니 말했다.

"묘연이보다 몇 살 더 먹기는 했어도 연애 한 번 안 해본 숫총각인 거 확실하니까 아무 걱정 마이소."

이미 혼인을 시키기로 마음을 잡은 어머니는 건성으로 물어보았다.

"양반 집이라고 우리 아이 업신여기고 그러지는 않겠지예?"

찬모 이씨는 반찬 솜씨보다 말솜씨가 더 좋은 여자였다.

"에고, 이런저런 소리 다 치우고 사돈 될 사람들 직접 만나보소! 내 생전 그렇게 인품이 훌륭한 분들은 만나본 적이 없다 안 합니꺼? 아버지나 아들이나 똑같심더. 일본 놈들 무서워 안 하고, 가난하고 어려운 조선 사람 위할 줄 알고, 우리 같은 밥떼기들한테도 말 한마디라도 따뜻하게 해주고……. 다 말로 몬합니더. 직접 만나보이소. 만주로 서울로 독립운동하러 다니느라꼬 혼기가 늦춰진 거지 집안 좋고 인물 좋고 성격 좋고, 그런 신랑감 다시는 못 만납니더."

"혼인해놓고 또 독립운동한다고 돌아치면 어쩔 긴데요? 우리 딸만 과부 되라꼬?"

"내가 그럴 거 같으면 어찌 한동네 사람에게 중신을 서겠심꺼? 이제는 그런저런 일 다 그만두고 열심히 돈만 버니 아무 걱정 마이소. 대구에서 제일 고급 여관을 하는 집안인데 뭔 걱정입니꺼? 예물 예단 일체 준비할 것 없이 몸만 들어오라 안 합니까? 이보다 더 좋은 혼사 조건이 어디 있는교?"

신나게 수다를 떨던 찬모 이씨가 갑자기 언성을 낮췄다.

"좀 아까 우리 서방님이 이 집에 다녀갔던 모양이라예. 묘연이를 몰래 훔쳐본 모양인데 맘에 꼭 든다 하데예. 꼭 성사시켜달라고 부탁합디더."

어머니의 흡족해하는 웃음소리가 들렸다.

"우리 아이야 어디 내놓아도 안 아깝겠어예? 오죽하면 애 아버지가 묘연이라고 이름을 지었겠어예? 갓난아가 워체 이쁘니까 거 참 묘하다, 묘하다, 하더니만 군청 가서 묘연이라고 신고를 하고 왔다 아입니꺼."

아버지의 목소리도 한결 나긋해졌다.

"여관 이름이 뭐라 했소?"

"하해여관이라예. 바다 같이 크고 넓은 뜻을 품은 곳이래나. 뭐, 암튼 훌륭하고 좋은 뜻 아닌교."

아버지는 비로소 바람 소리를 내며 웃었다.

"허, 여관 이름 참 거창하네."

그렇게 해서 혼사는 정해졌다. 당사자인 오묘연에게는 의향 한마디 묻지 않고, 그쪽에서 준비해 온 예복과 예물만으로 간소한 혼인식을 치르고 시집으로 들어갔다. 하해여관 19호실이 두 사람의 신혼 살림방이었다. 1937년 가을이었다.

오묘연은 이후 남편이 죽을 때까지 13년, 시아버지 이동하와는 22년을 한집에 살면서 참으로 많은 이야기를 들었다. 안동에서 보낸 어린 시절, 만주에서 독립운동한 이야기, 서울에서 공장 다니며 노동운동한 이야기까지, 남편과 시아버지는 참으로 많은 이야기를 그녀에게 해주었다. 이병기와 여러 해 동안 노동운동을 함께했던 조카 이효정과 사촌 이병희도 그가 다 못해준 이야기의 공백을 채워주었다.

정규교육이라고는 일 년여 받은 것이 전부였지만 오묘연은 기억력이 뛰어났다. 아무것도 기록되지 않은 그녀의 깨끗한 머릿속에 시아버지와 남편의 인생이 쌓여, 마치 자신이 경험한 것처럼 차곡차곡 기록되었다. 손님으로 찾아온 김창숙과 조봉암 같은 여러 애국지사들과의 대화까지, 그녀는 거의 빼놓지 않고 재생해낼 수 있었다. 오묘연은 이병기의 고향인 안동시 예안면 부포리에 평생 두 번밖에 가보지 못했는데도 많은 이야기를 들은 덕에 그곳이 마치 자신의 고향인 듯 느껴졌다.

아들 효철이 코발트 광산에 다녀온 얼마 전부터 그녀의 기억은 더욱 또렷해졌다. 배운 것도 가진 것도 없는 여자 홀몸으로 다섯 아이를 키우며 끔찍한 가난에서 벗어나려고 허덕이던 반세기 동안 거의 잊고 살았던 기억들이 마치 어제 일처럼 생생하게 떠오르기 시작했다.

이효철은 뒤늦게 아버지를 독립유공자로 등록하기 위해 일제의 재판 기록이며 생존한 이들의 증언 등을 모았다. 일제강점기를 다룬 역사책 귀퉁이에 간간이 등장하는 이동하와 이병기의 기록을 찾는 일은 곧 자신을 찾아가는 길이기도 했다. 그는 이 과정에서 어머니의 머릿속에 담긴 많은 기억이 그녀가 아흔이 다 되도록 거의 사라지지 않은 것에 일종의 경이로움을 느꼈다. 어머니가 그 많은 이야기를 머릿속이 아닌 가슴속에 담아두고 있었다는 데 생각이 미쳤을 때는 가슴이 빼근하도록 아파왔다. 그렇게 어머니의 이야기가, 할아버지와 아버지의 백 년도 넘은 이야기가, 그의 가슴에도 고스란히 새겨지는 것이었다.

안동의 명가

부포리는 북쪽의 광문봉과 서쪽의 운봉, 남쪽의 부용봉으로 둘러싸인 고요한 마을이었다. 마을을 보호하듯 빙 둘러선 산들은 편안한 느낌을 주었고 마을 앞을 굽이쳐 흘러 서쪽의 낙동강으로 흘러가는 동계천은 맑고 깨끗했다.

안동은 태백산맥과 소백산맥이 갈라지는 남쪽의 산간지대여서 개간된 농지가 많지 않은데다 대개 모래땅이라 고만고만한 중소 지주가 대부분이었다. 그나마 동계천 연안에는 비교적 넓은 충적평야들이 이어져 있어 퇴계 이황의 자손들과 몇몇 양반 가문들이 자리잡고 살아왔다. 그중에서도 예안면에 속한 부포리는 땅이 기름지고 산천이 아름다워 살기 좋은 곳이었다. 향토 양반 가문인 안동 권씨 일가가 이곳에 집성촌을 이루고 살더니 퇴계 이황의 자손인 진성 이씨들이 늘어나 부포리는 인근에서 이름난 양반 집성촌이 되었다. 호수도 백여 가구가 되어 산간벽지치고는 제법 큰 마을이었다.

조선인에게 유교는 종교가 아니라 생활이었다. 양반은 과거를 준비하기 위해 늘 책을 읽었고 엄격한 자기통제를 위해서도 항상 글을 읽지 않으면 안 되었다. 사람들은 글 읽는 소리가 끊기지 않는 안동 사람들을 가리켜 '보리문둥이'라고 했다. 문둥이란 문자를 읽는 아동을 뜻하는 '문동'이 변해 지어진 말이었다.

유일한 생계수단인 농사일을 하인들에게 맡긴 채 중국의 고전들을 읽거나 한시를 지으며 음풍농월하는 것이 양반들의 삶이었다. 주변 경관이 뛰어난 곳에는 정자를 만들어 놓았고, 집 안에는 연못을 파거나 나무와 화초를 심었다. 굽이치는 낙동강에 배를 띄워 달빛 아래 뱃놀이를 즐기는 것도 큰 낙이었다. 이 지역 출신의 대(大)유학자 퇴계 이황은 특히 청량산을 사랑하여 "우리 집안의 산"이라고까지 말했다. 이황은 청량산에 올라 많은 시를 짓기도 했다. 산은 양반들에게 놀이의 공간이자 수양의 공간이었다.

19세기 말부터 불어온 서양 바람과 일본의 침략은 양반들의 삶을 송두리째 흔들어놓았다. 1894년 동학혁명을 계기로 들어온 일본 군대는 조선 왕실을 좌지우지하기 시작했다. 이황의 학맥을 잇는 학연과 문중을 중심으로 형성된 유교적 공동체는 안동 사람들의 자부심이었고 그 자부심은 초창기 항일 투쟁의 주력을 이루었다. 1894년부터 시작된 안동 지역 양반 출신들의 의병 투쟁은 전국의 의병 항쟁을 선도했다. 이 지역 양반 출신 의병장들은 대대로 물려온 땅을 팔고 소작인들을 동원해 병사를 일으켰다. 다른 지역에서 도움을 요청하면 언제든지 지원을 아끼지 않았다.

이것이 안동의 명문들을 비극에 빠뜨렸다. 변변한 무기라곤 없이 의지만으로 일어선 의병들은 최신 무기로 무장한 일본군에게 무참히 학살되었다. 의병 항쟁의 배후에 안동 지역 명문들이 있음을 간

파한 일본군은 그들의 정신적 기둥이던 퇴계의 종가와 오산당, 삼백당 같은 전통 가옥들을 불태워 없애버렸다.

부포리도 안동 지역 항일 투쟁의 근거지 중 하나였다. 마을의 양반들은 조상 대대로 남방 오랑캐로 여겨 왜놈이라 불러온 일본인들의 조선 침략을 결코 용납하지 않았다. 나아가 일본을 찬양하고 숭배하는 조선인도 용서하지 않았다.

부포리 이씨 집안의 장손인 이규락의 집은 이 지방 양반 가옥의 특징대로 마당을 가운데 두고 사방을 집과 담장으로 둘러싼 네모난 기와집이었다. 북산을 등져 북풍을 막고 남쪽으로는 낙동강과 나란히 안채를 지어 동짓달에도 오후 늦게까지 따뜻한 햇살이 들어올 수 있도록 했다. 집 주위에는 나직한 돌담을 쌓았는데 남쪽으로는 담장 대신 긴 사랑채를 지어 대문과 외양간과 하인 방을 배치했다. 동쪽 돌담에는 고개를 숙이고 드나들어야 하는 작은 나무문을 달아 하인이나 부녀자들이 드나들도록 했다.

유교 법도에서 한 치도 양보를 모르는 고지식한 봉건 양반인 이규락은 어머니가 돌아가시자 옛 법도대로 무덤 앞에 초막을 짓고 일 년을 꼬박 혼자 기거하며 제사를 지냈다. 그 일 년 동안은 머리도 수염도 안 깎았고, 목욕도 하지 않은 채 제사만 지냈다. 평소에는 자기 집 사랑방에 건너갈 때도 망건을 쓰고 도포를 입어야 직성이 풀리는 사람이었다. 양반 아닌 사람이 양반 집 앞을 지날 때면 죄인인 양 고개를 숙이고 살살 지나가야 하던 시절이었다. 어쩌다가 상민이 멋모르고 곰방대를 물고 동네 골목을 지나가다 이규락에게 걸리면 하인을 시켜 잡아다가 매섭게 볼기를 때렸다. 동네 상민들은 멀리서 이규락의 비단 도포 자락만 봐도 몸을 숨길 정도였다.

모질거나 야박한 사람은 전혀 아니었다. 전통적인 봉건적 사고의 일면에는 백성을 하늘처럼 여기라는 배움도 들어 있었다. 상하의 봉건 법도만 지켜준다면 이규락은 얼마든지 너그럽게 자비를 베풀 사람이었다. 이규락은 평생 이씨 집안에서 일해온 노비가 환갑을 맞자 송아지 한 마리를 잡아 푸짐한 잔치를 차려주고 노비의 가족과 온 동네 사람들이 보는 가운데서 그의 노비 문서를 불살라 박수갈채를 받기도 했다.

조선의 다른 선비들처럼 이규락은 중원의 한족 문화를 존중하고 자신들을 그들의 형제로 생각한 반면 만주의 여진족이 세운 청나라나 남방 왜족이 세운 일본은 무시해왔다. 일본이 쳐들어와 1895년 조선의 왕비를 살해하고 왕궁을 강점한 사건이 일어나자 이규락은 자신이 뺨을 맞은 것처럼 분개했고 수치스러워했다.

구국 투쟁의 방법을 찾던 이규락은 처음에는 의병에 가담했으나 의병 전쟁이 패배로 돌아가자 충의사에 가입했다. 충의사는 의병에 가담했던 지방의 유림들과 중앙의 정부 관리들이 몰락해가는 왕조를 살리기 위해 만든 언론 운동 단체였다. 하지만 조선에 한발 앞서 서구 문물을 받아들여 동양 최대 강대국으로 부상한 일본의 침략 앞에서는 어떤 평화적 수단도 의미가 없었다. 대나무처럼 꼿꼿한 성품의 이규락은 스스로 분을 이기지 못한 채 통한의 세월을 보낼 뿐이었다.

이규락의 둘째 아들 이동하는 아버지의 외모와 성품을 꼭 빼어닮은 젊은이였다. 둥글고도 갸름한 얼굴에 피부가 희고 이마는 넓고 반듯했다. 가로로 길게 찢어진 눈과 옹다문 입술과 잘생긴 코는 그의 깐깐한 성격을 그대로 드러내 보였다. 중간 키에 마른 체구도 아버지를 닮았다. 그러나 그는 아버지와 달리 유학자의 길을 고집하지는 않았다. 19세기 말에 태어난 많은 젊은이처럼, 이동하는 신문명을 흡수해 몰락해가는 나라를 살려야 한다고 생각한 혁신 유림 중의 한 사람이 되었다.

혁신 유림은 유교를 배운 양반 출신 중에서 일본을 이기려면 신학문을 배워야 한다는 소신을 가진 젊은이들이었다. 고종은 한반도를 차지하기 위해 암투를 벌이는 강대국 사이에서 조선을 지키겠다는 의지로 1897년 대한제국의 수립을 선포했지만 국호를 바꾸고 왕을 황제로 칭한다고 해서 국가의 힘이 저절로 생기는 것은 아니었다. 갈수록 국력은 쇠약해졌고 대한제국의 경제적 이권은 속속 일제의 손아귀에 넘어가고 있었다. 1904년에 시작된 러일전쟁은 아무 이해관계도 없는 조선인에게 막대한 피해를 주었다. 이동하는 러시아와 일본의 전쟁을 보고 들으면서 조국의 무력함을 뼈저리게 느꼈다.

'오늘의 현실 문제에 방관적이거나 무기력한 유림이어서는 안 된다. 외세에 의존해서도 안 된다. 자발적으로 외국의 것을 습득하자. 우리의 전통적인 사상에 접목시켜 우리 것으로 만든 뒤 그 생산된 결과물을 배우고 익혀 힘을 키우자!'

러일전쟁에서 승리한 일본이 외교권을 앗아가 조선을 사실상 식민지로 전락시킨 1905년, 이동하는 서른 살의 나이로 한성 보광학교에 들어갔다. 한성에서는 보수 유림의 풍습을 혁신하고 자주독립 사상을 키우기 위한 학회와 교육 단체의 활동이 활발할 때였다. 이동하는 그곳에서 여러 젊은 지식인들을 사귀며 장차 교육에 인생을 바치기로 결심했다. 3년 만에 보광학교를 졸업하고 계산학교에서

1년간 교사 경험을 쌓은 그는 1909년 고향으로 내려왔다.

이동하의 귀향은 마을에 일대 파란을 일으켰다. 상경할 때 입은 흰 도포 대신 검정색 두루마기를 입었을 뿐 아니라, 쓰고 있던 갓과 망건은 벗어 던지고 상투도 잘라 짧은 머리를 한 때문이었다.

검정 두루마기는 크게 문제가 되지는 않았다. 아버지 이규락이 그러하듯이, 본래 조선의 양반들은 집에 있을 때조차 흰 도포를 입어야 했다. 서민들도 출입복과 평상복을 따로 마련해서 의복으로 체면치레를 했다. 도포는 커다란 소매가 늘어진 불편한 옷으로 반드시 흰색으로 만들었기 때문에 때도 잘 탔다. 조선 후기의 왕들은 도포를 활동에 편한 모양으로 바꾸고 옷 색깔도 검정색으로 바꾸려 애썼으나 여의치 않았다. 을미개혁 때 단발령과 함께 관리의 복장을 간소화하려 했다가 '선왕의 제도'를 바꿀 수 없다는 반대 여론이 들끓어 포기한 적도 있었다. 강제로 검정 물을 들이게 하기 위해 포졸들이 장바닥에 서서 지나가는 사람들을 붙잡아 흰옷에 먹칠을 하는 일까지도 벌어졌다. 장터 바닥에서 먹칠을 하려는 포졸들과 달아나는 사람들 사이에 일대 소동이 벌어지기 일쑤였다.

그래도 점차 사람들의 의식이 변해 이제는 도포 대신 두루마기를 입는 사람이 훨씬 많아졌다. 두루마기는 도포의 넓은 소매를 좁히고 길이도 짧게 한데다 고름 대신 단추를 단 옷으로 서양으로 치면 긴 외투라고 할 만했다. 색깔도 흰색보다는 때가 덜 타는 검정색이나 회색이 많았다. 고루한 양반 노인들은 이 새로운 유행을 영 못마땅하게 여겼지만 대세를 바꿀 수는 없었다. 짧은 머리칼과 검정 두루마기는 조선인 젊은이들의 기본 복장이 되어가는 중이었다. 어른들은 이동하가 입은 검정 두루마기를 경박스럽다며 못마땅하게 쳐다봤으나 젊은이들은 오히려 이 편리한 새 옷에 관심을 가져주었다.

기실 문제는 머리카락이었다. 조선인들은 함부로 머리카락을 자르지 않았다. 여자는 물론 남자들도 평생 머리를 길렀다. 총각 때는 기른 머리카락을 길게 땋고 다니다가 결혼을 하면 정수리 위로 말아 올려 삐죽하게 상투를 동여맸다. 여기에 동곳을 꽂아 고정한 다음 머리카락이 흘러내리지 않도록 망건을 썼다. 남자가 성인 대접을 받으려면 반드시 결혼을 해야 했고 상투를 틀어야만 했다. 집안 형편이 여의치 않거나 신체적 결함이 있어 나이가 많아도 결혼하지 못한 사람은 남들에게 하대를 받기 싫어 자격이 없는데도 상투를 틀기도 했는데, 이를 건상투라고 불렀다.

1895년 을미개혁 때 복제 개정과 함께 추진된 단발령은 엄청난 반발에 부딪혔다. 서양의 신식 문물에 충격을 받은 극소수 젊은 지식인들 외에는 누구도 상투를 자르려 하지 않았다. 나중에는 순사들이 큰길이나 나루에 몰려들어 상투를 강제로 잘랐다. 어떤 이들은 잘린 상투를 양손에 움켜쥐고 통곡하면서 집으로 돌아갔다. 그렇게 잘린 조선 남자들의 머리카락은 중요한 수출품이 되어 일본과 러시아, 중국 여자들의 사치품인 가발로 가공되었다. 그러나 단발령에 반발한 유림들은 의병까지 일으켰고, 결국 대한제국은 단발령의 시행을 포기할 수밖에 없었다. 이후 머리카락의 길이는 개인의 재량에 맡겨졌다.

이동하가 한성에서 돌아온 때는 단발령 소동이 일어나고도 십여 년이 지난 후로, 도시에서는 신사상을 가진 젊은이들이 자진해서 불편한 상투를 자르는 일이 예사였다. 그러나 아직까지 시골에서는 상투를 자르는 것을 커다란 불효요 불경스런 일로 보았다. 양반의 체통을 목숨보다 중시하는 이규락의 둘째 아들이 서양 야만족이나 일본 오랑캐처럼 머리를 짧게 깎고 나타나자 일대 소동이 나지 않을 수 없었다.

그렇지 않아도 이동하는 고향에서 작은 거사를 일으킬 준비를 단단히 하고 내려온 참이었다. 이동하는 양반이고 상민이고 할 것 없이 만나는 사람마다 상투를 자르라고 권유하고 두루마기 만드는 법을 가르쳐주었다. 쌀가마니며 잡다한 물건을 치우게 한 사랑방에 매일 저녁 동네 청년들을 모아 한성에서 보고 들은 이야기들을 해주며 예안면에도 신식 학교를 세워 나라를 바로 세울 인재들을 양성하자고 설득했다.

이 무렵, 이동하와 같은 사상을 가진 수많은 젊은 지식인들이 각자의 고향이나 도시에 사립학교를 세워 신학문과 민족의식을 가르치고 있었다. 이동하가 고향으로 돌아온 이유도 신학문의 바람을 일으키기 위해서였다. 그러나 문중 어른들은 서당에서 천자문을 배우기 시작해 서원에서 사서삼경이며 중국 사략을 배우는 것만이 올바른 양반의 길이라 믿어온 사람들이었다. 한글과 산술, 농업과 체조 같은 것들은 중인 아니면 상놈들이나 배우는 것으로 치부했다. 가뜩이나 상투를 잘라 밉보인 이동하가 신학문을 가르치는 학교를 세우겠다고 나서니, 이씨 집안은 물론 동네의 양반네들이 펄쩍 뛰는 것도 당연한 일이었다.

학교를 세우려면 건물도 필요하고 교재 살 돈이며 선생 월급도 필요했다. 어른들이 자식을 보내주지 않으면 학교는 문을 여나마나였다. 완고한 집안 어른들을 설득하다 실패한 이동하는 문중 회의가 열리는 날을 거사일로 잡았다. 그는 모인 어른들 앞에서 칼을 들고 왼손 넷째 손가락을 끊어버렸다. 상 위에 놓인 물 사발 위에 이동하의 피가 뚝뚝 떨어졌다. 깜짝 놀란 어른들이 어쩔 줄 모르고 우왕좌왕할 때, 그는 화선지를 펴고 손가락으로 혈서를 써 보였다.

"내공척왜(內功斥倭)."

안으로 힘을 길러 왜적을 쫓아낸다는 뜻이었다. 그리고 큰 소리로 외쳤다. 이동하는 신학문에 대한 열정을 가진 이후에는 되도록 전래의 경상도 사투리를 쓰지 않았다. 억양은 어쩔 수 없어 경상도 사람이라는 표가 났으나 단어는 주로 한성 말씨를 썼다.

"학교를 허락해주십시오! 나라를 잃은 다음에 양반이 무슨 소용이고 충신이 무슨 소용이란 말입니까? 이제라도 새로운 세대들을 가르쳐 제힘으로 나라를 일으켜야 하지 않겠습니까? 어르신들께서 허락하지 않으시면 저는 지금 이 자리에서 혀를 깨물고 죽겠습니다."

문중 어른들은 이동하의 치기를 높이 샀다. 아니, 치기라고 하기엔 너무도 진지한 그의 모습에 모두 감동을 받은 눈치였다. 어려서부터 유별난 이동하의 쇠고집을 잘 아는 어른들은 끝내 학교 설립을 허락하였다. 이동하는 천으로 손가락을 칭칭 감은 채 기뻐하며 큰절을 올린 후, 학교 설립 계획에 대해 설명했다. 일단 고집을 꺾은 이씨 문중 어른들은 그 자리에서 상당한 재산을 내놓았다. 퇴계 이황이 낙향해 운영하던 도산서원 소유의 논밭에서 나오는 소작료의 일부도 학교 운영비로 배정해주었다.

학교 이름은 보문의숙으로 정해졌다. 이즈음에 생겨난 사립학교들은 새로 신축한 건물도 있었지만 주로 개인 집 사랑방이나 창고, 서당 등을 이용했다. 그 학교들은 비록 규모는 매우 작았지만 교육을 통해 국권을 회복하겠다는 의지로 불타고 있었다. 보문의숙도 도산면 토계동에 있는 개인 집을 개조해 문을 열었다. 넓은 개천을 사이에 두고 도산서원과 마주 보고 있는 곳으로 부포리에서 걷자면 어른 걸음으로 한 시간이 넘게 걸리는 거리였다. 이동하가 의숙장을 맡고 젊은 선생 세 명이 수신, 국어, 산술, 창가, 체조, 도화, 농업을 가르쳤다. 학생들의 수는 의외로 많았다. 소문을 듣고 모여든 학생들이 150명이나 되었다. 그중에는 이동하의 큰아들 이병린과 작은아들 이병기도 있었다. 두 아이는 아침저녁으로 두 시간 가까이 걸어서 열심히 보문의숙에 다녔다.

이동하는 보문의숙을 관리하는 한편 교남교육회를 조직해 영남 각 지역에 지회를 설립하여 계몽운동을 선도하기 위해 나섰다. 대구와 안동 지역의 거의 모든 마을마다 근대 교육을 수용하는 사립학교들이 잇달아 세워졌다. 명칭은 학교나 의숙 또는 사숙이나 강습소 등으로 각각 달랐지만 위기에 빠진 나라를 구하려는 마음은 하나였다.

학생들의 열의 또한 대단했다. 온종일 학교에서 배우고 집에 돌아와서는 한밤이 되도록 등잔불을 밝히고 공부했다. 등잔이 들어온 것은 불과 십여 년 전이었다. 이전에는 식물성 기름을 담은 그릇에 헝겊으로 된 심지를 담그고 불을 붙였는데 그을음도 많이 나고 잘 꺼져 불편했다. 이를 본 외국 상인들이 석유를 담고 심지가 뚜껑으로 나오게 한 등잔을 개발해 석유와 함께 팔았다. 봇짐장수들이 성냥, 화장품과 함께 팔기 시작한 석유는 이제 웬만한 시골집에서도 필수품이 되어 있었다. 이동하의 지시대로 머리를 짧게 깎은 학생들은 한밤까지 희미한 등잔불 아래 숙제를 하고 책을 읽었다. 의숙까지는 두 시간 이상 걸어와야 하는 학생도 있었지만 신기하게도 먼 마을 아이일수록 지각도 결석도 하지 않고 더 열심히 다녔다.

학생들 중에 특출한 아이도 여럿 배출되었다. 같은 진성 이씨 문중인 이원기의 형제들이 그랬다. 원기, 원삼, 원일, 원조로 이어진 이씨네 형제들은 항렬로는 한참 위였으나 나이는 엇비슷했다. 셋째 이원일이 이병기와 동갑이었다. 이병기는 그에게 아저씨란 호칭만 쓸 뿐 반말을 사용했다. 이씨네 형제들은 하나같이 글쓰기나 그림에 재주가 있어 육사라는 호를 쓴 이원삼과 동생 이원조는 훗날 유명한 문학가가 되었다. 이원일도 시와 서예에 뛰어난 재능을 보여 유명한 서화가가 되었다.

1910년 일제가 조선을 완전히 합병한 뒤로 보문의숙 또한 큰 어려움에 빠졌다. 일제는 조선인 아이들에게 민족 교육을 하지 못하도록 전국의 문중과 서원, 마을이나 종교 기관에서 만든 사립학교들을 없애고 자신들이 운영하는 보통학교로 대치하는 작업에 들어갔다. 사립학교들은 시설 부족 등의 이유로 강제로 폐쇄되기 시작했다. 사립학교 건설에 앞장서온 이동하와 동료들도 일제의 탄압과 감시를 받아야만 했다.

일본 순사들은 으레 한복 차림의 조선인 보조원을 한 명씩 데리고 긴 칼을 철커덕거리며 동네를 휘젓고 다녔다. 이들에게 밉보이면 경찰서나 헌병대에 끌려가 호되게 매를 맞고 고문당하기 때문에 이들이 동네에 들어서면 어른 아이 할 것 없이 겁을 집어먹고 숨게 마련이었다. 붉은 견장과 카랑카랑한 칼 소리에 동네 강아지들도 놀라 마구 짖어댔다. 멀리 그들의 머리카락만 보여도 아이들은 다락이나 이불 속에 숨고 울던 아이들은 울음을 멈추었다. 일본인

만 조선인을 괴롭힌 건 아니었다. 같은 조선인 중에도 밀정이 있어서 반일적인 인물들의 동정을 보고했다. 부포리에는 감히 그런 짓을 하는 자가 없었지만, 이제는 언제 어디서고 함부로 말을 할 수 없게 되었다.

누구라고 할 것 없이 일제 순사와 밀정의 엄중한 감시로부터 벗어나고 싶어 했다. 조선의 지배계급인 양반으로 살아온 사람들은 지금까지는 한 번도 겪어보지 못한 감시와 억압에 시달리면서 미지의 세계에 대한 막연한 갈망에 사로잡혔다. 만주가 그 갈망의 대상이었다. 온갖 믿기 어려운 말들이 떠돌았다. 압록강만 건너면 광활한 신천지가 열리는데 거기에는 빼앗긴 조국을 찾으려는 조선 젊은이들이 홍길동처럼 신출귀몰 활약한다고 했다. 또 그곳은 땅이 기름지고 좋아서 씨만 뿌리면 팔뚝만한 조와 기장이 저절로 자란다고 했다.

이동하는 애초에 품었던 교육을 통한 구국의 꿈을 접을 수밖에 없었다. 이미 나라를 빼앗겨버렸는데 한글과 숫자를 배우고 체육을 한다는 것은 의미가 없어 보였다. 일제의 갖은 탄압 아래서도 보문의숙은 1918년까지 운영되었고, 이후에도 조선인 부자들이 사립 중학교를 만들어 교육 운동을 벌였다. 그러나 이동하에게 평화적인 교육 운동은 더 이상 큰 의미가 없었다. 만주에 무장투쟁의 기지를 만들어야 한다는 생각뿐이었다.

만주 무장기지론을 생각한 이는 이동하뿐만이 아니었다. 안동 지역의 대표적인 혁신 유림으로 항일 결사 신민회의 간부였던 이시영을 비롯한 여러 신민회 간부들이 벌써부터 같은 계획을 품고 있었다. 가까이는 법흥마을의 이상룡과 김동삼이 있었다. 이동하보다 열일곱 살 위인 이상룡은 쉰이 넘은 나이에도 불구하고 유림들의 고루함을 걱정하며 신교육 운동에 앞장설 정도로 의식이 트이고 마음이 열린 사람이었다. 동년배인 이동하와 김동삼은 종종 이상룡을 찾아가 시국을 논하곤 했다. 이들은 만주 지도를 펴놓고 만주 벌판에 독립운동 기지를 건설해 독립군을 양성할 계획을 짜면서 흥분하곤 했다. 이제, 그 뜻을 실천에 옮길 때가 온 것이다.

신민회는 1910년 3월에 긴급 간부 회의를 소집해 일제를 물리칠 최선의 방법은 독립 전쟁임을 결의하고 무관학교 설립과 독립군 기지 건설 사업을 추진하기로 했다. 그 이전까지 신민회는 학교를 세우고, 주식회사를 설립해서 민족자본을 형성하고, 민중 계몽을 통해 민족의식과 독립사상을 고취하는 활동에 주력하고 있었다. 그러나 이제 나라를 완전히 잃은 마당에 일본인 밑에서 배워서 독립하겠다는 것은 비겁한 자기 합리화라고 본 것이었다.

긴급 간부 회의의 결과에 극력 반대하고 나선 이는 안창호였다. 안창호는 미국에서 흥사단을 조직하여 개인의 인격 수양을 통한 국권 회복을 주장해온 인물이었다. 안창호는 국외에 무관학교를 설립하겠다는 독립운동 기지 건설론을 비웃기까지 했다.

"무장 독립 투쟁이란 턱없이 허망한 욕심이나 요행을 바라는 희망을 가지고 공상만 하려는 것이 아니요? 지금 우리에겐 실력을 키우는 것이 더 중요합니다."

안창호와 같은 실력 양성론자들은 영국과 미국을 모범 국가로 설정하고 자본주의 근대화 운동을 펼쳤다. 그들이 의미하는 실력이란 주로 자본주의적 경제력 양성이었다. 자본주의에 대한 안창호의 신봉은 대단한 것이었다. 미국 유학 가는 배 위에서 처음 만난 바다 위의 섬 하와이를 보고 감동하여 '도산'이라는 호를 지을 정도였다. 그들은 독립을 먼 훗날의 일로 상정하고 있었기 때문에 군사력 양성에는 그다지 관심이 없었고 독립운동을 직접적인 목표로 활동한 것도 아니었다.

이동하는 안창호에게 정면으로 맞섰다.

"우리가 실력을 키워야 한다는 것에 반대하는 것이 아니잖소? 정작 문제는 투쟁을 하지 않고 어떻게 일제를 물리칠 수 있을 것인가, 그리고 일제 치하에서 과연 근대 문명을 자주적으로 발전시킬 수 있는가 아니겠습니까?"

이동하는 안창호의 실력 양성론은 가난하고 피폐한 민족 현실의 원인을 일제 침략에서 찾지 않고 민족 내부에서 찾음으로써 결국 민족 개조론에 빠지게 되리라 보았다. 그렇다고 이동하 등 무장파들이 경제력을 포함한 총체적인 실력 양성을 도외시했던 건 아니었다. 김동삼은 말한 적이 있었다.

"무장 투쟁과 함께 근대적 교육과 의식의 혁신이 병행되어야 하지요. 우리는 만주에 무관학교를 세우고 군사훈련과 함께 근대적인 지식 교육을 하여 독립군을 양성하는 것을 일차 목표로 삼고 있습니다. 그렇게 양성된 독립군은 일본이 중국이나 러시아, 미국 등과 전쟁을 벌이거나 혁명이나 내전으로 위태로운 상황에 빠진 적당한 시기를 노려 혈전으로써 독립 전쟁을 벌여야 합니다."

만주 망명을 결심한 이동하와 동지들은 조선이 망한 직후인 1910년 여름, 만주 지역을 사전 답사하러 떠났다. 봇짐을 어깨에 메어 상인으로 가장한 이들은 만주로 이주하려는 조선인들을 이끌고 국경 마을 초산진까지 가서 어둠을 틈타 압록강을 건넜다. 안동현에서 500리 되는 횡도천에 도착한 일행은 이곳에 임시 거처를 마련하고 함께 간 조선인들을 안착시켰다. 이동하 등은 선착한 조선인들에게 앞으로 올라올 동지들에게 편의를 제공해줄 것을 부탁하고 양곡과 김치도 미리 여러 독 준비하게 했다. 일행은 주위 산하를 세밀히 정찰한 다음 국내로 무사히 돌아왔다.

부포리로 돌아온 이동하는 부모와 형제들을 한자리에 모아놓고 망명 계획을 설명했다.

"분하고 원통합니다. 이제 왜놈의 치하에 있게 되었으니 그 밑에서 노예로 살아갈 일만 남지 않았습니까. 차라리 모두 중국으로 망명하는 것이 어떻겠습니까? 저는 동지들과 만주로 가겠습니다. 무관학교를 세우고 독립군 기지를 만들어서 일제와 싸워 이길 수 있는 강력한 독립군을 양성할 계획입니다."

형과 동생은 바로 찬성했다.

"좋다, 우리도 가겠다. 무장 독립 투쟁을 하려면 이제 조선 땅에서는 불가능하다. 왜놈들이 없는 외국으로 가야지."

아버지 이규락은 생각이 달랐다.

"그렇게 다들 만주로 떠나버리면 이 집과 땅은 누가 지킨단 말이냐? 도둑놈에게 내 나라를 비워주고 모두 달아나겠다는 것이냐?"

보수적인 유학자인 이규락은 고향과 조국을 버리고 망명길에 오르는 것을 쉽게 받아들일 수가 없었다. 한일합방이 결정되자 많은 지사와 유림들이 을사늑약이 체결되었을 때와 마찬가지로 단식과 할복으로 자결했다. 이규락 또한 분하고 원통한 마음에 자결을 생각했다. 그러나 조국이 망했다고 따라 죽는 것만이 능사가 아니다, 죽음으로써 무력하게 울분을 토로할 것이 아니라 자손만대 영원무궁

해야 할 이 강토를 자력으로 되찾아야 한다고 생각을 바꿨다. 이규락이 생각하는 진정한 애국은 고향에 남아 일제와 싸우는 것이었다. 다만 이규락은 집과 토지를 팔아 망명 자금으로 쓸 것을 허락했다.

이동하는 일단 큰아들 병린만 데리고 만주로 가기로 했다. 둘째 아들 이병기는 이제 다섯 살, 너무 어린데다 아내 김봉희의 건강도 좋은 편은 아니었다. 자신과 병린이 먼저 가서 웬만큼 살 준비를 해놓고 남은 가족들을 부르기로 했다. 척박한 땅 만주에 한꺼번에 가서 고생을 하느니 그게 나을 것 같았다.

재산을 정리하는 일도 쉽지가 않았다. 일제는 독립운동을 위해 만주로 떠나는 이들을 감시하고 있었다. 믿을 만한 사람을 통해 조용히 재산을 처분했지만 눈치 빠른 순사가 이상한 낌새를 눈치채고 자꾸만 집으로 찾아왔다. 이동하는 순사가 마을에 나타나면 일단 귀찮은 일을 피하기 위해 뒷산 대밭에 들어가 한참 앉아 있다 돌아오곤 했다. 아이들에게는 "순사가 와서 아버지를 찾거든 없다고 해라."라고 일러두었다.

이동하의 집은 대지주는 아니었으나 소작을 주어 글 읽는 선비로서 평생 밥걱정은 하지 않을 정도는 되었다. 선산만을 빼놓고 종갓집이며 정든 논밭을 처분하는 이동하의 마음은 편치만은 않았다. 이상룡과 김동삼도 서둘러 가산을 정리했다. 이상룡은 마을 사람들을 초청해 이별 잔치를 크게 베풀기도 했다.

이동하는 떠나기 전날 새벽 일찍 사당에 나가 조상들에게 하직 인사를 올렸다. 형제들과 가족, 친지들을 불러 자신의 계획을 단단히 알리고 자신이 없는 동안 가문의 대소사에 관한 책임을 분담했다. 그는 조상의 제사를 모실 경비를 충당할 토지 문서, 그리고 남아 있을 가족의 생계비 및 문중 규율을 지키기 위한 돈을 건네며 잘 꾸려나가라고 당부했다. 아울러 집안에서 거느리던 노비들을 다 풀어주어 양민으로 살아가도록 하고 노비 문서를 불태웠다.

강을 건너다

1910년 12월, 서울에 있는 이회영 일가가 선발대로 만주를 향해 떠났다. 이동하 일행은 새해 1월 경성으로 가는 기차를 타기 위해 추풍령으로 향했다. 새로운 희망의 땅을 찾아 길을 나선 사람들은 순사들의 감시를 피해 깜깜한 어둠 속을 걷고 또 걸었다. 안동에서 추풍령까지 가는 동안 이동하는 안동 읍내, 하회, 상주 등을 거치면서 가까운 친척들을 만나 작별을 고했다. 추풍령으로 가는 도중에는 일본인들이 금광을 개발해 이익을 다 차지하고 농토는 황폐해지는 광경을 목도하기도 했다.

1월 11일에야 추풍령에 다다른 이동하 일행은 다음 날 새벽에 기차를 탔다. 추풍령에서 출발한 기차를 타고 대전, 경성, 평양을 거쳐 신의주에 이르고, 신의주에서는 배를 타고 압록강을 건너야 하는 길고도 먼 대장정이었다. 일행 중에는 기차를 처음 타거나 처음 본 사람도 많았다. 이병린도 기차를 보고 무척 신기해했다. 일본인들이 칸마다 다니며 승객들을 감시했고, 의자 하나에 두 사람씩만

앉게 했다. 독립운동가들을 잡아내려는 열차 수색원들도 수시로 왔다 갔다 했다.

한참 후 기차는 경성 남대문 정거장에 닿았다. 그곳에서 합류하기로 약속한 동지들이 다 모이니 대략 50명 정도가 되었다. 여관으로 가는 도중에 경성 신민회의 동지들이 일본 경찰에 피체되었다는 소식을 들었다. 만주로 향하던 양양 사람들도 체포되었다고 했다. 독립운동가들이 대거 만주로 망명한다는 사실을 일제가 감지하고 곳곳에 엄중한 감시망을 펼친 것이었다. 하지만 그 누구도 그에 아랑곳하지 않았다. 구국에 대한 신념은 굳었고 그 신념을 펼칠 곳은 만주였으며 그 계획은 하루아침에 이뤄진 것이 아니었다.

경성에 있는 동지들이 이동하 일행이 묵고 있는 여관으로 달려왔다. 그들은 서간도에서 추진해야 할 여러 사업에 대해 밤을 새워 논의했다. 얼마 전 만주에 다녀온 동지들이 서간도로 가는 방법과 경로에 대해 자세히 일러주었다. 며칠 동안 경성에 머물면서 새로운 정보를 얻은 이들은 다시 기차를 타고 신의주로 향했다.

아침 8시에 경성을 떠난 기차는 밤 9시가 되어서야 종점인 신의주에 도착했다. 신의주 역사를 빠져나오니 세찬 비가 퍼붓고 있었다. 앞으로 닥칠 험난한 여정을 예고하는 듯 느껴져 사람들의 심정은 착잡했다. 일행은 미리 연락해둔 여관으로 갔다. 여관 주인은 밀양 갑부인데 만주로 가는 사람들 뒤를 봐주기 위해 신의주에 여관을 차려놓은 것이었다. 사람들의 행색은 다들 비를 맞아 초라했으나 여관 주인의 배려로 편안히 쉴 수 있었다.

일행은 신의주에서 이틀을 지내며 만주로 들어갈 만반의 준비를 갖추었다. 그곳 사람들에게 만주 사정을 상세히 캐물어 정보를 수집하고 화폐를 중국 돈으로 바꾸었다. 생활필수품도 보충해서 싣고 소금을 친 갈치도 몇 상자 사서 실었다. 내륙에서는 소금이 아주 귀했다.

이동하와 몇몇 동지들은 신의주의 이곳저곳을 돌아다니기도 했다. 시장을 둘러보니 조선인의 점포는 낡고 누추한데 상인들의 옷차림만은 단정했다. 중국인 가게는 잘되었지만 그들의 말씨나 옷차림은 거칠고 천박했다. 일본인의 점포는 깨끗하고 화려했으며 장사도 잘되었고 상인들의 모습도 굳세고 억척스러웠다. 이동하는 이들 세 나라의 모습을 보며 그 우열을 짐작했다. 이동하가 눈살을 찌푸리며 말했다.

"왜놈들, 참 대단하지 않은가?"

옆에 있던 김동삼도 이에 동의했다.

"그러게 말일세. 정말 지독한 놈들이야."

씁쓸한 일이었지만, 모두 일본의 경제력이 가장 우세하다는 결론을 내렸다.

압록강에서는 압록강 철교를 가설하기 위해 일본인들이 공사를 서두르고 있었다. 함께 간 이상룡이 말했다.

"작년에 안봉선 철로가 완성되었다지? 이 다리마저 완성된다면 북경이나 여순, 하얼빈도 모두 하룻길이 되겠군. 일제의 국력이 저리 부강할 줄이야. 정말 두렵네. 만족하지 못하는 큰 욕심이 있는 바를 가히 알겠네그려."

"그러게 말입니다. 일제의 경제력과 그 침략 의도가 놀랍기만 합니다."

고개를 주억거리며 김동삼이 말을 이었다.

"강 건너 중국 땅 안동현에 세관이 설치되어 강 연안에서 수출하는 목재에 세금을 거두는데, 그 권리를 일본인이 다 장악했다는군요."

"저놈의 철도 때문에 우리 백성들이 당한 고초는 또 어떻습니까?"

이동하가 말을 받자, 이상룡이 깊은 한숨을 지었다. 사람들은 일본의 국력에 놀라면서 동시에 조선에 대한 계획적인 침탈에 새삼 경악과 분노를 금치 못했다.

일제에 의한 철도 건설은 조선인에게 지울 수 없는 상처와 아픔을 주었다. 조선인은 철도 종사원으로 근무하거나 사설 철도의 주주로 참가했을 뿐, 단 1킬로미터의 철도도 자력으로 건설하거나 운영하지 못했다. 일제는 경부선과 경의선을 부설하면서 조선인 소유의 토지와 숱한 노동력을 앗아갔다. 조선인에게 철도는 문명의 이기만이 아니었다. 생명과 국권을 앗아간 수탈과 억압의 흉기였다.

일본은 경부선과 경의선을 조선 지배와 대륙 침략을 위한 간선철도로 만들기 위해 노선과 궤간 선정에 치밀한 주의를 기울였다. 먼저 두 철도가 조선의 정치적 중심 도시와 경제적 선진 지역을 관통하고 최단 시일 안에 최대한의 병력과 물자를 만주에 집결시킬 수 있도록 일본-조선-만주의 최단 거리 경로를 선택했다. 그리고 두 철도가 아시아 대륙 침략의 동맥으로서 원활히 기능할 수 있도록 일본 철도에 쓰인 50파운드 궤조와 협궤 선로가 아닌, 중국의 간선철도와 직접 연결할 수 있는 75파운드 궤조와 표준궤 선로를 채택했다. 조선의 철도는 일본과 러시아의 전쟁을 촉발하는 도화선이자 일본이 조선을 독점적으로 지배하는 첨병이 되었다.

사흘째 되던 날 새벽 3시, 발밑도 분간하기 어려운 어둠을 타고 길을 떠난 일행의 눈앞에 뿌연 물안개에 휩싸인 압록강이 모습을 드러냈다. 물빛이 오리 머리 빛과 같다 하여 이름 붙인 압록강은 백두산 남동쪽에서 발원하여 중국 동북 지방과 국경을 이루면서 황해로 흘러갔다. 중국인들은 압록강을 야루, 또는 청하나 아리수라는 이름으로 불렀다. 공사 중인 압록강 단교가 물안개 피어오르는 수면에 육중한 그림자를 드리웠다. 신의주의 새벽 풍경은 생기를 잃어 빛바랜 흑백사진처럼 보였다. 영하 20도, 살을 에는 듯 매서운 북풍을 온몸으로 맞으며, 이동하는 마지막이 될지도 모르는 조국의 모습을 가슴에 새겨넣었다.

국경 경비는 철통같았지만 꼭두새벽에는 비교적 안전했다. 중국인 사공의 나룻배를 타고 강을 건너 중국 땅을 밟으니 어느덧 아침이었다. 태양이 위화도 건너 북녘 땅에서 솟아오르고 있었다. 압록강의 아침은 서럽도록 찬란했다. 조국을 잃은 뒤 이 강을 건너간 조선인들이 벌써 수만 명이었다. 조선인의 상처와 애환은 사람들의 마음속에만 남겨두고, 흐르는 강은 유유히 제 길을 흘러갈 뿐이었다. 이동하는 떠오르는 태양을 바라보며 한동안 눈을 감고 있었다. 다른 이들도 모두 깊은 상념에 젖은 듯 보였다.

중국 땅에 도착했다고 마음을 놓은 것도 잠시, 일행은 일본 경찰의 검문에 걸리고 말았다. 이들뿐 아니라 수많은 조선인들이 신천지를 찾아 이불 보따리와 가마솥을 지고 강을 건너와 검문을 받고 있었다. 일경은 독립군을 가려내기 위해 이들의 짐을 샅샅이 훑었다. 평범한 농사꾼처럼 허름한 행색을 한 이동하 일행은 일행이 아닌 척 줄을 따로 서고 도강하는 목적을 다르게 대답하여 무사히 검문을 통과했다. 이동하는 이병린의 손을 꾹 쥐었다. 내 조국을 떠나는 마당에 이런 수모까지 당해야 하는가. 이동하는 목울대까지 차오르는 울분을 가까스로 눌러 참았다. 참는 것 외엔 다른 방법이 없다는 것, 그것이 더욱 그를 모멸감에 떨게 했다.

안동에 도착해서는 만주에 먼저 와 있던 김대락이 사람을 보내주어 김 모라는 조선 사람의 집에 머물게 되었다. 일행 중에는 건장한 남자만 있는 것이 아니라 어린아이와 아녀자도 섞여 있었다. 먼 길을, 그것도 일본 경찰의 감시를 피해 긴장하며 국경을 넘었으니 일행의 몰골은 더럽고 초라하기 그지없던데다 다들 한 발짝도 더 걸을 수 없도록 기진맥진했다.

김 모 집에 며칠을 머물며 기력을 되찾은 일행은 구입한 마차 두 대에 나눠 타고 압록강가를 따라서 달리기 시작했다. 만주는 땅 모양이 순했다. 끝없이 넓고 평평한 땅에 산세 역시 밋밋했다. 인적도 없이 몇백 년을 묵었는지 길에는 낙엽이 두 자 이상 쌓여 있었다. 흙을 보려면 낙엽을 깊숙이 파내야 했고 낙엽 길을 걷을 때는 발이 푹푹 빠져 말도 힘들어했다. 흙은 차져서 발을 디디면 푹 빠졌다가 발을 올리면 흙덩이가 찰떡처럼 달라붙어 걷기가 쉽지 않았다. 얼어서 땅이 딱딱해진 한겨울은 오히려 마차가 다니기에는 수월했다. 겨우내 얼었던 땅이 녹을 즈음에는 마차도 다니지 못해 말을 이용해야 했다. 조선 말보다 몸집이 큰 만주 말에 짐을 잔뜩 싣고 그 짐 위에 어린이와 노인들이 올라탔다. 청장년들과 여덟, 아홉 살 이상 되는 아이들은 걸어서 갔다. 몇 날 며칠 첩첩산중을 지나기도 했고 끝없이 광활한 벌판을 걷고 또 걸었다.

가는 도중에 마을이 있으면 방 한 칸을 빌어 투숙하고 마을을 못 만나면 수레 위에서 이불을 덮고 추위에 떨며 밤을 새웠다. 여관에 들어가서는 말이 통하지 않아 붓으로 한자를 써서 필담을 나눴다. 중국 농부들보다 훨씬 한문을 잘하는 양반들인 게 다행이었다. 줄줄이 기다랗게 잇대진 여관방들은 흡사 적막한 무덤 속 같았고 이부자리는 부족했다. 그나마 있는 이부자리는 때가 끼어 꼬질꼬질하고 지저분하기 짝이 없었다. 만주인들은 쌀밥을 먹지 않아서 밥이란 걸 몰랐다. 엷은 황색의 기장과 노란 조를 끓여서 쑨 죽과 옥수수로 만든 강냉이떡을 식사라고 내왔는데 잡곡이 오래됐는지 색깔이 벌건 게 고약한 뜬내가 났다. 돼지기름으로 한 요리에서는 부패한 냄새가 나서 도저히 먹을 수가 없어 모두 굶다시피 했다.

가는 길에 토착 만주인들을 볼 수 있었다. 쉬고 있으면 마차 옆으로 만주인들이 몰려왔다. 조선인과 만주인들은 서로를 신기한 듯 구경했다. 만주인은 옛 말갈족의 후예로 여진족이라고도 불렸는데, 춥고 물이 귀한 곳에 사는 탓인지 더럽기 짝이 없었다. 여자들은 철사를 구부려 만든 머리틀을 머리 위에 올리고 머리카락을 그 위에 덮어 머리가 커 보이도록 했다. 며칠 동안 세수도 하지 않았는지 목 뒤에는 때가 새까맣게 끼어 있었다. 그런데다 화장은 너무 진했다. 가루분을 하얗게 바른 얼굴은 귀신 같아서 밤에 보면 무척 섬뜩했다. 남자들의 인상도 그에 못지않았다. 애 어른 할 것 없이 정수리에 밥그릇 뚜껑 크기만큼 머리카락을 둥그렇게 남기고 나머지는 뺑 돌려 깎아버렸다. 남은 머리칼은 길게 땋아서 꼬리처럼 등뒤에 늘어뜨리고 다녔다. 옆에 가면 오랫동안 씻지 않은 몸 냄새가 역겨웠다.

"어째 사람이 저리 더럽게 살까요? 야만스럽기도 하고요."

부인네들의 말에 이동하가 웃으며 말했다.

"그래도 청나라를 세워 중원의 한족을 지배한 종족이 아닙니까? 한때는 고구려 백성들이었으니 우리에게도 같은 피가 섞였을지 모르지요."

김동삼이 너털웃음을 터뜨렸다.

"여진족 오랑캐가 우리 조상이라니, 자네 아버님께서 들으시면 경을 치시겠네."

"오랑캐라고 무시하면 무엇하는가? 중원의 한족이나 우리 조선인 조상들이나 유교 법통이나 내세우고 체면만 세울 줄 알았지, 허구한 날 오랑캐들에게 침략만 당하지 않았나?"

일찍이 신학문을 접한 이동하는 유교다 주자학이다 해서 고리타분한 한문 공부만 하다가 외세에 나라를 빼앗긴 중국의 한족과 조선인을 못나게 생각하고 있었다. 그런데 가만히 듣고 있던 이상룡이 나섰다.

"그렇지가 않네. 우리 조상이나 한족은 본래 풍요로운 땅에서 넉넉히 살다보니 남을 침략할 필요가 없던 것뿐일세. 중원도 그렇고 우리 조선 땅도 얼마나 풍요로운가? 그러니 이 황량한 만주니 몽고니, 아니면 지진과 해일에 시달리는 섬나라 일본 땅이 무어 욕심나겠나? 우리가 힘이 없고 바보 같아서 당한 건 아닐세. 저 여진족이나 몽고족이 한때 중원을 지배했지만 결국 그들은 중원 땅에 자기 문화를 남기지 못하고 한족에게 배우기만 했네. 왜놈들도 마찬가질세. 우리 백제 왕국이 문물을 전해주지 않았다면 왜족들은 지금도 저 열대 지방에 산다는 미개인들과 다를 게 없을 걸세. 그리고 우린 지금까지 모든 싸움에서 이겨서 끝내 나라를 지켜왔지 않은가? 이번에 왜놈들에게 잠시 나라를 빼앗겼지만 우리는 반드시 찾을 수 있네. 머지않아 꼭 그리 될 걸세."

이상룡의 설명은 조선인에 대한 열등감에 사로잡혀 있던 이동하에게 큰 충격을 주었다. 그날의 대화에서 얻은 자부심과 긍지는 이동하가 힘에 부칠 때마다 보이지 않는 위로가 되어주었다.

중국인 마부들은 첫닭만 울면 어김없이 길을 떠났다. 가다가 눈을 만나도 그대로 강행군이었다. 짐을 실은 말 위에 사람이 앉아 가다가 낙상하는 일도 잦았다. 부상을 당한다 해도 갈 길이 바쁜 탓에 조리할 형편이 안 되니 그대로 길을 가야 했다. 여행은 쉼 없이 계속되었고 사람들은 날로 지쳐갔다.

열흘 가까이 고생을 한 끝에 환인현의 항도천에 도착했다. 이곳에는 김대락이 한인 촌락을 만들어 살고 있었다. 안동 어른인 김대락은 방이 일곱 개인 큰 집을 지어 두 칸은 고향에서 같이 온 조선인 가족이 살도록 하고 나머지 방에는 학교를 만들어 조선인 2세들을 가르치고 있었다. 망명 초기, 기거조차 어려운 실정에 학교까지 만들어 교육 사업을 하고 있었던 것이다. 일행은 그의 민첩성과 주도면밀함에 탄복했다.

"참으로 대단하십니다, 어르신. 어르신 이루신 모습을 보니 너무도 부끄럽습니다. 여기까지 오면서 한 고생만으로도 젊은이들조차 벌써 의기가 한풀 꺾였는데요."

"처음이라 그런 걸세. 우리도 처음 여기 왔을 때 한 고생이야 말로 다 못하지. 두고 온 짐 꾸러미가 도착하지 않아 덮을 요와 이불도 없고, 문조차 없는 방이라 지내기가 참 난감하더군. 가져온 돈을 덜어 가재도구와 가마솥, 그릇을 몇 점 사서 살림을 대충이나마 갖추고 나니 추위 걱정이야 조금 면했지만, 많지 않은 자금을 낭비하기 시작했으니 걱정이 앞서 잠도 안 오더라고."

불과 몇 달 전 일을 회상하는 칠순에 가까운 노옹의 얼굴에 엷은 미소가 번졌다. 끌어안고 눈물이라도 흘리고 싶을 정도로 정겹고 믿음직한 어른이었다. 사람들은 김대락을 둘러싸고 앉아 그간의 고생담을 주고받으며 날을 샜다.

김대락의 말대로 만주의 겨울은 끔찍했다. 초가을부터 내린 눈은 녹지 않고 층층이 쌓여 얼음 눈이 되었다. 그 위를 달리는 마차의 바퀴가 얼음과 부딪히는 소리는 귀까지 저리게 했다. 사람들은 꽁꽁 언 손으로 두 귀를 막았다. 조선인들은 내복도 없이 솜을 두툼하게 넣은 옷을 여러 겹 입어 추위를 막았다. 만주인들은 머리에 개털 모자라도 썼지만 조선인들은 기껏해야 명주 수건을 쓰는 정도였다.

신발이 가장 큰 문제였다. 만주인들은 울누라고 불리는 쇠가죽 신을 만들어 그 안에다 풀을 두들겨 넣어 신었지만 조선인들은 짚신을 신었다. 양말이란 것도 없던 시대였다. 버선을 만들기도 쉬운 일이 아니라 대개는 천으로 발을 둘둘 말아 발싸개만 하고 다녔다. 발싸개 위에 짚신을 신고 눈길을 걸으면 눈이 자꾸 뭉쳐 발에 올라붙어 발이 시리고 무겁기도 하여 넘어지기 일쑤였다. 많이 걷다보면 짚신 밑창은 다 닳아 없어지고 발등 부분만 남아 달랑거렸다. 피나무와 난티나무의 껍질을 벗겨 만든 신을 신기도 했지만 겨울철 동상을 막기에는 역부족이었다.

추위를 타지 않는다고 자부하던 이동하였지만 바람의 기세에 눌려 눈조차 바로 뜨기 힘들었다. 옷 속으로 파고 든 바람은 뼛속까지 스몄다. 말로만 듣던 만주 추위, 고놈 참 왜놈보다 더 독하네, 사람들이 한마디씩 했다. 입술도, 입 밖으로 나온 말도 서걱거렸다. 걸을 때는 귀가 시리고 뻣뻣할 뿐 정작 아픔은 느껴지지 않았지만, 온기 있는 주막에라도 들어가면 몸이 덜덜 떨리고 얼굴과 발이 아리기 시작했다. 고개를 숙이고 등을 잔뜩 움츠린 채 걸은 탓에 목과 허리뼈까지 아팠다. 얼었던 귀가 터져 진물이 주르륵 흐르기도 했다.

이동하 일행의 최종 목적지는 유하현 삼원포였다. 그곳에 이회영 일가와 이동녕 등이 자리를 잡고 이들이 오기만 기다릴 것이었다. 그런데 유하현으로 떠난 이동하 일행은 유하현에는 들어가보지도 못하고 항도천으로 돌아와야 했다. 가는 도중 중국인 병사들이 조선인은 유하현으로 들어갈 수 없다고 저지했기 때문이었다. 통역하는 이를 통해 들어보니 엉뚱하게도 먼저 유하현으로 간 이회영 일가 때문이었다. 통역하는 이가 말했다.

"지금 유하현에서는 조선인에 대한 중국인들의 경계심이 아주 높아졌답니다. 유하현에 들어갈 수도 없고 들어간다 해도 정착하기 힘들 거라고 합니다."

2월 초순에 먼저 그곳에 도착한 이회영 일가는 전 재산을 팔아 이주했기 때문에 식솔은 물론이고 가져온 짐도 많았다. 그 행렬을 본 중국인들이 관청에 고발했다.

"예전에는 조선인이 왔어도 남부여대로 산전박토나 일구어 감자나 심어 연명하며 근근이 살았습니다. 그런데 이번에 오는 조선인들은 살림 실은 마차가 수십 대씩이고 짐차로 군기(軍器)를 실어오니 필경 일본과 힘을 합해 우리 중국을 치러 온 게 분명합니다. 그러니 이들을 몰아내주십시오."

이회영 일가는 중국 관청에 끌려가 크게 홍역을 치렀고, 조선인들이 우물에 독약을 넣었다는 헛소문까지 나돌아 민심이 흉흉하다는 것이었다.

항도천으로 돌아온 이동하 일행은 일단 빈집을 세내어 머물며 궁리에 들어갔다. 면밀히 준비한다고 했지만 막상 남의 나라에 와보니 상황이 너무나 달랐다. 안동을 떠날 때 세웠던 계획은 대폭 수정되어야만 했다. 당장 필요한 것은 안정된 거주지와 농사지을 땅이었고 중국인들과 우호적인 관계를 유지하는 것 또한 중요했다. 장기적으로 안정된 정착을 위한 방안도 모색해야 했다. 토지 제도, 호적 제도 등을 함께 토론하고 만주 땅을 수전(水田) 농사에 적합한 농토로 개간하는 문제도 논의했다.

그러나 항도천에서도 정착할 수는 없었다. 이방인을 꺼리는 중국 토착민들이 까다롭게 굴어 며칠 못 가 다른 곳으로 이사를 가야 했고, 어쩌다 착한 주인을 만나 집을 빌린다 해도 집이라고 할 수 없을 정도로 허름했다. 그렇게 떠돌다보니 돈도 많이 써버렸고 절망적인 말을 하는 사람까지 생겨났다. 그럴 때면 이동하는 말했다.

"지금 조선은 온통 감옥이라네. 우리야 자유롭게 숨이라도 쉴 수 있으니, 얼마나 좋은가."

말은 그렇게 했지만 이동하 역시 난감한 기분을 지울 수는 없었다. 앞으로 일이 어찌 될지 예측하기 어려웠다.

한동안 항도천에 머물던 일행은 다시 유하현을 향해 길을 떠났다. 유하현까지 가려면 압록강을 따라 집안현으로 가서 다시 북쪽으로 200리를 더 가야 했다. 합치면 500리가 넘는 먼 길인데다 울창한 삼림에 둘러싸인 험난한 길이었다. 대낮에도 어두컴컴한 숲길을 아녀자와 어린아이까지 데리고 걷고 또 걸었다. 인적이 드문 산

속을 헤매다보면 제대로 길을 가는 건지 물어볼 사람조차 만나기 어려웠다. 며칠 만에 겨우 유하현 삼원포 추가가에 도착했다.

어렵게 도착한 추가가도 끔찍한 만주 땅이었다. 3월인데도 온 세상에 눈서리가 끼어 희뜩했다. 공기조차 얼어붙은 듯 하늘과 땅 사이에 바람 소리만 힝힝거렸다. 매서운 바람은 4월까지 계속 불었다. 바람이 휘몰아칠 때마다 잎이 진 가시나무 덤불이 귀신 들린 사람처럼 몸부림을 치다가 땅바닥에 드러눕곤 했다. 세상에는 온통 눈보라뿐이었고, 그것과 맞서 싸울 것은 아무것도 없었다. 사람들은 밖으로 나갈 엄두조차 내지 못한 채 겨울을 견뎠다. 그래도 조금씩 날이 풀리면서 사람들은 다시 희망을 짜내 새로운 땅에 정을 붙이려 애쓰기 시작했다.

고향에서는 큰 기와집에 종 부리며 벼슬까지 하며 살았던 사람도 이곳에서는 초라하게 살 수밖에 없었다. 누구나 움막집이나 틀방집을 짓고 살아야 했다. 토막 통나무를 쪼개어 지붕을 덮고 홈을 판 통나무로 굴뚝을 만든 집이었다. 다행히 나무는 많은 곳이라 마음대로 나무를 베어 집을 지어도 규제하는 이는 없었다.

그러나 조선인들이 자리를 틀기 시작하자 이 지역의 토족인 추씨들이 의심하고 들었다. 조선인들이 독립운동을 벌이면 뒤를 따라 일본군이 들어올지도 모른다고 겁을 먹은 것이었다. 조선인들에게는 가옥이나 토지를 팔지도 않고 세를 주지도 않았다. 집이나 학교를 짓는 것도 금지하고 심지어는 말도 하지 않았다.

어느 날인가는 중국 군경 수백 명이 숙소를 급습해 조사를 하고 갔다. 중국 군경들은 조선인들을 일본의 첩자로 의심했다. 그들은 조선인들이 필담으로 자신들은 일제의 첩자가 아니라 반대로 독립운동을 하러 온 사람들이라고 설명하자 물러났다. 중국 군경의 의심은 벗어났으나 독립운동을 하러 온 조선인들에 대한 중국 토착민들의 경계심은 여전했다. 그 후에도 가옥과 전답을 살 수 없어 조선인들의 어려움은 계속되었다.

어렵사리 산비탈 토굴 같은 집에 방 세 칸 겨우 마련하여 몇 가구가 머물렀다. 밤에는 차양 같은 것을 방에 치고 가족끼리 무리지어 잠을 잤다. 다행히 4월이 되니 날이 풀리기 시작해 옷이나 홑이불만 덮어도 그럭저럭 견딜 수 있었다. 농사는 강냉이와 좁쌀, 두태를 심는 것뿐이었다. 쌀은 2, 300리나 떨어진 곳에서 사 와야 했는데, 제사 때나 되어야 쌀밥을 지었다. 쌀이 귀한 곳이라 그곳 아이들이 이름 짓기를 '좋다밥'이라 했다.

같은 시기에 통화현과 유하현에는 조선인을 축출한다는 고시문까지 붙었다. 중국의 실정법에 따라 중국인으로 입적하지 않으면 살 수 없게 되었던 것인데, 그렇게 입적하는 것이 쉽지는 않았다. 그렇다고 좌절하고 있을 수만은 없었다. 이동하는 동지들을 규합하여 조선인의 거주를 허용해줄 것과 중국 민적에 들어갈 수 있게 해줄 것을 봉천성에 청원했다.

숱한 어려움에도 불구하고 조선인들은 마침내 최초의 무장 학교를 세웠다. 신흥강습소였다. 학교라 하지 않고 강습소라 한 것은 중국인들과 일제 관헌의 의혹을 피하기 위한 것이었다. 학과로는 4년제 중학 과정인 본과와 군사학을 배우는 단기 과정인 특과를 두었다. 사실은 무장 교육을 위한 학교였지만 일경의 감시를 피하기 위해 공부를 강조한 것이었다. 특과를 맡은 교관들 중에는 옛 대한제국 시절에 무관학교를 졸업한 최고의 엘리트들도 있었다. 이 교관들은 웬만한 추위에도 새벽 3시만 되면 훈령을 내려 40명 정도 되는 학생들을 데리고 인근의 제일 큰 산을 한 시간 만에 돌고 왔다.

누구도 돈을 대주지 않으니 학생들은 스스로 먹고살기 위해 농사도 지었다. 이동하는 젊은 학생들이 열심히 공부하고 농사도 짓는 모습을 보며 우리 민족은 반드시 일제를 몰아내고 조국 광복을 맞게 될 거라고 확신했다. 교사들은 낮에는 학생들을 가르치고 밤에는 사업을 구상하거나 실천 방안을 짰다. 12월에는 학교 연종 시험과 진급 포상회가 열렸다. 학생들은 공책, 연필, 모필, 양지, 철필, 묵, 인도고(印度膏), 『출애굽기』 같은 책들을 상으로 받았다.

학교를 세워 활기차게 활동했지만 이들이 해결할 일은 한둘이 아니었다. 우선 중국인으로의 입적 문제가 난항에 부딪혔다. 몇 차례 청원을 한 후에 입적이 되었는데 나중에 알고 보니 입적 증빙서류는 임시 증명서에 불과했다. 입적은 10년 이상 거주한 사람이라야 가능하다는 것이었다. 1년의 관찰 기간을 거쳐 입적 문제는 겨우 해결되었지만 더 중요한 문제가 남아 있었다. 토지를 사고 경작권을 얻는 일이었다. 토지를 소유하는 일은 입적 문제보다도 훨씬 까다로웠다. 중국에는 조선인들의 토지 소유를 제한하는 토지전매조차 금지법이 있어 토지 매매 문제는 쉽게 풀리지 않았다.

조선인들은 크고 작은 어려움에 부딪혔지만 살아야 한다는 욕망과 조국을 독립시켜야 한다는 의지를 불태우며 어려운 일들을 극복해나갔다. 그러나 척박한 만주의 자연환경은 시시때때로 이들의 열망과 의지를 꺾었다. 첫 해부터 몰아친 혹독한 가뭄이 그것이었다.

만주는 땅이 넓고 비옥해서 농사를 짓기에는 최적이었다. 청조가 수립된 후 청 황실의 고향인 만주에는 봉금령이 시행되어 일반인은 전혀 들어갈 수 없었다. 때문에 몇백 년 동안 경작되지 않은 만주 땅은 비옥하기 그지없었다. 하지만 비옥한 땅도 천재지변에는 불가항력이었다. 농작물이 자라야 할 시기에 비 한 방울 내리지 않는 가뭄이 계속되어 수확은 형편없었다. 그나마 수확한 곡식은 중국인 지주가 소작료 명목으로 대부분 가져가 버렸다. 가을이 되었지만 이주 조선인의 집에서는 밥 짓는 연기가 나지 않았다. 많은 가정이 풀뿌리를 캐고 나무껍질을 벗겨 연명해야 했다.

겨우 봄이 올 무렵에는 무수한 사람이 풍토병으로 죽었다. 영하 2, 30도가 넘는 추위에 마실 물을 구하지 못한 사람들이 나무뿌리에 고인 냉수를 마시고 생긴 병이었다. 추운 지방에서 자라는 나무에는 기후를 이기기 위한 독한 성분이 있는데 그 성분은 인체에 해로웠다. 그처럼 독한 성분이 뿌리 쪽으로 침잠하여 물과 섞여 있었으니 그 물을 마시면 탈이 날 수밖에 없었다. 겨우내 굶주려 약해질 대로 약해진 노약자나 여자들은 쉽게 목숨을 잃었다.

그래도 날씨가 풀리자 너도나도 산에 올라 화전을 일구었다. 울창한 나무들을 베어 쌓아놓고 불을 지른 후 타고 남은 자리에 씨앗을 뿌렸다. 쉬울 줄 알았는데 막상 해보니 그렇지도 않았다. 고향에서는 양반이라고 말고삐 잡고 한성이나 오가며 글이나 읽던 사람들이 생전 해본 적도 없고 듣거나 본 적도 없는 화전 농사를 직접 짓자니 마음대로 잘될 리가 없었다. 서간도로 올 때는 땅이 무진장 넓고 기름져서 먹고살기는 좋을 것이라는 기대감이 있었지만 정작 현실은 고달프기 짝이 없었다. 그해 가을에 거둬들인 식량은 겨우 겨울 한 철 먹고 나니 떨어졌다. 다음 농사지을 때까지 지낼 일이 심란했다.

메마른 황무지에서 춥고 배고프니 비명횡사하는 사람이 많았고 홍역, 천연두, 장질부사가 돌았다. 한번은 이병린이 장질부사에 걸려 석 달을 앓았다. 병에 걸려도 별다른 대책이 없었다. 황량한 만주에 약이 있을 리 없었다. 만주 사람이 하는 약국에 가서 필담으로 약을 지어 와 먹여도 소용이 없었다. 결국 동네 어른이 산에 가서 약초를 구해다 달여주었다. 이병린은 서너 달 앓고 나서야 조금씩 회복되었다. 장질부사는 고열이 나는 병이어서 머리털이 다 빠져 중대가리 몰골을 한 아이들도 적지 않았다. 망명 온 댓바람에 겪은 일이라 모두 당황했다. 좀 더 나은 세상에서 살아보겠다고 고생고생하면서 만주까지 왔다가 죽어간 사람들을 볼 때면 참 허망했다. 특히 어린아이들의 죽음은 부모들 가슴에 못질을 했다. 흉년과 풍토병에 쫓겨 고향으로 되돌아가는 사람들도 생겼다. 그해에는 서리가 일찍 내려 흉작이 들어 어른 아이 할 것 없이 굶주려 쇠약해졌다. 모두 병을 앓는 바람에 그토록 힘들게 개간하여 씨 뿌렸던 농사를 묵혔으니 가을에 거둬들일 게 없었다. 처음에 화전을 일구려고 산 쪽으로 들어갔던 사람들은 생명의 위협을 받으면서 점차 평지로 내려왔다.

폐농하고 나니 당장 겨울부터 양식이 없었다. 집집마다 할 수 없이 고국을 떠나올 때 가져온 옷감을 만주 사람들에게 내다 팔았다. 은가락지, 은잠 같은 패물들과 시집올 때 받은 혼수 옷들을 십 리 밖에 살고 있는 조선인에게 가지고 가서 팔기도 했다. 은전 얼마를 받아 그걸로 좁쌀을 사서 죽을 쑤어 끼니를 이었다. 이회영을 중심으로 만주에 독립운동 기지를 건설하고자 조직되었던 경학사는 연이은 대흉년으로 재정이 곤란해져 자연히 해체되고 말았다.

못 먹고 못 입는 것 정도는 가난하게 살기로 마음먹으니 그런대로 견딜 만했다. 이동하는 망명을 결심할 때부터, 아니 독립운동을 하면서부터 가난을 숙명으로 받아들였다. 그에게 가난은 차라리 자랑스러운 것이었다. 조국이 저 지경인데 부유하게 산다는 것을 이동하는 용납할 수 없었다. 그것이야말로 치욕이라고 생각했다.

정작 의식주보다 더 큰 문제는 일제 관헌에게 쫓겨 한곳에 오래 정착할 수 없다는 것이었다. 이동하를 비롯한 대부분의 독립운동가들은 온 만주 땅을 동가식서가숙하며 부평초처럼 살아야 했다. 그럼에도 일제의 강압적인 정책에 진저리가 난 농민들과 독립군들은 계속해서 만주로 이주해 왔다. 많은 이들이 기아와 풍토병으로 쓰러져갔지만 더 많은 이들이 가족 단위로 남부여대하여 서간도로 몰려들었다. 동포들을 보며 이동하는 다시 힘을 내지 않을 수 없었다. 하루바삐 삶의 터전을 잡고 고향에 남아 있는 가족들도 불러와야 했다. 이동하는 나지막이 '독립군가'를 부르며 향수를 달래곤 했다.

"동편에 뜬구름 바라볼 때마다 더운 눈물 뿌리기 몇 번이던가. 형제들과 처자는 어찌 되었나. 아직까지 쓴 목숨 이어가는지……."

새봄이 올 무렵, 이동하 일행은 남쪽으로 약 90리 떨어진 통화현 합니하로 거처를 옮겼다. 합니하는 지명이자 강 이름이었다. 동에서 서로 길게 흐르는 강 주변은 습지여서 논농사를 지을 줄 모르는 만주인들에게는 황무지에 불과했지만 조선인들에게는 최적의 땅이었다. 숱한 세월 강물에 실려 온 퇴적물이 쌓여 땅은 기름졌고 논농사에 필요한 물이 사시사철 강을 따라 흘렀다.

조선인들은 중국 관청에 몇 차례나 청원서를 올린 끝에 토지를 살 권리를 인정받은 후 이회영의 형인 이석영이 낸 거금으로 이 일대의 땅을 사들였다. 땅을 사자마자 모두 학교 신축 공사에 매달렸다. 조선인들은 삽과 괭이를 들고 고원지대를 평지로 만들기 시작했다. 20리나 되는 좁은 산길을 오가며 험한 돌산의 산턱에서 파낸 돌을 어깨나 등으로 져 나르는 중노동이었다. 넉 달 만에 새로운 교사가 완공되자 백여 명의 이주민들은 눈물을 흘리며 낙성식의 기쁨을 누렸다.

다음 해 봄에는 아내 김봉희가 둘째 아들 병기를 데리고 합니하로 왔다. 다소 살 만해진 때였다. 물을 이용한 논농사를 시작했기 때문이었다. 조선인 고유의 기술인 논농사를 지으니 먹고살기가 한결 나아져 농기구를 직접 제작하는 철공장이나 금융기관도 만들었다. 수확기 소출이 많을 때에는 금융기관에 여분의 곡식을 맡겼다가 경제적으로 곤란해졌을 때나 춘궁기에 찾아가도록 했다.

그때가 짧으나마 온 가족이 함께 모여 행복하게 살던 유일한 시기였다. 이동하는 씩씩하고 쾌활한 둘째 아들 이병기를 '만돌이'라고 부르며 어디든 데리고 다녔다.

김봉희를 비롯한 여인네들은 무관학교 학생들과 독립군들 뒷바라지를 맡아 했다. 여인들은 집이 멀거나 다른 지방에서 온 학생들의 숙식을 돌봐주고 옷이나 신발을 만들었다. 무관학교 생도들의 황갈색 제복이며 중국식 검정 두루마기를 대량으로 만드는 것도 여인들의 일이었다. 동지들에게 두루마기를 한 벌 주면 다 떨어져 누더기가 되도록 입었다. 중국식으로 옷을 입으면 조선인이라는 표가 잘 안 났고 활동하기에도 더 편했다. 만주족 여자들에게 신발 만드는 법을 배워서 신발은 수년 내내 사지 않고 만들어 신었다.

남자들이 독립운동을 하러 나가면 여자들은 모든 살림을 책임지고 꾸려나가야 했다. 독립운동을 하다가 남자가 죽더라도 여자들은 끝까지 집안을 지켜야 할 책무가 있었다. 여자들은 집안일에 아이들을 키우고 농사일까지 도맡아야 했다. 빈곤이 그림자처럼 따라다녔고 여자들은 한순간도 고된 육체노동에서 해방될 수 없었다.

이동하의 집에는 항상 손님은 많고 땟거리는 부족했다. 보따리를 싸 짊어진 통신원들이 춥건 덥건 밤낮으로 오갔고 정객들도 많이 왔다. 중국인처럼 변장하느라 다들 검정 두루마기 같은 중국식 옷차림이었다. 입성은 초라했지만 대문에 들어서면 집 안이 환해질 정도로 모두 키도 크고 인물들이 좋았다. 이동하는 그들에게 뜨거운 밥과 뜨끈뜨끈한 국을 대접하고 싶었지만 집에는 이렇다 할 먹을거리가 없었다. 옥수수를 갈아 죽을 끓여주거나 국수를 해주는 게 고작이었다. 가끔은 그나마 차릴 돈도 없어 김봉희가 중국인 피복 공장에서 단춧구멍 만드는 부업거리를 얻어 일해 끼니를 마련하기도 했다.

이렇게 3, 4년이 지나니 만주 일대에는 조선인이 없는 곳이 없어졌다. 물을 이용한 논농사가 널리 퍼지면서 생활수준도 한결 나아졌고, 중국인들의 대우도 좋아졌다. 학문에 대한 열의가 깊은 조선인들은 마을마다 학교를 설립해 서간도에만 200개가 넘는 학교가 생겼다. 기적 같은 일이었다. 이들 학교는 앞다투어 신흥강습소 졸업생을 교사로 초빙했다. 교사들은 학교 운영과 지역 주민 계몽을 맡아 낮에는 아동교육, 밤에는 지방 청년의 군사훈련에 힘썼다. 노동 강습소와 노동 학교도 여러 곳에 설립되었다.

참으로 우스꽝스럽게도 만주까지 와서 서당을 차리는 유생들도 있었다. 이동하는 각지를 돌아다니며 훈장들을 설득해 서당을 학교로 고치는 등 사립학교 설립에 몰두했다. 이때 이동하는 일제 경찰과 밀정들의 감시를 따돌리기 위해 '이철'이라는 가명을 썼다. 일제 경찰은 이철이라는 자가 여기저기 출몰해 독립운동을 조직하고 있다는 것까지는 알아냈으나 그가 이동하라는 사실은 끝까지 알지 못했다.

돌아다니는 게 일이다 보니 이동하는 위험에 노출될 때가 많았다. 한번은 마적을 만나 어렵사리 모은 군자금을 털리고 그것도 모자라 마적 소굴로 끌려간 적이 있었다. 마적들은 이동하를 첩첩산중 토굴에 가두었다. 마적들은 돼지우리 같은 곳에서 자고 눈만 뜨면 말 타고 도적질하러 가는 것이 일과였다. 그들은 마른 조밥을 지을 줄 몰라 조를 넣고 가마솥 가득히 물을 부어 끓이다가 위에 뜨는 것을 건져서 자배기에 담아 다시 중탕을 해서 먹었다. 이동하에게는 곡기가 다 빠진 약간의 좁쌀죽과 소금을 주어 끼니를 때우게 했다. 한번은 이동하가 바가지로 돌을 일어서 조선식으로 마른 밥을 해주니 마적들이 게걸스럽게 잘 먹었다. 그 후로 이동하에게 매일 밥 짓는 일을 시키더니 인질 대우도 좀 나아졌다.

이동하는 동네 어른들이 일 년 치 농비와 식량을 마적들에게 갖다 바쳐서 겨우 풀려났다. 마적들이 요구하면 비싼 궐련이나 사탕도 구해다주어야 후환이 없었다. 마적들은 신흥무관학교가 삼원포에서 합니하로 이사한 다음 한층 심하게 날뛰었다. 합니하 부근은 험준한 산악 지대여서 치안이 부실한 탓이었다. 여자와 아이들까지 마적들에게 총상을 입었고 산채로 끌려가는 남자들도 부지기수였다.

이동하는 고난이 닥쳐올 때마다 절망하지 말자고 수도 없이 되뇌었다. 절망은, 절망이야말로 적이 원하는 바다, 절망은 독립운동의 적이다, 죽음에 이르는 병이다. 그는 절망감이 엄습할 때마다 정겨운 조국 산하와 동포들의 모습, 그리고 압록강을 건널 때의 다짐을 떠올렸다.

'낯선 땅 만주로 들어설 때 너나 할 것 없이 애국심이 강렬하였고, 왜놈의 학대에서 벗어난 것만으로도 상쾌하였고, 앞날을 향한 희망에 환희 만만하지 않았던가. 조국이 해방되기 전에는 돌아가지 않겠다고 맹세하면서 노인을 앞세우고 만삭의 손부와 손녀를 이끌고 어린아이들까지 손을 잡아 망명길에 오르지 않았던가!'

이동하는 그 모습, 그 다짐을 다시 가슴팍에 새겨넣었다.

오직 '그날'을 위해서였다. 망명한 조선인들은 하루바삐 조국으로 돌아가고 싶어 했다. 이제나저제나 그날을 꿈꾸었다. 이 집 저 집 비가 샜지만 고치려고 하지 않았다. 그날이 머지않아 올 것 같아서였다.

1919년 3월 1일, 정말로 '그날'이 온 것만 같았다. 삼월 첫날부터 경성을 시작으로 전국적인 만세 시위가 일어났다. 대한 독립 만세의 물결은 한반도 전체를 울리고, 압록강과 두만강을 넘어 만주 땅으로 넘어왔다. 3월 12일 유하현과 통화현에서 대한 독립 만세가 터졌고, 17일에는 삼원포에서도 천여 명의 조선인들이 시위를 벌였다. 모인 사람들은 이대로 무기를 들고 압록강을 넘어 진군하자고 외치기도 했다. 조선 국내와 마찬가지로, 만주의 만세 운동은 사월까지 계속되었다.

만세를 외쳐본 만주의 조선인들은 새로운 세상을 만난 것 같았다. 이주해 오는 조선인들의 수도 급격히 늘어났다. 어려운 환경 속에서 하루하루 끼니 걱정을 하며 연명하던 이들이지만 동포들이 들어오니 그저 반갑고 또 반가웠다. 그런데 많은 사람이 무차별로 오다

보니 일제 경찰에게 아부하는 밀정들이 나타났다. 이들의 숫자는 점점 늘어나 큰 위협거리가 되었다. 독립운동가들은 그들을 일제의 '주구'라고 불렀다. 사람들이 주구라는 개념을 잘 이해하지 못하자 이동하는 큰 종이에 무언가 열심히 그렸다. 머리는 분명 사람 머리인데 몸뚱이에는 털이 부스스하고 꼬리가 달린 이상한 동물이었다.

"이것이 바로 주구라는 개요. 사람처럼 보이려고 인피를 쓰고 있지만 일본 놈들의 개 노릇을 하니 개가 아니겠소. 그래서 주구라는 새로운 단어가 생긴 거요."

이동하의 말에는 남들을 감화시키는 묘한 매력과 재기가 넘쳤다. 듣는 이들은 고개를 주억거리며 박장대소했다.

이주 조선인 사회의 팽창을 지켜보며 이동하는 가슴이 벅차올랐다. 그는 이에 맞추어 독립운동 단체도 하나로 통합해야 한다고 생각했다. 그동안 착실하게 준비해온 독립 전쟁 준비가 이제는 어느 정도 갖추어졌고 삼일운동으로 그 어느 때보다 조국 광복에 대한 열기가 고조되었으니 본격적으로 독립군을 조직해야 한다는 판단이었다.

이동하와 이상룡, 김동삼 등은 삼원포에 모여 며칠 동안 협의하고 숙고한 끝에 각 단체를 해체하고 하나의 큰 단체를 만들어 독립운동의 구심점으로 삼기로 했다. 1919년 4월 발족한 한족 회의 회장을 맡은 이동하는 무장투쟁을 주도적으로 지휘할 군정부 설립에 착수했다. 그러던 중에 상해에 대한민국 임시정부가 수립되었다는 소식이 들려왔다.

임시정부가 처음 들어섰을 때는 그 위세가 대단했다. 큰 양옥을 얻어서 그 앞에 인도인 병정을 파수로 세우고 패기만만했다. 일본

기자들이 찾아와 죽을 모험을 해서라도 한 번 들어가 보아야겠다고 할 정도로 일본은 임정을 크게 보고 있었다.

정부를 세우기에는 때가 너무 이르다고 생각했던 이동하는 일의 추이를 파악하기 위해 상해로 갔다. 상해에는 임시정부에 큰 매력을 느끼는 독립운동가들이 많았고, 조선이 금방이라도 해방될 것처럼 흥분해서 다투며 새로운 정부와 지도부를 만들고자 하는 사람들도 많았다. 그러나 모든 독립운동가가 임시정부 수립에 찬성한 것은 아니었다. 이동하도 역시 정부 형태의 조직이 가져올 폐해를 우려했다. 많은 독립운동가가 외국에 있다는 사실은 임시정부로 인한 혼란을 가중시켰다. 다년간의 망명 생활 때문에 급변하는 국내 정세나 동향을 몰랐던 대다수 국외 지도자들은 여전히 누구를 중심으로 모일 것인지만 고민했다.

그러나 한 민족이 두 개의 정부를 가질 수는 없었다. 서간도 회의는 이왕 세워졌으니 정부를 상해에 양보하고 군정부라는 명칭을 군정서로 고치기로 합의했다. 서간도에 위치한다 하여 서로군정서로 명명한 이 군정서와 북간도에서 만들어진 북로군정서, 이 양대 독립운동 기관은 임시정부 산하의 군사 기관이 되었다.

아니나 다를까, 상해임시정부는 출범하자마자 큰 혼란에 빠졌다. 국무총리로 추대된 이승만이 조선이 미국의 한 주로 편입되기를 바란다는 외교 청원을 계획했다는 사실이 알려지면서 엄청난 반발이 일어난 것이었다. 이승만은 1919년 4월 상해임시정부 수립을 위한 최초의 29인 모임이 열렸을 때 이미 문제가 된 적이 있었다. 이 모임에 참가한 신채호는 의정원이 이승만을 국무총리로 추대하자 그가 두 달 전 미 대통령 윌슨에게 국제연맹에 의한 조선의 위임통치를 청원했다는 사실을 들면서 이를 격렬히 반대하고 나섰다.

"미국에 위임통치를 청원한 이승만은 이완용이나 송병준보다 더 큰 역적이오. 이완용은 있는 나라를 팔아먹었지만, 이승만은 우리 나라를 찾기도 전에 있지도 않은 나라를 팔아먹으려 하질 않소!"

신채호는 그 길로 퇴장해버렸고 그 후 임시정부에 실망한 많은 독립운동가가 임시정부를 떠나 독자적인 노선을 걷게 되었다.

이승만을 둘러싼 논란은 임정 초기부터 끊이지 않았다. 당시 임정은 대통령이 없고 국무총리가 정부를 대표하는 체제였는데도 국무총리 이승만은 미국에서 계속 대통령 행세를 했다. 이에 상해임정은 이승만에게 전보를 띄워 "계속 대통령 행세를 하는 것은 위헌이니 이를 중지할 것"을 통고했다. 그러나 이승만은 "우리끼리 내분으로 시끄러워지고 이것이 외국에 알려지면 독립운동에 방해가 되니 떠들지 마시오."라는 고압적인 답변을 보내 상해 측 인사들을 분노케 했다.

결국 안창호의 중재로 1919년 9월 헌법을 개정해 이승만에게 대통령 직위를 주고 국무총리에 이동휘를 임명함으로써 사태는 일단락되었다. 이승만을 잘 아는 사람들은 그의 아집과 독선에 혀를 내두르며 문제아 취급을 했다. 어떤 단체건 그가 발을 들여놓으면 금세 파쟁과 알력이 일어났다. 그의 끝없는 권력욕과 독선 때문이었다. 1913년 이승만이 하와이로 망명해서 한 첫마디는 "의병 투쟁은 불평 가득한 혈기의 발산에 불과하다."였다. 미국이 관심을 보이지 않는 행동은 백해무익하다는 것이었다. 극단적인 친미주의 성향으로 인해 이승만은 외교에 지나치게 의존하는 모습을 보여주었다. 그의 감옥 동기이자 절친한 친구였던 박용만은 "이승만 같은 사람이 해방 후에 민족의 지도자가 된다면 민중의 장래에 큰 불행이 올 것"이라고 예언하기도 했다.

내부의 혼돈은 어찌 되었든 대한민국 임시정부 수립은 한민족의 역사를 새롭게 쓰게 되는 중요한 사건이었다. 가장 큰 의의는 황제를 모시던 대한제국이 사라지고 민주공화국이 수립되었다는 점이었다. 이전까지는 한민족을 조선인이라 부르거나 혹은 대한제국을 따서 한인이라 불렀지만, 이제는 한국인이라고 부르는 게 맞았다. 누구보다 민족주의 교육의 원칙에 충실한 이동하는 이후부터 조선인 대신 꼭 한국인이라는 명칭을 사용했다.

임시정부가 생겼다지만 이동하의 할 일은 여전히 무장 세력 양성이었다. 서로군정서는 신흥강습소를 신흥무관학교로 개편하여 실질적인 독립 전쟁을 담당할 독립군과 간부 양성에 주력했다. 신흥무관학교는 유하현 고산자에 본교를 두고 통화현 합니하와 쾌대무자에 분교를 만들었다. 삼일운동으로 독립에 대한 열기와 열망을 갖게 된 청년들이 이곳으로 모여들기 시작했다. 하루에도 수십 명의 청년이 신흥무관학교의 본교와 분교로 찾아와 입교를 희망했다. 경성에서 학교를 다니던 학생들과 과거 의병에 참여했던 노인들까지 신흥무관학교 학생이 되겠다는 일념으로 압록강을 건넜다.

삼일운동 이후 지청천, 김경천처럼 일본 육사를 나온 일본군 장교 출신들도 일제와 무장투쟁을 전개하기 위하여 서간도로 망명해 왔다. 신흥무관학교 교관으로서 별호가 동천인 신팔균과 지청천, 김경천은 독립군 3천으로 불린 장군들이었다. 신팔균은 대동청년단 시절부터 이동하, 김동삼, 안희제, 윤세복, 서상일 등과 뜻을 함께 해온 동지였다. 우수한 교관들의 합류는 독립운동의 열기를 한층 고조시켰고 신흥무관학교의 명성을 드높였다.

그러나 청년들이 몰려와 항일 독립 투쟁이 격화되자 중국이나 일제와의 관계는 더욱 어려워졌다. 일제는 중국 당국에 압력을 가하는 한편 친일 세력을 비호, 육성하고 조선인끼리의 이간을 충동질하는 등 직간접적으로 독립운동 세력에 압박을 가하고 있었다.

한편 그해에는 농사가 잘돼서 살림이 비교적 윤택했다. 특히 북쪽 사람들은 생활력이 강해서 자리를 빨리 잡았다. 고산자 장에 나가면 북쪽 사람들이 여관이나 음식점에 방앗간처럼 기계를 설치하고 메밀을 빻아서 가루를 내는 모습을 볼 수 있었다. 그 메밀가루 반죽을 떡처럼 덩어리로 만들어 기계에 넣고 누르면 물이 펄펄 끓는 물통 속에서 메밀국수가 건져져 나왔다. 거기에 돼지고기와 김치를 썰어 넣고 먹으면 맛이 일품이었다.

이제 조선인은 중국에 입적하여 호적을 작성할 수 있었다. 조선인 자치단체를 조직해 호당 세금을 냈고 개인으로 열심히 성금을 내는 이도 많았다. 세금은 독립운동 자금으로 쓰였지만 일반 사람들 사이에는 불평이 많았다. 여자들이 장에 가서 잡곡 팔고 쌀 팔아 손에 돈을 쥐면 독립군들이 세금으로 다 가져가 버린다고 불만을 토로했다. 구장이 집집마다 군자금을 걷으러 가면 하나둘씩 불평불만을 털어놓았다.

"고산자 장터가 범 아가리라니까. 일본 놈 보기 싫어 왔더니만 농사지어 놓으면 군자금으로 쓴다고 다 뺏어가네, 다 뺏어가!"

"일본 놈도 싫지만 세금 걷어가는 독립군은 더 징글징글해!"

단체 입장에서 보면 군자금은 피땀 어린 혈세였다. 이주 한인들 중에 단체나 조직의 덕을 보지 않은 사람은 하나도 없었다. 그런데 불평불만만 하는 이들이 독립군 입장에서는 야속하기도 했다.

물론 모두가 그런 것은 아니었다. 이주민들의 다수는 독립을 위해 기꺼이 봉사할 의지가 있었다. 부녀자들도 모여서 반일 집회에 참가했다. 국내에서는 애국부인회 활동이 활발하다고 하여 이곳에서도 애국부인회를 결성했다. 부인회는 의연금 모집 활동에 앞장섰다. 회원들이 분분히 일어나 은비녀, 은가락지, 옷감 등을 내놓았다. 어떤 회원들은 자신의 긴 머리채를 잘라 돈을 마련하기까지 했다. 회원들의 힘으로 군인용 철띠, 버선, 각반, 장갑 등을 만드는 한편 흰 광목을 사다가 참나무 껍질과 같이 삶아서 군복색이 나게 했다. 밤이면 몇 집에 보초를 세우고 문에 보를 친 다음 손재봉틀을 돌리면서 부지런히 군복을 지었다. 돼지나 닭을 잡아서 독립군의 식생활을 돕고 옷 깁기와 빨래 등도 도맡아 나서는 등 한인들은 물심양면으로 독립군을 도왔다.

신흥무관학교는 마적의 습격으로 최대 위기를 겪기도 했다. 1919년 7월 하순 마적 장강호 일당이 고산자 신흥무관학교를 습격하여 학생들이 피신하는 사이, 교감 윤기섭과 박장섭, 생도 여럿이 납치되었다. 두목 장강호는 송화강 서쪽에서 일대 세력권을 형성한 남만주 최대 규모의 마적을 거느린 자였다. 부하도 1,400~1,500명이나 되었다. 무관학교의 힘으로 이길 수 있는 상대가 아니었다. 학교의 위신이 크게 손상된 것도 문제였지만, 납치된 이들을 구조하는 것이 더 큰 문제였다. 9월 하순, 삼원포 한족회 본부는 소와 양 300마리 등을 주고서 겨우 인질들을 구할 수 있었다.

설상가상으로 학교에 마적의 습격보다 더 큰 타격을 준 사건이 발생했다. 마적에게 끌려간 이들이 아직 석방되기도 전인 1919년

8월이었다.

"큰일 났습니다!"

얼굴이 파랗게 질린 한 생도가 교무실 안으로 황급히 뛰어들어왔다. 머리를 맞대고 회의 중이던 이동하와 교관들은 또 무슨 일인가 싶어 그를 쳐다보았다.

"또 마적인가?"

"아닙니다. 더 큰 일인 듯싶습니다."

생도는 잠시 머뭇거렸다.

"어서 말해보게."

이동하가 채근하자 생도가 상황을 설명했다.

"학생들이 큰일을 저질렀습니다. 밀정으로 의심되는 자를 잡아서 구타하고……."

"아니, 또 밀정인지 아닌지 확실하지도 않은 자를 잡아다가 족치다니, 우리 학교 학생들이 한 짓이 맞는가? 믿을 수가 없구만. 그래, 그자는 어찌 되었는가?"

"그자는…… 결국 죽고 말았답니다."

생도가 고개를 푹 수그렸다. 여기저기서 한숨이 흘러나왔다. 이동하와 동지들은 다시 한 번 눈앞이 캄캄해졌다.

"혹여 밀정이라 해도 그렇지. 때리고 살인까지 저지르다니, 정말 큰일이구만."

"지난번 한용운이도 죽을 뻔했지 않은가? 아무리 밀정들이 판을 치고 다니고 우리 동지들을 팔아먹는다고 해도 우리까지 그리해서야……."

만주에는 밀정이 많아서 낯선 이들이 나타나면 일단 의심하게 마련이었다. 게다가 근간에 밀정의 기세는 하늘을 찌를 지경이었다. 신흥무관학교의 명성을 듣고 구경차 왔던 한용운이 학생들의 의심을 사서 몰매를 맞고 구덩이에 파묻혀 생사를 헤매다가 천운으로 살아난 때가 몇 달 전이었다. 그 후 교관들은 학생들 단속을 엄중히 해왔으나, 지도부의 힘만으로 되지 않는 일이 있는 법이었다.

"그래, 죽은 자는 어디 사는 누구라 하던가?"

사망한 이는 윤치국으로, 합니하 신흥무관학교 졸업생이었다. 그런데 하필이면 고산자 신흥무관학교 학생들에게 구타당하다가 사망한 것이었다. 학생들이 윤치국에게 여행 용무가 무어냐고 물어보았는데 그가 불손하게 대답하자, 교내로 데려와 구타하다가 결국 불미스러운 일이 벌어지고 말았다.

곳간에서 인심 난다는 말이 맞았다. 다들 어렵다 보니 이주 조선인들 사이에는 온갖 갈등이 늘어가고 있었다. 출신 지방에 따른 갈등이며 신흥무관학교 분교와 본교의 갈등, 교직원과 생도 사이의 갈등 등 지도부로서도 일일이 해결하기 어려운 온갖 갈등의 골이 돌이킬 수 없을 정도로 깊어졌다. 엉뚱한 살인 사건으로 신흥무관학교 생도들의 사기는 크게 떨어졌고, 강사를 그만두고 떠나는 교직원도 생겨났다. 합니하 신흥무관학교 학생들은 폭력으로 보복하겠다고 나섰고, 학교 전체가 일대 파란에 휩싸였다. 이동하, 김동삼, 양규열 등이 나서서 애써 사건을 무마하기는 했으나 이미 떨어진 사기를 만회하기란 쉽지 않았다. 윤치국 사건이 있은 지 얼마 후인 9월, 고산자 무관학교는 몇 달간 정학 명령을 받고 학무를 정지했다. 학교는 10월 7일에야 다시 문을 열었다.

생도들 내부에도 독립 투쟁 방법을 둘러싼 갈등이 빈번히 일어났다. 임시정부가 세워진 직후인 1919년 6월경 신흥무관학교에 입학해 군사훈련을 받던 김원봉이 그런 경우였다. 김원봉은 경남 밀양 출신으로 다부지고 똑똑한 청년이었다. 몇 달 동안 훈련을 받아본 그는 신흥무관학교의 방식을 비판적으로 보았다.

"무기를 구입할 능력도 없으면서 무력 항쟁을 위한 군대 양성이라니, 이는 우리의 현실과 동떨어진 망상에 불과하지 않습니까? 목숨을 아끼지 않는 열혈 지사를 규합하여 적의 군주 이하 고관과 적의 기관 등에 폭탄을 던져 놈들의 기관을 마비시켜야 합니다."

대규모 무장대를 만들기가 어려우니 극소수의 테러단을 결성해 싸우자는 것이었다. 이동하는 김원봉을 야단쳤다.

"왜놈 관리 몇 놈 죽인다고 그놈들이 물러가겠는가? 당장은 힘들어도 정규군대를 만들어서 놈들을 한꺼번에 몰아내야 한다네."

"당장 이 많은 식구들 양식도 마련하지 못할 정도로 사정이 어려운데 어떻게 무기를 구입할 것이며, 설사 국내 진공 작전을 시작한다 하더라도 어떻게 보급을 받을 것입니까? 단 한 명이라도 먼저 눈에 띄는 대로 일본 놈들을 죽여야지요."

"안중근 의사의 거사를 잊었는가? 왜놈 총대장을 죽였지만 놈들의 조선 침략에는 아무런 영향을 주지 못했네. 서둘지 마시게나. 만주로 넘어오는 한인이 벌써 백만이 넘어간다네. 우리 모두 힘을 합치면 하지 못할 일이 어디 있겠나?"

이동하는 남달리 용감하고 성품도 깨끗한 김원봉을 놓치고 싶지 않아 밤새워 설득했다. 그러나 스물세 살의 혈기 넘치는 청년을 붙잡을 수는 없었다. 서상락 등 몇몇 대원도 김원봉을 따랐다. 김원봉은 1919년 11월 9일 길림성 파호문 밖 중국인 집에서 윤세주 등

십여 명의 젊은이를 조직해 의열단을 결성했다. 이 중 여덟 명이 신흥무관학교 출신이었다. 그렇게라도 해서 싸우겠다는데 말릴 수는 없었다. 이동하 연배의 선배들은 그들의 투쟁을 후원하기 위해 노력할 수밖에 없었다. 김원봉도 나중에는 개인적인 테러 활동의 한계를 인정하고 군사 조직을 만들어 무장투쟁을 하게 된다.

서로군정서는 신흥무관학교를 통해 독립 전쟁을 치를 준비를 해나가는 한편, 말로만 독립운동을 할 뿐 무장투쟁을 외면하는 임시정부에 즉각 무장투쟁에 나서라고 요구했다. 임시정부가 무장투쟁을 외면하는 것은 역량이 부족하기 때문만은 아니었다. 임시정부 내무총장으로 취임한 안창호의 영향 탓도 있었다. 그는 과거 신민회 시절에 그랬듯이 무장투쟁보다는 실력 양성을 내세우며 국제사회에 외교적 노력으로 독립을 청원하는 정책을 폈다.

이승만과 안창호가 이끄는 임시정부에 크게 실망한 서간도의 독립운동가들은 독자적으로 일제와의 전쟁을 준비해나갔다. 먼저 부족한 무기를 구입하는 것이 급선무였다. 무기 구입 임무를 띤 20여 명의 대원들이 러시아로 파견되었다.

이동하의 큰아들 이병린도 그들과 함께 갔다. 신흥무관학교를 졸업한 이병린은 머리가 영민하고 행동이 민첩해 무기를 구입하고 운반하는 일을 자주 했다. 기억력이 뛰어나 한 번 보거나 들은 것은 잊는 법이 없었다. 어릴 적 만주에 온 지 몇 달도 채 되지 않아 중국어를 술술 잘해서 사람들을 놀라게 했고 러시아어나 일어도 빨리 배웠다.

몇 날 며칠을 걸어 중국과 소련의 국경에 도착한 이병린 일행은 밤이 되기를 기다려 한 사람씩 국경을 넘어갔다. 블라디보스토크의 암시장에서 러시아제 군총과 단발총, 미제, 독일제, 일본제 등의 소총과 권총, 그리고 기관총과 탄환 등을 돈이 되는 대로 구입했다. 대원들은 구입한 무기를 2~3정씩 나눠 갖고 다시 삼엄한 경계망을 뚫고 서간도로 돌아왔다.

며칠 만에 집에 들어온 이병린은 큼지막한 궤짝 몇 개를 다락 깊숙한 곳에 숨겼다. 새벽까지 덜거덕거리는 소리가 들려왔다. 다음날 아침, 동생 이병기가 궁금해서 물어보니 이병린은 장총을 보여주며 이것 소제하느라 잠 한숨 못 잤다고 했다. 그리고 어머니 약을 지으러 시내에 간다면서 나갔다. 몇 시간 후 이병린은 남자 두 명을 데리고 오더니 궤짝을 등에 지고 바삐 길을 떠났다.

이병린이 떠나고 얼마 되지 않은 시각, 갑자기 동네 개들이 요란하게 짖어대더니 경찰이 들이닥쳤다. 경찰은 가택수색하러 왔다면서 온 집 안을 다 뒤지고 서류와 책들을 압수해 갔다. 이동하와 이병린을 찾지 못한 경찰들은 윗동네로 가서 이 모라는 사람과 김동삼이라는 농민을 잡아갔다. 상해임시정부에서 활약하고 있는 김동삼인줄 알고 동명이인을 잘못 데려간 것이었다. 경찰은 일자무식인 농민 두 사람을 데려다 중죄인으로 엮어 처벌해버렸다. 발목에 나무 고랑을 채워 몇 달 동안 옥살이를 시킨 후에야 그들을 풀어주었던 것이다.

집을 떠난 이병린은 본격적인 무장투쟁에 나섰다.

죽음과 폐허를 뒤로 하고

이동하는 오묘연에게 같은 말을 몇 번이고 되풀이해 들려주곤 했다.

"너의 시아주버니 병린이가 사회주의자가 된 건 홍범도 때문이었다."

독립운동과는 아무 관련 없는 농가에서 자라난 오묘연은 시아버지 이동하를 통해 이시영이며 김동삼이며 서상일이니 하는 쟁쟁한 독립운동가들의 이름을 알게 되었다. 그중에서도 단연 돋보인 이는 홍범도였다. 이동하는 며느리와 손자들에게 홍범도에 대해 귀에 못이 박이도록 이야기했다.

"나중에는 이게 아니구나 싶었지만, 독립운동 초창기에는 사회주의가 좋은 줄로만 알았었다. 사회주의라는 것이 땅도 공장도 다 나라 것으로 하자는 건데, 왕조의 백성은 본래 자기 땅이라곤 없었거든. 논도 밭도 다 왕의 땅이니, 아무리 높은 벼슬을 해도 나라 땅을 빌려 쓰는 처지였지. 곡괭이 하나 만드는 대장간도 다 나라에서 운영했다. 그러니 사회주의를 하자 해도 별로 이상하게 생각하지 않았던 거다. 왜놈 치하가 되어 땅도 공장도 개인이 갖게 된 다음에야 사회주의보다는 자본주의가 좋구나 생각하게 되었던 거고. 그래도 여전히 많은 사람이 사회주의를 좋아했지. 자본주의 일본이니 미국이니 하는 것들은 우리나라 땅을 뺏으려고만 하는데 사회주의 러시아는 우리 독립운동을 도와주겠다고 나섰으니 말이다. 병린이가 사회주의자가 되고 동생 병기한테 이를 퍼뜨리는 걸, 나도 어쩔 수가 없었단다."

서로군정서에 소속된 이병린은 홍범도를 만날 기회가 없었다. 서로 조직이 다른 탓이었다. 처음 이병린이 홍범도를 만난 것은 홍범도가 이끄는 독립군 연합 부대가 1920년 6월에 왕청현 봉오동에서 일본군 대대 병력을 몰살시키는 대승을 거두고 안도현으로 올라온 가을 즈음이었다. 지청천과 이동하가 홍범도를 만나는 자리에 이병린을 데려갔다.

산포수였던 홍범도는 중간 키에 살집이 있었다. 얼굴은 철홍색으로 빛났는데 쉰 살이 넘은 나이임에도 크고 무거운 장총을 두 자루나 들고 다녔다. 이동하가 홍범도에게 말했다.

"장군! 봉오동 전투 소식 들었습니다. 정말 통쾌합디다."

"그러게 말입니다. 200여 명이 넘게 죽고 산 놈들은 모두 줄행랑을 쳤다면서요."

지청천도 호응했다. 검붉은 얼굴 가득 웃음을 지으며 홍범도가 말했다.

"이천만 동포가 힘만 합친다면 일본군 대군이 온들 무섭겠소?"

부리부리한 눈에서 광채가 나는 듯했다. 이동하는 김원봉이나 홍범도 같은 장수들이 늘어난다면 조선의 독립도 멀지 않으리라 생각했다. 이병린도 같은 생각이었다. 이병린이 홍범도를 좋아하게 된 것은 남달리 서민적이고도 인간적인 풍모 때문이었다. 같은 독립군 대장이라도 고루한 양반 출신인 김좌진이나 일본군 출신인 이범석, 지청천 같은 이들은 권위주의가 강하고 독재적이었다. 그러나 머슴 출신인 홍범도는 층하를 두지 않고 부하들을 동등하게 대했다.

독립군 연합 부대는 10월 하순 일본군과 대접전을 치르게 되었다. 홍범도가 이끄는 연합 부대 1,500여 명과 김좌진, 서일, 이범석 등이 이끄는 북로군정서 600여 명이 일본군 주력부대 5,000명과 맞붙은 것이다. 일본군은 보병뿐 아니라 기병, 포병까지 갖추고 있어 병력과 화력 면에서 독립군을 훨씬 능가했다. 피할 수도 없고, 피한다고 해도 끝까지 쫓아올 것이었다. 죽음을 각오하고 싸우는 수밖에 없었다. 청산리 전투의 시작이었다.

홍범도는 만나는 부하마다 말했다.

"어차피 나라 없이 죽을 목숨이 아니냐! 저 원수 일본 놈들을 한 명이라도 죽이고 우리도 죽자!"

독립군들은 환성으로 답했다. 지금까지 고생한 것은 결국 일제와 독립 전쟁을 치르기 위해서였다. 이제 그 기회가 왔으니 물러설 이유가 없었고 물러설 수도 없었다. 독립군들은 지휘관의 명령에 따라 일사불란하게 전투 자세를 취했다.

1920년 10월 21일 오전 8시경, 백운평 평지 안에서 김좌진의 북로군정서와 일본군의 첫 전투가 벌어졌다. 백운평은 협곡을 따라 계속 들어가서 마지막 부분에 펼쳐진 넓은 평지였다. 일본군 선발대가 들어오자 백운평 평지 주위의 산허리에 빙 둘러 매복해 있던 독립군이 일제히 사격을 가했다. 일본군 선발대는 갑작스런 공격에 당황해 정신없이 달아나기 시작했다. 그러자 뒤를 따라오던 일본군 후발대는 독립군이 자기들을 향해 달려오는 것으로 오해하고 집중 사격을 가했다. 양쪽에서 총격을 받은 일본군 선발대는 독립군에게 포위된 줄 알고 마주 총을 쏠 수밖에 없었다. 같은 일본군끼리 싸움이 벌어진 것이다. 그사이 김좌진 부대는 능선을 따라 이동하며 소총과 기관총으로 일본군을 공격했다. 일본군은 300구나 되는 시체를 남기고 후퇴했다.

다음 날 새벽에는 홍범도 부대가 일본군을 꺾었다. 이동하와 이병린은 서로군정서의 일원으로 홍범도 부대에 들어가 있었다. 홍범도의 지략은 감탄할 만했다. 홍범도는 전면에 이중으로 저지선을 만들어놓고 밀려오는 일본군을 상대하는 사이, 몇 개의 기습 부대를 편성해 일본군의 옆구리와 후방을 쳤다. 정규 훈련을 받지 못한 독립군 부대의 계략이라고는 믿을 수 없을 정도로 철저하고 기민한 작전이었다. 홍범도는 의병장 시절부터 '날아다니는 홍범도'라 불릴 정도로 날렵하고 뛰어난 전투력을 지닌 인물이었다. 총사령관이면서도 공격 때마다 앞장서 뛰어다녀 대원들의 사기를 한껏 높여주었다. 일본군은 제대로 대항 한 번 못해보고 지리멸렬 무너졌다.

대장 홍범도는 다음 전투 장소로 어랑촌을 택했다. 백운평과 완루구에서 패배한 일본군이 후퇴하려면 반드시 어랑촌을 지나야 했기 때문이었다. 어랑촌은 함경북도 경성군 어랑면 사람들이 대거 이주하여 만든 마을로, 마을 이름까지 고향을 본뜬 것이었다. 높지 않은 야산으로 둘러싸인 평지에 자리 잡은 어랑촌은 산에 올라가면 손바닥처럼 훤히 내려다보이는 마을이었다. 일본군이 마을 어디에 있든 사정거리에 놓일 수밖에 없었다.

독립군은 먼저 마을로 들어가 주민들을 멀리 대피시켰다. 그 후 김좌진 부대는 어랑촌 후방 고지를 점령했고, 홍범도 연합 부대는 김좌진 부대보다 높은 고지로 올라가 일본군이 몰려오기를 기다렸다. 이동하와 이병린도 홍범도와 함께 숲에 매복했다. 10월 26일이었다. 만주에서는 구월만 되면 낙엽이 졌다. 시월 하순이면 벌써 한 겨울과 다름없었다. 꼭두새벽부터 나무 뒤에 낙엽을 깔고 앉아 일본군 대병력을 기다리는데 긴장과 추위로 온몸이 사정없이 떨렸다.

연전연패로 사기가 떨어진 채 후퇴 길에 오른 일본군은 군가도 나팔 소리도 없이 이른 아침부터 꾸역꾸역 마을로 밀려들었다. 산중의 독립군들은 제각기 총부리를 누런색 일본군 군복에 맞춰놓고 사격 명령이 떨어지기만을 기다렸다. 그런데 마을이 텅 빈 것을 안 일본군이 황급히 방어 태세에 들어갔다. 함정에 빠졌다는 사실을 알아챈 것이었다. 사방에서 사격 명령을 알리는 권총 소리가 터졌다. 독립군의 총이 일제히 불을 뿜어댔다. 독 안에 든 쥐가 따로 없었다. 일본군은 손바닥만 한 마을 안에서 이리 숨고 저리 달아나느라 정신이 없었다.

일제의 반격도 만만치 않았다. 서둘러 대오를 정비한 일본군 기병대는 능선을 따라 측면에서 독립군을 공격하기 시작했다. 일본군 야포들도 맹렬히 포탄을 날렸다. 오전 아홉 시에 다시 시작된 공방은 해가 질 때까지 계속되었다. 하지만 고지를 점령한 독립군이 훨씬 유리했다. 기병대가 산을 타고 오는 것은 장님이 숨바꼭질을 하는 것처럼 어리석은 일이었다. 말들만 고생하다 쓰러져갔다. 일본군의 최신 소총과 기관총도 엄폐물 뒤에 숨어 사격을 가하는 독립군을 당해낼 수는 없었다. 일본군은 또다시 천여 명이 죽는 막대한 피해를 입었다.

청산리 일대에서의 대승으로 독립군의 기세는 한껏 고양되었다. 그러나 2만 명이나 되는 일본군을 계속 이길 수는 없었다. 더구나 일본군은 만주의 조선인 전체를 독립군 지원 세력으로 보고 탄압을 가해 오고 있었다. 독립군이라 해봤자 일 년 내내 무기를 들고 싸울 수 있는 미혼의 젊은 병력은 극소수였다. 이동하와 이병린이 그렇듯이 평소에는 농사를 짓거나 다른 일을 하다가 소집되어 싸우는 이가 대부분이었다. 일본군은 독립군의 근거지를 없앤다는 명목으로 조선인의 삶의 터전을 완전히 파괴하기 시작했다.

일본군은 봉오동과 청산리 전투에서 패한 이후 만주 전역의 한인 촌락을 찾아다니며 불을 지르고 조선인을 학살했다. 한인 가옥만 보이면 포문을 열어 파괴했고 살아남은 사람이 있으면 총검으로 찔러 죽였다. 총을 맞고도 죽지 않은 사람은 짚을 덮고 불로 태웠다. 마치 짐승을 사냥하듯 남녀노소를 가리지 않았다. 이장을 맡은 50대 혹은 60~70대 노령자들까지 독립군의 협조자라고 하여 살해했다. 산 채로 땅에 묻기도 하고 불로 태우거나 가마솥에 넣어 삶기도 했다. 코를 뚫고 갈빗대를 꿰고 목을 자르고 눈을 도려냈다. 껍질을 벗기고 허리를 자르며 못을 박고 손발을 끊었다. 죽은 부모의 혼백상자를 가지고 도망가던 형제가 일시에 화를 당하기도 했고, 산모가 포대기에 싸인 갓난아이를 안은 채 숨지기도 했다. 사람의 눈으로 차마 볼 수 없는 짓을 그들은 무슨 재미난 일을 하는 것처럼 자행했다.

일본군이 삼원포로 쳐들어온다는 소식을 들은 청장년들은 산으로 몸을 피했다. 독립군에 가담했던 이들은 가족을 놔둔 채 단신으로 길림성, 오상현, 영안현, 흑룡강성으로 흩어져 마을에는 거의 남아 있지 않았다. 그러나 삼원포가 독립군의 근거지임을 알고 있는 일본군은 한인 가옥을 집집마다 수색하여 조금이라도 자신들에게 불손한 기미를 보이는 사람들은 무조건 끌어냈다.

마침 함박눈이 쏟아지기 시작했다. 산과 들은 눈으로 덮여 온통 은세계로 변했다. 산에 피해 있던 남자 몇 명이 추위와 배고픔에 떨다가 한밤중에 몰래 마을로 내려왔다. 집에 도착한 그들이 허겁지겁 배를 채우고 있는데 일본군이 덮쳐 모두 체포되고 말았다. 그중에는 김동만도 있었다. 김동만은 김동삼의 동생으로 형과 이동하가 만주로 망명할 때 국내에 남아 독립운동 자금을 조달하였다. 몇 년 후 가족들을 데리고 만주로 온 그는 학생들을 가르치며 부민단과 한족회 활동을 하던 중이었다.

다음 날 아침, 김동만을 포함하여 밧줄에 묶인 남자 40여 명이 마당으로 끌려나왔다. 일본군은 먼저 본보기로 항일 투사인 회갑 넘은 할아버지와 그의 손자들인 청년 두 사람을 끌어내 말 꼬리에 매달고서 마을 사방으로 끌고 다녔다. 세 사람은 양쪽 다리에 혹독한 부상을 입고 얼굴도 몸도 문드러졌다. 두 팔마저 모두 엉망이 된 그들은 결국 죽고 말았다. 그 참상을 보고 있던 사람들은 너무 놀라고 혼이 나가 차마 울음소리조차 내지 못했다. 노인들과 여자들은 기절해 정신을 잃기도 했다.

독립군을 가려내기 위해 나머지 사람들을 고문하던 일본군은 입을 여는 사람이 없자 열두 명을 골라냈다. 일본군은 이들을 말 꼬리에 묶어 삼원포에서 만리고로 가는 길목인 왕굴령이라는 고개로 끌고 가 총살했다. 그것도 모자라 죽은 시체의 목을 일본도로 내리쳤다. 김동만은 다른 독립군의 행방을 끝까지 말하지 않다가 맨 나중에 처형되었다. 조선 옷고름으로 눈을 싸매고 목을 군도로 쳤으나 목이 완전히 떨어지지 않아 나중에 시신을 온전히 수습할 수 있었다.

일본군은 그칠 줄 모르고 퍼붓는 눈을 뚫고 계속 서쪽으로 진군했다. 일제는 막대한 수의 사상자를 낸 것을 엄폐하려고 이런 사건들이 신문에 실리는 것을 금하고 살해 방법도 바꾸었다. 청장년을 체포하면 현장에서 총살하지 않고 포승으로 결박하여 야음을 타서 본부로 후송하여 감금했다. 일본군은 사람들이 보지 않는 새벽에 출정했고, 포로들을 살해할 때도 역시 새벽에 인가가 없는 곳으로 데려갔다. 포로들을 끌고 도로에서 보이지 않는 골 안으로 들어간 일본군은 포로들에게 군용 삽을 나눠주어 자기가 들어갈 자리를 앉은키보다 더 높이 파게 했다. 그다음 자기 자리에 일일이 들어가 앉게 한 포로들을 총살하지 않고 총검으로 머리부터 난자했다. 그렇게 죽인 포로들은 흙으로 덮고 눈으로 감춰버렸다.

그러나 일제는 중국 관헌이 주재하는 곳이나 선교사들이 있는 곳에서는 학살을 하지 못했다. 특히 캐나다 선교사들을 피했다. 캐나다 선교사들은 만행의 현장을 찍어 서신과 함께 본국에 보냈기 때문에 그로 인한 국제적 비난을 꺼렸던 것이다. 학살된 한인의 숫자는 헤아릴 수가 없었으나 최소한 수천 명에 이르렀다. 민간인을 인질로 잡고 독립군이 항복하지 않으면 몰살하는 악마 같은 작전이었다.

독립군은 동족을 살리기 위해서라도 타협할 수밖에 없었다. 일본군 한 명을 죽이면 조선인 열 명이 처형당하는 현실에 독립군은 입술을 깨물며 분을 삭여야만 했다. 학살이 한창 진행 중이던 11월 초, 주요 독립군 부대 지도자들이 황구령촌에 모였다.

"만주나 백두산 서쪽처럼 한인들이 많이 사는 지역에 독립군이 주둔할 경우 한인에 대한 보복이 계속될 테니 이를 어쩌면 좋겠소?"

"일단 안전한 러시아 땅으로 건너가 그곳에 주둔지를 마련해놓고 후일을 도모합시다."

홍범도의 의견이었다. 다수의 의견은 조선인의 피해를 줄이기 위해 작전상 후퇴를 하자는 것이었다. 계속 싸우자는 의견도 분분했다.

"안 됩니다. 지금 우리가 물러나면 일본군은 남은 농민들을 마음 놓고 괴롭힐 겁니다."

"피하더라도 러시아로 넘어갈 게 아니라 중국 내륙으로 가야 합니다."

논란 끝에 주력은 후퇴하되 일부는 남아 일본군이 없는 더 깊은 내륙으로 빠지기로 했다. 독립군 주력은 안도현을 빠져 나가 돈화와 동경성을 거쳐 북만주의 밀산 쪽으로 향했다.

이동하는 이 대열에 끼지 못했다. 갑자기 목 부위에 심한 염증이 생겨 말도 못하고 숨쉬기도 어려워졌다. 중국 한방병원에 가보았으나 의사는 치료할 자신이 없으니 서울로 가서 일본인 의사에게 수술을 받으라고 충고했다. 이동하는 일단 합니하의 집으로 돌아가기로 했다. 아들과 함께 돌아가고 싶었으나 이병린은 홍범도 부대를 따라가겠다고 해 말릴 수가 없었다.

모두 3,500여 명에 이르는 독립군 부대는 러시아로 넘어가기 전에 밀산 부근에서 대한독립군단을 조직하고 부서를 정했다. 총재는 서일이었고 홍범도와 김좌진이 부총재를 맡았다. 이들은 1921년 1월 러시아 땅으로 넘어갔다. 수년 전 사회주의 혁명을 일으켜 정권을 잡은 소련공산당은 약소민족의 독립운동을 지원하려 애썼다. 이에 많은 젊은이들이 사회주의자가 되었고 이병린도 그 대열에 참여했다.

독립군이 물러난 것은 오직 만주의 조선인들을 보호하기 위해서였다. 그러나 일본군은 가혹한 보복을 계속했다. 독립군이 사라진지 오래임에도 독립군 수색이라는 구실을 붙여 동네마다 돌아다니며 온갖 만행을 저질렀다.

일본군은 사람을 죽이는 것으로 끝내지 않고 가옥은 물론 민족교육을 하던 학교마저 불령선인을 양성하는 소굴이라 하여 철저하게 파괴했다. 불을 질러 파괴한 가옥 안에는 그해 추수하여 쌓아놓았던 곡식이 있었는데 그도 모두 잿더미가 되었다. 일본군은 만행을 피해 살아남은 이들이 있다 해도 제대로 살아갈 수 없도록 한인사회를 완전히 초토화했다. 서간도와 북간도에는 적막한 잿빛만이 감돌았다. 한동안 독립에 대한 기대와 희망으로 부풀어 있던 한인들은 일제의 무참한 대토벌로 인해 더 큰 심리적 타격과 절망감을 느꼈다.

만주에 있던 무장 독립군의 근거지는 이때 대부분 사라져 해방될 때까지 간도 대토벌 이전의 위세를 되찾지 못했다. 많은 한인들이 보금자리를 일궈온 만주를 떠나 다시 국내로 들어갔다. 한동안은 러시아 땅으로 피신하자는 러시아 바람 노령풍이 일어나 러시아 쪽으로 가다가 중간 지점인 해림, 목단강, 팔면통 등에 주저앉은 사람들도 많았다.

일본군의 악마적인 만행은 해를 넘기며 수그러들었지만 부모 형제를 잃고 집마저 불타버린 한인들은 억울한 사정을 호소할 곳조차 없었다. 남편의 참혹한 죽음을 목격하고 충격을 받은 김동만의 아내는 시아주버니인 김동삼이 남편의 죽음에 책임이 있다고 생각하여 그 뒤 김동삼 가족과 심한 불화를 겪었다. 집안 어른들은 끝내 정신이상을 일으킨 그녀를 고향으로 보내기로 하고 친정인 안동에 연락했다. 안동에서 그녀를 보내라는 회신이 왔다. 어른들은 이름과 고향을 적은 흰 광목천을 저고리 등에 꿰매 달고 동행자도 여비도 없이 김동만의 아내를 조선행 화차에 태웠다. 당시에는 정신병자에게 꼬리표를 달아 화차에 태우면 화차 승무원이 목적지 정거장까지 데려다 주는 관습이 있었다. 고향에는 언제 화차가 출발했다는 소식을 알렸다. 몇 달 후에 김동만 부인이 무사히 도착했다는 회신이 왔다.

이 참혹한 일들이 일어나던 시기에 이병기는 열다섯 살의 소년이었다. 그가 살던 마을은 대체로 무탈했으나 삼원포를 비롯한 주변 큰 마을들의 참화는 어린 그에게 일본인에 대한 공포와 증오를 심어주었다. 슬프기도 했다. 화염으로 뒤덮인 참혹함 속에서 소년 이병기를 가장 슬프게 한 것은 조선인의 무력함이었다. 농민들이 저항조차 하지 못한 채 힘없이 죽어가는 모습은 이병기의 마음속에 독립에 대한 절실한 열망을 불러일으켰다.

무엇을 어떻게 해야 할지는 알 수 없었다. 다 같이 어렵다 해도 조선을 떠나올 때 가지고 온 재산 규모나 건강한 남자의 존재 유무에 따라 살림살이가 달랐다. 믿고 따르던 형 이병린이 러시아로 떠나고 아버지는 목의 염증을 수술하기 위해 서울로 돌아가고 나니 사는 꼴이 말이 아니었다. 어머니 김봉희가 중국인 봉제 공장에서 단춧구멍 만드는 일감을 받아 하루하루 양식을 구하는 실정이었다.

어린 이병기는 농사일부터 나무하기까지 온종일 일에 매달려야 했다. 죽은 사람은 죽은 사람이고, 산 사람은 살아야만 했다. 살아남은 사람들은 통분을 가슴에 간직한 채 하루하루 온몸이 부서져라 일하며 살아갈 수밖에 없었다.

1921년 중반부터 일본군이 철수를 시작하자 피신해 있던 한인들은 산속에서 나와 한인 사회 재건에 힘을 모았다. 폐허가 된 한인 촌락에 다시 모여 집을 수리하고, 상해나 미국 등의 동포들이 소식을 듣고 모금하여 보내준 기금과 그들이 가지고 있던 나머지 전 재산을 각출하여 민족 학교를 재건하기 시작했다. 재기하려고 노력하는 동포들의 모습은 서로를 고무했다.

중국 내륙과 러시아 땅으로 피신했던 독립군 부대들도 하나둘씩 돌아왔다. 신흥무관학교도 다시 문을 열었다. 졸업생들과 교사들은 만주 독립군과 독립운동가로 계속 활동하였고, 신흥무관학교 또한 여러 다른 모습으로 이어졌다. 외진 지역에 있던 합니하 신흥무관학교와 추가가 신흥무관학교 등지에서 다시 교육이 시작되었다. 서로군정서에도 신흥무관학교 학생들이 대거 가담해 있었다. 만주 지역의 모든 무장 단체와 임시정부 산하 광복군이며 김원봉의 의열단까지 신흥무관학교 졸업생이 없는 조직은 없었다. 상당수는 중국공산당에 가입해 중국인들과 함께 항일 유격전에 참가했다.

한편, 러시아로 이동해 자유시에 주둔하고 있던 독립군은 1921년 6월 '자유시 참변'으로 엄청난 타격을 받았다. 일본은 소련령 안의 조선인 독립군을 무장해제시키지 않으면 전쟁을 일으키겠다고 소련을 협박했다. 반혁명 내란으로 극도의 어려움을 겪고 있던 소련은 협박을 이기지 못해 독립군 부대의 무장해제를 추진했고, 이 과정에서 독립군 사이에 전투가 벌어져 많은 사람이 죽었던 것이다. 사회주의를 동경해 소련 땅으로 건너갔던 많은 독립군이 이 사건에 충격을 받아 중국 땅으로 돌아왔다.

나이가 많아 더 이상 전투를 지휘하기 어렵게 된 홍범도는 얼마 후 제대해 소련의 협동농장에서 지도자로 일하게 되었다. 소련공산당의 배신 행위에 분개한 김좌진은 북만주 영안으로 탈출하여 반공주의자가 된 이후 신민부를 조직하는 등 만주에서 독립군 양성에 주력했다. 대한독립군단의 총재였던 서일은 자유시 참변을 당하고 두 달 후 동지들을 잃은 분을 이기지 못해 자결하고 말았다. 자유시 참변으로 포로로 붙잡혀 있던 지청천과 이병린 등은 곧 석방되어 만주로 돌아왔다.

이병린은 자유시 참변을 목도했음에도 불구하고 사회주의 소련만이 조선을 되찾을 수 있게 도와주리라는 믿음을 버리지 않았다. 그는 집으로 오지 않고 길림성에서 비밀스런 조직 활동을 시작했다.

서울로 간 이동하 역시 몇 해가 지나도록 돌아오지 않았다. 서울에서 새 여자와 새살림을 차렸다는 소문이 들려 왔으나 가족들은 믿으려 하지 않았다.

간도 참변 이후 민심은 박해졌다. 일제의 잔인함을 목격한 한인들은 항일운동에 적극적으로 호응하지 않았다. 삼일운동 직후의 열기와 희망은 사라져버린 듯했다. 먹고사는 일은 더욱 힘에 부쳤다.

1924년, 이병린이 동지 한 명을 집으로 보내 연락을 취했다. 이병린은 유격 투쟁을 접고 신창학교 국어 교사로 일하고 있었다. 아버지도 형도 없이 벌써 여러 해 가장 노릇을 해온 이병기는 어머니와 여동생을 데리고 형이 기다리고 있는 길림으로 향했다.

꽃이 지다

만주의 조선인 청년이라면 누구나 사회주의의 유혹을 받았다. 한인 이주 사회는 원초적으로 혁명적 성격이 강했다. 대부분이 가난한 소작민인 이주민들은 민족의식이 남달랐고 계급의식도 강했다. 한일합방 이전에 이주한 대다수 사람은 귀화 입적하라는 청조 정부의 강요에도 입적하지 않았다. 한일합방 후에 이주한 사람들 역시 다수가 일제의 억압에 못 이겨 이주한 이들이었기에 중국이 아닌 조선을 자기의 조국으로 믿고 항일운동에 직접 투신했다.

일제는 만주를 침략하기 위해, 중국은 영토주권의 수호를 위해, 각기 다른 입장에서 조선인을 대했다. 양국 관헌들은 저들에게 유리할 때는 보호라는 구실하에 한인을 이용하려 했고, 저들에게 불리할 때는 한인에 대한 탄압과 박해, 구축 정책을 서슴없이 감행했다. 하등의 권리 없는 망국노 신세인 조선인들은 중일 반동파의 간섭 아래 이중, 삼중의 압박과 착취를 받으며 도처로 유랑하고 있었다.

이들 이주민의 80퍼센트 이상이 농업에 종사하였으나 한인 농촌에도 계급분화가 일어났다. 이주할 때 상당한 자금을 지참하여 토지를 산 사람들, 넓은 땅을 빌려 이중으로 소작을 준 사람들, 고용인을 두고 농사짓는 사람들은 지주나 부농이 되었다. 반면, 생활이 온전치 못한 소규모 자작농이나 소작을 겸한 가난한 자영농들은 나날이 높아지는 생활비를 감당하지 못했다. 그들은 빚을 갚기 위해 고리대금을 쓰거나 농사짓던 땅을 싼값에 팔았고, 아니면 빚으로 토지를 차압당해 알거지가 되었다. 국내와 마찬가지로, 있는 자들은 갈수록 많은 땅을 소유했고 없는 자들은 완전 소작농이나 농업 노동자로 몰락할 수밖에 없었다. 그것이 자본주의의 기본 법칙이었다.

사회주의 사상은 이들 가난한 농민들에게 큰 희망이 되었다. 일본 제국주의를 반대하고 조선의 독립을 쟁취해야 함은 물론이었다. 그러나 일부 사람이 권력을 쥐고 그들만 호사하는 독립이 아닌, 민중이 억압받지 않고 모든 사람이 잘사는 자유와 평등이 구현되는 진정한 독립을 이루어야 한다는 생각은 사람들의 마음을 움직였다.

사회주의자들은 만주의 농민들에게 사회주의 혁명을 통해서만 진정한 민족 해방과 독립을 쟁취할 수 있다고 주장했다. 그들은 제국주의의 침략이 자본주의의 근본적인 모순에서 비롯된 것임을 가르쳤다. 일본의 침략과 민족의 수탈이 어떻게 생겨나고 어떻게 이루어지는지를 가르쳤다. 과학적인 대중 투쟁의 중요성을 역설했으며 사회주의 운동만이 대한민국의 꿈을 실현할 수 있는 유일하고 진정한 희망이라고 힘주어 주장했다.

1924년이 되자 국내 사회주의 운동의 주도권을 쥐고 있던 파벌인 화요파 사람들이 만주에 영향력을 뻗쳐 왔다. 그들은 학교와 신문사와 잡지사에 들어가 마르크스 레닌주의를 연구하는 소모임과 독서회를 조직했고, 일요일이면 야학 교실을 빌려 청년 교사들과 학생들에게 마르크스·레닌주의를 가르쳤다.

그해 길림성 신안촌 신창학교 교사로 부임한 이병린과 교사들은 소련 니콜리스크에서 열린 '조선 사회주의자 회의'에 참가했다. 그들은 회의에서 가져온 마르크스와 레닌의 저작들을 가지고 교원과 학생들로 구성된 독서회를 만들었다. 학교 안에 사회주의 선전부와 특별부도 두었다. 학생들 사이에서는 '사회과학 연구회'나 '학생 친목회' 등의 이념 단체들이 활성화되었다.

러시아 혁명에 대해 이런저런 흥미로운 이야기를 들어왔던 이병기는 1924년 길림에 도착해 형과 만나면서 급속히 사회주의에 심취했다. 이병린을 사회주의자로 만든 것이 홍범도라면 이병기를 사회주의자로 만든 것은 형인 이병린이었다.

사회주의 이론은 이병기를 환희의 세계로 인도했다. 『공산당 선언』, 『국가와 혁명』, 『유물론과 경험비판론』, 『사회발전사』 등 다양한 사회주의 원전들, 그리고 모스크바에서 건너온 소련공산당 기관지 「프라우다」는 이병기에게 세상을 보는 새로운 시각을 열어주었다. "혁명적 이론 없이 혁명적 실천 없다."는 레닌의 말은 이병기의 좌우명이 되었다. 아직 객기 어린 스무 살 청년이었던 그는 왼쪽 팔뚝에 '분투노력'이라는 한자 문신까지 새겼다. 혼신을 다해 조국의 해방을 위해 투쟁하겠다는 결의였다.

이병기는 사회주의자가 되었다고 해서 그 이념을 앞세워 함부로 사람을 재단하거나 비난하지 않았다. 성인이 된 이병기는 옆으로 긴 눈, 다부진 코와 입술이 아버지 이동하의 특징을 빼다 박은 듯했지만, 얼굴이 더 크고 잘생겼고 키도 훨씬 컸다. 아버지처럼 말랐어도 온몸이 근육질로 단단했고 매우 건강했다. 성격도 원만해서, 한 치의 허튼 언행도 용납하지 않는 꼬장꼬장한 아버지와 달리 사람을 쉽게 사귀었다. 시답지 않은 농담도 곧잘 하고 장난을 좋아하는데다 근본적으로 인간의 최고 가치는 자유라 생각했던 이병기는 사회주의 운동을 한다 해도 이념에 경도되어 소아병적인 행동을 할 사람이 아니었다.

이렇듯 청년들은 대부분 사회주의자가 되었으나 맨 처음 간도 이주를 주도했던 세대는 민족주의를 고수했다. 하지만 서로 큰 갈등은 없었다. 청년들은 아버지 세대의 전근대적인 봉건적 사상을 비판하면서도 어른들 앞에서 깍듯이 예의를 지켰다. 젊은 사회주의자들은 먼 길을 다녀오면 반드시 어른에게 무릎 꿇어 큰절을 올렸고, 명절 때면 동네 어른들에게 세배를 올리기 위해 한데 뭉쳐 돌아다녔다. 사회주의를 극도로 혐오한 김구는 『백범일지』에 사회주의자들이 자신의 사상에 반대하는 아버지를 살해하도록 친구에게 사주하는 조직 '살부회'가 있다고 썼지만, 이는 전혀 근거 없는 주장이었다.

정신이 올바른 조선인이라면 누구나 두 가지를 원했다. 조선의 독립과 민주주의였다. 그것은 하나의 결론으로 귀착되었다. 자유였다. 젊은이든 노인이든, 자본주의를 지지하는 보수적인 민족주의자든 사회주의 혁명을 꿈꾸는 진보 청년이든, 결론은 모두 하나, 자유를 쟁취하자는 것이었다. 억압으로부터의 자유, 착취와 수탈로부터의 자유를 위한다는 점에서 만주 지역 항일 세력의 마음은 똑같았다.

이병기는 길림에 건너간 이듬해인 1925년 남만청년동맹에 들어갔다. 남만청년동맹은 철저한 계급의식과 공고한 단결로써 합리적인 신사회를 건설할 것을 목표로 내세운 단체였다. 입회자들은 계급 혁명을 위해 헌신적으로 투쟁하겠다고 서약해야 했다. 이병기는 이 단체에 가입하고 기관지인 「동맹」 발간에도 참여했다. 이광국, 이병화와 함께 길림 일대를 돌아다니며 각 지방의 청년운동을 조직하는 데도 힘썼다.

1925년 4월 17일, 식민지 수도인 경성에서 조선공산당이 결성되었다. 대표자는 안동 출신 김재봉이었다. 이병기는 열다섯 살이나 많은 김재봉을 고향에서 만난 적은 없었지만 그 이름은 익히 알고 있었다. 그는 공산당 산하의 청년 조직인 고려공청을 맡은 사람이 박헌영이라는 사실도 알게 되었다. 이러한 사실은 극비였으나 연말에 105명에 이르는 관련자들이 구속되는 사건이 일어나면서 세상에 널리 알려졌다.

1926년 5월, 조선공산당의 '조직전권위원'으로 중앙에서 파견된 조봉암의 주도 아래, 만주의 사회주의자들은 영안현 영고탑이란 곳에서 조선공산당 만주 총국을 결성했다. 만주 총국 산하에는 동만, 북만, 남만의 세 구역이 조직되었고, 26세 이하 청년으로 조직된 고려공청 만주 총국이 결성되었다. 만주에는 이미 1923년에 고려공청이 설립되어 있었는데 공산당 만주 총국과 함께 재조직된 것이었다. 스물두 살의 이병기는 고려공청 만주 총국 회원이 되었다.

조선공산당 만주 총국의 존재가 알려지면서 만주 각처에는 혁명적 조직들이 우후죽순처럼 활기를 띠었다. 이미 조직되어 있던 혁명적 대중 단체들은 물론 청년 단체, 부녀회, 학생회, 노동조합, 소년회 등 외곽 단체들이 무수히 생겨났다. 사회주의 사상은 만주 지역 청장년들 사이에 주된 이념으로 자리 잡아갔다.

궁극적인 사회구조에 대한 이상은 달라졌어도 현실의 투쟁에 대한 입장은 사회주의자나 민족주의자나 큰 차이가 없었다. 국내에서도 민족주의자와 사회주의자들이 힘을 합쳐 신간회를 만들어 항일운동을 하고 있었다. 만주 지역 사회주의자들도 민족주의자들과 연합하여 민족 유일당을 결성하려는 노력을 계속했다. 한인들의 사회경제적인 안정을 이루고 튼튼한 민족운동 기지를 구축하고자 자치기관을 결성하기 위한 활동도 전개했다. 동만 지방을 중심으로 한 반(反)기독교 운동도 지식인들을 결집하는 데 큰 역할을 했다.

1927년 12월에 결성된 '재만조선인 농민동맹'은 기관지 「농보」를 발행하며 한인 농민들 사이에서 폭넓은 지지를 확보했다. 1,300여 명의 맹원을 가진 이 조직의 강령은 반일 투쟁의 의지와 사회주의 지향을 명백히 했다. 재만농민동맹은 일본 제국주의를 박멸하고 조국의 절대적 독립을 쟁취할 것, 토지를 국유화하고 경작자의 사용권을 획득할 것, 농민을 폭압하고 침해하는 모든 악법 및 악의 세력을 절대 박멸할 것, 세계혁명의 이론 및 실천을 지지하고 국제노동 전선과의 전투적 통일을 기할 것을 목적으로 삼았다.

이병기는 고려공청 회원으로서 재만농민동맹 등 갖가지 모임에 나가 사회주의에 대해 토론하는 한편 여러 노동 단체에 드나들며 노동운동을 배워나갔다. 그가 관련된 첫 번째 대규모 사건은 간도공산당 사건이었다.

"조선인 농민들이여, 단결하라!"

"일제는 물러가라!"

1927년 10월 2일, 만주 반석현에서 때아닌 만세 시위가 시작되었다. 제각기 붉은 깃발을 든 수백 명의 남녀가 조선의 독립과 노동자·농민의 단결된 투쟁을 선동하며 행진을 시작한 것이었다. 무슨 일인가 몰려나온 주민들을 향해 시위대가 날린 전단이 하얗게 날아갔다.

"잘한다! 만세!"

삼일운동 이후 처음 보는 시위에 조선인들도 중국인들도 손을 흔들거나 박수를 쳐서 환영했다. 중국 경찰관들이 놀라 몰려나왔으나 막을 생각도 하지 않았다. 시위대는 '적기가'를 부르며 마음 놓고 읍내를 돌아다녔는데 비가 오는 바람에 해산했다.

이번 시위는 조선공산당 만주 총국이 주도한 것이었다. 이병린과 이병기도 물론 관계되어 있었는데 시위에 직접 참가하지는 않았다. 조직이 노출되는 것을 막기 위해서였다. 불필요한 검거를 막기 위해 공산당원은 극히 일부만 참석했고 주로 민족주의자 단체나 부녀자와 학생 조직을 동원했다. 다음 날 아침에 속개된 시위도 몇몇이 연행되는 정도로 성공리에 끝났다.

시위 사건은 일본을 크게 자극했다. 일본은 즉시 중국 경찰을 압박해 합동 경찰대를 만들어 시위 다음 날인 10월 3일부터 조선인 사회주의자 일제 검거에 나섰다. 중일 합동 경찰은 만주 총국 지역국을 습격해 수십 종의 중요 문서를 압수하는 한편 최원택, 김동명, 정재윤 등을 연행하여 혹독하게 고문했다. 연행된 이들은 만주 총국에 대해 일체 함구했으나 압수된 서류에서 당원 115명의 명단이 나오는 바람에 일제 검거가 시작되었다. 하지만 이미 당원들은 사방으로 피신해 체포된 이는 28명에 불과했다. 제1차 간도공산당 사건이었다.

번연히 명단을 확보하고도 일부밖에 체포하지 못한 일경은 달아난 공산당원들과 밝혀지지 않은 다른 당원들을 색출하려고 혈안이 되었다. 일본의 영사 경찰은 중국 경찰과 협력하며, 때로는 중국 경찰을 지휘하며 조선 사회주의자의 활동에 대한 탄압을 강화했다. 만주는 이제 사회주의자가 세력을 강화할 수 있는 별천지가 아니었다. 비록 28명만이 체포되어 조선으로 호송되었으나 일본 영사 경찰은 중요한 사회주의자 대부분의 명단을 확보하고 있었다. 주로 화요회의 회원들이었다. 그것은 사회주의자들의 활동을 대단히 어렵게 만들었다. 총국을 부활시키려는 시도가 진행되었으나 진척은 별로 없었다.

이런 상황에서도 공산당원들의 반일 시위 사건은 지역의 조선인들을 크게 고무했다. 조국이 해방되면 땅을 나눠준다는 공산당의 선전에 호응해 민족주의 진영에서 사회주의로 전향하는 사람들이 급격히 늘어났다. 조선인 중에서도 대지주나 부유한 자본가들은 사회주의를 철저히 증오했지만, 보통의 민족주의자들은 사회주의에 우호적이었으며 동조는 하지 않더라도 적극적으로 비판하지는 않았다.

일제가 압수한 115명의 명단은 공산당원의 극히 일부에 불과했다. 이병린과 이병기도 그 명단에 들어 있지 않았다. 그러나 여러 지역을 다니며 조직 활동을 해왔기 때문에 형제는 일본 밀정들의 감시 대상이 되어 있었다. 이병린과 이병기는 몇 차례나 경찰에 끌려가 혹독한 고문을 당했다.

어머니 김봉희는 만주에 온 이래 어느 아낙네보다도 열심히 독립운동을 도왔다. 밤을 새워 운동가들을 위한 솜옷을 누비고, 돈이나 편지를 전달했다. 어떤 때는 이병린이 맡긴 육혈포를 품에 넣은 채 어린 딸을 데리고 주재소 앞을 지나쳐 안전한 곳으로 전달하는 위험도 감수했다. 경찰에 수배된 운동가가 찾아오면 여동생은 그 추운 겨울에도 동네 밖에 나가 망을 보았고, 김봉희는 나무문 안쪽에 서까래를 걸쳐놓아 경찰이 습격했을 때 시간을 끌 수 있도록 했다. 간혹 며칠씩 머무르는 독립군들은 안방에 숨겨주면서 극진히 보살폈다.

두 형제는 일경의 일급 감시 대상이었다. 어디선가 유인물 사건이 나거나 조직 사건이 터지기만 하면 어김없이 일경이 나타나 두 형제를 체포해 갔다. 일단 잡혀가면 막무가내로 두들겨 맞으며 알지도 못했던 사건과의 연관성에 대해 추궁당했다. 어떤 사건들은 두 사람이 관련된 적도 있었지만 끝까지 함구하는 길만이 살아 나오는 길이었다. 김봉희는 두 아들이 잡혀갈 때마다 먹을 것을 싸들고 지서에 쫓아가 하소연도 하고 항의도 했다. 어떤 때는 마을의 다른 사람이 체포되어도 그 가족들과 함께 지서에 쫓아가 항의하다가 헌병들에게 채여 시퍼렇게 멍이 들어 오기도 했다. 조선으로 돌아간 아버지로부터 아무 소식도 없는 가운데, 어머니 김봉희는 온 가족의 마음을 따뜻하게 이어주는 등불 같은 존재였다.

김봉희가 쓰러진 것은 1928년 겨울이었다. 무슨 병인지도 모른 채 갑자기 주저앉아 의식을 잃었다. 중국인 한의사를 불러 온몸에 침을 꽂고 손발의 피를 빼보았지만 아무 소용이 없었다. 세 자식이 며칠째 거의 한숨도 못 자고 지키고 있었는데도 김봉희는 끝내 유언 한마디 못한 채, 언제 숨이 끊어졌는지도 모르게 세상을 떠나버렸다. 세 자식은 장례를 치를 생각도 못한 채 통곡하며 일어설 줄을 몰랐다.

김봉희는 남편보다 주위 사람들에게 더 많은 사랑을 받은 여자였다. 그녀가 쓰러진 후 문병하러 다녀간 사람만도 백 명이 넘었다. 그녀가 사망했다는 소식에 이웃 동네 사람들까지 모여 장례 절차를 대신해주었다. 그중에서도 가장 열심히 나서준 이는 함경북도 부령에서 올라온 김응수였다. 노동자다운 커다란 체구를 가진 그는 선량한 얼굴에 늘 여유 있는 웃음을 띤 젊은이였는데 추운 날씨에도 아랑곳하지 않고 앞장서 장례를 주관했다.

영하 30도를 오르내리는 추위 속에 장례를 치르기란 쉬운 일이 아니었다. 시신을 묻을 땅을 파는 일부터 문제였다. 만주는 겨울이 되면 1미터 이상 땅이 얼었다. 때문에 만주인들은 시신을 땅에 묻지 않고 나무 관에 넣어 몇 년이고 내버려두었다가 탈골하면 여름을 택해 그 위에 흙을 덮어 무덤을 만들었다. 그러나 매장의 관습을 가진 조선인들은 시신을 그대로 방치할 수 없었다. 만주에서는 겨울이면 벼 이삭을 얼음판 위에 깔아놓고 두들겨 타작했다. 그러면 쌀에 돌이 섞이지 않아 좋았다. 일부러 땅바닥에 물을 퍼부어 꽝꽝 얼리면 번들번들한 얼음판이 되었다. 사람들은 마을마다 만들어놓은 이 얼음판에서 나락을 두드려 쌀을 가져간 뒤 짚은 그대로 내버려두었다. 그 짚을 세 마차나 가져다 사흘간 불을 때서 김봉희의 묘혈을 팠다. 자연히 장례도 늦어져 칠일장을 해야 했다. 중국 사람들은 저세상에서도 먹고 살아야 한다며 생활용품을 같이 묻는 풍습이 있었다. 중국 풍습에 따라 김봉희의 묘에도 놋그릇, 쟁반, 접시 등을 넣어주었다.

어머니의 죽음은 이병기에게 큰 슬픔을 주었다. 더구나 그해 겨울은 조선공산당이 해체된 해이기도 했다. 세계의 사회주의 운동을 지도하는 코민테른이 지식인 중심으로 조직되어 대중성이 없고 파벌적이라는 이유로 조선공산당에 해산을 명령한 것이었다. 1928년 12월에 내려왔다고 하여 '12월 테제'라 부르는 명령이었다. 조선공산당이 해체되니 자연히 만주 총국과 고려공청도 해산되었다. 일본의 일본 총국도 해산되었다. 이병린 형제에게는 어머니의 죽음만큼이나 충격적인 일이었다.

12월 테제는 또한 일국일당제를 천명했다. 각국에 하나의 공산당만을 허용하고 사회주의자들은 자신이 거주하는 지역의 공산당에 입당해야 하며 이를 위반하는 사람은 강력한 처벌을 받는다는 특별결정이었다. 만주 지역의 조선인 사회주의자들은 이제 중국인처럼 중국공산당에 가입해야 했다. 일부 사회주의자들은 이를 거부하고 독자적인 당을 만들기도 했으나 대부분은 중국공산당에 입당하여 만주성 위원회에 소속되었다.

어머니를 잃은데다 조선공산당마저 사라지자 이병기는 더 이상 만주에 머물고 싶지 않았다. 형에게 아버지가 있는 조선으로 함께 돌아가자고 했으나 이병린은 동지들을 놔두고 갑자기 떠날 수는 없다며 거절했다. 이병기는 여동생 갑순만을 데리고 조선으로 돌아가는 귀국길에 올랐다. 1929년 봄이었다. 친했던 김응수가 마을 멀리까지 배웅을 나와주었다.

고국을 등지는 것도 어려웠지만 돌아오는 길도 쉽지는 않았다. 일본 경찰에는 '에끼도메'라고 하는 수배 제도가 있었다. 만주로 오가는 독립운동가들을 체포하기 위해 헌병과 경찰은 물론 일반인 복장을 한 밀정들이 모든 열차를 수시로 수색해 조금이라도 의심스러운 인물은 그 자리에서 체포할 수 있는 제도였다. 총칼로 무장한 일본 관헌들이 열차 문을 열고 들어오면 조선인들은 겁에 질려 시선 둘 곳을 몰라 했다. 이병기는 호구지책으로 이주했다가 돌아오는 평범한 사람으로 보이려고 애써 태연을 가장했다. 여동생과 함께여서인지 별문제 없이 검문을 통과할 수 있었다.

경성역에 도착해 기차에서 내리니 화려한 역사 건물이 기다리고 있었다. 여덟 살 때 떠나 스물네 살에 돌아온 조국이었다. 떠날 때만 해도 조그마한 역사에 남대문역이라는 간판이 붙어 있던 건물이 육중한 원형 기둥과 붉은 벽돌로 떠받친 아름다운 건물로 바뀌어 있었다. 중앙 대합실 천장은 둥근 돔이었고 이층 대합실에는 고급 서양 식당이 들어서 우아한 불빛을 흩뿌리고 있었다.

겉모습은 화려해졌지만 속은 변한 게 없었다. 경성역 주변 봉익동 일대에는 막일꾼과 빈민들의 주거지가 게딱지처럼 붙어 있었고 역전 광장에는 수많은 인력거가 손님을 기다리고 있었다. 조선인 인력거꾼이며 지게꾼들의 초라한 모습이야말로 조선의 현실이었다. 그들의 머리 너머로 멀리 남대문이 보였고, 남대문 위편 남산 중턱에는 일본의 신에게 참배하기 위해 만든 신궁의 윤곽이 바라다 보였다.

이병기 오누이가 고향까지 가지 않고 서울에서 기차를 내린 것은 할아버지 이규락과 아버지 이동하를 비롯한 가족들이 모두 서울에 살고 있기 때문이었다. 이규락은 직계가족을 이끌고 작년부터 서울에 올라와 살고 있었다. 종로 3가 단성사 뒤편 봉익동에 있는 이규락의 집은 이씨 집안의 근거지가 되어 일가친지들로 조용한 날이 없었다. 고향에서 올라온 친척들이며 만주에서 돌아온 이들까지 손님이 끊이지 않았다. 손님은 끊이지 않았으나 양식은 툭

하면 떨어졌다. 가장인 이규락을 비롯해 가족 대부분이 별다른 수입이 없기 때문이었다. 이규락의 가족은 시골에서 올라오는 약간의 소작료로 버티고 버티다 급기야 땅 판 돈을 까먹으며 근근이 살아가는 중이었다.

조선으로 돌아온 이병기 오누이가 봉익동 집에 들어갔을 때, 아버지 이동하는 멀지 않은 곳에서 따로 살림을 하고 있었다. 홀몸이 아니었다. 그사이 새 여자와 두 아들까지 두고 있었다. 목을 수술하고 요양할 때 하숙을 들었다가 나이 든 주인 딸 정씨와 인연이 된 것이었다. 이동하가 만주로 돌아가지 못한 것은 병 때문이기도 했지만 정씨도 그 이유의 하나였다.

정씨는 아담한 키에 예쁘장한 인물이었다. 겉모습만 보면 순종적이고 나긋나긋했다. 조선의 문제나 독립운동 따위에는 전혀 관심이 없는데다 쌀쌀맞은 성격이었으나 이동하를 대할 때만큼은 깍듯이 존대를 했다. 이동하는 목 수술 후유증으로 조금만 몸을 움직여도 숨이 차 거동하기 힘겨웠고 각기병이 심해 걷는 것도 수월치 않았다. 이동하는 정씨에게 일상생활 대부분을 의존하고 있었으나 여자에게 얹혀 무위도식한 것은 아니었다. 그는 임시정부 연락책의 한 사람으로 중국과 국내를 잇는 역할을 계속하고 있었다. 몸이 아프다는 빌미로 경찰의 추적이 약해진 것을 역이용해 상해와 대구 사이를 몇 번이나 오가기도 했다. 사람들은 그 점을 잘 알고 있었기 때문에 이동하에게 주기적으로 활동비를 건넸다.

이동하는 만주에서 친어머니를 잃고 돌아온 두 자식과 정씨의 하숙집에서 함께 살고 싶어 했다. 그러나 정씨는 노골적으로 싫어했다. 그녀는 자기가 낳은 두 아들 이외에는 아무런 관심이 없었다.

이병기는 아버지의 청을 뿌리치고 봉익동에 있는 할아버지 이규락 댁으로 들어갔다.

공산당은 사라지고 연락선도 끊어졌으나 이병기는 여전히 사회주의자였다. 그는 먼 길의 여독이 풀리기도 전에 노동운동을 하고자 공장에 취직하려고 나섰다. 당장 먹고살기 위해서라도 일을 해야만 했다. 서울에는 고무신이니 양말 공장, 옷감 공장 등 여성 중심의 사업장은 꽤 있었으나 남자가 취직할 만한 공장은 별로 없었다. 용산과 영등포에 철도 부품을 만드는 공작소며 스프링 공장, 철공소 등이 있는 정도였다. 공장이 적어 취직하기가 어려울 것 같은데도 막상 일자리를 얻기는 어렵지 않았다. 그 이유는 취직하고 나서야 알게 되었다.

이병기는 봉익동 집에서 걸어 다닐 만한 거리에 있는 용산의 철도 공작소에 취직했다. 취직 첫날 마주친 공장의 풍경은 놀라웠다. 지금까지 보지 못했던 새롭고 굉장한, 그러나 무척이나 위험한 세계였다. 쇠를 녹이는 용광로가 온종일 시뻘겋게 타오르며 매캐한 연기를 뿜어댔다. 컴컴한 공장 안에는 이리저리 노란 쇳물을 담은 손수레를 끌고 다니는 사람이며 해머질을 하는 사람, 용접하는 사람들이 뒤섞여 일하고 있었다. 한 사람만 실수를 해도 주변 사람들이 죽거나 다치기 마련이었다.

이병기는 취직한 지 며칠 되지 않아 실제로 사고를 목격했다. 공장 가운데 쇳물 구덩이로 쇳물을 실어 나르던 젊은 노동자 하나가 바닥에 있던 뭔가에 걸려 넘어지면서 손수레의 쇳물이 그를 덮친 것이었다. 쇳물을 뒤집어쓴 노동자는 끔찍한 비명을 지르며 발버둥 쳤지만 바닥의 쇳물 때문에 누구 하나 그를 구하러 달려들 수 없었다. 비명과 발버둥은 얼마 가지 않았다. 이제 스무 살 갓 넘은 젊은이는 살이 지글지글 타는 역겨운 냄새를 풍기며 시커먼 숯덩이가 되어버렸다.

노동자들 사이에는 죽은 청년의 가족에게 위로비와 장례비로 300원이 지급되었다는 소문이 나돌 뿐 누구도 정확한 진상은 알지 못했다. 그나마 300원이면 열 달 치 월급이었다. 다른 공장에서는 사람이 죽어도 단돈 100원 받기도 힘들다고들 했다. 사고가 난 뒤 여러 사람이 공장을 그만두어버렸다. 이병기는 왜 공장에 들어가기가 쉬운지 그제야 이해가 되었다.

힘든 공장 생활 가운데도 이병기는 저녁이나 일요일이면 조카들이며 사촌 동생들을 모아놓고 독립운동 이야기를 해주었고 중국어나 일어를 가르쳐주기도 했다. 한때 중원을 지배했던, 그러나 조선인보다도 한문을 쓸 줄 모를 만큼 무식하고 몸도 옷도 지저분한 만주인 이야기, 농사지으며 고생한 이야기를 해주었다. 신흥무관학교 이야기며 청산리 전투, 추수 투쟁 같은 무용담도 많았다. 러시아에서 레닌과 그의 동료들이 이룩한 혁명에 대해, 거듭된 실패와 역경을 이겨내고 세계 최대의 국가를 사회주의 국가로 만든 혁명에 대해서는 아무리 말해도 지치지 않았다. 때로는 임시정부를 욕하기도 하고 민족주의자들의 비겁함을 신랄하게 비난하기도 했다.

이병기는 여러 식구 중에서도 특히 조카 이효정을 아꼈다. 사촌 여동생 병희도 있고 다른 동생들도 많았지만 변증법이니 사적 유물론 같은 이야기를 단박에 이해하는 아이는 효정밖에 없었다. 동덕여고에 다니고 있던 그녀는 큰 키에 얼굴도 예쁘고 예절도 올발라 더욱 사랑스러운 아이였다. 온 집안의 어른인 할아버지 이규락도

효정을 각별히 아꼈다. 효정은 이규락의 장남인 이동식의 손녀였는데 할아버지와 아버지를 모두 잃고 홀어머니 아래 자라고 있었다.

이효정의 어머니는 놀라운 기억력과 지혜를 가진 여인이었다. 그녀는 한때 어린 딸을 데리고 만주에 가서 농사를 지은 적이 있었는데 이동하의 아내 김봉희가 그랬듯이 밤새워 독립군 옷을 만들었고 권총이며 유인물 숨겨 나르는 일을 용감하게 잘해내 사람들의 존경을 받았다. 그러나 만주는 과부가 외동딸을 데리고 살 곳은 아니라는 생각으로 조선에 돌아왔다. 무엇보다도 남달리 영특한 딸 효정의 공부를 위해서였다.

이규락이 대대로 살던 고향을 떠나 서울로 올라온 데도 효정을 학교에 보내려는 마음이 가장 컸다. 처음에는 여자가 무슨 공부냐고 호통쳤지만 어린 손녀가 어려운 한자를 척척 써내는 것을 보고 마음을 돌린 것이었다. 아들이며 친족들이 대부분 만주로 떠나버린 고향에 정을 붙이기도 힘들었던 그는 손녀가 잘되도록 뒷바라지 하는 데 남은 생을 바치기로 했다.

이씨 가족의 생활은 갈수록 어려워졌다. 공장 나가는 이병기를 위해서는 도시락이라도 쌌지만 집에 남은 식구들은 아침과 저녁 두 끼니밖에 먹지 못했다. 그것도 밥에 김치와 된장국이 전부였다. 과일이나 고기 같은 건 어디서 선물이라도 들어오면 모를까 사 먹을 엄두조차 내지 못했다. 그래도 기쁜 일은 생겼다.

"장하구나, 우리 효정이 장하다!"

어느 날 이병기가 공장 일을 마치고 먼지투성이가 되어 집에 들어가니 이규락이 마루에 꼿꼿이 선 채 감탄사를 연발하고 있었다. 그는 두 손으로 동아일보를 펼쳐 들고 있었다.

"할아버지, 무슨 일입니까?"

이병기가 물으니 이규락은 신문을 그에게 가까이 들이밀며 더욱 흥분해서 외쳤다.

"이것 보아라! 우리 효정이가 전국 서예 대회에서 일등을 했단다! 이 글씨를 봐라, 얼마나 훌륭하냐?"

정말로 신문 한 면 전체가 이효정의 기사로 꽉 채워져 있었다. 전국 서예 대회에서 일등을 한 동덕여고 학생 이효정에 대한 칭찬이었다.

"와! 효정이가 해냈구나! 우리 효정이가 해냈어!"

이병기는 빙긋이 수줍게 웃고 있는 조카의 손을 잡고 펄쩍펄쩍 뛰었다. 더욱 기뻤던 것은 할아버지 이규락의 변화였다. 말년의 이규락은 고향에서 그토록 엄격했던 양반 어른이 아니었다. 여자는 한글이나 배우고 말아야 한다고 여기던 고루한 양반이 아니었다. 경성에 올라온 후로는 손녀를 학교까지 데려다 주는 일로 소일했고 손녀가 집에 돌아오면 직접 한자와 서예를 가르쳤다. 덕분에 효정이 큰 영예를 안은 것이었다. 예전 같으면 이규락은 아무리 기쁜 일이 있어도 이렇게 흥분해서는 안 되었다. 그런데 이제 양반 체통 따위는 다 벗어던진 것 같았다. 이병기는 기뻐서 춤을 추듯 하는 할아버지를 바라보며 흐뭇한 마음을 거둘 수 없었다.

공장 생활이 힘들어도 경성 생활은 나름대로 즐거웠다. 쉬는 날이면 동생 갑순이나 조카 효정이를 데리고 시장 구경을 다니기도 했다. 돈이 없어 아무것도 살 수는 없었지만 황량한 만주 벌판에서 자라온 이병기에게 부산하고 복잡한 경성 풍경은 보는 것만으로도 흥겨웠다.

하지만 내막을 알고 보면 썩 즐거울 것도 없었다. 600년 조선의 수도였던 경성의 땅과 건물은 대부분 일본인 손에 넘어가 버렸다. 식민지 조선의 상업 중심지인 경성은 온통 시장으로 이뤄진 것 같았다. 대부분 일본인들이 운영하는 시장이었다. 용산 공설시장, 화원정 공설시장, 경성 식량품 시장, 영락시장, 북창동 미창 시장 등이 모두 일본인들이 만든 시장이었다. 남산 기슭 진고개 일대에는 일본인들을 위한 보다 값비싼 상점과 백화점들이 즐비했다. 예로부터 유명하던 남대문시장도 일본인들에게 넘어간 지 오래여서 조선인들이 운영하는 재래시장이라고는 종로통의 상점들과 동대문시장 정도였다.

주택가 역시 야금야금 일본인의 손에 넘어가 웬만한 큰 집이나 빈 땅은 거의 일본인 소유가 되어 있었다. 전에 없던 자동차와 집이 많아졌고, 보기 흉하던 옛날 간판이 없어진 대신 미술적인 간판이 걸렸고, 벽돌집 같은 현대식 양옥이 많아졌다. 벽돌 벽에 한식 기와를 덮고 창은 양옥을 본떴지만 이 층은 누각처럼 꾸며 발코니를 두는 식으로 한·양식을 절충한 현대 건축물도 지어지기 시작했다. 가난한 조선인들이 사는 뒷골목의 게딱지 같은 초가집들은 이 독특한 새 건물들로 가려졌다.

화려한 신식 건물과 함께 거리에는 간판이 들어섰다. 거리 곳곳에 광고판도 붙기 시작했다. 전차를 타면 먼저 눈에 띄는 것은 광고판이었다. 주로 약 광고들이었는데 성병 치료약 광고도 있었다. 승강기를 갖춘 현대식 백화점과 현란한 거리 풍경, 각종 소비 시설, 유흥업소와 환락 시설들은 도시적 환상을 만들어냈다.

자본주의가 만들어낸 새로운 풍속도는 젊은이들을 환상에 빠뜨렸다. 젊은이들은 거리에 온갖 화려한 상품이 넘쳐흘러도 자기 돈으로 살 수 있는 것은 거의 없다는 것, 우아하고 아름다운 건물들이 즐비해도 자기가 살 열 평짜리 집 한 채가 없다는 것을 깨닫지 못한 채 도시의 화려함과 부유함을 마치 자기 것인 양 착각하고는 했다. 종일 공장에서 일해봐야 왕복 전차비를 손에 쥐는 것이 고작인데도 마치 자신이 부자들 중의 한 명이라도 되는 듯이 착각하고 행동하는 것이었다. 이들은 주머니의 돈이 바닥날 때까지 현실을 깨닫지 못하고 마구 돈을 써버리기 마련이었고, 그 후에는 현실에 대한 극도의 소외감에 시달리며 절망에 빠졌다.

자본주의의 화려한 외관은 어디까지나 돈을 가진 사람만이 살 수 있는 행복일 뿐이었다. 친일의 대가로 돈과 권력을 쥔 자들, 아니면 수만 평에서 수십만 평에 이르는 농지에서 나오는 소작료로 나날이 부자가 되어가는 지주들, 아니면 일제의 새로운 제도 속에서 자본가로 편입된 의사나 변호사, 법관 등과 그 가족들만이 누릴 수 있는 사치였다.

날로 치열해지는 생존경쟁 속에 인생고를 감당하지 못한 젊은 자살자들이 속출했다. 정부는 한강 인도교에서 한강으로 뛰어들려는 사람들을 말리기 위해 여러 가지 대책을 마련하는 등 자살 예방에 애를 썼지만 자살자들의 수는 해마다 늘어 매년 천 명 이상에 이르렀다. 반면 부호나 지식인 중에는 아편에 중독된 사람들이 많아져 서소문은 아편쟁이의 최대 소굴로 알려졌다. 그들은 인생의 목적을 쾌락에 두거나 식민지 현실에 좌절해 자포자기하는 경우가 많았다.

숨 막힐 듯 갑갑한 조선을 뒤흔든 사건이 일어난 것은 이병기가 귀국하던 해인 1929년 초겨울이었다. 11월 3일과 12일 광주에서 연이어 일어난 대규모 항일 학생 시위가 전국으로 확산된 것이었다. 12월에는 경성의 주요 고보 대부분에서도 동맹휴학과 시위가 터졌다. 일제는 사태의 확산을 막기 위해 신간회의 민중 대회를 원천 봉쇄하고 간부들을 긴급 구속하는 한편 학생운동 관련 보도를 금지하는 등 안간힘을 썼으나 급류처럼 터져 나오는 학생 시위 열기를 막기에는 역부족이었다. 일제 당국은 경성 시위 사태에 2,400명의 경찰을 동원해 남녀 학생 1,400여 명을 검거했으나 사태가 좀처럼 가라앉을 기미가 보이지 않자 12월 13일 조기 방학에 들어가도록 조치했다.

그러나 개학과 동시에 맹휴와 시위는 다시 이어졌다. 신간회, 조선청년총동맹, 조선학생사회과학연구회 등이 시위를 지도하고 지원했다. 1월 15일 보성전문학교를 비롯한 남녀 고보 학생들이 '구속 학우 석방'과 '일제 타도'를 내걸고 일제히 맹휴에 들어갔다. 이번에는 지방으로까지 확산돼 대구, 진주, 부산, 공주, 개성, 평양, 재령 등지의 중등학교와 전문학교가 일제히 맹휴에 동참했다. 구호도 '일본 제국주의 타도', '피억압 민족 해방 만세', '총독 정치 절대 반대' 등으로 바뀌었다.

이병기는 학생 시위대에 직접 참여할 수는 없었으나 신이 나서 구경을 다녔다. 특히 이효정이 다니는 동덕여고의 시위에 관심이 많을 수밖에 없었다. 동덕여고는 서울의 여학교 중에서 가장 많은 사회주의자를 배출한 곳이었다. 이효정도 박선숙, 이종희, 박진홍 등과 함께 학생과학연구회에서 주도하는 사회주의 학습을 받고 있었다. 이들은 광주학생운동에 호응해 전교생을 시위에 나서게 하는 데 성공했다. 종로 경찰서 바로 옆에 있는 동덕여고에서 시위가 벌어지자 경찰은 기마대를 동원해 학교 운동장 안까지 들어가 시위를 진압했다. 400여 명의 여학생들은 이에 맞서 울부짖으며 항의했고, 이 소식은 "동덕여고 눈물의 바다"라는 제목으로 신문에까지 게재되었다.

얌전하고 착한 조카 이효정이 이번 싸움에 앞장선 것은 놀라운 일이었다. 동덕여고에 입학했을 때만 해도 그녀는 삼일운동을 이끈 민족주의 지도자들이며 상해에서 임시정부를 이끄는 민족주의자들, 그리고 동덕여고를 운영하는 천도교 지도자들을 존경하고 있었다.

"얼빠진 민족주의자들 같으니!"

입학한 지 얼마 안 되어 만주에서 돌아온 당숙 이병기가 민족주의자들을 욕했을 때 이효정은 깜짝 놀랐다.

"민족주의자들은 애국자 아닌가요? 당숙은 왜 그런 애국자들을 싫어하세요?"

이효정의 물음에 이병기는 단호히 말했다.

"그 사람들이 애국하려고 애쓴다는 건 누구도 부인할 수 없다. 그렇지만 방법이 틀렸다는 거야. 그 사람들은 조선 사람들이 일본인만큼 유식해져야 독립을 할 수 있다고 하면서 싸우지 말고 공부만 하라고 하는데, 우리가 능력을 개발하는 동안 일본인들은 놀면서 기다려준단 말이냐? 우리가 한 발 가면 놈들은 열 발 앞서는 게 현실이다. 더구나 일본인 아래에서 하는 공부라는 것은 조선의 역사를 수치스러워하고 우리말 대신 일본어를 배우는 거 아니냐? 공부 잘하는 놈들은 일본 관리가 되고 법관이 되어서 독립운동을 막고 조선인들 고혈을 짜는 데 동원되고 있는 게 현실 아니냐? 일본 놈들 밑에서 공부를 해봐야 친일파만 늘어난다 그 말이다. 민족주의자들이 말하는 민족 개량이란 결국 조선인을 모두 일본인으로 만들려는 계획일 뿐이야."

이효정은 처음에는 그의 말이 잘 이해가 되지 않았다. 광주학생운동이 일어나고 전국적으로 시위가 확산되었을 때 민족주의자인 동덕여고 교장과 교사들이 이를 말리는 것을 보고서야 그녀는 당숙의 말이 옳다는 것을 깨달았다. 이때부터 이효정은 이병기의 말에 더욱 귀를 기울이게 되었다. 이병기는 그녀와 사촌 동생인 이병희를 함께 앉혀놓고 러시아혁명에 대해 말해주었다. 그녀는 이병기가 조선의 독립과 사회주의 혁명을 위해 공장에 다닌다는 것을 알게 되었다.

학생 시위는 2월 초순이 되어서야 소강상태에 들어갔다. 식민지 시대 학생운동을 본격적인 민족해방운동으로 전환시킨 계기가 된 광주학생운동에는 전국적으로 5만 명 넘는 학생들이 참가했고 600여 명이 구속되었다. 광주학생운동은 삼일운동 이후 최대의 항일운동으로 기록되었다. 한편 일본 경찰은 학생운동의 배후에 코민테른의 지령을 받은 사회주의자들이 있으며 이들이 계획적으로 사태를 확산시켰다고 판단했다.

광주학생운동의 발단이 되었던 것은 일본 학생들이 조선인 여학생을 희롱한 사건으로, 어찌 보면 어린 학생들 간에 흔히 있을 수 있는 사소한 일이었다. 따라서 학생운동을 공산주의자와 불순분자들이 선동한 결과라고 보는 시각은 전적으로 옳은 것은 아니었다. 학생들이 독서회를 만들어 사회주의 서적을 탐독하는 것은 사실이었지만 그것은 학문과 사상의 자유와 관련된 문제였다. 광주학생운동에 갖다 붙일 일이 아니었던 것이다. 학생들의 맹휴는 해마다 연중행사로 있어왔다. 실제로 광주학생운동에서 사회주의적인 구호는 등장하지 않았다.

그렇다고 광주고보 학생들의 봉기를 단순한 민족 감정의 일시적 폭발이라고만 볼 수도 없었다. 분명 광주학생운동 무렵에는 학생 조직이 형성되어 대중투쟁을 전개할 수 있었다. 그러나 그것은 배후의 '주의자'들의 지원 덕택이었다기보다는 식민지적 억압과 착취에 대한 학생들의 저항 의식이 운동의 일차적 조건으로 자리 잡았기 때문이었다. 사태의 근본 원인은 일제 식민지 교육과 일제 강점에 따른 모순의 누적이었다. 일본의 한국 지배가 안고 있는 모순이 계속 누적되어 작은 충격에도 폭발할 수준에 이르렀던 것이다.

이규락은 경성에 이사 온 지 2년 만에 값나가는 봉익동 집을 팔고 남양주군의 한적한 농촌인 청량리에 싼 집을 사서 이사했다. 남자들은 이리저리 독립운동에 나선 탓에 딱히 돈을 버는 사람이 없고 여자들이 삯바느질과 품팔이를 해서 겨우 끼니를 잇는 생활을 더 버틸 수 없어 집을 줄인 것이었다. 쓸 만한 시골 땅은 다 팔아 이제 소작료 한 푼 받을 곳도 없었다.

이렇듯 온 집안 식구가 독립운동에 관여한다고 누가 알아주는 것도 아니었다. 국내의 조선인들에게 독립 투쟁은 점점 먼 나라 이야기가 되고 있었다. 삼일운동 이후 국내의 조선인들이 직접 참여할 수 있는 독립운동의 기회는 거의 없었다. 어쩌다가 만주에서 독립군이 일본군을 무찔렀다는 소문이 들려오거나 윤봉길, 강우규 같은 이들의 간헐적인 폭탄 테러가 가슴을 시원하게 해줄 뿐이었다. 이병기 같은 사회주의자들은 공장과 농촌에서 끊임없이 파업과 소작쟁의를 일으켰지만 이것을 독립운동으로 인식하는 사람은 많지 않았다. 이동하처럼 비밀리에 임시정부와 국내 운동가들을 연결하는 일을 맡은 사람은 표도 나지 않을뿐더러 설사 알려진다 해도 임시정부는 하는 일 없이 돈만 거둬 간다며 욕이나 먹지 않으면 다행이었다.

대다수 조선인은 오히려 자식이 공부를 많이 해 총독부의 관리나 의사, 판검사가 되는 것을 큰 영광으로 알았다. 동네마다 너른 들을 차지한 것이 그들이었고, 또 그들의 자손이어야만 좋은 학교에서 신식 교육을 받아 자기 아버지의 자리를 이어받을 수 있기 때문이었다. 그들의 자식들은 미국과 일본에 유학하는 것을 당연한 출세 과정으로 생각했다.

이번에 일어난 학생 시위 역시 모든 조선인의 가슴을 시원하게 해준 것은 아니었다. 국내 민족주의 운동을 주도해온 사립학교 이사진과 교사들 대부분은 학생들이 가두로 나가는 것을 극구 반대했다. 부모들 역시 학생들의 투쟁을 일시적인 열기 정도로 생각하면서 제발 아무 일 없이 무사히 졸업해 출셋길을 걷기를 바랐다. 국내의 조선인들은 독립 투쟁으로부터 점점 멀어지기만 했다.

이씨 집안처럼 일제 경찰에게 쫓겨 다니며 입에 겨우 풀칠이나 하는 독립운동가들은 자손들의 교육 같은 건 생각지도 못했다. 이씨 집안이 이효정을 학교에 보낸 것은 그녀가 워낙 똑똑하기 때문이었다. 독립운동가들이 집에서 할 수 있는 교육은 오로지 독립 투쟁뿐이었다. 언제나 목숨을 내놓고 다니는 독립운동가들은 살아 있는 것이 다행이었다. 살아만 있어도 기적이었다. 애 어른 할 것 없이 허허벌판 거친 황야에 묻힌 사람이 얼마나 많은지, 황무지에 자라는 잡초처럼 그 수를 헤아리기 어려웠다. 독립투사들 가운데는

대를 이을 후손이 없어 절손된 집안이 많았다. 만주와 조선을 오고 가다 쥐도 새도 모르게 죽음을 당한 이도 숱하게 많았다. 일경에게 체포되어 기차 타고 오는 도중에 차창 밖으로 몸을 날려 자살한 애국지사도 있었다.

이씨 집안에 또다시 비보가 날아들었다. 공장 일을 마친 이병기가 대문에 들어섰을 때 집안 공기는 여느 때와는 달리 무겁게 가라앉아 있었다. 울고 있던 동생 갑순이 이병기를 보자 눈물을 훔치며 달려나왔다.

"오빠, 큰오빠가……."

순간, 가슴이 덜컥 내려앉았다. 뒷말을 잇지 못한 채 울고 있는 여동생을 이병기는 말없이 바라보았다. 겁이 나서 무슨 일인지 물어볼 용기조차 나지 않았다. 결코 일어나지 않기를 바랐던 일이 현실로 다가왔다. 만주에 남아 활동하던 이병린이 사망한 것이었다.

이병린이 관계된 사건은 '간도 봉기'라 불리던 1930년 5월 30일의 무장 폭동이었다. 중국공산당은 '상해 5·30 반제국주의 봉기' 5주년을 맞아 간도 지역 전체에서 무장 폭동을 일으키라고 명령했다. 다른 조선인들과 함께 중국공산당원이 되어 있던 이병린은 상부 지침에 따라 무장 폭동을 준비, 일본 영사관과 동양척식주식회사 출장소에 폭탄을 던지고 일본인 지주의 집에 불을 지르는 등 격렬한 투쟁의 일원으로 나섰다.

일제는 함경도 회령에 주둔하던 75연대를 급파해 무장봉기 진압에 나섰다. 봉기군 60여 명은 그 자리에서 사살되고 85명은 체포되었다. 이병린도 체포되고 말았다. 심양 감옥에 수감된 그는 일제의 극악한 고문을 견디지 못하고 감옥에서 죽음을 맞은 것이었다.

작은어머니가 이병기의 손을 부여잡고 눈물을 흘렸다.

"병기야, 이게 대체 무슨 일이라니. 불쌍해서 어쩌나, 아까워서 어째……."

작은집 이병희의 아버지와 이효정의 아버지에 이어 세 번째로 맞은 가장의 죽음이었다. 김봉희까지 치자면 독립운동을 하다가 죽은 네 번째 어른이었다.

"장례는 어찌 잘 치렀대요?"

물어보나 마나였다. 당시 독립군들이 옥사하면 일제는 조선의 전례에 따른 장례식도 치르지 못하게 했다. 조문객은 물론 만가나 만장도 금지했고 묘비를 세우는 것도 막았다. 유족 몇이 시신을 거적에 말아서 공동묘지에 묻는 것이 독립운동가들의 마지막 가는 모습이었다. 형수 혼자서 감당했을 고통에 이병기의 가슴이 저려왔다.

"형수랑 조카는요?"

이병기가 작은어머니에게 조심스레 물었다.

"그게, 그게 말이다. 내, 너무 기가 차고 가슴이 막히는구나."

더욱 비극적인 일은 남편의 죽음을 견디지 못한 형수가 외동딸과 함께 자살해버린 것이었다. 방 안에 연탄불을 피워놓고 가스에 질식해 죽었다고 했다. 왜놈에게 맞아 죽은 것도 분했지만 남은 모녀가 자살했다는 소식은 너무나 큰 충격이었다. 장례라도 제대로 치러야 했으나 사정이 어려워 집안 식구 누구도 경성에서 그 먼 길림성까지 갈 수가 없었다. 그쪽에 남은 친척들에게 후사를 맡길 수밖에 없었다. 온 집안이 슬픔에 잠겼다. 이규락은 몸져누워 방 안에서 꼼짝도 하지 않았다. 이동하도 망연자실한 채 평소에 입에 대지도 않던 술만 들이켰다. 어른 아이 할 것 없이 슬픔으로 밤을 지새웠다.

어려서부터 아버지처럼 믿고 따르던 형을 잃은 이병기의 충격은 더욱 컸다. 이병린은 이병기에게 형이자 아버지이며, 인생과 사상의 선배였다. 이병기는 가슴이 답답하고 눈물이 솟구쳐 집 안에 앉아 있을 수가 없었다. 무작정 집을 나와 거리를 걷고 또 걸었다. 형과 함께 지냈던 만주 시절이 끊임없이 떠올랐다. 형과 함께 놀던 신흥무관학교, 야학당, 농사를 짓던 만주 들판, 이병기에게 러시아 소설을 읽어주며 좋아하던 형의 모습이 떠올랐다. 형이, 그 시절이, 한없이 그리웠다.

사회주의 운동을 하기 전에도 이병린은 독립운동을 하면서 러시아 작가들의 책을 많이 읽었다. 러시아어를 모르는 이병기에게 러시아 문학과 사상을 얘기해준 이도 바로 이병린이었다. 이병린은 러시아 작가들이 애용하는 성경 구절을 종종 되뇌곤 했다.

"밀알 하나가 땅에 떨어져 죽지 않으면 한 알 그대로 남아 있고, 죽으면 많은 열매를 맺는다."

평소 형이 즐겨 하던 말처럼 된 것인가? 이병기는 혼란스러웠다. 조선 민중은 독립을, 독립에의 열망을 잃어가고 잊어가는 듯 보였다. 그렇다면 대체 무엇을 위해, 누구를 위해 형이 죽고 어머니가 죽고 형수가 죽고 어린 조카가 죽어야 하는가. 이병기는 자신에게 반문해보았다. 이병기는 공장에도 나가지 않은 채 며칠 동안 방 안에 틀어박혀 지냈다. 많은 생각을 했다. 자신이 느끼는 회의감과 절망은 형이 바라는 바가 아닐 것이었다. 형이라면 이렇게 슬픔에 잠겨 있지만은 않을 것이었다. 이병기는 마음을 다잡았다. 형과 했던 약속을, 이제는 형 몫까지 다해서 자신이 이루어야 했다.

"혹 내가 조국의 독립을 이루지 못하고 죽더라도, 내 죽음을 보고 누군가는 내 뒤를 이어줄 것이다. 그것이 내가 밀알이 되려는 이유다."

이제는 형의 뜻을 이해할 수 있었다.

이동하 역시 상심이 클 수밖에 없었다. 본래 깐깐한 성격이라 몸이 아프기 전에도 술을 가까이 하지 않던 이동하는 몇 날 며칠 풀이 죽어 술만 마셨다. 겨우 열한 살이었던 병린을 데리고 만주로 가서 온갖 고생을 했다. 자신은 어른이라 그렇다 쳐도 어린 아들이 겪었을 고생과 심적 고통을 헤아려주지도 못했다. 그러기도 전에 아들은 일찍이 혼자서 어른이 되어버렸고, 이제는 먼저 저세상으로 가버린 것이다. 맘껏 표현하지는 못했지만 이동하는 큰아들에 대해 크고 깊은 자부심과 믿음을 지니고 있었다. 그의 가슴에 자책감과 후회가 물밀듯 번져왔다.

그즈음 대구에서 연락이 왔다. 대구에서 한약방 등을 하며 임시정부에 자금을 대던 윤상태와 김관제가 사람을 보낸 것이었다. 그들은 이동하에게 대구 중심가에서 여관을 운영하며 독립운동의 연락 장소로 쓰면 어떻겠냐고 제안했다. 이동하는 만주에 두고 온 아내 김봉희의 죽음에 깊은 가책을 느끼고 있었다. 게다가 아끼던 큰아들 내외와 손녀의 잇단 죽음은 그에게 견디기 힘든 고통을 주었다.

이동하는 망설이지 않고 낙향하기로 결정했다. 이병기도 그 뜻에 따랐다. 여관 자금을 대기로 한 김관제가 대구에서 유명한 사회주의자라는 사실이 그의 마음을 움직였다. 얼마 후, 이동하 부부는 이병기 오누이와 정씨가 낳은 두 아들을 데리고 대구행 기차에 몸을 실었다.

하해여관

1906년 가을, 영남 제일의 위용을 자랑하던 대구 읍성이 한 친일파 관료의 명령에 의해 처참하게 무너졌다. 이듬해 4월 성벽이 헐린 자리에 성의 흔적을 따라 길들이 생겨났고, 길 이름에 동서남북을 붙여 동성로, 서성로, 북성로, 남성로라 하였다.

대로가 들어서자 일본 상인들은 기다렸다는 듯 주변 땅 사재기와 성내 상권 잠식에 나섰다. 성벽을 파괴할 때 생긴 산더미 같은 흙은 일본인들이 읍성 서쪽에 유곽 예정지로 점찍어 두었던 곳을 메우는 데 쓰였다. 동문 밖의 저지대도 매립되었다. 동소문과 서소문, 망루들도 대부분 헐려 대구의 전통적인 풍모는 순식간에 사라져버렸다.

읍성 안에 있던 대구 부민들의 거주 지역도 일본인들에게 잠식당해 부민들은 서남부 산기슭 빈민촌으로 밀려났다. 일본인들은 대구역을 중심으로 번화가를 이루었고 그 중심부에 일제의 지배 기관과 은행, 우체국, 일본인 상점들을 세웠다. 대구는 경성과 달리 북촌에 있는 일본인 마을과 남촌인 달성공원 쪽 조선인 마을이 맞서는 모양새로 시가지가 형성되었다. 주인은 바뀌었지만, 대구는 조선 남부의 상업 중심지로 더욱 크게 번창했다. 하해여관은 그중에서도 최고 중심가에 있었다.

하해여관은 달구벌대로와 중앙대로가 만나는 남성로에 자리 잡고 있었다. 대구에서 가장 통행량이 많은 대구역과 약령시 중간에 있는 요지 중의 요지였다. 두 개의 첨탑이 빼어나게 솟은 벽돌 건물인 계산성당 주변에 즐비한 커다란 한옥들 대부분이 여관 건물이었다. 다른 여관들과 마찬가지로 하해여관도 검정색 연와를 얹은 긴 한옥이 디귿으로 세 면을 둘러싸고 나머지 한 면에 주인이 사는 집이 있는 형태였다. 방은 서른 개 정도였는데 방마다 등급이 매겨져 있었다. 1·2·3등실은 방도 밝고 병풍이며 이부자리도 고급이었다. 방 중에 몇 개는 찬모와 식모, 여러 명의 일꾼이 썼고 입구의 큰 방은 이동하가 사무실 겸 숙소로 사용했다.

손님은 끊이지 않는 편이었다. 이 주변 여관들은 숙박료가 비싸서 일반인들은 쉽게 이용할 수 없었는데 특히 하해여관은 서울과 대구의 저명인사들이 드나드는 고급 숙소로 알려져 있었다. 이시영, 김창숙, 윤세복, 유림, 남형우 등 민족주의 독립운동가들과 양심 있는 변호사, 의사, 문인 등 이름만 대면 알 만한 이들이 주요 단골이었다. 보통의 여관 주인들과 달리 항일운동가로 널리 알려진 이동하가 운영하기 때문이었다. 덕분에 손님 중 상당수는 여관비를 내기 어려운 독립지사들이었다. 자연히 하해여관은 독립군의 비밀 아지트이자 유숙소로 이용되었다. 손님은 많아도 실상 돈은 벌기 어려운 구조였다.

이동하는 독립운동가들의 연락 거점이자 회의 장소를 제공하는 것이 여관을 차린 본래 목적이라고 생각했기 때문에 돈을 받지 않는 것을 당연하게 생각했다. 동지들이 여관을 사준 목적을 잊지 않는 이동하는 적자가 나도 그리 개의치 않았다. 그러나 여관을 운영해 먹고살아야 하는 정씨로서는 불만이 쌓이지 않을 수 없었다. 정씨는 이동하가 돈을 받지 말라고 할 때마다 짜증을 냈고 이로 인해 부부 싸움도 잦아졌다. 이동하는 양반 체면에 싸움을 할 수는 없어 정씨에게 대응하지 않고 사무실 방에 기거하는 걸로 그녀를 피했다.

이병기는 매일 수십 명의 손님을 치르는 데 필요한 갖은 물품들을 조달해 나르는 일을 하면서 두 계통의 독립운동을 함께 수행했다. 아버지가 주도하는 민족주의 운동과 자신이 선택한 사회주의 운동이었다. 민족주의 운동은 주로 돈을 걷어 무기를 사들여 테러를 준비하는 활동이었고, 사회주의 운동은 공장에 노동자 조직을 만들어 혁명 이론을 가르치는 일이었다. 경성에서는 민족주의 운동과 사회주의 운동이 대립해 서로 비난하고 있었지만 대구 지역에서는 한솥밥을 먹는 사람들처럼 친했다. 만주에서 그랬듯이, 이병기의 동료 사회주의자들은 명절이 되면 이동하에게 찾아와 세배를 올리고 덕담을 들었다.

경성이었다면 이러한 행동들은 사회주의자들로부터 비판을 받았을 것이다. 그러나 대구 지역 운동가들에게는 그리 문제가 되지 않았다. 특히 여유만만한 성품의 이병기에게는 아무런 문제가 되지 않았다. 그는 투쟁만 한다면 민족주의자들도 기꺼이 지원할 수 있다고 생각했다. 나아가 이런 행동이야말로 제국주의에 대항해 모든 민주 세력과 결합하라는 코민테른의 지시를 따르는 바른 행동이라 생각했다. 대일 투쟁은 하지 않고 사회주의 운동 내부의 결함이나 비판하는, 아니면 민족주의자들을 공격하느라 세월을 보내는 관념주의자들을 그는 못마땅해했다.

이 점은 이동하도 마찬가지였다. 그는 천성적으로 사회주의를 싫어했지만 만주에서 그랬듯이 젊은 사회주의자들과 스스럼없이 지내며 그들의 투지를 인정하는 사람이었다. 사회주의자인 김관제가 민족주의자인 이동하를 믿고 여관 살 돈을 제공한 것은 이런 점을 잘 알고 있기 때문이었다.

대구 약령시라고 불리던 약전 골목은 이병기의 주요 활동 무대 중 하나였다. 그는 한약방의 약재 수입 루트를 통해 몰래 무기를 들여오고 또 국내에서 모금한 돈을 수출하는 약재 속에 넣어 전달했다. 이 일에는 여러 사람이 관련되어 있었지만 모두 담대하고 철저한 사람들이라 크게 문제가 된 적은 없었다. 특히 이병기는 옷 속에 총을 숨기고 태연스럽게 주재소 앞을 지나쳐 안전한 곳에 전달하곤 했다.

조선 남부의 한약재가 모두 모인다 해도 과언이 아닌 약전 골목은 하해여관에서 5분만 걸으면 닿는 곳에서 시작되었다. 700여 미터 길이의 좁은 골목에 한약방들이 밀집해 있었는데 2월과 11월에는 한 달 내내 큰 장이 열렸고 봄가을에는 5일 간격으로 약재를 파는 시장인 약령시가 열렸다. 약령시는 북문 근처의 객사 앞 너른 마당에서 열리다가 일본 세력이 북문 지역을 장악하고 성과 객사를 허물면서 남성로 동네로 자리를 옮겼다. 장이 열리는 날이면 약초 장수들이 전국 각지에서 캐어 온 수십 개씩 되는 약초 광주리를 쌓아 놓고 양옆으로 늘어앉아 있었다. 상인들이 지나가는 사람들을 붙들고 서로 흥정을 하는 모습은 언제 보아도 생동감이 넘쳤다. 당귀, 천궁, 작약, 숙주향 등이 거리를 꽉 채워 코끝이 알싸했다.

이병기가 주로 드나든 집은 제일교회 옆에 있는 복양당이었다. 그곳은 하해여관 자금을 댄 김관제가 운영하는 한의원이었다. 김관제는 나이로 보면 이동하보다 열 살 아래로 대동청년단 결성부터 이동하와 뜻을 함께해온 인물이었다. 이후 1911년 만주로 망명하여 봉천성 환인현 동창학교와 홍경현에서 함께 교사를 하기도 했다.

1919년경 서울로 돌아온 김관제는 비밀결사 활동을 시작했고 대구에 한약방을 열어 독립운동 자금을 댔다. 그는 가난한 이들에게 무료로 진맥과 처방을 해주는 덕망 높은 의원으로 유명했고, 김창숙 등 고문으로 쇠약해진 많은 독립지사들이 그의 한의원을 다녀갔다. 너그러운 인품과 경륜으로 대구 일대 청장년들의 존경을 받고 있던 김관제는 대구 지역 노동운동의 대부인 정운해와 더불어 대구 좌파 세력의 2대 지주로 불렸다. 그때 정운해는 '제1차 조선공산당 사건'으로 검거되어 서대문 형무소에 수감 중이었다. 그 후 둘 다 감옥에서 해방을 맞이하게 된다.

김관제는 대구가 처음인 이병기에게 그간의 대구 사정과 현재 운동 상황에 대해 많은 이야기를 해주었다. 이병기가 대구로 내려간 1930년대 초는 대구 지역 사회주의 청년운동의 전성기라 할 수 있었다. 대구청년동맹과 고려공청 경북위원회가 결성되어 있었고 대구고보 등 주요 학교마다 학생 사회과학 연구회가 활발히 활동하고 있었다.

이런 활동은 이병기가 만주에 가 있던 때부터 시작되었다. 1920년대에 들어서면서 일제와 타협하고 그 지배에 순응하여 '조선독립불가지론'이니 '시기상조론'을 내세우는 민족개량주의자들이 등장했다. 이에 크게 실망한 학생들은 해방의 전망을 사회주의에서 찾고자 했다. 보다 철저하고 근본적인 사회변혁의 이상을 제시하는 사회주의는 학생들에게 급속히 전파되었다. 1926년 6·10만세운동을 기점으로 한 전국 각지의 학생 맹휴 대부분이 좌파적인 학생 지도부에 의해 주도되었고 그 배후에는 독서회 등 학생 지하조직이 있었다.

대구에서는 박광세, 장적우, 김선기와 일본인 시바다 등이 중심이 되어 대구고보 내에 있는 학생 독서회를 이끌고 있었다. 칠곡군 인동 출신인 장적우는 제4차 조선공산당 경북 지역 책임비서를 지냈고, 대구청년동맹 간부이며 신간회 대구지회 간부인 박광세는 거의 알려지지 않은 인물로 표면에 나서기를 삼간 채 뒤에서 조직하고 지휘하는 전형적인 배후 공작자였다.

그들은 윤장혁, 조은석, 이봉재 등 고보 학생 여덟 명을 모아 유물사관을 해설하고 한 달 동안 교양 교육을 실시한 후 1927년 11월 신우동맹을 조직했다. 신우동맹에는 105명의 결사원이 가담했고 학교별로 별도의 선전 위원을 두어 학내의 맹휴 등 독자적 투쟁을 진행하도록 했다. 신우동맹의 강령은 마르크스주의적 혁명 전술을 함양할 것과 피압박 민족의 해방운동을 위해 투쟁할 것으로 정했다. 그들은 일경의 추적으로 조직의 비밀이 누설될 위험에 직면하자 신우동맹을 해산하고 혁우동맹, 적우동맹, 일우당 등으로 조직을 변화시켜가면서 학생운동 조직을 확대, 강화했다.

이렇게 훈련된 학생들은 수차례 동맹휴학을 벌였고 퇴학당하거나 졸업한 후에는 공장과 농촌에 들어가 대중조직의 기초를 닦았다. 하지만 1928년 9월 '대구 학생 비밀결사 사건'이라는 명목으로 지도부 대부분이 구속되면서 청년운동의 기세는 한풀 꺾여 있었다. 청년들뿐 아니라 안동 출신 권오설 등 선배 사회주의자들도 대부분 검거되어 감옥에 수감 중이었다. 이러한 시기에 이병기가 내려온 것이었다.

이병기는 대구에 정착하자 우선 검거되지 않고 남아 있는 사회주의자들을 규합하는 일에 나섰다. 그는 사회주의자들과 달성공원 숲에 모여 정세 토론과 맹휴 시 투쟁 방침 등 향후 방책을 논의했다. 그리고 매주 월요일에는 한 하숙집에 모여 『공상으로부터 과학으로』 등의 사회주의 이론서를 읽고 토론하거나 조선공산당 문건 중에서 학생 문제와 규율에 관한 부분을 발췌해 '개인 품격의 비평'이라는 주제로 운동가의 자세에 대해 토론하는 등 학습을 계속했다.

1929년 미국에서 시작된 대공황은 일본을 강타했고 조선 경제에도 심각한 타격을 주었다. 모든 산업의 생산이 위축되고 판매가 부진해졌다. 회사들은 경영합리화라는 미명하에 마음대로 노동자들을 해고했다. 일본에서 직장을 잃고 귀국한 사람들까지 가세하여 거리는 실업자들로 넘쳐났다.

'쿨리'라 불리는 중국인 날품팔이 노동자들까지 조선으로 몰려들어 조선의 노동시장을 야금야금 잠식하고 있었다. 중국 산동에서 인천항까지 1원 70전 하는 삼등 뱃삯만 가지고 고향을 떠나 조선에 온 중국 노동자들은 7, 8개월 동안 날일을 하고 1인당 최하 200원 가량을 챙겨서 고향으로 돌아갔다. 그러나 매년 5,000~6,000명이 중국으로 돌아가지 않고 조선에 눌러앉았다.

농사는 유례없는 풍작이었으나 일본으로의 쌀 수출이 막혀 농촌에는 돈 가뭄이 들었다. 농민들의 생활도 비참하기 이를 데 없었다.

굶어 죽는 사람들이 속출했다. 영양부족으로 길거리에 쓰러지는 사람도 부지기수였다. 수업료을 내지 못한 학생들은 자진해서 학교를 그만두거나 퇴학을 당했다.

사상단체나 비밀결사를 조직해서 검거된 사회주의 관련 사상범의 수는 날로 늘어갔다. 대구의 사회주의자 조직도 조금씩 성과가 늘어나 이병기가 내려온 지 1년여가 지난 1931년 여름에는 마침내 공산주의자 협의회를 결성하기에 이르렀다. 이는 1930년 6월부터 이우적, 권대형, 이종림, 김상혁 등이 중심이 되어 진행해온 조선공산당 재건 운동의 일환이었다. 대구 지역 공산주의자 협의회는 8월부터 「대구노동신문」을 비밀리에 제작해 배포하는 한편, 11월에는 대구 지역 사회과학 연구회를 결성했다.

이병기는 그 모든 조직의 지도자의 한 사람으로 정신없이 뛰어다녔다. 그러던 중에 이듬해 2월, 이병기는 다른 동료 수십 명과 함께 검거되고 말았다. 그러나 혹독한 취조에도 고려공청 가입 사실 등 주요 혐의 사실을 완강히 부인한 끝에 훈계 처분을 받고 풀려날 수 있었다. 아무리 식민지라 하더라도 법치국가를 표방한 일제는 일단 법정에 오른 사건들에 대해서는 나름대로 법률에 근거해 조치했다. 무장투쟁으로 체포된 사람이 아니면 극형을 받지 않아 공산당 최고 지도자들도 5~6년 형을 받는 게 보통이었다. 공산당이나 고려공청과의 직접 연계가 드러나지 않는 가운데 자생적으로 사회주의 공부를 한 사람은 훈계 조치에서 기소유예 정도로 끝나기 마련이었다.

일단 석방되기는 했으나 감옥보다 더한 감시가 시작되었다. 형사들은 거의 매일같이 하해여관에 나타나 이것저것 캐묻고 가곤 했다. 밀정으로 의심되는 낯선 손님들이 숙박하며 한밤중에 안집 앞에서 서성이는 것이 목격되기도 했다. 한동안 피해 있어야겠다고 판단한 이병기는 경성 할아버지 댁에 올라가 있기로 했다. 1933년 봄이었다.

우리, 지금은 이별하여도

이규락의 집에는 그동안 작은 변화가 있었다. 사촌 동생 이병희는 집 근처에 있는 종연방직에 다니고 있었고, 동덕여고를 졸업한 이효정은 가난한 고학생들을 위한 비인가 학교에서 학생들을 가르치면서 내밀하게 몇몇 종연방직 여성 노동자들에게 사회주의 교육을 하고 있었다.

만주에서 갓 돌아온 1929년만 해도 이병기는 조직과 아무런 관련 없이 독자적으로 공장에 취직했다가 형의 죽음을 겪자 실의에 빠져 대구로 내려갔다. 이제는 상황이 달랐다. 조선에는 변변한 대학 없이 기술 전문학교만 몇 개 있었기 때문에 고등보통학교만 졸업해도 지식인 대우를 받았다. 학창 시절부터 사회주의 공부를 한 이들 고보 출신 여럿이 공장에 들어가 노동운동을 하고 있었다. 경성만 해도 공장에 취업한 지식인 숫자가 꽤 많았다. 정확히 알 수는 없지만 최소한 200명은 넘었다. 동덕여고 졸업생도 여럿이 공장에 다니고 있었다.

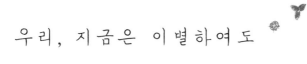

이효정이 공장에 가지 않고 학원에서 일하게 된 것은 할아버지 이규락을 생각해서였다. 경성여상에 들어갔던 고모 이병희는 학비를 내지 못하자 일찌감치 학교를 그만두고 영등포역 뒤에 있는 기린맥주 공장에 취직해 빈 병 씻는 일을 했는데 마당에서 일하다 보니 얼굴이 새까맣게 그을렸다. 어느 날 집에 돌아온 손녀의 몰골을 본 이규락은 불같이 화를 내며 누가 공장에 다니라 했느냐며 마구 종아리를 때렸다. 이병희는 매를 맞아가면서도 고집을 꺾지 않고 집 근처에 있는 종연방직에 취직했다. 야무지고 똘똘한 그녀는 열여섯 어린 나이에 공장에서 인정받아 조장까지 하고 있었다. 할아버지도 이병희만큼은 말리지 못했다.

그러나 누구보다도 이규락의 총애를 받아온 이효정은 언제 돌아가실지 모르는 노인네의 뜻을 거슬러 공장에 다닐 수가 없었다. 대신 고모 이병희가 조직한 여성 노동자들에게 한글과 함께 사회주의 학습을 시키는 일을 맡았다. 500명이 넘게 일하는 종연방직은 경성 일대에서 가장 큰 공장에 속했다. 농촌에서 길러 공장으로 올라온 누에고치를 삶아 비단실을 뽑아내는 공장으로, 한여름에도 뜨거운 물에 손을 담그며 일하는 것이 여간 고통스럽지 않았다. 여공들은 불만이 많았고 쉽게 조직화되었다.

이병기가 대구로 내려가 있던 동안에 이효정과 이병희는 부쩍 성장했다. 두 처녀는 경성콩그룹이라는 조직에 소속되어 있었다. 함경도 사람으로 모스크바에서 공산주의 교육을 받고 온 권영태가 만든 조직이었다. 그는 국제 적색 노동조합의 지령을 받고 들어온 국제선이라 자임하며 사람들을 모았는데 나중에 수사받을 때 100여 명의 운동가를 조직했던 것으로 밝혀졌다. 이병기도 자연히 권영태의 조직에 들어가게 되었다.

이효정으로부터 이병기에 대해 보고받은 권영태는 그에게 신흥 공업지대인 영등포로 가라고 지시했다. 영등포에는 남성 노동자를 필요로 하는 철공소가 집중되어 있었다. 이병기는 몇 해 전 일했던 용산 공작소의 영등포 공장에 임시공으로 취직할 수 있었다. 영등포 공장은 용산과 마찬가지로 200명의 노동자 중 정식 직공은 소수였고 대부분이 임시 인부였다. 철도 차량을 만드는 곳이라 일은 익숙했다. 이병기는 공장 근처 더러운 하천가에 있는 토막집을 하나 빌려 거처를 정하고 출근을 시작했다. 밥은 몇몇 노동자들과 함께 동네 아줌마에게 대놓고 먹었다.

영등포 공장 지대의 노동조건은 용산 지역보다 더 나빴다. 몇 군데 큰 공장을 제외하면 거의가 나무판자나 양철을 누더기처럼 잇대 만든 창고 같은 공장으로, 변소가 있는 곳조차 드물었다. 직공의 대다수는 거지 움막 같은 곳에 기거했는데 방 안은 음식을 먹을 수 없을 정도로 불결했다. 공장 안에 들어가도 마찬가지였다. 난방도 냉방도 되지 않는 건 물론이고, 한여름에는 땀에 범벅이 되어 신발 바닥이 미끈거렸고 겨울에는 손목까지 시뻘겋게 부르트고 귓불에 동상을 입었다.

열악한 작업환경 속에서 하루 열 시간 넘게 일해도 일당이 1원을 넘지 않았다. 한 가족이 한 끼니 밥을 해 먹을 수 있는 쌀 한 되에 60전이던 시절이었다. 혼자 일해 가족을 부양하는 것은 불가능했다. 부인이며 어린아이들까지 공장에 나가거나 일본인들 빨래를 해주어도 먹고살기 힘들었다. 옷 한 벌 새로 살 수 없는 대부분의 노동자는 일 년 내내 한 벌밖에 없는 작업복을 입고 살았다. 고약한 냄새 때문에 곁에 가까이 갈 수도 없을 정도였다.

이병기가 다니는 공장은 굴지의 대공장이라고 알려졌지만 노동자에 대한 처우는 별반 다르지 않았다. 가족의 생계를 온전히 꾸리기조차 힘든 월급마저 이중 삼중의 벌금 제도 때문에 강제로 뜯겼다. 몇 분만 지각해도 반나절 일당을 삭감하고 하루 결근에 며칠분 일당을 제하는 것이 공장 측에서 정한 규칙이었다. 일하다가 불량을 내면 그 자리에서 구타를 당하고 월급으로 벌충해야 했다. 어느 공장에서건 조선인은 일본인보다 두세 시간 더 일하고 돈은 훨씬 적게 받았다. 장안의 신문기자며 잡지사 기자들이 40원 월급이 부족하다고 소시민의 삶을 비관하는 글을 남기던 시절에 공장노동자들은 그 절반에도 훨씬 못 미치는 돈으로 가족을 부양해야 했다.

여공들의 처지는 더욱 처참했다. 농촌에서 모집되어 올라온 그네들은 열다섯이나 열여섯의 어린 나이로 하루 20전의 수습공 임금을 받으며 공장 생활을 시작해 몇 년 지나서야 겨우 40전을 받는 정식공이 되었다. 수습공 시절은 물론 정식공이 되어서도 일 년 내내 고깃국 한 번 맛보기 힘든 박봉이었다. 한 편 보는 데 30전 하는 영화 같은 것은 꿈도 꿀 수 없었다.

노동자들은 하루 일당을 다 주어야 하는 전차비를 해결하기 위해 공장 가까운 초막이나 판잣집에 여러 명이 세를 들어 단체로 밥을 해 먹기도 하고 하숙을 하기도 했다. 토막촌은 지난 수년 사이에 범위가 훨씬 넓어져 있었다. 공장에서 쏟아져나오는 검은 연기와 뜨겁고 누런 폐수가 온 들판을 오염시키는 가운데, 영등포 일대에는 마치 석기시대 움집 같은 토막촌이 빠르게 번지고 있었다.

용산 공작소 소속이라지만 영등포 공장의 작업 조건은 용산보다 나빴다. 공장 안에는 안전 설비가 전혀 없었고 노동자들은 안전 복장을 전혀 갖추지 못했다. 열여섯 살 난 어린 남자아이가 40킬로그램의 벽돌을 지고 1킬로미터에 이르는 거리를 온종일 오갔고, 어른들은 이글거리는 용광로 앞에서 맨발과 벗은 몸으로 일했다. 일주일이 멀다 하고 납중독, 추락, 감전 같은 사고로 사망자나 불구자가 생겼다. 공장 근처 병원에 늘어선 침상 위에는 다리가 잘린 고통에 신음하는 사람, 밑동부터 잘려 없어진 팔을 붕대로 감고 있는 사람, 눈만 내놓고 얼굴과 머리를 피 묻은 붕대로 감고 있는 사람, 부러진 갈빗대 사이로 고무줄을 꽂아 숨을 쉬는 사람들이 넘쳐났다. 밤중에 우당탕 발소리를 내며 중상자를 떠메고 왔지만 밤을 넘기지 못하고 숨져 병실 안에 곡성이 가득한 날도 흔했다. 식민지 공장은 죽음의 감옥과도 같았다. 질병과 사고의 종류가 다를 뿐, 모든 공장 노동자의 삶은 비슷했다.

어린 나이에 노동을 시작한 이들은 성인이 되었을 때는 회복할 수 없을 정도로 골병이 들어 있었다. 몸이 다 자라기 전에 공장에 들어와 잘 먹지도 못하고 잠도 못 자면서 일만 한 사람들은 얼굴부터 빠르게 늙었다. 뒷모습이나 몸집만 보고는 나이를 짐작하기 어려웠다. 사람들은 불과 오륙 년, 길게는 십 년이 지나면 자신과 함께 노동을 시작했던 이들 중에 살아남은 이가 거의 없다는 사실을 깨달았다. 일찍 죽을 사람만을 사귀었던 것이 아니라, 공장이 그들을 일찍 죽게 만든 것이었다. 살인적인 저임금과 강제 노역에 가까운 노동에 메말라가는 노동자들의 모습은 바로 조선의 모습이었다.

이병기는 공장에 다닌 지 얼마 지나지 않아 한 친구를 눈여겨보게 되었다. 왕방울 같은 눈매가 여자처럼 곱상하고 마음도 착해 보이는, 자신보다 몇 살 어린 박동렬이라는 젊은이였다. 그는 작업 시간에는 누구보다 열심히 일하면서도 이웃 노동자에게 관심을 갖고 도와주려 애썼고, 노는 시간이나 퇴근 후 저녁에 공장 근처 점포에서 막걸리를 마실 때면 유난히 회사에 대한 불평을 늘어놓곤 했다. 뭔가 있다는 생각을 가지고 접근해 솔직하게 이런저런 이야기를 나눠보니 뜻이 아주 잘 맞았다.

이병기가 자신의 신상에 대해 대강 이야기를 해주니 박동렬은 며칠 후 점심시간에 도시락을 들고 와 옆에 앉으며 함빡 웃는 얼굴로 물었다.

"형, 이효정이라고 알지요?"

"어? 자네가 어떻게 효정이를 알아?"

따사로운 오월의 햇살이 내리비쳤다. 박동렬은 웃기만 할 뿐 아무 대답 없이 보자기에 싸 온 밥그릇을 펼치고 종지에 담아 온 김치를 꺼냈다. 이병기도 아줌마가 싸준 밥그릇을 꺼냈다. 박동렬이 나직하게 물었다.

"그럼 혹시 이재유라는 사람도 알아요?"

"이재유? 일본에서 유명했다던 그 이재유 말인가?"

이병기는 공산당원이었지만 변방인 만주 총국에 속했고 귀국 후에는 대구에서 활동했기 때문에 운동의 중심부라고 할 수 있는 경성 사람들에 대해서는 잘 몰랐다. 다만 대구의 동료들로부터 이재유라는 이름을 여러 차례 듣기는 했다. 함경도 사람인 이재유는 일본에 건너가 재일 조선인들을 위해 노동운동을 하면서 70번이나 경찰에 끌려갔다는 유명한 투사였다. 몇 해 만에 체포되어 지금은 서대문 형무소에서 옥살이를 하고 있다고 했다. 나이는 이병기보다

한 살 많은 1905년생이었다.

"이재유는 감옥에 있다던데?"

"아녜요. 지난 겨울에 석방되었어요."

짧은 점심시간에 이야기를 다 못 한 두 사람은 저녁에 다시 만나 이병기의 움막에서 밤을 새우다시피 하며 많은 이야기를 나누었다. 박동렬은 이날 비로소 자신의 본명이 안병춘이라는 사실을 털어놓았다.

안병춘은 경기도 용인 출신으로, 일찍 아버지를 잃고 서울에 올라와 기독교 학교를 다녔다. 어머니는 그의 학비를 벌기 위해 하숙집 찬모로 일했는데 막 감옥에서 석방된 이재유가 그 집에 하숙생으로 들어왔다. 조선인치고는 큰 키에 얼굴이 곱상한 이재유는 사람을 흡인하는 매력을 가진 인물이었다. 어머니를 만나러 가끔 하숙집에 들르던 안병춘은 그의 매력에 푹 빠져버렸다. 기독교 학교에 다니는 독실한 신도였던 안병춘은 불과 두어 달 만에 사회주의자로 변모했다. 이재유는 조국을 구하려면 노동운동을 해야 한다고 가르쳤고, 이에 따라 안병춘이 처음 취업한 곳이 이 영등포 공장이었다. 그의 이야기를 듣고 난 이병기는 안병춘이 왜 그토록 열정적이고 때로는 무모할 만큼 대담하게 노동자들을 선동하였는지 비로소 이해가 되었다.

안병춘은 이병기에게 경성 지역 노동운동의 판도에 대해서도 설명해주었다. 이재유와 같은 시기에 등장한 권영태가 국제선이라는 권위를 가지고 노동운동가들을 결집시키고 있는데, 그는 자신의 권위만 강조할 뿐 현장에 필요한 구체적인 지침을 주지 못하고 있다고 했다. 반면 이재유는 일본에서의 풍부한 경험과 탁월한 조직력으로 훨씬 빠르고 넓게 사람들을 확보하고 있다고 말해주었다.

두 사람은 자세한 내막까지는 알지 못했지만 이재유는 김단야, 김형선 같은 이들을 통해 상해에 있는 박헌영과 연계를 맺고 있었다. 국제 적색 노조의 지령을 받은 권영태도 일정한 권한을 갖고 있다고 할 수 있었지만 박헌영은 국제공산당에서 정해준 조선공산당의 최고 지도자였다. 엄밀하게 따지면 박헌영과 연계된 이재유가 더 높은 권위를 가진 국제선이라고 할 수 있었다. 그러나 이재유는 그러한 내막을 공공연히 밝히고 다니지 않은 반면, 권영태는 자신이 국제 적색 노조의 파견자라는 점을 내세우며 돌아다녔다. 이재유는 권영태에게 공동으로 투쟁위원회를 만들자고 제안하기도 했으나 권영태는 이재유에게 자신의 하부에 그대로 들어올 것만을 요구했다. 이재유는 이를 거부했다. 결과적으로 경성의 운동가들 사이에는 이재유가 권영태의 국제노선을 거부했으니 이재유 그룹은 분파적이라는 소문이 나돌았다.

안병춘과 이병기가 만났을 때는 아직 그러한 상황이 일어나기 전이었다. 처음부터 이재유와 운동을 시작한 안병춘은 이병기를 자신의 조직으로 끌어들이기 위해 솔직하게 아는 대로 털어놓은 것이었다.

며칠 후 일요일, 이병기는 안병춘을 따라 이재유를 만나러 갔다. 이재유는 이 무렵 칠촌 조카인 이인행과 함께 연건동의 한 하숙집에 살고 있었다.

"이순복 동지! 반갑습니다."

이순복은 이병기의 가명이었다. 이재유는 처음 만난 이병기의 손을 잡고 놓을 줄을 몰랐다. 얼핏 귀여워 보이는 동안인 이재유는 감옥에 있을 때부터 폐결핵을 앓아 창백했지만 밝고 다정한 웃음이 가시지를 않았다. 그러나 운동에 관한 화제로 들어가자 사무적일 만큼 진지하게 태도가 돌변했다. 조선의 혁명 단계를 어떻게 보느냐는 이병기의 질문에 그는 함경도 억양으로 한 마디 한 마디 강한 어조로 말했다.

"우리 조선은 봉건제에서 곧바로 일제의 식민지가 되는 바람에 정상적으로 자본주의가 발달할 기회가 없었습니다. 일제에 의해 강제로 자본주의가 이식된 결과, 조선의 산업은 독자적인 구조를 갖추지 못하게 된 겁니다."

이재유는 일본이 조선에 산업을 육성하는 근본적인 이유가 무엇인지, 그것이 얼마나 기형적이며 조선인을 수탈하는 구조인지에 대해 말했다. 민주주의가 발달하지 못한 가운데 산업이 제대로 발달할 수는 없으며, 결국은 일본에 모든 것을 수탈당할 뿐이라고 말했다.

"따라서 우리 사회주의자들은 우선 민주주의 혁명부터 이뤄야 합니다. 나는 이것을 자본성 민주주의 혁명이라 부르고 싶습니다."

"자본성이라면 무슨 뜻인지요?"

이병기가 이해를 잘 못하자 이재유는 차분히 설명해주었다.

"우선 봉건제에서 벗어나기 위한 민주주의 혁명부터 하자는 것입니다. 그것은 자본주의를 궁극적인 목표로 하지는 않지만, 성격으로 보면 자본주의적인 혁명이니 자본성이라고 표현한 겁니다."

이병기는 밝고 다정하면서도 운동에 관해서 만큼은 확고하고 엄격한 이재유의 매력에 금세 빠져들었다. 이재유는 말보다도 글이 더 나은 사람이었다. 그는 이병기에게 조선 노동자들의 현실에 대해 자신이 써놓은 글을 보여주기도 했는데, 갖가지 통계와 연표를 인용했는데도 조금도 딱딱하거나 지루하지 않았다. 이병기는 웬만큼 두뇌가 뛰어나지 않다면 이런 글을 이토록 재미있고 감동적으로 쓸 수 없으리라 생각했다.

이병기는 권영태 조직에 속해 있던 이효정과 이병희까지 이재유 조직으로 데리고 갔다. 이효정은 또한 이종희, 이순금, 이경선, 박진홍 등 공장에 들어가 있던 동덕여고 출신들을 모두 데리고 왔다.

이병기는 얼마 후에는 이재유와 함께 이현상도 만나게 되었다. 금산의 부잣집 출신인 이현상은 키는 그리 크지 않았으나 옆으로 길게 찢어진 큰 눈이며 윤곽 뚜렷한 코와 입술, 말수 적은 나직한 저음이 상대방을 압도하는 매력적인 인물이었다.

"이현상 동지, 요즘 동대문 지역 여성 노동자들에게 인기가 최고라면서요?"

다 비슷한 나이였지만 서로 존댓말을 썼다. 이재유가 농담을 던지자 이현상은 커다란 눈을 더 크게 떠 보이며 빙긋이 웃었다.

"아, 그렇다고들 합니까? 저한테는 아무도 그런 말 하지 않던데요?"

이현상은 이병기에 대해 미리 알고 있었다. 수인사를 나눈 그는 굵은 음성으로 말했다.

"만주 총국에서 일하셨다고 들었습니다. 대구에서도 크게 활약하셨다고요?"

"어디서 그런 이야기를 들었습니까?"

"얼마 전에 이효정 동지를 만나 밤새 많은 이야기를 나눴습니다."

젊은이 서너 명만 모여도 골목마다 깔린 밀정들의 의심을 받았다.

학습 모임은 많아야 세 명 아니면 단둘이 마주 앉은 채로 밤새 토론하는 게 보통이었다.

"아, 그래요? 전 전혀 몰랐습니다. 우리 효정이 참 영특하지요?"

"예. 이해력도 뛰어나고 자세도 대단히 좋습디다. 제가 많은 사람을 만나봤지만 그렇게 진지한 시간을 보낸 적이 없었습니다. 그나저나 이효정 동지가 이순복 동지 얘기를 참 많이 하더군요. 어릴 때부터 깊이 존경했다고 말입니다."

훗날 이효정은 이현상과 단둘이 밤을 새워 조선의 혁명에 대해 토론했다는 이야기를 해주었다. 이효정은 그가 권영태 같은 인물과는 비교할 수 없는 품격을 갖추고 있더라고 말했다. 실제로 조선 왕실의 직계 후손인 이현상은 어려서부터 점잖은 예의범절이 뼈에 박힌 친구였다. 둘이 같은 1906년생이니 친구가 되자고 해놓고도 이현상은 좀처럼 말을 놓지 않았다. 이현상은 동년배뿐 아니라 나이가 어린 후배들에게도 존댓말을 쓰기로 유명했다. 이병기는 처음에는 새 친구를 사귀게 되었다고 기뻐하며 반말을 쓰다가 점점 어색해져서 결국은 자신도 존댓말을 쓰게 되었다.

이들은 조직의 이름을 '조선공산당 재건을 위한 경성 트로이카'라고 지었다. 이를 짧게 경성 트로이카라고 불렀는데, 200명이 넘는 조직원들은 공장이나 학교 별로 제각기 트로이카를 구성했다. 트로이카란 세 명 이상이 함께 논의해 조직을 이끌어가는 공산주의의 조직 단위 중 하나일 뿐이었다. 다른 사람들은 무슨 동맹이니 협회니 하는 이름을 좋아했지만 이들에게는 조선공산당을 재건한다는 목표 이외에 다른 것은 전혀 중요하지 않았다. 굳이 따지자면 경성 트로이카는 이재유, 이현상, 김삼룡 아래 조직된 수십 개의 다른 트로이카들로 이뤄져 있는 셈이었다.

이병기는 그해 팔월 중순 한강변 백사장에서 안병춘, 안삼원, 윤순달 등과 함께 영등포 지역을 책임지는 영등포 트로이카를 구성했다. 그중 안삼원과 윤순달은 이병기와 같이 일하는 사이였다. 안삼원은 경남 김해 출신 공산주의자로, 그해 가을 영등포 공장에 취직해 이병기와 함께 운반부 노동자로 일했다. 전남 강진 출신인 윤순달은 전기 학교를 졸업한 후 영등포 공장에 전기 견습공으로 취직해 함께 일하게 되었다.

영등포 트로이카는 우선 영등포 지역 공장들의 노동자 숫자와 나이, 임금과 노동조건 등을 조사하기 위해 각자 공장을 분담했다. 좀 더 구체적으로는 각 공장에 들어와 있는 사회주의자들을 파악하고 그들과 함께 각 현장의 노동자 조직을 만드는 일에 나섰다. 그 결과 용산 공작소에서는 방윤창, 이승길, 경석호, 지재호, 김원옥, 조귀손 등 여섯 명의 소모임이 만들어졌고 경성방직에서는 이예분, 최승원 등 두 명이 조직되었다. 이예분은 원산 출신 노동운동가 이주하의 여동생이기도 했다. 이재유가 삼수의 화전민 출신이라면 이주하는 북청의 화전민 출신으로 둘 다 일본 대학교 전문부 사회과에 다닌 적이 있으며 노동운동으로 잔뼈가 굵은 운동가였다. 두 사람은 1905년 생 동갑인데다 지도력도 뛰어났는데, 이주하는 이때 함흥 형무소에 수감 중이어서 직접 만날 수는 없었다.

이병기는 학생 부분의 운동을 위해 이현상에게 최소복을 소개하기도 했다. 최소복은 대구에 있는 보통학교 4학년 재학 중에 단식투쟁을 해서 퇴학당할 정도로 어려서부터 항일 의식이 높은 친구였다. 그는 이병기와 함께 대구 적색 농민조합 결성에 참여해 활동하다가 지난해 상경해서 경성전기학교에 다니고 있었다. 이현상은 동대문 지역 노동운동과 함께 학생운동을 지도하고 있었기 때문에 이병기가 최소복을 그에게 소개한 것이었다. 최소복은 이재유와 이현상의 지시에 따라 이인행, 변우식 등과 함께 학교에서 트로이카를 결성하여 활동했다.

여름으로 접어들면서 서서히 작은 싸움들이 시작되었다. 먼저 싸움이 시작된 곳은 학교였다. 동덕여고에서 김재선의 주동으로 동맹휴업이 일어났고 숙명여고에서도 동맹휴업이 시작되었다. 공장 곳곳에서도 투쟁의 분위기가 움텄다. 여성 노동자를 구타한 일본인 감독에 대한 거부 운동이나 기숙사 식사 개선 투쟁 같은 작은 싸움들도 도랑물이 모여 냇물을 이루듯 머지않아 일어날 연쇄 파업을 향해 밀려가고 있었다.

거의 모든 싸움의 선두에는 사회주의자들이 있었다. 자연 발생적으로 일어난 싸움이더라도 즉시 사회주의자들이 앞으로 나가 선동하며 투쟁의 주도권을 잡았다. 이 사소한 싸움들이야말로 노동자들을 단련시키고 새로운 인물들을 발굴하는 계기가 되었다. 노동자들은 투쟁을 통해 조직되고 투쟁을 통해 단련되고 있었다. 다소 느슨하고 자유로운 체계 속에서도 사소한 싸움거리를 놓치지 않는 경성트로이카의 조직 방식은 의식이 없는 노동자들이 쉽게 결속을 다지도록 도왔다. 경성에서 인천, 양평까지 경인 지역을 아우르는 경성트로이카는 노동자와 농민, 학생들을 합친 상당한 조직망이었다.

1933년 여름부터 시작된 학생들의 동맹휴학과 노동자 파업은 9월 들어 정점에 이르렀다. 경성고무회사의 파업은 여공들이 모두 검거되어 직공 측의 패배로 끝났지만 종연방직 파업은 500여 노동자 전원이 참가해 일주일 동안 공장을 점거하고 농성을 벌여 경성을 떠들썩하게 만들었다. 이병희가 주동자로 나서고 이효정이 이현상과 함께 배후에서 지도한 파업의 요구 조건은 참으로 소박했다. 훈련 중인 양성공 일급을 25전에서 40전으로 올릴 것, 기숙사생의 야간 출입을 허가하고 자유로이 퇴사할 수 있도록 할 것, 벌금을 없앨 것, 직공들을 때리거나 욕하지 말 것 등이었다.

9월 21일에는 마침내 용산 공작소 영등포 공장도 파업에 돌입했다. 이병기, 안병춘, 안삼원이 주도한 파업이었다. 파업의 직접적인 원인은 구조 조정으로 200여 명의 노동자가 해고된 데 있었다. 공장 측에서 임시 휴업을 선언하자 이병기 등은 남은 100여 명의 노동자들을 선동해 해고자 복직을 요구하는 파업에 들어갔다. 공장 안에서는 이병기, 안병춘, 안삼원이 파업위원회를 구성했고, 공장 밖에서는 비밀리에 이재유, 이현상, 변홍대가 지원팀을 구성해 보조했다. 파업위원회의 선동은 성공했다. 100여 명의 남성 노동자들은 예외 없이 일치단결해 파업에 참가했다. 세 사람은 파업 현장에서 직공 대회를 열고 노동자 대표 다섯 명을 선출해 회사와 교섭에 나섰다. 그러나 경찰은 더 빨리 개입했다. 교섭을 시작하기도 전에 파업 대표 전원이 체포되면서 파업은 맥없이 끝나고 말았다.

다시 연행된 이병기에게는 혹독한 고문이 기다리고 있었다. 거듭된 학생 맹휴와 파업으로 서대문 경찰서에는 삼엄한 분위기가 감돌았다. 이병기는 눈구멍만 나 있는 뾰족한 삼각뿔 모양의 용수를 머리에 쓰고 손은 뒤로 돌려 수갑에 채워진 채 서대문 경찰서 이 층으로 끌려갔다. 그는 서장실 옆 '특고실'이라는 명패가 붙은 방 안으로 허리 부근을 눌리며 떠밀려 들어갔다. 조선 옷과 공장 작업복

차림의 사람들이 마루에 무릎을 꿇고 쭉 앉아 있었다. 사방에서 비명 소리와 매질, 조선인 형사들의 욕설과 일본인 형사들의 고함 소리가 들렸다. 모든 비품을 치우고 좁은 출입문과 조그만 창문만 있는 방은 전등이 없이는 한낮에도 캄캄했다. 바닥은 시멘트였고 천장의 쇠고리에 걸린 올가미 진 밧줄과 온갖 종류의 고문 도구는 흡사 도살장을 연상시켰다.

누구도 아무런 말을 할 수 없었다. 무거운 긴장감이 감돌 뿐이었다. 얼마 후 이병기를 연행해 온 사냥모를 쓴 조선인 형사가 들어와 방 안을 휙 둘러보고 나갔다. 일본인 형사들보다 더 일본인답게 조선인을 고문하는 자라고 했다. 한 시간쯤 대기하고 있으려니 심문이 시작되었다. 이름과 본적, 주거지 주소를 진술하고 나자 계급을 물었다.

"계급이 뭔가?"

"양반이오."

일본 경찰은 조선인을 양반, 중인, 평민, 상민의 네 등급으로 구분했다. 1937년에 공식적으로 폐지될 때까지 일본은 봉건제도를 유지했고 독립군을 잡아 와서도 계급에 따라 고문을 달리하기도 했다. 민족주의자들의 경우 양반이라고 하면 편의를 봐주는 일도 있었다. 일제는 양반은 결코 독립운동 같은 건 하지 않는다고 말해왔기 때문이었다. 그러나 사회주의자 이병기는 양반이라는 이유로 특별 대우를 받지는 못했다. 경찰은 누구의 지시로 파업을 일으켰는지, 파업 과정에 국제선이 어떤 영향을 미쳤는지, 그리고 달아난 이들은 어디 숨어 있는지를 집중적으로 캐물었다. 이병기는 무조건 모른다고 시치미를 뗐다. 기혹한 고문이 뒤따랐다.

먼저 기죽이기 폭행부터 시작되었다. 거리의 깡패들처럼 이병기를 에워싼 형사들이 돌아가며 그를 구타하기 시작했다. 발길질에 가슴을 채인 그가 뒤로 떠밀리면 다음 차례를 기다리고 있던 자가 주먹으로 얼굴을 쳐서 밀어내고, 등을 걷어차여 쓰러지면 형사들이 모두 달려들어 허벅지며 옆구리를 구둣발로 사정없이 걷어찼다. 그의 몸은 이내 축 늘어졌다. 이때 이병기는 귀를 맞아 한쪽 고막이 파열되었고 평생 한쪽 귀로만 들어야 했다.

풀어놓아도 저항하거나 달아날 힘이 없음을 확인한 후에는 다음 단계의 고문에 들어갔다. 이번에도 고문을 맡은 이는 악명 높은 조선인 형사들이었다. 그들은 우선 이병기의 웃통을 벌거벗겨 성인 남자 키 정도 길이의 좁고 긴 의자에 눕히고 양손과 양발을 꽁꽁 묶어 꼼짝 못하게 했다. 한 명이 그의 가슴 위에 말을 타듯 올라타고 앉아 입을 벌려 수건을 물리고 재갈을 채워 입으로는 물을 마시거나 숨도 쉴 수 없게 만들었다. 다른 한 명은 단화를 벗고 고무장화로 갈아 신은 다음 의자에 올라가 좌우로 움직이지 못하도록 이병기의 얼굴을 양발 사이에 단단히 꼈다. 그리고 미리 물을 가득 담아둔 양동이에 주전자를 넣어 물을 채운 후 코에 물을 붓기 시작했다. 입이 막힌 상태에서 코로 물이 들어가자 전혀 숨을 쉴 수 없었다. 물이 폐로 들어가 내장이 다 터질 듯한 고통이 느껴졌다. 마치 벌겋게 달군 쇠막대를 인후에 찔러넣는 것 같은 고통이었다. 혀를 깨물어 죽고 싶어도 재갈이 채워져 그럴 수도 없었다. 고통으로 허둥대다가 혼절하기를 몇 번씩 했다. 경찰은 물고문이 통하지 않자 자석식 전화기를 갖다 놓고 이병기의 몸에 물을 뿌린 후 전선을 들이대 전기를 일으키는 전기 고문을 가했다. 나중에는 불에 달군 인두로 허벅지를 지졌다. 이병기는 자신의 살이 타들어가는 냄새를 맡으며 비명을 지르다 정신을 잃었다.

일제 경찰이 행한 고문의 방법은 무려 72가지에 달했다. 그들의 고문은 방법이 잔인할 뿐만 아니라 너무도 교활했다. 고문의 흔적은 남기지 않으면서 최대의 효과를 얻기 위해 단근질을 할 때는 온몸에 기름을 바른 다음 지졌다. 천장에 매달 경우 새끼줄에 붕대를 감아 팔이나 어깨를 묶는 방법을 쓰기도 했다. 또한 상처의 회복이 가장 빠른 입속에 막대기를 쑤셔 넣어 고통을 주었다. 그중에서 가장 참기 어려운 고문은 여러 날을 굶긴 후 면전에서 경찰들이 음식 먹는 모습을 바라보도록 하는 방법이었다. 이런 고문을 당하는 사람은 기갈과 허기가 어찌나 견디기 어려웠는지 자기 옷 안의 솜을 뜯어 먹거나 깔고 자던 짚을 씹어 삼키기도 했다. 한번 고문이 시작되면 한 시간은 보통이고 길게는 네 시간 동안 계속되었다. 이러한 고문은 하루도 거르지 않고 행해졌다.

체포된 이들은 누구라도 자기가 아는 사실을 최대한 숨기려 애를 썼지만 수십 명이 제각기 조사를 받는 과정에서 비밀은 거의 남아나지 않았다. 누군가 한 마디 한 것을 단서로 다른 사람을 고문하고 그 결과를 갖고 다시 모두를 고문하는 식으로, 경찰은 사건의 전모를 퍼즐 맞추듯 맞춰나갔다. 동료의 이름과 조직선을 밝히지 않으려고 피투성이가 되도록 얻어맞고 가슴에서 피 냄새가 올라오도록 물고문을 버텨내도, 결과적으로는 모든 사실이 거의 남김 없이 드러나는 게 보통이었다. 그래도 끝까지 저항하면 일부나마 보호할 수 있었지만, 그러다가 생명을 잃을 만큼 귀중한 비밀이랄 것도 실상 없었다.

그래서 운동가들은 일단 체포되어 고문을 받으면 털어놓아야 할 순서를 정했다. 최고의 기밀은 당연히 잡히지 않은 동지의 거처였다. 다른 사람이 잡히지 않도록 버티는 것은 자기 자신을 위한 것이기도 했다. 형량이 높을 만한 사안들은 모두 체포되지 않은 사람이 한 것으로 떠밀어버릴 수 있기 때문이었다. 그렇다고 죽을 때까지 동지의 거처를 불지 않을 재간은 누구에게도 없었다. 그래서 체포될 경우 만 하루 동안 동지의 거처를 불지 않고 버티는 것이 모두의 공통된 약속이었다. 이는 서로 말을 맞추지 않아도 알고 있는 필수 사항이었다. 누군가 사라지면 하룻밤이 지나기 전에 모든 문서와 증거물을 태우거나 빼돌리고 다른 곳으로 아지트를 옮겨야 했다. 그 하루조차 버티지 못하고 술술 진술을 하는 경우도 적지 않았지만 대부분 운동가는 최소한 하루는 버텨주었다.

이병기는 상부 트로이카가 아니라 영등포 트로이카의 일원에 불과했기 때문에 크게 숨겨야 할 내용도 없었다. 그럼에도 경찰은 이재유와 이현상의 거처며, 이름도 모르는 또 다른 사람들과 만나지 않았는지, 그들은 어디 사는지 등을 집요하게 캐물었다. 이재유는 벌써 이사를 했기 때문에 거처를 알지 못했고 나머지 사람들도 전혀 접촉해보지 못한 인물들이었음에도 일경은 그가 거짓말을 한다며 혹독하게 고문했다. 이병기가 얼굴과 온몸이 피범벅이 되도록 버티자 경찰도 고개를 설레설레 저었다. 경찰이 이병기에게서 더는 캐낼 것이 없다고 생각했는지 고문의 강도는 한층 약해졌다. 그렇게 며칠이 지나고 이병기는 특고실에서 풀려나와 유치장으로 넘겨졌다.

유치장은 중앙 감시대를 중심으로 아래위 층에 스물네 개의 방이 부채꼴처럼 배열된 습기 차고 어두운 곳이었다. 방마다 열 명

정도 갇혀 있었고 아래층 구석방은 평소에는 비워두었다가 고문할 때 썼다. 그 방은 가끔 함경도나 강원도 사투리를 쓰는 경찰들이 묶어 온 사람들을 가두었다가 다음 날 데려가는 장소로 쓰기도 했다. 전국 각지에서 체포된 사회주의자들이 재수사를 받기 위해 끌려온 것이었다.

어떤 날은 잘 걷지도 못하도록 고문을 당한 젊은이가 부축을 받으며 들어와 간수가 시키는 대로 허리띠를 풀고 신발을 벗다가 기절해버리기도 했고, 매 맞고 들어온 이들의 고통스런 신음 소리가 밤새 들려오기도 했다. 낮에도 식사 시간이나 청소 시간 외에는 조용했기 때문에 감방 문을 열고 닫는 무거운 자물쇠 소리, 가끔 죄수를 부르는 간수들의 고함 소리와 구두 발자국 소리가 가슴을 철렁거리게 했다. 사람들은 열쇠 소리가 나면 도살장에 끌려가는 소처럼 얼굴이 노랗게 질려 끌려갔다가 밤이 되면 옷이 너절너절 찢어지거나 피범벅이 되어 돌아왔다.

용산 공작소 영등포 공장의 파업을 끝으로 10여 개 학교의 맹휴와 8개 공장의 연쇄 파업의 불길은 꺼져버렸다. 이병기가 조사받는 사이, 경성 트로이카 관련자들은 속속 체포되어 들어왔다. 서로 얼굴도 잘 모르는 사람들이었는데 슬쩍슬쩍 인사를 나누고 보면 일경이 찾아내라고 그토록 고문했던 바로 그 사람이었다. 경성 트로이카뿐 아니라, 상부는 달라도 파업 현장에서는 함께 활동했던 권영태 그룹의 조직원들도 대량 검거되고 있었다. 강릉 지역에서 터진 강릉공산당 사건까지 겹쳐 검거자는 500명이 넘었다. 경찰은 이들 중 최종적으로 170명을 경성 트로이카 조직원으로 분류해 대부분을 구속했다.

다음 해인 1934년 1월, 경찰은 끈질기게 추적한 끝에 핵심 지도부인 이현상과 김삼룡에 이어 이재유까지 체포했다. 안병춘도 김삼룡을 만나러 나갔다가 체포되었다. 이로써 경성 트로이카는 완전히 붕괴되었다.

구속자들은 일 년 이상의 가혹한 심문을 받았다. 일제의 법률에 따르면 본 재판에 넘어가기 전에 예심이라 하여 무한정 수사 기간을 둘 수 있었다. 예심 중인 사람들은 툭하면 감옥 중앙에 있는 보안과로 끌려가 혹독한 고문과 매질을 당했다. 보안과 지하실에는 항일운동가들의 비명이 끊이지 않았다. 고문을 못 이겨 지린 오줌똥의 악취와 시뻘건 인두에 살이 타는 냄새, 소름끼치는 피비린내가 가실 날이 없었다.

감방은 맨바닥에 가마니만 깔았는데 겨울이면 방 안의 온도는 영하 오륙 도까지 내려갔다. 방 안에 둔 변기통에서 생긴 가스 냄새와 악취는 어찌나 독한지 처음에는 누구나 다 한 번씩 코피를 쏟았다. 이불은 네 사람 앞에 하나씩인데 얼굴을 덮으면 무릎이 나오고 발을 덮으면 가슴이 나오는 짧은 이불이었다. 죄수들은 방한도 되지 않는 얇은 겉옷 한 장으로 사시사철을 지내야 했다. 산책 시간은 전혀 없었다. 목욕도 일주일에 한 번밖에 할 수 없었다. 편지와 면회는 직계가족에 한해 두 달에 한 번만 허용되었다.

음식이라고는 콩으로 만든 맛없는 국과 찍어낸 꽁보리밥뿐이었고 소금에 절인 시커먼 무나 배추가 유일한 찬이었다. 김치는 제대로 씻지 않고 담아 무청의 뿌리 같은 곳에 꼭 흙이 끼어 있었다. 따뜻한 날에는 잘 털어내고 먹으면 되었지만 한겨울에는 흙이 얼어붙어 한참이나 긁어내고 먹어도 자글자글 흙이 씹혔다. 밥도 돌투성이라 처음 수감된 사람들은 무심코 먹다 이빨이 부러지는 일도 흔했다. 밥을 주기 전에는 꼭 간수가 훈화를 했다.

"네까짓 놈들이 건방지게 정치는 무슨 정치냐! 가정도 개량 못하고 자녀도 잘못 양육하는 것들이 그 주제에 정치라니, 정신 차려, 이 돼지만도 못한 조센징 놈들아!"

훈화는 욕지거리로 시작하여 욕지거리로 끝났다. 기결수들은 하루 열 시간 이상 노역에 시달렸다. 석축용 돌을 깨거나 벽돌을 굽는 일, 혹은 어망을 짜는 일이나 재봉, 가구나 신발을 만드는 일을 했다. 정치범 중에 건강한 몸으로 감옥에 이송된 이는 거의 없었다. 경찰의 모진 고문과 구타로 만신창이가 되어 감옥에 온 이들은 형편없는 음식과 고된 노역으로 결국 건강을 잃어 영양실조나 폐병에 걸렸다. 감옥에서 죽어가는 이들의 숫자는 나날이 늘어났다.

정치범들은 끊임없이 처우 개선을 요구하는 싸움을 벌였고 일반수형자들을 선동해 소동을 일으켰다. 그것이 감옥에 갇힌 몸으로 일제에 저항하는 유일한 수단이기 때문이었다. 일제는 도망칠 곳도 없는 이들의 저항을 마음껏 혹독하게 탄압했다.

규율을 어기거나 저항하는 죄수는 손톱과 발톱 사이에 대나무 침을 박거나 손발을 묶어 매질하여 독방에 집어넣었고 음식도 거의 주지 않았다. 코에 뜨거운 물을 붓고 거꾸로 매달거나 굴렸고, 고문 도중에 기절하면 종이로 얼굴을 덮은 후 물을 끼얹기도 했다. 거듭된 물고문으로 폐가 망가져도 치료조차 받지 못한 채 보안과로 끌려가 고문당하기를 거듭했다.

서대문 형무소 보안과 지하실에는 '먹방'이라 불리는 중징벌방이 있었다. 전기도 들어오지 않는데다 이불과 돗자리도 없는 차디찬

시멘트 바닥이었다. 심지어 변기도 없어서 징벌방 한구석 쇠죽통 모양 홈을 파놓은 곳에 대소변을 보아야 했다. 그 고약한 냄새만으로도 기절할 것 같은 먹방에서 죄수들은 수갑을 차거나 가죽 혁대로 온몸이 묶인 채로 지냈다. 밥의 양도 삼 분의 일로 줄었는데, 몸이 묶인 상태이니 그래도 죽지 않기 위해 먹으려면 개처럼 엎드려야 했다.

최고 독종으로 분류되면 '벽관'이라는 징벌방에 감금되었다. 벽관은 이름 그대로 관을 세워 놓은 정도의 크기로 지하실 벽을 파서 방을 만들고 나무 문으로 막아 얼굴만 보이게 만든 방이었다. 입에 재갈을 물리고 머리털을 선반에 잡아매면 앉을 수도 설 수도 몸을 비틀 수도 없었다. 하루를 넘기기도 전에 다리가 붓고 허리가 빠개질 듯이 아파오고, 비명을 지르다가 나중에는 폐소공포증으로 정신까지 돌아버릴 지경에 이르렀다. 이병기도 딱 한 번 갇혀보았는데, 물고문, 전기 고문은 다 이겨냈어도 벽관만은 참을 수 없었다. 그렇게 사흘만 갇혔다가는 정신병자가 될 것 같았다.

죽음의 질곡 속에서도, 감옥은 사회주의의 학교요 조직의 산실 역할을 했다. 이념 서적의 반입은 제한되어 있었으나 워낙 많은 운동가가 다양한 책을 들여오는데다 검열관들은 난해한 사회주의 정치경제학 서적들을 학술 서적으로 알고 허가하곤 했다. 감옥은 제각기 비밀스럽게 활동해오던 운동가들을 하나로 묶어주는 곳일 뿐 아니라 부족했던 이론 학습의 갈증을 채워주는 공부방이자 토론장이 되었다. 1930년대 초반 수년 동안 사회안전법으로 구속된 총인원은 만 명이 넘었다. 경성을 비롯한 조선 팔도뿐 아니라 중국에서 활동하던 의열단원이나 항일 유격대원들까지 서대문 형무소에서 처음 만나 인사를 나누고 동지의 결의를 다졌다.

감옥에 있는 동안 이병기는 할아버지의 부음을 들었다. 이효정은 종연방직 사건으로 수배된 몸이었는데 할아버지의 마지막 가시는 모습을 보겠다고 집에 들어갔다가 잠복하고 있던 형사대에게 체포되고 말았다. 이병희 역시 체포되어 이병기와 함께 재판을 기다리는 처지가 되었다.

1935년 1월 초, 이인행과 윤순달이 검거되어 들어왔다. 창살 밖으로 서로 대화하거나 방마다 있는 변기를 비우러 밖으로 나가면서 통방하여 들은 바깥소식은 이병기를 고무하기에 충분했다.

그 소식은 1934년 9월 경성 트로이카 사건으로 체포되었다가 가까스로 탈옥한 이재유와 이관술, 박영출 세 사람이 '경성재건그룹'이라는 이름으로 제2기 트로이카를 구성했다는 것이었다. 이들은 속속 아지트를 확보하고 독서회를 만들어 조직을 키워나갔다. 독서회로 조직된 인원은 수십 명으로 늘어났고 이재유의 팸플릿은 경성과 인천의 여러 조직에 널리 배포되었다. '공장 내의 활동 기준', '학교 내 활동 기준', '연말연시를 맞은 공장의 투쟁 방침서' 같은 제목의 문건들이 필사본으로 회람되었다.

일경의 추적도 만만치 않았다. 서대문 경찰서 탈주 사건 이래로 수십 명의 전담 요원을 편성해 이재유를 뒤쫓던 경찰은 출옥한 이들의 뒤꽁무니에 이중 삼중의 미행을 붙였다. 예기치 않은 단서들이 하나둘씩 누출되면서 경찰의 포위망은 빠르게 좁혀들었다.

먼저 박영출이 체포되었다. 경찰은 동원할 수 있는 가장 잔혹한 기구와 방법으로 박영출을 고문했다. 그러나 박영출은 자신의 이름과 학력 같은 기본적인 사항 외에는 어떤 말도 하지 않고 입을 꾹 다물었다. 일제 경찰은 그가 온몸에 피를 뒤집어쓴 형상이 되도록 두들기고 패고 고문했으나 소용없었다. 박영출은 고문으로 초주검이 되어도 끝까지 버텼다. 박영출은 이때 받은 고문의 후유증을 이기지 못하고 나중에 감옥에서 병사하고 말았다.

다행히도 무사히 경성을 탈출한 이재유는 동덕여고 선생이던 이관술과 함께 경기도 양주에서 농부로 위장하고 조직 활동을 계속했다.

이병기와 이병희 등 33명의 최종 구속자들은 1년여의 예심 기간을 거쳐 1935년이 되어서야 본 재판에 넘겨졌다. 다시 1년여의 지루한 재판이 시작되었다. 공범이 된 동지들은 면회하러 오갈 때나 똥통을 비우러 나갈 때마다 창살 사이로 인사를 나누었고, 밤이면 벽을 두드려 대화를 했다. 조선인 사상범들은 한글의 자음과 모음에 번호를 붙여 만든 통벽이란 신호 체제를 만들었다. 기역은 한 번 두드리고 니은은 두 번 두드리는 식이었다. 자음과 모음을 바꿀 때와 받침을 넣을 때는 잠시 시간을 끊어 표시했고 못 알아들었으니 다시 두드려달라는 등의 보조 신호도 만들었다. 통벽은 약해지기 쉬운 서로의 마음을 강하게 만드는 소중한 격려 수단이었다.

만주에서 함께 활동했던 동지들을 다시 만난 곳도 서대문 형무소였다. '간도 5·30폭동'으로 체포된 이들이 서대문 형무소에 수감된 것이었다. 동지들은 동만주 일대에서 일본 제국주의 타도를 기치로 걸고 광범위한 폭동을 벌인 죄목으로 대부분 유죄 판결을 받고 복역 중이었다.

어느 봄날, 채석장에서 힘겹게 돌을 져 나르고 돌아온 이병기가 방에 들어가려고 감방 앞에 서서 간수가 문을 따주기를 기다리고 있을 때였다. 바로 옆 감방에서 귀에 익은 목소리가 속삭였다.

"병기! 자네 병기 아닌가?"

가느다란 창살 사이로 누군가가 그를 불렀다. 얼굴이 잘 보이지 않아 머뭇거리고 있으려니 그 사람은 좀 더 소리를 높여 말했다.

"나야, 김응수! 나 모르겠나?"

"응수 형? 정말 응수 형님이오?"

이병기는 감옥의 규칙도 잊어버린 채 옆문으로 뛰어갔다. 만주에서 사회주의 활동을 하며 생사고락을 함께한, 어머니 김봉희 장례식 때 누구보다 열심히 일을 치러준 바로 김응수였다.

"아니, 언제 왔소?"

"오늘 왔네. 놈들이 여기 사형장에서 날 죽이려고 이곳까지 끌고 왔지 뭔가."

"예에?"

갑자기 말문이 막히고 눈물이 핑 돌았다. 그러고 보니 사형수가 된 김응수는 커다란 체구에 수갑을 차고 허리에는 쇠사슬을 칭칭 감고 있었다. 그러나 표정은 아무 일도 아니라는 듯이 명랑해 보였다. 그래서 더 말문이 막혔다. 그의 배웅을 받으며 만주를 떠난 게 엊그제 같은데 사형수가 되어 만나다니 목이 메고 가슴이 먹먹해졌다. 그때 다른 방문을 따고 있던 간수가 버럭 소리를 질렀다.

"거기 뭐하나? 제 자리로 가라!"

이병기는 김응수의 손 한 번 잡아보지 못한 채 자기 방으로 돌아와야 했다. 벽을 두드려 마음을 나누는 수밖에 없었다. 김응수는 먼저 이병린의 죽음을 위로했다. 그러나 이병기는 김응수의 사형에 대해 차마 어떤 위로의 말도 할 수 없었다. 그저 함께 만주에서 있었던 일들을 떠올리며 지금의 상황을 잊어보고 싶었다. 일제에 쫓겨 며칠을 요기조차 하지 못한 채 들판에 누워 있던 적도 있었다. 이병기는 그러다 배가 고파 더 이상 견딜 수 없자 형 이병린과 김응수와 셋이서 중국인 옥수수 밭에 불을 질러 옥수수를 구워 먹던 일을 떠올렸다. 설익은 옥수수를 게걸스럽게 먹으며 서로의 까만 입을 보고 웃던 때가 바로 어제 일인 듯 선연했다. 벽을 두드려 그때 일을 말하니 김응수는 웃음소리 대신 한참이나 벽을 두드렸다. 서로 얼굴도 보지 못한 채 두꺼운 벽을 사이에 두고 앉아 빈 벽을 바라보며 웃는 두 사람의 모습이 사뭇 처량했지만, 그래도 모처럼 한껏 웃었다.

어느 날 김응수는 자신의 새 죄수복을 이병기의 낡은 죄수복과 바꿔 입자고 했다. 이병기가 여름옷이 없는 것을 본 김응수는 곧 사형이 집행될 자신의 옷을 주기로 마음먹었던 것이다. 처형이 결정된 그날 아침, 사형수들이 특식을 받자 수형자들은 처형이 실시될 것임을 감지했다. 한 명씩 감방에서 끌려나갔고 주위에서 만세 소리가 터져 나왔다. 김응수는 '적기가'를 소리 높여 부르기 시작했다.

민중의 기 붉은 기는
전사의 시체를 싼다
시체가 식어서 굳기 전에
혈조는 깃발을 물들인다
높이 세워라 붉은 깃발을
그 기 아래서 굳게 맹세해
비겁한 자야 가려면 가라
우리들은 이 깃발을 지키련다.

그는 처음에는 조선어로, 나중에는 일본어로 노래를 불렀다. 경성 트로이카 사건으로 구속된 경성제국대학 교수 미야케 시카노스케며 원산에서 노동운동을 하다 체포된 이소가야 스에지 같은 일본인 사상범들도 함께 수용되어 있기 때문이었다. 고별의 뜻을 담아 전해오는 김응수의 노래에 맞춰 옥내에 있는 모든 사상범뿐 아니라 일반 수감자들도 창자가 끊어지는 마음으로 함께 노래를 부르며 그들을 전송했다. 1936년 7월 21일, 무척이나 뜨겁던 여름날이었다.

김응수를 포함한 22명의 죽음은 이병기의 가슴에 지워지지 않는 화인을 새겼다. 그들이 마지막으로 공산당 만세를 외치며 교수되던 그 시각, 이병기는 난생 처음으로 무릎을 꿇고 눈을 감은 채 기도를 올렸다.

"동지들이여, 잘 가시오. 깃발을 끝까지, 끝까지 지켜내겠소."

그는 보이지 않는 동지들의 영혼을 향해 다짐하고 또 다짐했다.

김응수가 죽은 그해 12월 20일, 경성 트로이카 관련자들의 최후 공판이 열렸다. 이현상은 4년, 안병춘은 2년 형을 선고받았다. 이병기는 징역 1년 6월에 집행유예 3년을 선고받았다. 석방이었다.

집행유예를 받은 몇 사람과 함께 감옥 문을 나서니, 일찍 훈방된 다른 동지들이 기다리고 있었다. 이병기는 그들과 어울리지 않고 곧장 동대문 집으로 갔다. 할아버지 이규락의 영전에 제사를 드리기 위해서였다. 향을 피워 올리고 절을 올리니 눈물은 나오지 않아도 마음은 한없이 슬펐다.

이병기는 이규락의 죽음이 봉건 조선의 온전한 죽음처럼 여겨졌다. 사회주의자로서 그는 봉건사회의 계급 사상을 비판할 수밖에 없었지만, 그것이 어찌 이규락과 같은 개개인의 잘못이랴 싶었다. 봉건 조선과 비교할 수 없이 잔인한 전쟁과 불평등을 가져온 것은 오히려 자본주의였다. 자신이 알고 있는 봉건적 질서로 자본주의의 횡포를 막아보려 애쓰다가 끝내 분을 삭이지 못한 채 돌아가신 할아버지가 너무도 안쓰러울 따름이었다.

이병기는 하해여관으로 전보를 쳐놓고 대구로 내려갔다. 한밤중에 대구역에 도착하니 이동하 혼자 대합실에서 아들을 기다리고 있었다. 역사 마당으로 나오자 눈발이 흩날리기 시작했다. 대구역에서 여관촌으로 가는 북성로에는 이삼 층짜리 일본식 건물들이 즐비하니 서서 불을 밝히고 있었다. 화려한 가로등 불빛에 눈송이들이 원을 그리며 하늘 가득 휘날렸다. 눈발이 점점 굵어지고 바람도 거세졌다.

"여관 운영은 좀 어떻습니까?"

어깨에 눈을 하얗게 맞으며 앞장서 걸어가던 이동하는 이병기의 물음에는 대답하지 않고 엉뚱한 질문을 던졌다.

"네 나이 올해로 서른둘이지? 이제 결혼을 해야지 않겠느냐?"

이병기는 결혼에 있어서만큼은 아버지의 강권도 무시해왔다. 그는 어렸을 때부터 결혼하지 않으리라 결심하고 있었다. 아버지 이동하가 그랬듯이, 이씨 집안 남자들은 결혼만 해놓고 아무 책임도 지지 않은 채 독립운동을 하겠다고 떠돌아다니는 것이 가풍이 되어버렸다. 독립운동에 생애를 바치겠다는 그의 결심은 절대 결혼하지 않겠다는 결심과 항상 붙어 다녔다. 결혼해봐야 여자만 고생시킨다는, 나름대로 여자를 위하는 마음에서였다.

"조국이 저 지경인데 결혼해서 안주할 수는 없지요."

여전히 똑같은 아들의 답에 이동하는 갑자기 걸음을 멈추었다. 그러나 뒤를 돌아보지는 않은 채 눈발 가득한 하늘을 올려다보며 혼잣말처럼 중얼거렸다.

“네 할아버지도 돌아가셨으니 세상에 이씨 직계로 남은 것은 너와 나 둘뿐이구나. 네 할아버지께서 돌아가시기 전에 너를 꼭 장가보내라고 그렇게 야단하셨는데, 내가 불효를 했어…….”

“작은어머니가 낳은 동생들이 있잖습니까?”

서모 정씨가 낳은 두 아들을 말하는 것이었다. 이동하는 아무 대꾸도 하지 않고 다시 걸음을 재촉했다. 정씨가 낳은 아이들을 서자라고 해서 빼놓고 말한 것은 아니었다. 이미 오래전부터 정씨의 행태를 못마땅하게 여겨왔기 때문에 그녀가 낳은 아이들까지 싫은 것이었다.

따지고 보면 이동하 말대로 족보의 대는 이병기에게서 끊어진 상태였다. 형의 가족은 모두 죽었고 여동생 갑순은 그가 감옥에 있는 사이 시집가고 없었다. 미혼이라 해도 여성은 족보의 대와는 상관이 없었다. 사회주의자로서 이기심과 보수성의 원천인 가족주의는 비판해야 한다지만, 이 세상에 이규락의 직계라고는 단 두 사람밖에 남지 않았다고 생각하니 쓸쓸했다.

하해여관은 여전했다. 서모 정씨는 예쁘장한 외모와 싹싹한 성격 덕에 장사에는 수완을 발휘했다. 그러나 의붓자식들에 대한 경계와 질시는 보통이 아니었다. 정씨는 이병기가 돌아와 큰절을 올려도 웃음기 한 점 보이지 않았다.

“그만치 나이를 먹었으면 철이 좀 들어야지. 먹고살 궁리도 하고 집안도 돌봐야 할 것 아냐. 그러고 살면 밥이 나와 옷이 나와? 누가

상이라도 줘? 알아주기라도 한대?"

까랑까랑한 그녀의 서울말에는 고생했다는 말은 한 마디도 들어 있지 않았다. 그런 기대는 버린 지 오래되었지만 이병기는 슬그머니 화가 치밀었다. 자신이 없는 사이 여동생을 얼마나 구박했을까 하는 걱정도 들었다. 오랫동안 찬모로 일해 한 가족 같은 남산골 이씨를 붙잡고 물어보니 시집가기 싫어하는 걸 억지로 보냈다고 귀띔을 해주었다. 이병기는 다음 날 아침 동이 트자마자 여동생의 시집이 있다는 경북 봉화로 쫓아갔다. 안동보다도 더 깊숙이 들어간, 태백산맥 한가운데 있는 오지 중의 오지였다.

갑순은 허름한 초가집 마루에 걸터앉아 허드렛일을 하고 있었다. 그녀는 싸리문을 열고 들어서는 오빠를 보자마자 한걸음에 달려나왔다. 갑순은 눈에 눈물이 그렁그렁 고이더니 이내 울음을 터뜨렸다. 어린 여동생이 쪽을 진 모습을 보니 어처구니가 없었다. 남자네 살림이 가난한 것은 둘째치고 신랑 되는 남자는 머리가 모자란 바보였다. 한숨이 절로 새어나왔다.

이병기의 형제들이 다 그랬지만 여동생 역시 총명하고 공부를 잘했다. 서모가 학교를 보내주지 않아 친구 집에서 기숙하며 공부를 가르친 대가로 학비를 받아 학교에 다닌 아이였다. 서모는 여동생을 평소에 눈엣가시로 여겼다. 언젠가 한번은 여동생에게 독약을 먹여서 목숨을 잃을 뻔했다는 얘기도 들은 터였다.

이병기는 여동생 머리의 쪽을 풀고는 비녀를 땅바닥에 내던졌다. 헤쳐져 헝클어진 머리카락 사이로 머쓱한 웃음을 짓는 동생의 얼굴이 보였다. 이병기는 그녀의 머리카락을 귀에 걸어주며 말했다.

"넌 이렇게 살 아이가 아니다. 절대 그리되어서는 안 되지."

이병기는 그날로 여동생을 집에 데려왔다. 정씨는 무슨 짓이냐고 펄펄 뛰었지만 이병기가 사납게 인상을 쓰자 더 이상 아무 말도 하지 못했다.

이동하는 정씨와 말다툼하기가 싫어 찾아오는 손님들 방에서 몇 날 며칠이고 함께 이야기하고 함께 자는 것으로 세월을 보냈다. 특히 유명한 민족주의자 심산 김창숙과 절친했다. 정통 유림으로 끝까지 일제에 저항하던 김창숙은 고문을 당해 하반신이 마비된 후에도 절개를 꺾지 않고 항일운동이라면 무슨 일이든 앞장서는 인물이었다. 이동하와는 생김새며 성격이 하도 비슷해서 친형제 같았다. 실제로 두 사람은 형제보다 더 절친했다.

이동하는 김창숙이 오면 꼭 아들을 인사시켰는데 김창숙은 이병기가 사회주의자라는 사실을 잘 알면서도 진실한 동지로 대했다. 투쟁하는 민족주의자들의 입장에서는 민족주의의 탈을 쓴 비겁한 세력보다는 사회주의자가 훨씬 믿음직했던 것이다. 이동하의 걱정은 김창숙의 걱정이었다. 김창숙은 마치 자기 아들 걱정하듯 이병기를 앉혀놓고 독립운동을 하더라도 결혼하여 집안을 이루면서 해야 한다고 말했다. 독립하는 데 수십 년이 걸릴지, 수백 년이 걸릴지도 모르는데 올바른 사람들이 후손을 낳지 않으면 친일파의 자손들만 번창한다는 걱정까지 해주었다.

하지만 이병기는 여전히 결혼에 관심이 없었다. 그는 감옥에서 풀려버린 다리 근육이 단단해지기도 전에 다시 조직선을 찾아 나섰다. 이재유와 함께 2년이나 숨어 활동하다가 무사히 달아난 이관술이 대구에 내려와 독서회를 꾸리고 있었다.

경성 트로이카의 지도자 이재유가 체포된 것은 이병기가 집행유예로 석방된 지 꼭 사흘 후인 1936년 12월 25일이었다. 이재유를 붙잡은 일제 경찰은 이제 조선의 사회주의 운동은 끝장났다고 쾌재를 불렀다. 경찰은 이관술은 놓쳤다. 그러나 탁월한 언변이나 조직력이 있는 것도 아닌데다 고생을 모르는 부잣집 아들 이관술은 고난에 찬 혁명 운동을 앞장서 이끌 인물이 못 된다고 판단했다. 이재유만 잡으면 이관술은 자연히 운동을 포기하거나 국외로 망명하리라 짐작한 것이었다.

경찰의 예측은 빗나갔다. 이관술은 이재유가 체포된 후에도 운동을 포기하지 않았다. 그는 떠돌이 행상을 가장하고 강원도와 경상도 일대를 돌아다니며 차분히 조직을 만들었다. 특히 대구 지역 일대의 공장 지대에서는 수십 명에 이르는 조직원이 확보되어 활발하게 움직이고 있었다. 대구에 내려온 이병기는 자연히 이관술과 만나게 되었다.

두 사람은 이때 처음으로 만났다. 대구에서 멀지 않은 울산의 부잣집 아들이던 이관술은 동덕여고 교사로 근무하던 중 광주학생운동에 이은 경성 여학생 시위에 영향을 받아 사회주의자가 된 사람이었다. 이효정의 은사이기도 한 그는 동경사범을 다닌 수재인데다 담력이 대단해 수차례나 경찰을 따돌리고 달아난 인물이었다. 보통 때는 장난꾸러기처럼 보일 만큼 농담도 잘하고 장난도 좋아해 국내 사회주의 운동의 최고 지도자라는 것이 믿어지지 않을 정도로 소탈했다. 이재유를 통해 이병기에 대해 충분히 알고 있던 그는 이병기가 가담하자 무척 기뻐했다.

독서회에는 이병기도 잘 아는 정운해, 안귀남 등이 있었다. 이병기는 강필수, 한세림, 이인문, 김명식, 곽주범 등 노동자들도 사귀었다. 독서회는 정기적으로 만나 사회주의 이론서를 공부하는 한편 노동자 조직을 만들기 위해 공장에 취직하는 길을 모색했다. 이미 몇몇 학교와 공장에 소모임이 만들어져 있었다. 장차 그들을 토대로 대구 경북 지역의 비밀 신문을 만드는 것이 당면 목표였다.

그러나 얼마 못 가 또다시 대량 검거가 시행되었다. 독서회원과 직간접적으로 연관된 수십 명이 일제히 체포되었다. 이관술은 이번에도 아슬아슬하게 탈출해 대전 방향으로 달아났지만 하해여관을 지키고 있던 이병기는 별수 없이 체포되고 말았다.

연행자들은 어김없이 혹독한 구타와 고문을 당했고 조직의 전모는 모두 드러나버렸다. 다만, 구체적인 활동을 하지 않고 공부만 했음이 인정되어 형량은 낮았다.

이병기는 5개월간 취조를 받은 끝에 증거 불충분으로 석방되었다. 물고문과 전기 고문, 극심한 구타로 혹사당한 그의 몸은 더 이상 시련을 견디기 힘들 정도로 허약해졌다. 더구나 그가 갇혀 있는 동안 일제는 중국 내륙을 침공해 중일전쟁을 일으켰다. 일본과 조선은 전시 계엄령 상태가 되었고 삼엄한 감시와 탄압이 모두를 짓눌렀다. 석방된 이병기를 감시하기 위해 담당 형사가 매일 여관 골목에 잠복하는 바람에 이동하의 손님들은 출입하기도 어려운 지경이었다.

이병기는 건강을 회복하고 경찰의 집중 감시가 완화될 때까지만이라도 한동안 자중하기로 했다. 분투노력의 문신은 옷 속 깊이 감추고, 평범한 일상생활을 시작했다. 이동하의 애원과 강권에 못 이겨 결혼도 생각하게 되었다.

어둠의 한가운데, 햇살이

이병기는 망가진 몸을 치료하기 위해 매일 김관제의 한의원에서 살다시피 했다. 쑥뜸을 뜨고 침을 맞으면서 고문으로 얻은 부기가 빠졌고 신경통도 다소 나아졌다.

김관제는 진맥을 보고 약을 지을 때도 늘 이병기를 곁에 두며 담소하기를 즐겼다. 이병기는 자연히 질병의 종류와 치료 방법, 약을 짓는 요령과 침 놓는 법을 배우게 되었다. 김관제는 친한 지인이 오면 이병기에게 시험 삼아 진맥을 보게도 하면서 여러 가지 의술을 가르쳐주었다. 이병기는 손재주가 좋고 의학에 관심도 많아서 쉽게 일을 배웠다. 침을 빌려다가 식구들이며 여관에서 일하는 사람들에게 실습을 해보기도 했다.

"자네처럼 눈썰미 좋고 기억력 좋은 사람은 처음 보네. 자네가 한의사가 되었으면 천하의 명의가 됐을 거야."

김관제는 몇 차례나 그리 말하며 허허 웃곤 했다.

"하긴 이제라도 늦지 않았어. 한의학은 따로 학교를 다니지 않아도 되니 시간 나는 대로 배워두었다가 세상 편안해지면 한의원을 차리게. 내가 도와줌세."

"저희 생전에 어디 편한 세상이 오기는 하겠습니까?"

이병기는 웃어넘기고 말았지만 정말 세상이 좋아진다면 꼭 한의사가 되어 김관제처럼 좋은 일을 하며 살고 싶었다. 이병기는 일찍 일어나 여관에 필요한 물품을 사 오거나 장작을 패놓고는 바로 복양당으로 가서 시간을 보내는 게 일과가 되었다.

온종일 한약방에 앉아 있을 수는 없어 오후가 되면 역전 근방으로 가서 어슬렁거리기도 했다. 대구에서 악명이 높은 깡패로 '조강아지'라고 불리는 인물을 만나기 위해서였다. 그는 대구 제일의 칼솜씨를 지닌데다 성미가 불같고 잔인해서 누구도 곁에 가기를 꺼려하는 인물이었는데 이병기만큼은 선생님, 선생님, 하며 순한 강아지처럼 잘 따랐다. 이병기는 오후 내내 그와 함께 지내다가 저녁에 술까지 먹고 헤어지곤 했다.

사람들은 점잖은 양반인 이병기가 조강아지 같은 건달과 친하게 지내는 걸 보고 이상하게 생각했다. 두 사람이 감옥에서 잠시 한방에서 지냈다는 사실을 아는 이는 드물었다. 감옥에서 정치범들은 폭력범과 친해지기가 쉬웠다. 폭력범들은 절도나 사기범들과 달리 순수한 성품을 가진 이들이 많아서 정치범들에게 쉽게 존경심을 가졌다. 경찰을 무서워하는 그들은 정치범들이 경찰과 치고받으며 싸우는 모습을 경이롭게 바라보기 마련이었다. 조강아지도 잠시 감옥살이를 할 때 이병기와 한방에서 지내며 절친해졌다. 이병기는 스스럼없는 의리로 그를 감복시키면서도 간간이 유물론적인 역사관으로 현실을 설명해주고 왜 일제와 싸워야 하는가, 같은 문제들을 알기 쉽게 풀어주었다. 조강아지 자신은 스스로 사회주의자라고 생각하지 않았지만, 자기도 모르게 그 세계관에 물들어갔다.

무식하고 악질적인 깡패가 사회주의에 경도되리라고는 그 누구도 생각지 못했다. 대구역 주변에는 흔히 삐끼라고 하는 사람들의 단체인 도리우치 단이 있었다. 도리우치 단원들은 새 사냥을 할 때 사용하는 모자를 쓰고 대구역 주변에서 술집과 여관에 손님을 끌어주면서 살았다. 이들 주변에는 언제나 폭력이 따랐고 일제 경찰도 꺼릴 정도로 악명이 높았다. 이병기는 조강아지를 통해 이들과 만나 무엇이 올바른 삶인가 이야기해주곤 했다. 만주에서 어떻게 일본군과 싸웠는가, 감옥에 얼마나 많은 애국자가 갇혀 있는가, 같은 이야기를 해주며 같은 조선인을 괴롭히지 말고 일제와 싸워야 한다고 설득했다. 그것도 선생이나 선교사처럼 엄숙하게 하지 않고 감옥에서 일반수들과 대화를 나눌 때처럼 자연스럽게 이야기해 감명을 주었다.

이병기는 잠만 여관에서 자고 필요한 일만 해줄 뿐 늘 밖으로 나돌았다. 집에 정이 붙지를 않았다. 서모 정씨 때문이었다. 여동생 갑순의 일로 팽팽하게 대치한 뒤로는 더욱 그랬다. 봉화에서 데려온 갑순은 몇 달을 집에서 요양시킨 후 평양의 아는 집으로 다시 시집보냈다. 유복한 집안인데다가 남자는 성품이 자상한 의사였다. 여동생은 오빠 곁에서 떨어지지 않겠다고, 시집가지 않겠다며 고집을 부렸지만 서모 밑에 사는 것보다 나을 것이라고 설득했다. 눈물에 젖어 억지로 기차에 오른 동생은 얼마 지나지 않아 행복하게 잘 지내고 있다는 편지를 보내왔다. 지난번 경찰서에서 5개월 만에 나와보니 아이를 가졌다는 기쁜 편지도 와 있었다.

남산동에 사는 찬모 이씨가 자기 이웃의 참한 처녀를 소개하겠다고 했을 때도 이병기는 걱정이 앞섰다. 어느 여자가 정씨의 시집살이를 견딜 수 있을까 걱정되었다. 자기가 지금은 잠시 몸을 추스르고 있지만 언젠가 다시 항일 투쟁에 나서야 할 텐데, 누가 아내를 지켜줄 것인가 난감했다. 이동하의 재촉으로 혼담이 빠르게 진행되었지만 마음은 영 무거웠다.

이씨 말로는 정치와는 전혀 무관한 농부 집안의 딸로, 계급은 상민이며 학교 교육을 전혀 받지 못했다고 했다. 못 배운 것이야 데리고 와서 가르치면 되지, 생각했다. 나이는 이병기보다 열네 살이나 적은 열일곱 꽃다운 처녀였다. 열댓 살이면 결혼하는 조혼 풍습이 만연하던 시절이니 열일곱 살은 그리 적은 나이는 아니라고들 생각했다. 중매결혼의 경우는 결혼식 당일이 되어야 신랑 신부가 서로의 얼굴을 처음 보는 게 풍습이었다. 참으로 원시적인 제도였다. 동생 갑순이도 그렇게 해서 바보와 결혼했다. 진보를 자처하는 사회주의자에게는 있을 수 없는 일이었다. 이병기는 신부 얼굴이라도 확인하기 위해 집을 나섰다.

신부의 집은 남산 중턱에 있는 허름한 초가였다. 바로 집 안으로 들어가면 무슨 양반댁 도령이 이리 상놈 같이 구느냐는 소리를 들을 것이 뻔했다. 이병기는 집 앞에 서 있는 측백나무 위로 기어올랐다. 금방 동네 아이들이 모여들어 낄낄댔지만 개의치 않았다. 손바닥만 한 마당과 마루가 한눈에 들어왔고 고개를 수그린 채 바느질에 골몰한 어린 처녀의 모습이 보였다. 남자 형제들만 있는 집이라 했으니 그녀가 분명했다.

처녀는 아이들이 웃는 소리에 무심코 고개를 들더니 측백나무에 올라탄 이병기를 발견하고 소스라치게 놀라 쳐다보았다. 아주 짧은 순간, 이병기는 처녀의 모든 것을 간파했다. 자그마한 어깨에 갸름한 얼굴선, 깊은 눈매가 매력적인 처녀였다. 이마는 적당히 넓고 밋밋해서 뒤로 야무지게 넘긴 머리가 잘 어울렸다. 얇은 입술이 조금은 냉정해 보였고 햇볕에 탄 얼굴이 다소 촌스러웠지만 이병기의 눈에는 건강하고 야무졌다. 모든 게 마음에 쏙 들었다. 어릴 적부터 타지를 떠돌며 가정의 포근함을 잊어버린 지 오래였다. 겨우 열일곱 살 어린애였지만, 여성이라는 것만으로도 안온함이 느껴졌다. 이병기는 소녀나 다름없는 그 앳된 처녀와 결혼하기로 마음을 정했다.

처녀의 이름은 오묘연이었다. 주위 사람들이 갓 낳은 그녀를 보고 "묘하다, 묘하다, 참 묘하다." 해서 그것이 이름이 되었다. '이쁘다'는 말 대신 '묘하다'는 말을 쓰는 경상도에서, 묘하다는 표현은 여자에게 보내는 최상의 찬사였다.

1937년 가을, 이병기와 오묘연은 조촐하게 혼례를 올렸다. 하해여관 19호실에 신방이 마련되었다. 꽃과 새를 수놓은 병풍과 가구 몇 점이 놓인 작은 방이었다. 조그만 창문을 열면 꽃밭도 볼 수 있었다. 그 꽃밭에는 없는 꽃이 없었다. 이병기가 심은 꽃들이었다. 노란 꽃잎이 화사한 옥매화, 여름에 피어나는 분홍빛 해당화, 그리고 맨드라미, 백일홍, 촉규화, 채송화, 봉숭아, 무궁화, 장미꽃 등 각양각색의 꽃들이 철 따라 만발했다.

이병기는 결혼하고부터 늘 싱글벙글하고 다녔다. 얼굴에 웃음기가 가시지 않았다. 그러나 오묘연에게는 원망과 후회가 더 많은 나날이었다.

오묘연은 새벽에 교회 종소리가 들릴 때마다 신랑이 한없이 원망스러웠다. 그녀가 내세운 결혼의 조건은 결혼한 후에도 교회에 보내주는 것이었는데 약속은 지켜지지 않았다. 시집올 때 가져온 성경과 찬송가 책은 며칠도 안 돼 감쪽같이 사라져버렸다. 무신론자일 뿐 아니라 기독교를 혐오하는 이병기가 아궁이 불 속에 던져버렸다는 것은 나중에서야 고백받았다.

오묘연이 시집오기 전에 다니던 제일교회는 하해여관에서도 가까웠다. 교회는 웅장하고 고아한 멋을 풍기는 5층짜리 빨간 벽돌 건물이었다. 교회 첨탑에 매달린 종이 흔들거리며 은은한 소리를 울릴 때면 오묘연의 마음은 어느새 교회로 달려가고 있었다. 그런데 꼭두새벽, 교회에 가고 싶어 안달이 난 몸을 이리저리 뒤척이면 언제 깼는지 이병기가 뒤에서 꽉 껴안고 풀어주지 않았다. 일부러 교회에 못 가게 그러는 건지, 그냥 좋아서 그러는 건지 알 수가 없었다. 아무리 발버둥쳐도 이병기는 눈을 감은 채 빙긋이 웃기만 할 뿐 풀어주지를 않았다. 교회 목사가 그 집에는 시집가지 말라고 극구 말렸는데, 오묘연은 목사의 말을 듣지 않은 것이 못내 후회스러웠다.

찬모 이씨는 부잣집에 시집가니 실컷 먹고 편히 살 거라고 했는데, 그렇지도 않았다. 매일 아침 부엌에 나가 온종일 온몸이 뻐근하도록 일을 해야만 했다.

옛날 여관은 잠만 자는 곳이 아니었다. 매 끼니 칠첩반상으로 손님상을 차려야 했다. 칠첩반상에는 밥, 탕, 김치, 종지 세 개에 찌개류, 찜류 그리고 숙채, 생채, 조림, 구이, 마른반찬, 전, 회 등 일곱 가지 반찬을 올렸다. 하해여관에 오는 손님들이 하나같이 고급이다

보니 각별히 반찬에 신경을 써야 했다. 특히 찬모는 요리 솜씨가 뛰어난 사람이어야 했다. 남산동 이씨는 오묘연에게는 미운 여자였으나 요리 솜씨 하나는 최고였다.

밥이나 반찬을 하고 보리차를 끓이는 일은 찬모 이씨와 그 밑의 식모가 하고 오묘연은 곁상을 보았다. 한 상에 다 올리지 못한 찜과 반주, 혹은 후식으로 먹을 다과나 구절판, 그리고 생선 가시와 뼈다귀 등을 발라 놓는 빈 접시 등을 작은 보조 상에 차려 내는 일이었다.

기가 막힌 것은 그 많은 반찬을 손님 숫자대로 따로 담아 내가야 한다는 것이었다. 옛 양반 가문의 격식에 따라, 손님들은 둘이든 셋이든 각자 밥상을 따로 받았다. 모든 반찬을 뚜껑이 있는 작은 놋그릇에 담아냈다가 거둬들이니 일이 끝도 한도 없었다. 그 많은 놋그릇을 이틀 걸러 닦는 것도 큰일이었다. 볏짚에 화롯재와 기와 가루를 묻혀서 박박 문질러가며 반짝반짝 윤이 나게 닦아도 놋그릇에는 금세 곰팡이가 낀 것처럼 파랗게 녹이 슬었다.

제일 서러운 것은 시집살이였다. 시집올 적에는 그래도 양반 가문의 맏며느리 자리이니 자존심은 세우며 살 수 있으리라고 막연하게 생각했다. 그런데 시집와서 보니 서모가 턱 하니 버티고 앉아 눈을 부라리고 있었다.

서모는 방에 들어앉아 있을 때면 『장화 홍련』이란 책을 펴놓고 읽고 또 읽는 눈치였다. 악독한 계모가 본처 자식들을 구박하다 죽이고 마는 이야기가 그리도 재미있을까 싶었다.

"그거 재밌어예?"

어느 날은 그래도 잘 보이려고 조심스레 물어보았다. 그러자 서모는 불같이 화를 내며 버럭 소리를 질러대는 것이었다.

"뭐야? 일할 시간에 여긴 왜 들어와? 어서 나가지 못해?"

일을 하다가 조금이라도 실수를 하면 서모의 불호령이 떨어졌다. 서슬 푸른 서모의 등쌀에 남녀노소 할 것 없이 벌벌 기었다.

끊임없이 밀어닥치는 안동 친척들도 부담스러웠다. 친척 어른이 오면 일하다가도 나가서 큰절을 올려야 했다. 친척들은 보름이고 한 달이고 자기들 있고 싶은 만큼 편히 쉬었다가 갔다. 물론 여관비는 내지 않았다. 안동에서 온 친척들은 다들 양반이라 오묘연이 그때까지 보아온 사람들과는 달리 까다로웠다. 갓을 쓰고 수염을 길게 기른 이도 있지만 거의 대부분 하이칼라 머리에 두루마기 차림의 멋쟁이들로 보였다. 갓 시집온 새색시로서는 손님 치르기가 부담스러울 수밖에 없었다.

정신없이 바쁜 날들이었다. 하루가 어찌 지나는지 세상이 어찌 돌아가는지 가늠하기조차 어려웠다. 하루하루 서모한테 야단 안 맞고 무사히 지나가면 다행이었다. 밤이 되어서야 긴장으로 졸아붙었던 가슴을 쓸어내렸다.

게다가 남편이란 사람은 나이가 많아도 너무 많았다. 중매쟁이는 모두 거짓말쟁이라는 말이 딱 맞았다. 찬모 이씨는 기껏해야 서너 살 차이라고 얼버무렸는데 막상 와서 보니 열네 살이나 차이가 났다. 삼촌도 큰삼촌 나이란 걸 알고 나니 신랑이 징그럽다는 생각밖에 들지 않았다.

말도 잘 통하지 않았다. 이병기는 경상도 안동 출신인데도 경상도 사투리를 전혀 쓰지 않았다. 여덟 살 때부터 만주에 산 그의 말투에는 조선 팔도의 온갖 사투리가 다 섞여 있었다. 보통은 경성 말씨에 평안도 억양이 섞인 묘한 말투였다. 대구 토박이인 오묘연은 이병기의 말을 도통 알아듣기가 힘들었다. 이병기도 그녀의 말을 잘 못 알아들을 때가 잦았다. 더구나 경찰에 맞아 한쪽 귀를 먹었기 때문에 두런대거나 속삭이는 소리는 아예 듣지도 못했다. 참 갑갑한 노릇이었다. 오묘연이 귀로 듣고도 무슨 뜻인지 몰라 멍하니 쳐다보면 귀가 먹었냐, 바보 아니냐고 묻기 일쑤였다. 반대로, 오묘연이 남이 듣지 못하도록 작게 속삭여 말하면 “뭐? 뭐라고?” 하며 큰 소리로 되물어 그녀를 무안하게 만들었다.

오묘연은 신랑이 대체 무엇 하는 사람인지도 궁금했다. 특정한 직업이 있는 것도 아니고 여관 일을 맡아 하는 것도 아니었다. 그렇다고 대놓고 물어볼 수도 없었다. 친구들이 올 적에는 문을 꼭 닫고 방에 들어앉아 무슨 모의를 하는지, 그야말로 비밀이 많은 남자였다. 한번은 이병기의 팔에 새긴 문신을 보고 오묘연이 물었다.

“징그럽게, 그건 왜 그런데예?”

이병기가 팔에 있는 문신을 쓱 한 번 쓰다듬으며 웃었다.

“이건 아무나 하는 것이 아니라네. 특별한 것이야.”

그의 미소에는 자부심 같은 것이 담겨 있었다.

“그나저나 아프진 않던가예?”

생살을 그리 파서 굵게 글씨를 새겨넣으니 얼마나 아팠을까. 오묘연은 속으로 참 독종이라 생각했다. 이병기는 오묘연의 말에 신경이 쓰였는지 문신에 약을 수십 번 발라 희미하게 만들려고 애썼다. 완전히 지워지진 않았지만 ‘분투노력’이라 쓰인 문신은 더는 도드라져 보이지 않았다.

낮에는 남이다가 밤에는 님이 되는 부부였다. 이병기는 젊디젊은 아내를 무척 사랑해서 거의 매일 밤 그녀를 안고 싶어 했지만, 오묘연은 사랑이 뭔지, 부부 관계가 뭔지 도통 익숙해지지가 않았다. 그러다 보니 말을 듣네, 안 듣네 하며 가벼운 실랑이가 오가기도 했다. 오묘연은 마음 붙일 데가 없었다. 여관이 바쁘게 돌아가서 할 일이 많으니 그저 몸의 노곤함으로 하루하루 버텨나갈 뿐이었다.

밖으로만 나돌던 이병기는 여관에 붙어 있는 시간이 부쩍 많아졌다. 아내 곁에 앉아 함께 놋그릇을 닦는 것은 일상사가 되었고 김치도 함께 담그고 김칫독도 안마당에 묻어주었다. 이병기는 꽃밭도 가꾸고 채소도 일구면서 그녀 주변에서 대부분의 시간을 소일했다. 어린 아내가 고생하는 게 안쓰러워 여관이 한가한 시간이면 곧잘 데리고 외출을 나갔다.

부부가 나란히 인력거를 타고 달성공원을 돌거나 근방에 있는 2층 여관에서 눈을 붙였다. 밤이면 일본 상점들이 들어선 북성로나 야시장에 놀러 나가기도 했다. 오묘연은 남편과 함께 거리 구경 다니는 것만은 무척 좋아했다. 그때만큼은 결혼하니 좋다는 생각도 들고 이것이 행복이란 건가 보다고도 했다.

대구성이 쓰러져 그대로 길이 되어버린 북성로는 일본인들에게 점령당해 일본인 상점들이 꽉 들어차 있었다. 안에는 흙을 두텁게 바르고 그 위에 나무판자를 덮은 일본식 이층집들이 대부분이었다. 화강암을 써서 그리스식으로 멋을 부린 3층짜리 상가 건물도 있었다. 밤이면 전신주에 매달린 은방울꽃 모양의 아름다운 가로등들이 북성로를 밝혔다. 마치 현란한 불빛을 보고 모여드는 불나방처럼, 밤이면 조선인, 일본인 할 것 없이 바글바글 모여들었다. 희미한 호롱불 너머 어둠의 삶에 익숙해져 있던 조선 사람들에게 밤의 족쇄를 풀어버린 전등 불빛은 그 자체가 화려한 유혹이었다. 사람들은 녹색, 푸른빛, 황금빛 광채를 뿜는 네온사인과 다채로운 상품으로 치장한 진열장 앞에서 넋을 잃고 마법에 홀린 듯 밤거리의 불빛 속을 떠돌아다녔다. 조선인들 사이에는 저녁나절 뚜렷한 목적 없이 상점가를 배회하는 풍습이 생겨나기도 했다.

이병기는 도무지 성이라곤 낼 줄 모르는 사람 같았다. 그런데 단 한 번, 서로 당황스럽게 만든 사건이 있었다. 어느 날 이병기가 서문시장에서 토마토를 몇 개 사 왔다. 이병기는 항상 나무로 만든 작은 칼을 주머니에 가지고 다녔다. 그날도 정겹게 둘이 나누어 먹을 요량으로 토마토 하나를 꺼내 나무칼로 잘라 절반을 오묘연에게 건네주었다. 잠시 한눈을 팔고 있던 오묘연은 순간적으로 먹다 남은 것을 주는 줄로 착각했다. 결혼만 했다 뿐이지 아직 열일곱 살 어린 소녀였다. 아버지와 오빠들로부터 한없이 귀여움만 받고 자란 외동딸 특유의 자만심도 있었다. 그녀는 방문을 열고 건네받은 토마토 반쪽을 휙 마당 쪽으로 던져버렸다. 그 순간, 뺨이 얼얼했다. 퍼뜩 정신을 차려보니 이병기가 씩씩거리며 오묘연을 노려보고 있었다. 오묘연은 억울한 마음을 주체할 수 없어 울음을 터뜨리고 말았다. 그러자 당황한 이병기는 오묘연의 입을 틀어막으며 조용히 하라고 쉬쉬거렸다. 행여 누가 들을까 걱정하는 빛이 역력했다. 옆방에는 시동생들이 놀고 있었다.

그렇게 몇십 분 승강이를 벌인 끝에 오해를 푼 두 사람은 손을 잡고 그대로 낮잠이 들었다. 문을 비집고 들어온 따사로운 햇살이 두 사람의 얼굴 위로 하얀 빛을 드리웠다. 얼마 후 두 사람은 서모의 새된 소리에 놀라 퍼뜩 잠에서 깨어났다. 오묘연이 종종거리며 부엌으로 달려갔다. 그 모습을 이병기는 안타까운 듯 바라보았다.

오묘연은 차츰 남편에게 정이 들었다. 이동하의 며느리 사랑도 그녀의 마음을 열어주었다. 선비로서의 품위가 느껴지는 이동하는 위엄이 있으면서도 자상했다. 이동하는 가끔 서모 몰래 용돈을 쥐어주거나 맛난 음식을 숨겨놨다가 먹으라고 밀어주었다. 놋그릇을 닦느라 녹초가 되어 있을 때면 넌지시 불러 한약방에 가서 첩약을 지어 오라는 등의 편한 심부름을 시켜 일부러 쉬게 해주기도 했다. 자신의 남편과 시아버지가 이 세상 그 누구보다도 선하고 올바른 사람들이라는 확신을 갖게 되면서, 그녀 마음속에 있던 두려움과 불만은 눈 녹듯 사라져갔다.

그러나 이병기의 안정된 생활은 얼마 가지 못했다. 오묘연의 배가 불룩해질 무렵부터 이병기는 다시 밖으로 나돌기 시작했다. 이병기는 툭 하면 외박하기 일쑤였다. 어떤 날은 한밤중에 너덜거리는 벙거지를 쓰고 얼굴에 검은 칠을 한 걸인 행색으로 들어오기도 했다. 장작을 대주는 나무꾼 하나가 역전 근처에서 조강아지 패거리들과 어울리는 모습을 보았다고 일러준 적도 있었다.

이병기를 불러낸 것은 다름 아닌 이관술이었다. 경찰의 감시도 어느 정도 완화된데다 이병기에게는 임신한 아내보다 돌아온 이관술이 훨씬 중요했다. 최소복으로부터 연락을 받자마자 이병기는 달성공원 뒤쪽 접선 장소로 뛰쳐나갔다. 이관술은 예전에도 늘 솥땜장이나 고물을 모으러 다니는 엿장수로 위장하고 다녔지만 이번에는 거의 걸인 행색이 되어 있었다. 얼굴은 형편없이 마른데다 새까맣게 그을려 있었다.

"아니, 형! 어찌된 거요? 몰골이 이게 뭡니까?"

이관술은 이병기보다 네 살이 많았다. 이병기가 놀라서 물었으나 이관술은 고른 이를 하얗게 드러내며 여유만만하게 웃었다.

"경성 갔다가 아주 혼쭐이 났지. 겨우 도망쳐서 여기까지 걸어오다 보니 거지가 되어버렸네그려."

이관술은 여의도 사건에 대해 말해주었다. 지난여름 중앙 조직을 위해 서울에 올라간 이관술은 여의도 비행장 근처에서 불심검문으로 체포되고 말았다. 여동생이자 노동운동가인 이순금과 함께였다. 지서로 끌려간 이관술은 이순금이 경찰관들의 허리띠를 잡고 늘어지는 사이 밖으로 도망쳤는데 마침 장마철이라 여의도에서 영등포로 이어지는 습지에는 흙탕물이 철철 흐르고 있었다. 이관술은 옷을 홀랑 벗어 머리에 이고는 시커멓고 위험한 흙탕물을 무사히 건넜다.

"다 건너고 보니 머리에 이었던 옷이 사라져버리고 없는 거야. 홀랑 벗었는데 말이지. 할 수 없이 벌거벗은 몸으로 골목을 타고 하숙집으로 들어가 옷을 챙겨 입고 바로 달아났지. 거지 행색을 하고 잠도 거지들하고 잤는데, 놈들이 나중에는 거지 소굴까지 뒤지더라고. 한번은 정말 딱 걸렸는데, 내가 얻어 온 쉰밥에 김치하고 이것저것 넣어 손으로 퍼먹는 걸 보더니 눈살을 찌푸리며 그냥 지나가버리데?"

껄껄대는 이관술을 보니 이병기도 함께 웃지 않을 수 없었다. 이재유도 경찰에 체포되고도 몇 번이나 탈출했지만, 조선 최고의 위장술이라면 이관술이었다. 이병기가 아는 조선 최고의 담력 역시 이관술이었다. 하지만 거지꼴을 하고도 아무렇지 않게 껄껄 웃는 모습을 보는 이병기의 마음 한쪽에는 아련한 아픔이 스쳐갔다. 보통 사람이라면 굶주림과 배고픔을 못 이겨서라도 운동을 포기했을 것이다. 이관술은 직접 소유한 논만 3만 평이 넘는 부자였다. 항일 운동만 포기하면 한 해 수백 석씩 들어오는 소작료만으로 얼마든지 편히 살 수 있는 사람이었다. 거지들과 똑같이 구걸한 밥을 먹고 한겨울 다리 밑에서 추위에 떨며 자면서도 잃어버린 조국을 찾겠노라 다니는 모습을 보니 가슴이 싸했다. 한동안이나마 편히 쉬고 있던 자신이 부끄럽기도 했다.

고향에서 또 한 덩이 땅을 팔아 돈을 마련한 이관술은 서문시장 후미진 곳에 작은 반찬 가게를 열면서 거지 행색을 버렸다. 반찬 가게 이 층은 모임방이 되었다. 경성 트로이카 사건으로 구속되었다가 석방된 최소복과 남만희 등이 다시 모였다. 감옥에 가거나 운동을 포기하는 등 한동안 흩어져 있던 다른 사람들도 하나둘씩 찾아들었다. 첫째도 둘째도 학습을 강조해온 이관술은 어디선가 계속해서 책을 공수해 왔다. 금세 방 한쪽 벽이 사회주의 서적으로 가득 찼다.

그러나 경찰의 감시는 예전보다 훨씬 치밀했다. 얼마 지나지 않아 형사대가 반찬 가게를 기습했다. 일 층에서 반찬 가게를 지키던 운동원이 온몸을 던져 경찰을 막고 있을 때였다. 이 층에서 연기가 새어나오기 시작했다. 수많은 점포가 늘어선 시장 한복판에서 연기가 나자 시장은 금방 아수라장이 되었다. 사방에서 물동이를 든 상인들이 몰려오고, 경찰은 사람을 잡을 엄두도 못 낸 채 한발 물러서 있어야 했다. 이 층에 있던 이관술이 경찰에게 뺏겨서는 안 되는 지하 신문이며 유인물을 태우고 이웃집 지붕을 타고 달아난 것이었다. 경찰은 물에 흠뻑 젖은 방 안에서 못 쓰게 된 책들만 잔뜩 끄집

어낼 수밖에 없었다.

일단 달아나기는 했으나 기차역과 외부로 나가는 도로가 긴급히 봉쇄되어 당장은 움직이는 것이 더 위험했다. 이병기는 이관술을 조강아지 패거리에게 맡겼다. 이관술은 역전 근처에 어슬렁대는 부랑자로 위장해 그네들 속에 섞여들었다가 경찰의 감시가 허술해진 틈을 타서 다시 서울로 올라갔다.

이관술이 떠난 후, 이병기는 왜관 해원리에 있는 이두석의 집으로 내려갔다. 왜관청년동지회를 결성하기 위해서였다. 정행돈, 박형동, 정칠성, 장병옥, 최소복, 이재서, 장태원, 이택정, 박몽득, 김현철, 이달영, 이영석, 이석, 이이석, 이필영, 김찬기 등 45명이 모였다. 왜관청년동지회는 농촌계몽운동을 한다는 명분으로 한글 강습회를 여는 이면에서 농민 야학을 운영하여 이념 교육을 실시했다.

청년운동이 농촌에 관심을 갖는 것은 이번이 처음은 아니었다. 1920년대 중반부터 '귀농 운동'이라는 이름으로 시작된 농촌 운동은 계몽주의적 한계를 지니고 있었다. 농민의 권익과 지위 향상을 꾀하는 운동이면서 정작 농민이 아니라 학생이나 지식 청년에 의해서 전개된 것이 귀농 운동이었다. 이후 천도교나 조선·동아일보가 전국적 조직을 가지고 농촌 운동을 추진했지만 결정적인 한계가 있었다. 조선일보는 문자 보급 운동, 즉 문맹 퇴치 운동을 하는 데 그쳤고, 동아일보의 브나로드 운동은 계몽운동을 표방하였을 뿐 정치적인 운동에는 이르지 못했다. 일제의 강점으로 인한 식민지 현실의 구조적인 모순에는 접근하지 않았던 것이다. 이는 합법적인 신문사가 감당할 수 없는 일이기도 했다.

1930년대에는 사회주의자들에 의한 농민운동이 급속히 늘어났다. 그러나 1935년을 전후로 일제가 군국화되면서 농민 운동은 지하로 잠복할 수밖에 없었다. 줄어들지 않는 소작료와 각종 부담금으로 농가 부채가 늘어났고 농촌은 몰락해갔다. 경제공황과 농민 정책의 파탄에 따른 저곡가 정책으로 부채 청산의 기회조차 잃고 말아 부채 농가와 절량 농가는 늘어만 갔다. 일 년 농사를 지어도 양식은커녕 종자값, 비료값, 품값도 건지지 못하는 형편이니 농민이 가야 할 길은 목숨을 건 소작쟁의 아니면 죽음이었다. 이도 저도 아니면 아내까지 바치면서 지주의 문전에 엎드려 고리대를 빌려야 했다. 일 년이면 이자가 원금과 맞먹는 고리대금으로 가난은 더 깊은 가난을 부를 수밖에 없었다.

이처럼 농민이 영락하는 모습을 보면서 농민이 아닌 도시인과 학생들이 농민 속에 뛰어든 것이 귀농 운동이었고, 사회주의자들이 뛰어든 것이 적색 농민조합 운동이었다. 이들에 맞서 일제는 각종 강습과 강연회를 열어 그들 나름의 계도 활동을 폈다. 농민의 항일 운동을 친일 운동으로 전환시키려 한 일제는 귀농 운동이든 농민 야학이든 상관하지 않았다. 지식인과 농민의 만남은 무조건 봉쇄하고 사회주의자들을 잡아들였다.

이병기는 아내가 첫아이를 낳은 줄도 모르는 채 왜관에 처박혀 농민운동에만 혼신을 다하고 있었다. 그러는 중에도 식민지 조선의 상황은 점점 악화되었다. 1939년 대흉작이 들어 식량 사정이 크게 악화된 가운데 태평양전쟁으로 군수품 조달이 어려워지자 일제는 미곡뿐 아니라 가축, 식기, 솥, 숟가락, 비녀와 가락지, 병사 소제용 걸레, 약초와 잡초까지 무려 80여 종에 달하는 물품을 강탈해 갔다. 이는 조선 땅에서 생산되는 거의 모든 품목과 원료를 망라하는 것이었다. 전쟁 물자로 바칠 금비녀와 금가락지를 모으기 위해 '애국금차회'라는 단체가 적극 나서기도 했다. 이 단체는 김활란이 발기인으로 참여하고 일제로부터 남작이니 자작이니 하는 귀족 작위를 받은 자들의 부인들이 주동이 되어 한일합방 후에 결성되었다.

조선인들은 쌀을 빼앗겨 조밥으로 연명하고 한 채 있던 집마저 잃어 살 방을 얻어야 했으며 의복도 두 벌을 지닐 여유가 없었다. 끝내는 조밥에서 초근목피로, 셋방에서 천막 생활로 영락했고 누더기조차 없이 맨몸이 될 지경에 이르렀다. 조선 땅에는 가축 한 마리, 풀 한 포기도 남아나지 않았다. 일제는 특히 태평양전쟁을 치르는 과정에서 총독부 소속 관원들을 거미줄처럼 엮어 조선 땅을 거대한 군수 기지로 만들고 조선인을 '군수품'으로 치부했다.

1939년 10월, 이병기는 또다시 검거되어 왜관 경찰서 지하실 보안과로 끌려갔다. 경상북도 경찰부 고등과 경부인 사와다의 얼굴을 발견한 그는 가슴이 철렁했다. 사와다는 '귀신 잡는 경부'라는 별명이 붙을 정도로 악착같고 모진 자였다. 사와다는 세칭 '비행기 고문'을 즐겼다. 손발을 뒤로 묶고 천장에 거꾸로 매단 채 주리를 트는 비행기 고문을 몇 시간 당하면 온몸에 땀과 토사물의 악취가 진동했다. 이관술의 행방을 묻는 고문이었다. 이병기는 처음에는 이관술이 누구냐고, 모른다고 버티다가 다른 사람들이 진술을 해버리는 바람에 모질게 얻어맞았다. 이후에는 이관술이 경성으로 가버린 지 1년이 넘었다고 아무리 진실을 말해도 믿어주지 않았다.

일제 경찰보다 더 미운 것이 조선인 형사들이었다. 그들의 고문은 더욱 악랄하고 잔인했다. 서영출, 김성범, 최석현은 대구와 경북 지방의 악명 높은 고등계 삼인방이었다. 한때 학생들을 가르치는 교사였던 서영출은 고등계 경찰로 변신한 후에는 자신의 제자까지도 고문했다. 그에게 고문당한 많은 운동가들이 고문 후유증으로 목숨을 잃었다. 서영출은 해방 후에는 경찰서장과 극우 단체 단장이 되어 테러 활동을 벌였고 경찰을 그만둔 후에도 진보적인 세력을 탄압하는 등 반민족적 행위로 일관했다. 반민족 행위자로 지목되어 재판에 회부된 그는 고문 치사 등의 범죄 사실을 인정했으나 자신의 친일 활동을 반성하고 자숙하기는커녕 국회의원 선거에 출마하는 등 갖가지 감투를 쓰고서 지방 유지 행세를 하며 호의호식했다. 이는 나중에 체포된 이관술을 세 번이나 기절하도록 고문한 조선인 형사 노덕술이 해방 후 승승장구한 끝에 이관술의 고향이기도 한 울산 지역 국회의원까지 출마했던 것과 다르지 않았다.

이병기는 또다시 예심 제도의 희생양이 되어 언제 시작될지 알 수 없는 재판을 기다려야 했다. 예심이 끝나기 전에는 가족 면회나 서적과 사식의 차입이 허락되지 않았다. 남산골 장모가 와서 필요한 물건만 겨우 넣어주고 갔다. 만주에 이어 중국 대륙을 침략해 이미 제2차 세계대전에 뛰어든 일제 말기의 형무소 생활은 비참했다. 조선 땅에서 생산되는 쌀은 대부분 군량미로 징발되고 일반인들조차 만주에서 들여온 콩과 옥수수를 배급받아 연명하던 시절이었다. 쇳조각이라면 숟가락과 젓가락까지 모조리 무기 제조용으로 빼앗겨 밥 먹을 도구마저 없었다. 이런 상황에서 감옥에 갇힌 죄수들은 살을 찌우기 위해서라도 제때 사료를 주는 가축만도 못한 대우를 받았다.

배고픈 사람들을 가만히 쉬게 내버려두지도 않았다. 이병기도 다른 죄수들처럼 그물을 짰고 종이를 꼬아 바구니며 가방을 만들었다. 책은 차입이 허가되는 것만 읽을 수 있어서 주로 역사서를 읽었다. 철학사와 문학사, 경제와 정치에 관한 도서는 금지되었다. 편지를 마음대로 쓸 수도, 집필을 할 수도 없었다. 그래도 서대문 형무소에 비하면 고급이었다. 운동도 하루에 40여 분 허락되었는데 마음씨 좋은 간수를 만나면 한 시간여를 허락받을 때도 있었다. 특히 사상범 감방에는 좀 더 교양 있는 간수가 오기도 했다. 조선인 간수는 없고 전부 일본인들뿐이었다.

대구 형무소로 이감된 후에 이동하와 오묘연이 면회를 왔다. 1년 2개월 만이었다. 면회실 밖에서 이병기의 이름을 확인한 후 이동하가 오묘연에게 말했다.

"네가 먼저 봐라."

"아, 아닙니더."

고개를 가로젓는 그녀의 얼굴에 살짝 화기가 감돌았다.

"괜찮다. 네가 먼저 들어갔다 온나."

오묘연은 포대기에 싼 아들을 안고 면회실로 들어갔다.

창살이 없이 개방된 면회실이었다. 이병기는 설렘과 기대에 들뜬 채 탁자 앞에 앉아 있었다. 얼마 만에 보는 건지, 정확히 세월을 계산하기도 힘들었다. 갓난아이를 안은 한 여인이 문을 열고 고개를 내밀었다. 아내였다! 이병기는 반가운 마음에 아무 소리도 내지 못하고 의자에서 벌떡 일어났다. 그런데 문턱에 엉거주춤 서 있던 오묘연은 어리둥절 놀란 표정을 짓더니 그냥 나가버렸다. 10여 초나 지났을까, 다시 문이 열리더니 오묘연이 이번에는 고개만 쑥 들이밀었다. 그러고는 이상하다는 표정으로 또다시 문을 닫아버렸다. 이병기는 도대체 이게 무슨 영문인가 싶어 엉거주춤 서 있었다. 간

수도 이해하기 어려운 듯 이병기를 의아하게 쳐다보았다.

오묘연은 면회실 밖에서 기다리고 있던 이동하에게 다가가 소곤대듯 말했다.

"아니라예. 효철이 아버지가 아니라예."

"그럴 리가 있나?"

접수처에서 이름을 다시 확인하고 온 이동하가 "그 사람 맞다! 네가 몰라본 게지. 다시 들어가 봐라." 하며 오묘연의 등을 떠밀었다. 세 번째 들어온 오묘연은 그때서야 이병기를 자세히 바라보고 그가 남편이라는 사실을 깨달았다. 처음 두 번은 모르는 사람 같은데 자세히 바라볼 수도 없고 해서 그냥 돌아 나갔던 것이었다.

이병기가 어이없다는 미소를 띠며 말문을 열었다.

"날, 못 알아봤는가?"

"얼굴이 왜 그리 상했어예?"

오묘연이 얼굴을 붉히며 작은 소리로 대답했다. 머리카락은 다 깎이고 수염은 덥수룩한 이병기의 얼굴은 아내가 알아보지 못할 정도로 늙어 있었다. 포마드 기름을 발라 멋지게 머리를 다듬고 외출할 때는 하얀 두루마기를 챙겨 입던 남편의 모습은 어디에도 없었다. 그의 나긋한 목소리를 들은 후에야 이 사람이 내 남편인가, 정말 내 남편이구나, 하는 생각이 들었다.

포대기에 싸인 아들이 징징거렸다. 이병기는 아이를 안아보고 싶어 했다. 간수에게 허락을 구했다. 간수는 그래도 좋다는 대답 대신 슬며시 고개를 돌리고 모른 척 해주었다.

"아들인가? 이름은 뭐라 했는가?"

아이의 작고 앙증맞은 손가락을 쓰다듬으며 이병기가 물었다.

"효철이라고, 아버님께서 지어주셨어예."

이효정처럼 돌림자 '효'자를 넣어 지은 것이었다. 아이는 벌써 두 돌이 지났다. 이목구비가 자기를 닮은 것 같았다. 이병기는 아이를 다시 아내의 품에 건네주고 넌지시 아내의 손을 꼭 쥐었다. 오묘연은 부끄러웠다. 간수의 눈치를 보며 손을 빼내려 몇 차례나 손목을 비틀었다. 그러나 손을 쥔 이병기가 꿈쩍도 하지 않아 오묘연은 한참을 그대로 붙잡혀 있었다. 아내의 손을, 이병기는 놓아주고 싶지 않았다. 집으로 가고 싶다는 욕망이 밀려왔다. 아내의 품이 너무도 그리웠다. 처음 그녀를 안았을 때 이병기는 여인의 품이 이렇게 좋은 거라는 사실을 비로소 알게 되었다. 그날처럼 그녀의 가슴에 얼굴을 묻고 하룻밤만이라도 달콤한 잠에 빠져들고 싶었다. 부질없다, 욕망은. 원하면 원할수록 고통만 커질 뿐이다. 이병기는 세차게 머리를 흔들었다.

감옥 안에서도 세월은 흘러갔고 아이는 하루가 다르게 커갔다. 걸음마를 뗀 아들의 손을 잡고 오묘연이 두 달에 한 번씩 면회를 왔다. 어느 날, 면회실로 들어오자마자 아들은 오묘연의 손을 놓고는 대뜸 이병기에게 다가왔다. 그러고는 다짜고짜 이병기의 손을 잡아끌었다. 늦된 아들은 네 살이 되었지만 아직 말문이 터지지 않았다. 그저 이병기의 손을, 옷자락을 끌고 막무가내로 당길 뿐이었다. 가자고, 집으로 가자고, 문 바깥쪽을 가리키며 응응거리며 고갯짓만 해댔다. 이병기는 아들의 연약한 손에 몸을 맡긴 채 망연히 서 있을 수밖에 없었다. 침묵만이 낮고 무겁게 흘렀다.

몇 마디 하지도 못한 채 면회 시간이 끝났다. 간수를 따라 다시 옥방으로 가는 이병기의 뒷모습을 보며 오묘연은 가슴이 저려왔다.

닫힌 문 앞에 서서 어, 어, 손짓하는 아들을 껴안고 오묘연은 울음을 터뜨리고 말았다.

감방으로 돌아온 이병기는 방 한구석에 웅크리고 앉았다. 자꾸만 아들의 눈이, 손의 감촉이 아른거렸다. 말로는 하지 못한, 그래서 더욱 간절한 마음에 가슴이 먹먹했다. 이병기는 곧추세운 무릎에 얼굴을 묻고 한참을 그대로 있었다. 좋은 아버지가 되기 위해서라도 이 싸움을 멈출 수는 없었다. 그는 언젠가 좋은 세상이 오면 좋은 아버지가 되리라고 막연히 약속할 수밖에 없었다. 지금으로서는 그것이 최선이자 유일한 선택이었다. 미안하다, 아들아. 옆에 아들이 있기라도 한 듯 아들이 듣기라도 하는 듯 나지막이 중얼거리는 이병기의 옷소매 끝이 어느덧 흥건히 젖었다.

1942년 봄, 이병기가 만기 출옥하니 세상은 몇 년 사이에 너무나 변해 있었다. 제2차 세계대전의 불길이 한참인 세상에서는 과거의 혁명적 열정은커녕 인간 사회를 유지하는 최소한의 양심이나 낭만도 찾아볼 수 없었다. 기름이 부족해서 거리에는 시커먼 연기를 뿜어대는 목탄차가 늘었고, 전쟁터로 식량을 공출하는 바람에 술 담글 곡식이 없어 술집에 가도 술을 살 수 없었다. 인심은 극도로 박해졌다.

친일의 길로 들어선 대다수의 자칭 민족주의자들은 명분조차 벗어버린 지 오래였다. 민족의 신문이자 진보적 지식인의 요람이라 여겨졌던 동아일보와 조선일보는 진보적인 기자들을 집단 해고하고 일본어 신문을 능가하는 어용 신문이 되어 천황을 찬양하고 나섰다. 서정주나 모윤숙 같은 당대의 문인들도 일제를 찬양하며 전쟁을 미화했고 청년들에게 죽음의 길을 가라 했다. 이광수는 일본식 집에 살며 일본식 복장을 하고 일본어만 사용했고, 아이들에게도 그렇게 하라고 가르쳤다. 그는 다른 많은 조선인 관료나 재벌과 마찬가지로 조선은 절대 독립할 수 없으며 그럴 필요도 없다고 생각했다. 대일본제국과 영원히 한 나라가 되는 것이야말로 조선 민족을 위한 길이라고 주장했다. 국내의 사회주의자들뿐만 아니라 세계의 지식인들이 파시즘과 싸우기 위해 인민전선을 형성하고 있을 때, 이광수는 히틀러를 찬양하는 글을 쓰고 『나의 투쟁』을 번역했다.

유행병처럼 번졌던 사회주의 사상 역시 추억거리가 된 지 오래였다. 대다수 사회주의자는 전향하여 무기력하게 역사를 방관하거나, 심지어 투기꾼 노릇까지 하면서 먹고사는 일에 매달렸다. 운동을 계속하려는 사람은 거의 찾아볼 수 없었고, 있다 해도 깊숙이 잠적해 눈에 띄지 않았다. 오히려 한때 이름을 날리던 사회주의자들이 친일 선동에 앞장서고 있었다. 이병기와 동갑내기로 경북 지역의 유력한 사회주의자였던 황태성이 전향자 단체인 대화숙에 들어가 반공 강연을 하러 다니는 등, 대구의 유명한 좌익 인사 중 전향하지 않은 이가 드물 정도였다.

이렇게 사회주의든 민족주의든 모든 저항 운동이 휴지기에 접어든 것은 운동가들의 배신이나 좌절 때문만은 아니었다. 30년 넘게 일본의 지배를 받는 가운데 태어난 젊은 세대는 새로운 사회의 부력이 되고 있었다. 일제의 교육은 젊은이들에게 그들의 조상이 얼마나 무능하고 나태한 인간이었는가를 강조했고, 일본이야말로 서구 제국주의에 맞서 아시아의 자존심을 지키는 유일한 방패라고 가르쳤다.

실제로 일본이 몰고 온 자본주의 문명은 4,000년 역사를 가진 조선을 불과 20여 년 만에 완전히 바꿔놓을 정도로 가히 혁명적이었다. 전국 오지를 연결하는 수많은 도로와 기차, 공장, 전기와 전화, 서양식의 화려한 건물들, 대량생산되어 싸고 질 좋은 상품들, 연극과 영화, 스포츠 같은 신문화까지 자본주의 문명은 경이로움 그 자체였다. 개화를 막고자 필사적으로 저항했던 조선의 고루한 양반들은 상상도 하지 못했던 놀라운 일들이 시시각각 벌어지고 있었다. 삼일운동 이후 민족주의 운동을 주도했던 수많은 양심적인 선각자들까지 친일로 돌아서게 만든 거대한 변화와 발전은 일제 치하에서 태어나 일본인에게 교육받은 새로운 세대에게는 너무나 자연스러운 것이었다. 그들은 누가 강요해서가 아니라 스스로 일본을 숭배했고, 일본의 번영과 침략을 조선의 영광인 양 착각하게 되었다.

이러한 분위기는 항일운동을 소수 극단주의자들의 철없는 행동으로 매도하게 만들었다. 더욱이 사회주의 운동은 혐오의 대상이 되었다. 전시체제의 가혹한 착취, 강제징집과 정신대 차출 같은 비극이 벌어지고 있음에도 불구하고 조선 민중 대부분은 스스로 일제에 복종했고, 한때 이름을 날리던 많은 항일운동가가 스스로 자신의 이력을 더럽혔다. 혹 저항운동을 계속한다 해도 위험한 조선 땅을 떠나 중국 중경이나 미국 하와이 등지에서 무기력한 권력 다툼을 벌이는 게 대부분이었다. 중국 내륙 깊숙한 연안에서 중국공산당 팔로군에 소속되어 싸우는 조선 의용군들이 거의 유일한 항일 세력이었다.

사상 전선에서의 압도적인 우세에 자신감을 얻은 일제는 더욱 강력하게 사회주의 제거에 나섰다. 일제는 조선인 전향자들을 조직해 '사상보국연맹'이란 단체를 만들고 일본군 위문, 국방 헌금 모금 같은 일상 활동과 함께 비전향자 포섭, 반공 좌담회 개최 등의 사상 통제 활동을 하게 했다. 감옥에서 나온 사회주의자들은 사상보국연맹에 들어가지 않으면 취직할 곳도, 글을 발표할 곳도 없어 극심한 생활고에 빠지게 되었다. 자발적인 변절자도 있었지만 생계를 위해 어쩔 수 없이 전향서를 쓰는 이들이 늘어났다. 사상 감찰 보호소에 전향서를 제출해야만 직업을 얻어 식량을 배급받을 수 있었다. 전시 배급제 아래서 전향을 하지 않으면 당장의 생계가 곤란했다.

심정적으로 항일 정신을 가지고 있더라도 식구들의 생계를 위해 전향서를 쓰지 않을 수 없는 상황이었다. 그러나 전향서를 썼다 할지라도 노골적으로 친일을 한 사회주의자는 많지 않았다. 그들은 대개 전향서를 쓰고 낙향해버렸다. 부와 명예를 위해 스스로 전향한 민족주의자들의 변절과 가족의 생계를 위해 강제로 전향서를 쓴 사회주의자들이 같을 수는 없었다.

일제는 조선을 전쟁을 수행하는 병참기지로 만들면서, 이 기회에 조선인의 정신과 민족의식을 철저히 말살하기 위해 창씨개명을 서둘렀다. 처음에는 '권장'과 '자진'의 형식이었다. 일제는 1940년 2월 11일부터 창씨개명 신청을 받았지만 이틀 동안 겨우 87건이 접수되었다. 갖은 협박과 불이익에도 불구하고 조선인들은 삼일운동 이후 가장 치열하게 저항하며 창씨개명에 쉽게 따르지 않았다.

이러한 사태를 눈치챈 총독부는 친일파와 각급 행정기관, 경찰, 교육자들을 동원하여 창씨개명을 강제하는 한편, 연설과 각종 집회를 통해 창씨개명을 강요하기 시작했다. 친일 인사와 고위 관료들이 앞장서서 창씨개명을 했다. 친일 의식이 골수에 밴 문인 이광수는 「창씨의 동기」라는 글에서 말했다.

"나는 천황의 신민이다. 나의 자손도 천황의 신민으로서 살 것이다. 이광수라는 씨명일지라도 천황의 신민이 되지 않는 것은 아니다. 그러나 '향산광랑'이 보다 천황의 신민으로 어울린다고 나는 믿기 때문이다."

중추원 참의를 지낸 최지환은 일본의 후지산과 정한론자(征韓論者)인 사이고 다카모리의 이름을 따서 '후지야마 다카모리'로 이름을 바꿨다. 최초의 자유시라 일컬어지는 '불놀이'를 쓴 친일 시인 주요한은 일제의 황도 정신인 팔굉일우를 따서 '마쓰무라 고이치'라고 이름을 바꿨으며, 대표적인 친일 승려 이종욱은 중일전쟁 당시 일본 근위 내각의 외부대신이었던 히로다의 성을 본따 '히로다 쇼이쿠'로 창씨개명했다. 일제는 일부러 창씨개명을 하지 않는 친일파들을 남겨두어 창씨개명이 결코 강제적인 것이 아님을 보여주는 교활함도 잊지 않았다.

창씨개명을 끝내 거부한 사람도 적지 않았다. 이를 거부한 사람은 불령선인으로 몰려 감시를 받고 그 자제가 학교에 들어가지 못하는 등 불이익을 받았다. 일제는 거미줄 같은 치밀한 조직과 법령, 회유, 온갖 불이익으로 창씨개명을 밀어붙였다. 창씨개명을 하지 않은 이들은 기관에 취업할 수 없었고 현직에 있는 자는 면직되었다. 그들은 비국민 또는 불령선인으로 단정, 등록되어 행정기관에서는 사무를 봐주지도 않고 경찰에게 사찰과 미행을 당했다. 또한 우선적인 노무 대상자가 되었으며 식량과 기타 물자의 배급 대상에서 제외되었다. 창씨개명을 하지 않은 사람들의 자녀는 입학과 전학을 할 수 없었다. 창씨개명을 하지 않은 조선인의 명패가 붙어 있는 화물은 철도국과 환승 운송점에서 취급해주지도 않았다. 창씨개명의 광풍은 2년간이나 계속되었다.

마지못해 이름을 바꾸면서 일제를 우롱하는 경우도 많았다. 어떤 사람은 창씨개명으로 조상 전래의 성을 바꾸었으니 개자식이 된 단군의 자손이라는 뜻으로 '犬子態孫'이라는 이름을 계출했다가 호적계에서 퇴짜를 맞고 경찰에 불려가 혼쭐이 났다. 병하라는 농부는 이름 앞에 '田農'이라는 성을 붙여 일본말로 '덴노헤이까(천황 폐하)'라고 부르게 하려 했다가 역시 경찰의 조사를 받았다. 또 어떤 이는 '犬食衛(개 같은 놈 똥이나 먹어라)'로 계출했다가 경찰에 끌려갔으며, 애국심이 강한 어떤 사람은 처음에 '半島'로 창씨했다가 호적계가 문제 삼자 나중에 10분의 반이라는 뜻으로 '五島'로 고치기도 했다.

이동하는 끝까지 창씨개명을 하지 않고 모든 불이익을 감내했다. 서모가 낳은 두 아들은 교무실로 불려가 일본인 교사한테 구타당하기 일쑤였다. 아이들은 학교에서 돌아오면 서모를 조르다가 끝내 울음을 터뜨리곤 했다. 그러면 서모가 달려와 이동하에게 하소연을 했다. 그러나 이동하는 들은 척도 하지 않았다. 그러면 정씨는 소리를 질러댔다.

"그것 좀 하면 어때서 혼자 별스럽게 구는 거예요? 창씨개명 좀 한다고 사람이 죽나? 죽냐구요!"

아무 말 안 하고 듣고만 있던 이동하도 큰소리를 냈다.

"그깟 왜놈의 학교는 다녀서 뭐하느냐! 그만둬라! 내 죽으면 죽었지 절대 창씨개명은 하지 않는다. 우리 식구가 다 죽어도 성은 못 간다!"

이동하는 완강했다. 물론 이병기도 창씨개명을 하지 않았다.

창씨개명을 하지 않은 직접적인 타격은 여관에 가해졌다. 창씨개명도 하지 않고 항일운동을 계속하는 불순 집안으로 낙인찍히자 돈이 있어도 쌀을 사기가 어려웠다. 여관에 드나드는 손님도 끊겼다. 결국 여관을 처분하기로 결정했다. 시골에 들어가 살면 일제의 탄압을 피할 수 있을 거란 생각도 들었다. 산나물이라도 뜯어 먹고 채소라도 가꿀 수 있으니 도시보다는 나을 것이었다.

애초에 여관을 사주었던 김관제와 윤상태가 나서서 여관을 처분했다. 이씨 부자와 서모 정씨의 관계를 잘 아는 두 사람은 처분한 돈을 식구들 머릿수대로 나누되 자신들 몫도 달라고 한 다음 그것을 이동하에게 건네주었다. 정씨와 두 아들이 세 사람 몫을 가져가고 이동하와 이병기가 네 사람 몫을 가져온 셈이었다.

정씨와의 결혼 생활에 지칠 대로 지친 이동하는 자신의 몫에 김관제와 윤상태로부터 받은 돈까지 더해 몽땅 이병기에게 건네주고 홀로 절에 들어가겠다고 공언했다. 이동하의 몫이 자신의 것이 될 거라 굳게 믿었던 정씨는 배신감에 치를 떨며 온갖 욕설과 원망을 퍼붓고는 두 아들만 데리고 영천시 임포마을로 이사를 가버렸다. 자연히 이동하와 정씨의 결혼은 해소되었다.

이동하는 공언한 대로 합천 해인사에 들어갔고 이병기는 가족을 이끌고 정착지를 찾아 헤맸다. 인척이 있는 봉화에서 몇 달을 지내며 농사지을 땅을 물색했지만 마땅치 않았다. 돈이 점점 줄어들어 한시라도 빨리 정착을 해야 했으나 마음만 급할 따름이었다.

이때 연락을 준 이가 이효정의 남편 박두복이었다. 울산 방어진에서 어부의 아들로 태어난 박두복은 항일운동으로 몇 차례나 감옥에 드나들면서 이병기와 절친해진 사이였다. 몇 해 전 이효정을 소개해 둘이 결혼하게 한 것도 이병기였다. 결혼 후 고향에 내려가 어장을 하고 있던 박두복은 이병기에게 자신의 집에서 멀지 않은 경주 양남면 수렴리에 조그만 양조장이 나와 있다고 연락했다.

두 사람은 함께 그곳에 가보았다. 동해 바다 모래사장에서 100미터도 떨어지지 않은 길가의 작은 양조장이었다. 도로가 붙어 있다지만 기차역에 내려 80리를 버스로 들어가야 하는 궁벽한 어촌이었다. 장사가 잘 안되다 보니 도무지 팔리지를 않아 골머리를 앓고 있던 양조장 주인은 이병기가 나타나자 싼값에 양조장을 넘겨주겠다며 호의를 보였다. 이병기는 시골 벽촌이라 일제에 협조할 일도, 불려다닐 일도 없으리란 계산으로 결심을 굳혔다.

산업이 미약한 조선에서는 양조장이나 술집을 경영하면 상당한 부자에 속했다. 일제 후반기에는 전향자들에게 양조장이나 술집을 허가해 먹고살 수 있게 해주기도 했다. 그러나 이병기는 전향서를 쓴 것도, 경찰의 돈으로 양조장을 산 것도 아니었다. 동네마다 있는 수많은 양조장 중 장사가 안되어 문 닫게 된 곳을 여관을 처분한 돈으로 싸게 샀을 뿐이었다. 이곳을 소개한 박두복 역시 전향하거나 일제에 협력한 전력이 전무한 사람이었다. 이효정과 박두복은 전향 공작이 심각해지기 전에 운동을 그만두고 부모에게 물려받은 어장을 운영해왔다. 전향서를 써야 할 이유도 기회도 전혀 없었다. 이병기가 양조장을 한다는 소문이 퍼지면서 여러 가지 오해를 사게 되었지만 전혀 근거 없는 추측들이었다.

언제 끝날지 알 수 없는, 그러나 행복한 시절이 시작되었다. 이병기에게도 오묘연에게도 평생 다시 올 수 없는, 오지 않은 평화로운 한때였다. 양조장이 있는 수렴리로 가는 1차선 도로 양옆은 버드나무가 긴 가지를 드리우고 벚꽃이 흐드러지게 피어 눈부신 꽃 터널을 이루고 있었다.

"정말 이쁘네예! 안 그래예, 효철 아부지?"

오묘연이 탄성을 지르며 이병기를 바라보았다. 이병기는 "그깟 일본 놈들의 꽃." 하며 고개를 픽 돌려버렸다. 그래도 그 고집스런 뒷모습이 너무 좋았다. 그 고집을 꺾고 자신과 아이들을 위해 시골로 내려와 준 게 너무나 고마웠다. 오래전부터 바라고 바라던 일이 아니던가. 가족이 다 함께 모여 살 꿈에 젖은 오묘연에게는 수렴리의 입구 풍경부터가 퍽 아름답게만 보였다.

경주시 울산군 양남면 수렴리는 임진왜란 때 적의 침입을 막기 위해 수병의 병영을 두었던 곳이라 하여 수영포리라 하였는데 1914년에 수렴리로 명칭이 바뀌었다. 이병기네 가족이 이사를 한 곳은 관성마을로도 불렸는데 시계가 없던 옛날 별을 보고 시간을 측정하는 첨성대 같은 것이 있었다고 해서 그리 불렸다. 마을 사람들은 거의 어업에 종사했지만 농경지가 좋아 농사를 짓는 사람도 적지 않았다. 옛날 왜적의 침입이 많았던 곳이어서인지 성질이 괄괄한 뱃사람들이 많았지만 싸움이 많거나 하지는 않았다.

양조장에 들어서면 구수하고 달착지근한 막걸리 향내가 풍겼다. 허기가 질 때면 그 향내가 여간 구수하게 느껴지지 않았다. 냄새도 좋았지만 그 특유의 냄새가 상징하는 즐거움이 기분을 느긋하게 만들었다. 양조장 건물은 옻칠한 전나무로 외벽을 두른 후 대나무와 칡넝쿨로 뼈대를 엮고 짚과 황토를 차지게 으깨어 속을 채워 지은 것이었다. 양조장 벽과 기둥은 온통 꺼뭇꺼뭇했다.

"이건 때도 아니고 먼지도 아니라예. 깨끗한 게 좋다고 닦아내면 큰일 납니더. 이게 바로 술 만드는 누룩곰팡이라는 거라예."

양조장을 인수할 때 전 주인이 친절하게 설명했다. 곰팡이에는 흑균이 있고 백균이 있다고 했다. 그 균이 쌀에 들어가 전분을 당으로 바꾸고 다시 당을 알코올로 바꾸는 중요한 역할을 담당한다는 것이다. 눈썰미와 손재주가 남다른 이병기는 쉽게 술 담그는 법을 배웠다.

막걸리를 만드는 과정은 모두 수공으로 이루어졌다. 일일이 사람 손으로 씻고 젓고 비비고 짜야 했다. 쌀을 갈아 누룩곰팡이 균을 섞어 버무린 다음 일정한 습도를 유지하기 위해 젖은 헝겊으로 싸뒀다가 하루 뒤 풀어서 뭉치지 않게 골고루 비볐다. 발효된 쌀가루를 곱게 비벼 누룩 상자에 담고 섭씨 23도가 유지되는 방에서 이틀 동안 배양시킨다. 이때 배양 그릇을 엇갈리게 놓기도 하고 차곡차곡 쌓기도 하고 가루 위에 손가락으로 골을 치기도 하면서 온도와 습도를 조절했다. 술을 담는 옹기는 두께만 자그마치 90센티미터로 외기에 전혀 영향받지 않고 완벽하게 단열이 되었다. 발효실 벽 속은 왕겨로 가득 차 있었고 천장에도 왕겨가 수북했다. 천정에 난 작은 창을 여닫아 온도를 조절했다. 밑술을 안친 술독은 기온이 섭씨 23~25도인 실내에서 이틀 동안 발효시켰고, 술독의 온도가 섭씨 30도로 항상 일정하도록 온도를 조절해야 했다. 1차 발효가 끝난 후 다시 고두밥을 넣어 덧술을 안친 후 열흘이 지나면 술이 익었다. 익은 술은 명주 자루에 넣어 자연낙차를 이용해서 짜야 술맛이 깊었다.

이병기가 만든 술은 인기가 좋았다. 막걸리 기술자라는 전 주인의 술맛에 실망해 떨어졌던 손님들이 소문을 타고 다시 하나둘씩 찾아오기 시작했다. 돈을 모으지는 못해도 먹고사는 데 걱정 없을 정도의 수입은 되었다. 배달부는 나무통 두 개를 양어깨에 걸머지고 이웃 동네 환서리나 하서리까지 14~15리 길을 술을 배달하러 다녔다.

전시 계엄령 치하라 모든 쌀은 배급제였다. 술 만들 쌀과 잡곡도 상당량 배급되었다. 흉년이 들면 이병기는 배급받은 쌀을 다 술로 만들지 않고 가난한 사람들에게 나눠주곤 했다. 가짜 장부를 만들어서 술을 만든 걸로 속이고는 가을에 갚으라면서 사람들에게 쌀을 외상으로 나눠주었지만 갚는 사람은 거의 없었다. 어쩌다 오묘연이 따지기라도 하면 "사람이 굶어 죽을 판인데, 술이 중한가?"라고 태연히 반문했다. 한의사 김관제에게 배운 의술을 베풀기도 했다. 마을 사람들은 다치거나 상처가 나면 이병기를 찾아왔다. 이병기는 피하주사나 혈관주사를 잘 놓았고 소독도 하고 약도 지어주었다.

양조장의 아침은 술밥을 찌고 난 찌꺼기를 받아 가려고 모인 사람들로 늘 두런두런 소리가 났다. 술 찌꺼기에 사카린을 타서 먹으면 그런대로 배고픔을 견딜 만했다. 이병기네 가족은 안마당에서 고추와 오이며 상추 등 온갖 채소를 길러 먹었다. 대문 옆의 커다란 앵두나무는 봄이면 붉은 열매를 가득 맺었다. 배달부 외에는 사람을 쓸 처지가 못 되어 오묘연도 아이들을 키우며 일꾼처럼 일했지만 고된 줄도 몰랐다. 무서운 시어머니 대신 농담 잘하고 장난 좋아하는 남편이 늘 곁에 있다는 게 그렇게 즐거울 수가 없었다. 부지런한데다 전기를 만지거나 집을 고치는 등 못하는 일이 없는 이병기가 더할 나위 없이 믿음직스러웠다.

이병기는 양조장에 터를 잡고 얼마 후 해인사로 찾아가 이동하를 모시고 왔다. 1년 넘게 팔자에 없는 절 생활을 하는 데 싫증이 나 있던 이동하도 고집을 부리지 않고 선선히 따라왔다. 이동하는 양조장에 붙은 방에 기거하며 큰손자 효철에게 한문 가르치는 일로 낙을 찾았다. 아이는 공부하기 싫어 종종 쐬를 부리기도 했지만 이동하가 워낙 귀여워하는 통에 열심히 한문을 배웠다. 분쟁이 생기거나 조언을 구할 일이 생기면 동네 사람들은 이동하를 찾아와서 중재를 부탁하고 의견을 듣고 갔다. 이동하의 주위에는 항상 사람들이 모여들었다.

해방은 요원해 보였지만 오묘연은 어느 때보다도 평화로웠다. 아침마다 고운 모래가 하얗게 펼쳐진 바닷가를 산책했다. 수렴리는 특히 일출이 아름다운 곳이었다. 동해의 형형한 물색에 어우러진 매와 독수리 형상의 바위들, 그 위로 떠오르는 붉은 태양은 언제 보아도 장관이었다. 아이도 둘이 더 생겼고 큰아들은 국민학교에 들어갔다. 국민학생들은 양남에서 하서까지 바닷가를 따라 십 리나 되는 길을 줄 서서 학교에 오고 갔다. 부부의 정이 무엇인지도 조금은 알 것 같았다. 오묘연은 새벽에 잠에서 깰 때면, 남편의 큼직한 손을 잡아 자신의 가슴팍 위에 올려놓곤 했다. 그러면 마음이 안온해졌다. 자신을 어루만지는 이병기의 손의 감촉이 느껴질 때면 스르르 졸음이 몰려왔다. 이것이 꿈이 아닐까 싶었고 꿈이라면 깨지 않기를 바랐다.

그러나 이병기의 마음은 편치만은 않았다. 이재유는 1944년 10월 하순 청주 감호소에서 폐병으로 죽었고 박영출도 고문 후유증으로 죽었다. 한때 재건 그룹의 상부 트로이카를 이루었던 세 명 중 두 명이 사망한 것이다. 경성콤그룹을 함께 했던 김덕연과 김재병도 고문 후유증으로 옥사했다. 이관술과 이현상은 결국 체포되었다가 3개월 병보석으로 나온 틈을 타 달아나 대전에서 함께 비밀 독서회를 운영하고 있었지만 이병기는 그들의 소식을 알지 못했다.

이병기만 그런 것이 아니었다. 젊은 학생들이 비밀스럽게 모여 사회주의 이론을 공부하다가 발각되는 정도였을 뿐, 동맹휴학이나 공장 활동 같은 대중투쟁은 전무하다시피 했다. 여전히 곳곳에서 자생적인 작은 모임들이 이뤄지고는 있었으나 대중적인 활동은 거의 하지 못했다. 지도부가 해체되어 조직 활동을 할 수 없는, 어쩔 수 없는 상황에 봉착했기 때문에 운동은 그저 서로 위안하고 정보를 교환하는 수준이었다. 이병기 역시 간신히 동지들과 연락을 주고받는 정도였다.

시골 마을에 내려와 평범한 가장으로, 한 여자의 남편으로 살아간다는 것이 나쁜 것만은 아니었다. 아내와 아이가 있다는 것이 한편으로는 짐스러우면서도 다른 한편으로는 저녁마다 포근하게 몸을 누일 공간이 있다는 것이 그리 좋을 수가 없었다. 그러나 해야 할 일을 하지 못하고 있다는 자책감이 떠나지 않았다. 어린 아내에게는 "그놈들, 길어봤자 이제부터 일 년이네."라고 자신 있게 말해주면서도 정작 혼자 따져 생각할 때면 너무나 정보가 없어 막연하고 불안했다.

동지들과 헤어져 할 일이 없던 이 시기에 이병기는 아내를 유일한 친구로 삼았다. 그는 시간만 나면, 어떤 때는 일을 하면서도 오묘연에게 만주와 경성에서 있었던 온갖 이야기들을 들려주었다. 나중에 생각해보니 마치 잘 새겨들었다가 언젠가 증언을 하라는 뜻이 아니었나 싶을 정도였다. 오묘연은 앞뒤 맥락을 잘 몰라 이해를 못할 때도 있었다. 그러나 그녀가 놀랄 만치 뛰어난 기억력으로 모은 이야기들은 결국 하나가 되어 빈틈없는 역사로 남았다. 만주사변이며 경성에서 공장 다니던 이야기, 감옥 이야기들을 자꾸 듣다보니 평생 남편과 같이 있었던 것 같은 기분이었다. 이재유니 박헌영이니 이현상이니 이관술이니 하는 이름도 이때 처음 들었는데 남편이 하도 좋게 말을 해주니까 마치 오묘연 자신의 친구처럼 마음에 새겨졌다.

하해여관 시절보다 한결 한가해진 이동하도 기회가 될 때마다 며느리를 앉혀놓고 긴 세월을 이야기해 주었다. 이동하는 처음 만주에 갔을 때의 고생담이며 하해여관을 만들게 된 과정, 그곳에 드나들던 민족주의자와 사회주의자들의 면모에 대해 자상하게 이야기했다. 오묘연은 이동하가 만주에서 이철이라는 가명으로 활동했다는 것을 알게 되었다. 서상일이니 조재천, 남형우, 심산, 죽산 등의 이름도 자연스레 알게 되었다.

1944년이 저물어가면서 일본군은 진퇴양난의 수렁에서 헤어 나오지 못했다. 일본은 마치 병들어 쓰러진 늑대를 볼 때처럼 모두 그 죽음을 바라는 꼴이 되어, 승산도 없는 전쟁을 타성적으로 계속하고 있었다. 중국에서는 중국공산당 팔로군의 전방위적인 공격에 시달렸고 태평양에서는 미국의 막대한 물량 공세 앞에 고전을 면치 못했다. 그럼에도 총독부 기관지와 방송은 매일 중국과 남방에서 대승을 거두고 있다는 허위 보도를 내보냈다. 일제의 발표를 굳게 믿은 친일파들이나 정보에 어두운 일반인들 중의 많은 이는 여전히 일본이 중국을 넘어 아시아 전역을 지배하는 대동아 공영의 세상이 오리라 생각했다. 사회주의자 이외에 일본의 패망을 예언하는 사람은 거의 없었다.

파시즘이 저물어가고 있음을 확신한 것은 주로 사회주의자들이었다. 냉정한 판단력을 가진 사회주의자들은 무솔리니의 실각, 제2전선의 전개, 사이판의 함락 등 일본 신문이 전하는 소식만으로도 전쟁의 대세는 이미 기울어졌다는 것을 알 수 있었다. 경성의 소련 영사관을 통해 일본의 연전연승에 관한 진실이 퍼져 나오기도 했다. 전쟁이 곧 끝나리라 생각하고 있던 이병기는 작은 섬나라 일본이 무한정한 자원과 인력을 가진 중국과 미국을 상대로 이길 수는 없다는, 너무나 상식적인 사실을 왜 아직도 사람들이 이해하지 못하는지 도무지 알 수가 없었다.

1945년 8월 초, 무더운 밤이었다. 오묘연은 갑작스런 인기척에 눈을 떴다. 수상한 그림자가 창호지 문밖에서 아른거렸다. 불길한 예감에 그녀는 이병기를 흔들어 깨웠다. 그러나 이병기가 미처 정신을 차리기도 전에 문을 박차고 사내 대여섯이 들이닥쳤다. 이병기의 손목에 수갑이 채워졌다. 낭패감으로 망연자실한 이병기의 입에서 신음이 새어 나왔다.

이병기는 경주 경찰서 유치장에 수감되었다. 알 만한 사회주의자들이 수십 명이나 잡혀와 있었다. 이번 검속은 전쟁의 종결과 바로 연결되어 있어 최악의 유혈 사태를 부를지도 모른다는 수군거림이 들렸다. 작년부터 떠돌고 있던 '조선인 대학살 계획설'이었다. 미군이 조선에 상륙할 경우 일어날지 모르는 조선인의 봉기를 막기 위해 요시찰 조선인 3,000여 명을 미리 검속, 학살한다는 것이었다. 이병기는 유치장 바닥에 앉아 팔짱을 낀 채 눈을 감았다.

'과연 소문대로 일제의 최후 발악이 시작된 것인가…….'

사실 태평양전쟁은 끝난 거나 다름없었다. 5월 7일 독일이 무조건 항복으로 돌아선 데 이어 7월 26일 포츠담 선언과 함께 소련군이 참전한다는 소식이 있었다. 검속된 항일운동가들은 학살설이 사실이 될지도 모른다며 은근히 걱정했다. 그럴 리가 있느냐고 부인하는 사람들도 마음속으로는 서둘러 피신하지 못한 것을 후회했다.

연행된 지 일주일 만에 순사들이 몰려와 철문을 열며 다들 나가라고 했을 때, 사람들은 도리어 미심쩍어하며 서로 바라보았다. 순사들의 얼굴은 침통했다. 이것저것 물어도 대꾸 한마디가 없었다. 이것이 무슨 꿍꿍이인가 싶으면서도, 수갑도 족쇄도 채우지 않은 채 나가라는데 머뭇거릴 이유는 없었다.

밖에 나와 보니 변한 건 아무것도 없었다. 8월 중순의 폭염 아래 경주 거리는 한산했고 흰옷을 입은 농부들은 들판에서 드문드문 피사리를 하고 있었다. 도대체 왜 붙잡아 가두었다가 또 조서 한 장 쓰지 않고 이대로 풀어주는 건지 이해가 되지 않았다. 이병기는 시커먼 연기를 뿜어대는 목탄 버스를 타고 수렴리 바닷가에 도착했다. 아직도 환한 저녁이었다.

"효철 아버지!"

안집 부엌에서 숭늉을 들고 방에 들어가려던 오묘연이 깜짝 놀라 외치자 방 안에서 밥을 먹고 있던 아이들과 이동하가 버선발로 뛰어나왔다.

"아버지!"

아이들이 이병기의 품으로 달려들었고 이병기의 바짓자락을 잡고 펄쩍펄쩍 뛰었다. 이동하의 얼굴에도 안도의 웃음이 번졌다.

"아범아, 무사했구나."

일본 놈들이 똑똑한 조선 사람들을 다 죽인다는 소문을 듣고 온 가족이 걱정하던 참이었다. 불안에 떨고 있던 차에 이병기가 무사히 집에 오니 그렇게 기쁠 수가 없었다. 오묘연은 행주치맛자락으로 슬쩍 눈물을 훔쳐냈다.

모든 이유는 다음 날 정오에 밝혀졌다. 면사무소 라디오에서 일본 천황이 우는 듯 떨리는 목소리로 무조건 항복을 선언한 것이었다. 그때 방송을 들은 사람들은 몇 명 되지 않았다. 정오에 잠깐 만세 소리가 나더니, 소식이 알려진 저녁 무렵이 되자 마을마다 만세 함성이 일제히 터져 나왔다. 사람들은 해방의 밤을 자축하기 위해 동네마다 한곳에 몰려나와 모닥불을 피웠다. 추워서 피운 게 아니라 기뻐서 피운 불이었다. 사람들은 불 주위에 모여 만세를 부르고 춤을 추고 술을 마시며 환호성을 질렀다. 제각각 한여름 밤의 횃불을 든 아이들과 젊은이들이 바닷가 모래사장을 이리저리 뛰어다니며 불꽃놀이를 대신했다.

멀리 바라보이는 아래쪽 마을과 위쪽 마을에서도 횃불의 행렬이 움직이고 있었다. 전쟁이 막바지에 이르자 물자가 귀해져서 밤이면 사방이 칠흑처럼 캄캄했는데, 오늘은 동해를 낀 해안 마을마다 횃불을 환히 밝혔다. 동해의 시퍼런 바닷물이 밀어내는 파도 소리보다 훨씬 큰 감격의 함성이 마을 곳곳에서 터지고 또 터져 나왔다. 사람들은 하룻밤 사이에 수백 번 수천 번씩 만세를 외쳤다.

해방의 그늘

도둑처럼 찾아온 해방이었다. 조만간 일본이 망하리라고 생각은 하고 있었으나 조선의 지도자들 누구도 이렇게 일찍 해방의 날이 오리라곤 생각하지 못했다. 『일본필패론』이라는 소책자를 써서 유포하기도 했던 국내 사회주의 운동의 대부 박헌영조차도 이렇게 빨리 해방이 올 줄은 몰랐다고, 아닌 밤중에 떡시루를 받듯 해방이란 선물을 받았노라고 술회할 정도였다.

일본 언론의 보도만 철석같이 믿어온 친일파들에게 해방은 날벼락과도 같았다. 앞장서서 일본을 찬양하는 글을 쓰고 동포들을 전쟁터로 내몰았던 시인 서정주는 일본의 지배가 100년에서 200년은 더 갈 듯하여 친일을 했다고 고백했다. 해방의 날, 중추원 참의를 지내던 최남선은 경기도 사능리에서 전원 생활을 즐기고 있었다. 이광수는 서재에 일장기를 걸어놓고 아침저녁으로 목례를 했고, 남대문을 지날 때면 두 손을 모아 조선 신궁을 향해 묵도를 하면서 일본 찬양에 넋을 빼고 있었다.

해방 다음 날인 1945년 8월 16일 이른 아침, 이병기는 옷 가방을 챙겨 들고 대구로 향했다. 일본인 사장이 달아났기 때문에 목탄 버스조차 운영되지 않았다. 기차도 운행을 멈추었다. 이병기는 경주까지 몇 시간을 걸은 끝에 운 좋게 대구로 가는 트럭을 만나 오후 일찍 대구역에 떨어졌다.

해방 이틀째인 이날도 대구 거리는 만세 인파로 물결치고 있었다. 쇠붙이는 전부 공출되고 없었기 때문에 사람들은 담배 그림이 그려진 양철 간판을 북처럼 들고 다니며 두들겨 소리를 내고 만세를 외쳤다. 사람들의 표정은 기묘했다. 활짝 웃고 소리치며 만세를 외치다가도 저 스스로 환희와 감격을 못 이겨 눈물을 터뜨렸다.

1910년 한일합방부터 1945년 해방까지, 정확히 34년 11개월 만에 이루어진 해방이었다. 대구 읍성이 헐린 것부터 하면 39년, 실질적으로 지배를 당한 1905년부터 치면 만 40년 만에 찾아온 해방이었던 것이다.

사람들은 태극기를 잊은 지 오래였다. 태어나서 한 번도 태극기를 보지 못한 사람이 더 많았다. 어떤 이들은 일장기에 먹칠을 하여 태극기를 만들기도 했다. 감추어두었던 것인지 급조한 것인지 가지각색의 태극기가 집에 걸렸고 거리에 나부꼈다. 손 빠른 인쇄소는 종이 태극기와 애국가 가사를 찍어 팔았다. 애국가를 부른 지도 너무 오래되어 가사도 잘 기억나지 않았다. 신문사에서는 애국가 가사를 인쇄해 벽에 붙여놓았다. 사람들은 곡조도 맞지 않는 제각기 다른 애국가를 감격스럽게 부르며 거리를 행진했다. 서문시장에서는 돈이 있어도 구하기 힘들었던 의약품과 식료품이 쏟아져나와 팔렸다. 해방의 날은 죽은 듯 일제를 견뎌온 조선인들에게 불타는 애국심과 민족정신이 엄연히 살아 있음을 증언하고 있었다. 사람들은 잠자는 것도 잊은 채 여러 날 동안 흥분의 도가니에 빠졌다.

그렇게 모여 있던 군중은 "이제 어디로 가자! 누구네 집에 가자!" 하면서 시내로 한꺼번에 우르르 몰려갔다. 대부분의 파출소는 사람들의 돌을 맞아 박살이 났고 불에 타기도 했다. 악질적인 순사들이 눈에 띄었다가는 죽음을 면치 못했다. 눈치 빠르게 도망간 사람은 살았지만, 그냥 있다가 잡혀 죽은 일본인 순사나 조선인 앞잡이의 시체가 길바닥에 널브러져 있기도 했다. 친일 경찰은 피신하느라 바빠 8월과 9월의 경찰 출근율은 20퍼센트도 안 되었다. 해방 전날까지도 거들먹거리며 돌아다니던 일본인들은 난민 수용소에 갇혀 무사히 귀국하기만을 기다렸다. 조선총독부와 조선군사사령부 같은 통치기관에서는 각종 문서를 소각하느라 검은 연기가 하늘로 치솟았다.

일본의 침략 전쟁을 찬양하면서 민족의식을 버리고 황국신민이 되자고 외쳤던 친일파들도 겁을 집어먹고 숨을 죽였다. 그들은 일제가 패망할 수도 있으리란 생각은 꿈에서조차 하지 못한 자들이었다. 그러나 머지않아 해방의 감격이 바로 자신들의 것이 되리라고는 더더욱 꿈도 꾸지 못했다. 민중도 마찬가지였다. 어렵게 찾아온 해방이 자신들의 것이 아니라 극소수 친일 부역자들과 부자들의 것이 될 줄은, 해방된 조국마저 그들의 나라가 될 줄은 꿈에도 알지 못했다.

해방 당일부터 전국의 모든 형무소와 경찰서에 구금되어 있던 사상범들이 풀려나기 시작했다. 굳게 닫혔던 철문들이 활짝 열리고 옥에 갇혔던 사상범들이 트럭과 인력거를 타고 거리로 몰려 나왔다. 전쟁 말기 식량 사정으로 제대로 먹지 못한 정치범들의 얼굴은 말라비틀어질 지경이었고, 고문 후유증으로 제대로 걷지도 못하거나 아예 하반신 마비가 되어 다른 이의 등에 업혀 나오는 사람도 있었다. 전국에서 풀려난 죄수는 1만 6,000여 명에 이르렀다. 상당수가 치안유지법에 걸린 항일운동가들이었다. 그중에서도 대다수는 사회주의 계열이었다.

대구 경찰서에서는 일본인 경찰부장 요코야마가 유치하고 있던 사상범들을 석방해 모아놓고 사이다를 한 잔씩 권하면서 그동안 미안했다고 공손하게 사과했다. 악명 높았던 고문 전문가 사와다는 벌써 달아나고 없었다. 요코야마는 개인적인 감정은 없었다고 거듭 사죄를 한 뒤 심각한 표정으로 일본인 귀환자들의 안전을 애원하며 치안 협조를 부탁했다. 바로 어제까지만 해도 러일전쟁에서 승리하고 중국과 미국을 상대로 연전연승을 거두는 대일본제국의 일등 신민이라며 기세등등하던 경찰 간부가 하루 만에 비굴한 청원자가 되어 있었다. 사회주의자들은 자신들은 테러리스트가 아니니 일본으로 돌아가기만 하면 아무도 해치지 않을 것이라고 그를 안심시켜야 했다.

대구 형무소 문도 활짝 열려 기결수와 미결수 1,600여 명이 쏟아져나왔다. 형무소에서 1.5킬로미터 떨어진 덕산동 앞 반월당 백화점 네거리에서는 대대적인 가두 환영식이 벌어졌다. 이병기는 동지들을 얼싸안고 입이 찢어져라 목이 터져라 만세를 불렀다. 사회주의 계열의 지도자들은 일단 복양당 한의원에 모여 감격을 나누고 바로 옆에 있는 제일교회에서 열린 환영회에 참석했다.

제일교회 환영회에는 김관제, 이정희, 정운해, 이상훈, 채충식, 정운일, 백기만, 최문식, 이재복, 황태성, 이선장, 이원식 등 오랜만에 보는 반가운 얼굴들이 모였다. 기쁜 날일수록 험난했던 지난 일들이 한스럽게 떠올랐다. 모인 사람들의 화제는 저절로 경북 출신 독립운동가들에 대한 추모의 정으로 이어졌다. 해방 한 해를 앞두고 중국에서 옥사한 이육사, 만주에서 함께 활동한 민족주의자 김동삼, 이상룡, 허위, 의열단원 장진홍, 김지섭, 그리고 이병기의 형 이병린까지, 독립을 위해 목숨을 바친 이들이 수십 명은 되었다.

그 자리의 여기저기서 일본인은 말할 것도 없고 그들의 앞잡이로 한 수 더 날뛴 조선인 고등계 형사들을 두고 성토가 이어졌다. 그들에게 당한 고문과 갖은 행패, 수모가 하나하나 들먹여졌다. 제 몸의 영달을 위해 동족을 배신한 일제의 충견들을 소탕하는 일이 건국사업의 첫 번째 과제라고 모두 입을 모았다. 지금이야말로 '목을 쳐야 할 때'라고 역설했다.

이때만 해도 친일파들이 당연히 처단될 것임을 누구도 믿어 의심치 않았다. 이때 처단이란 무조건 목숨을 빼앗자는 것이 아니라 죄질이 악독한 자는 감옥에 보내되 그렇지 않은 자들은 일체의 정치활동을 금지해 다시는 권력의 양지에 서지 못하게 하자는 것이었다. 너무나 당연한 이 생각이 빨갱이들의 과격 난동으로 몰릴 줄은, 바로 친일 매국노들이 그렇게 몰아세우는 자들이 될 줄은, 그 자리의 어느 누구도 알지 못했다. 그들은 하루아침에 사회주의 국가가 되지는 않더라도 최소한 정상적인 민주주의 나라가 되리라고 한 점 의심 없이 믿었다.

그들은 해방이란 조선인이 마음껏 조선말로 말할 수 있는 세상이 왔다는 것을 의미하는 줄 알았다. 역사상 처음으로 언론·출판·집회·결사 등의 기본적 자유를 누리게 되었다고도 믿었다. 민주주의가 가장 중요한 표어가 되고 조선인이 경제의 주체가 될 수 있으리라고, 너무나 당연히 생각했다. 이 모든 선물을 해방이 가져다주리라고 믿었던 것이다.

그러나 일본인이 물러난 총독부 건물을 차지한 것은 미군이었다. 한반도는 북위 38도 선을 기점으로 남북으로 분할되었고, 북한에는 소련군이 남한에는 미군이 들어왔다. 소련군은 수백 명의 소련 교포들을 데리고 와 직접 통역을 시켰지만, 조선인은 영어를 아는 자들을 거쳐야만 미군과 대화할 수 있었다.

조선에 세워진 것은 조선인의 나라가 아니라 미군이 운영하는 미군 정부, 즉 미 군정이었다. 물론 언론·출판·집회·결사의 자유도 주어지지 않았다. 미 군정은 전쟁이 끝나고 들어왔으면서도 전시 계엄령과 다름없는 억압 체제를 유지했다. 오후 5시 이후에는 일체 집회를 허용하지 않았고, 신문과 책자의 발간은 미군 장교들을 찾아가 허가를 받아야 했다. 늑대 탈을 쓴 여우가 쫓겨 간 자리에 진짜 늑대가 나타난 것이었다. 하지만 사람들은 미 군정의 심각성을 몰랐다. 일본군의 무기를 회수하면 곧 돌아가리라 순진하게 생각했다. 소련군에 대해서도 마찬가지였다. 이 시기 조선인들을 관통하는 공통점은 한 가지, '아무것도 몰랐다'는 것이다.

이동하는 심산 김창숙과 함께 서울로 떠났다. 두 사람은 전동여관에 숙소를 정하고 서울의 정세를 살폈다. 해방의 감격은 건국 준비로 이어지고 있었다. 이들이 상경한 사실이 알려지자 여운형이 찾아왔다. 여운형은 국내에 거주하는 대부분 민족주의자가 일제에 협력하거나 칩거할 때 일제의 패망을 내다보며 건국동맹을 조직한 인물이었다. 반면 이승만은 일제의 마수가 미치지 않는 미국에서 안주하고 있었다.

정국은 이미 혼란의 조짐을 보였다. 1941년 12월 일본에 선전포고를 하고도 해방까지 4년 동안 총 한 방 쏘아보지 못한 김구는 대한민국의 정통성을 이어받았다고 자임하며 귀국 준비를 서두르고 있었다. 여운형의 주도로 건국준비위원회가 진행되는 다른 한편에서는 60여 개의 정당이 급조되는 등 온갖 정치 세력이 난무했다.

이름도 외울 수 없는 수십 개의 정당 중에서 압도적인 관심을 모은 것은 조선공산당이었다. 1925년에 결성되었다가 3년 만에 해산된 조선공산당이 17년 만에 재건되었던 것이다. 지도자로 옹립된 이는 박헌영이었고, 조직을 주도한 이들은 이병기와 함께 경성 트로이카를 결성했던 이관술, 김삼룡, 이현상, 정태식 등이었다. 조선공산당은 입당 절차가 대단히 까다로워 연말까지도 당원이 3만 명이 되지 않았으나 그들은 모두 일제강점기 대일 투쟁을 통해 검증된 열혈 투사들이었다. 민중도 이 사실을 잘 알았다. 공산당에 대한 지지는 압도적이었다. 이듬해 여름 미 군정의 여론조사에서도 75퍼센트의 민중이 사회주의 혹은 공산주의 체제를 원한다고 답변했을 정도였다. 민족주의라는 이름으로 친일을 해온 김성수가 만든 한민당이 친일파와 반공 우익 인사들을 모으기 위해 막대한 돈을 푸는 데 반해 공산당은 오직 패기와 열정으로 밀어붙였다.

혼란은 너무나 빠르게 시작되었다. 해방되고 불과 3주일 만에 조선공산당 평안남도 조직책으로 선정되어 평양에 내려갔던 현준혁이 대낮에 암살당했다. 극우 테러단이 죽였느니, 공산당 패권을 차지하려는 김일성이 죽였느니 온갖 이야기가 떠돌았으나 확실한 것은 일제강점기에도 거의 보기 힘들었던 살인 테러가 시작되었다는 사실이었다.

수렴리의 분위기도 해방 후 한 달도 안 되어 뒤숭숭해졌다. 대도시에서 멀고 먼 이 한적한 바닷가 마을에도 한민당의 지원을 받는 우익 청년단들이 생겼고, 빨갱이 집이라는 손가락질이 시작되었다. 이동하가 집에 있었던 얼마 전과는 상황이 달랐다. 해방 직후였던 얼마 전 부근에 있는 마을 사람들은 혼란에 빠졌고 내분도 자주 일어났다. 일제 앞잡이라고 때려죽이고 잡아 죽이니, 난리가 난 것이었다. 그에 당황한 사람들은 이동하의 집으로 달려왔다. 조랑말을 이동하의 집 대문에 매어놓고 이동하를 모시고 갈 채비를 단단히 하고 왔다.

"어르신, 저희 마을에 큰일이 났습니다."

자기 마을에 싸움이 났으니 이동하가 가서 중재를 해달라는 부탁이었다. 그러면 이동하는 그들과 함께 인근 마을로 가서 싸움을 말렸다. 그러면 신기하게도 상황이 진정되곤 했다. 그런데 이제 이병기도 이동하도 떠나고 나니 빈자리가 너무 컸고, 위험하기까지 했다. 친하게 지내던 이웃 사람이 아무래도 분위기가 살벌하니 도시로 떠나는 게 좋겠다고 충고를 해주었다. 이병기가 집을 떠나 연락도 없으니 어차피 술을 만들 사람도 없었다. 고민할 것도 없었다. 오묘연은 양조장을 처분하기로 했다. 대구로 가고 싶었다. 친정집 가까이에라도 있어야 안심이 될 것 같았다.

양조장을 헐값에 내놓고 빨리 새 주인이 나타나기만 기다렸다. 어쨌든 해방이 되었으니 이제는 살 만하겠지 하는 생각이 들었다. 이동하는 오묘연의 손을 잡고 말하지 않았던가.

"아가야, 못 먹으면 어떻고 못 입으면 어떠냐. 해방만 되면 사람들이 다 우리를 받들 거다. 그날이 올 때까지 긍지와 자존심으로 견디자꾸나."

오묘연은 이동하의 말을 철석같이 믿었다. 그녀는 양조장을 판 얼마 되지 않는 돈을 들고 대구로 떠났다.

한편, 이병기는 집안일은 까마득히 잊어버린 채 사회주의 운동에 열을 쏟고 있었다. 그는 우선 김관제, 이상훈, 황태성, 이재복 등과 함께 '건국준비위원회 대구 지부'를 결성했다. 얼마 전까지도 대화숙과 경북 보호관찰소로 사용되었던 동성로에 있는 한 사무실을 아지트로 삼았다. 반면 서상일, 백남채, 배은희, 장인환 등 우익 성향의 인물들은 '경북치안유지회'를 결성했다.

두 조직이 결성되어 서로 다른 활동을 펼치자 이를 지켜보는 시민들의 반응은 냉담했다. 건국을 주도해야 할 사람들이 서로 분열되어 대립하니 시민들의 시선이 고울 리 없었다. 두 조직의 대표들도 이를 잘 알고 있었다. 대구의 좌우 세력은 서로의 정치적 지향이 달라 대립하기도 했지만 타협하는 유연성도 가지고 있었다. 두 조직의 대표들은 대구 공회당에 모여 조직의 통합을 결정하고 '건국준비 경북치안유지회'를 결성했다. 건준은 대구의 행정권을 장악하지는 못했지만 권력의 공백 상태에서 치안을 유지하고 귀환 동포의 구호 활동을 펼치는 등 건국을 위한 기초를 다지고 있었다. 금방이라도 하나의 자주적인 민족국가가 수립될 것 같은 분위기였다.

조선총독부 자리에 미군의 정부가 들어서서 일장기 대신 성조기가 걸렸다는 것이 변화라면 변화일까, 사실 해방이 되었다지만 남한의 권력기관은 변한 게 전혀 없었다. 미국은 일본의 자본주의 제도와 식민지 지배 도구를 그대로 인수해 활용했다. 세계 제패를 노리는 자본주의 제국인 미국으로서는 당연한 조치였다.

면사무소에 가면 일제 때 면 서기를 하며 재산을 모았던 자가 일본인 대신 과장이나 면장으로 승급해 앉아 있었다. 일본인 밑에서 마름 노릇을 하던 자들은 일본인들이 남기고 간 땅을 차지해 졸부로 등극했다. 좌우익 상관없이 독립운동가들을 고문하던 악독한 조선인 형사들은 일본인 상급자들이 물러난 자리를 차지하여 고위 경찰 간부가 되었다.

미 군정은 자신의 정부를 위해 일할 수 있다면 친일파를 배척하지 않았을 뿐 아니라, 사실은 친일파들을 무척 좋아했다. 미국 대통령 루스벨트는 대표적인 친일 인사로 조선인을 일본인의 하인 정도로 생각했다. 맥아더 역시 일본 문화를 너무나 좋아했다. 그들에게 조선인은 게으르고 나태하고 더럽게 살아가는 피지배자에 불과했다. 미국은 전범으로 단죄해야 할 일본에는 독립된 정부를 인정했지만 9월에 결성된 인민공화국은 인정하지 않았다. 그들은 남한에서는 미 군정만이 유일한 정부이며 조선인들은 자신들의 허락 없이 어떤 형태의 정부 기구도 만들 수 없음을 거듭 천명했다.

남한 현지의 미군들은 영어를 쓸 줄 아는 조선인, 그중에서도 기독교인들을 통해 남한을 알게 되었다. 반공 교육으로 무장한 미군 장교들과 역시 반공의 전도사인 기독교도들의 만남은 환상적인 결과를 낳았다. 기독교도들은 남한의 사회주의자들이 음험하고 위험하고 양심이라곤 없는 범죄자라고 고해바쳤다. 미군은 자본주의 일본에 저항해 옥살이를 한 사회주의자들을 일본 경찰과 다름없는 시각으로 보았다. 사회주의자들은 세상의 질서를 파괴하려는 철없는 붉은 무리일 뿐이었다.

미 군정 관리가 되어 활개를 치고 다니는 친일 경찰과 관료들을 보며 민중의 불만과 분노는 쌓여갔다. 친일 경찰 기용에 앞장섰던 조병옥은 대구를 방문하여 역설했다.

"소위 민족 반역자, 친일파 운운하나 과거 36년 동안의 눈물겨운 팔자를 생각할 때 오십 보 백 보가 아니고 뭡니까?"

조병옥도 그 아버지 때부터 반민족 행위를 저질렀던 자였다. 나중에 남한 정부가 수립된 후 조병옥은 국회의원과 내무부 장관을 거쳐 민주당의 대통령 후보로 출마하는 등 그야말로 승승장구했다. 익명성이 보장되는 서울 등 대도시와는 달리 친일파 출신 경찰이나 관리들과 직접 얼굴을 맞대고 살아야 하는 지방에서는 불만이 더욱 고조될 수밖에 없었다.

해방 직후 결성된 조선공산당은 일제 말기까지 전향하지 않고 운동을 계속한 사회주의자들로 구성되었다. 박헌영을 최고 지도자로 선출하고 이병기와 같은 조직에서 일했던 김삼룡, 이현상, 이순금, 이관술, 정태식 등이 실권을 잡았다. 대구에서는 일제 시대부터 지하활동을 해온 황태성, 김일식, 장적우 등이 8월 27일 조선공산당 대구경북 지구당을 창당했다. 이병기도 물론 그 주축의 한 명이었다. 이들은 대구를 네 개 지역으로 나누어 세포조직 활동을 전개하기로 했다. 이병기는 조선공산당 경북도당 대구 서부지구 조직책을 맡았다.

이병기에게 주어진 제일의 과업은 노동자를 조직하는 일이었다. 이병기는 박일환, 고용준, 이승진 등과 함께 노동조합을 조직하기 위해 분주하게 돌아다니기 시작했다. 대구에는 다른 도시보다 더 많은 공장이 있었다. 그러나 일본인 기술자들이 빠져나간데다 남북 분단으로 만주에서의 원료 공급이 중단되었고 해방 이후 일본으로의 수출이 어려워져 많은 공장이 가동을 중지한 상태였다. 경북 지역 공장도 35퍼센트 정도만 가동되고 있었다. 공장노동자들은 자주 관리 운동 등을 통해 일본인의 기업체와 주택 등을 스스로 접수하고 관리했다. 그들은 일본인들이 공장의 시설물을 가져가지 못하게 막고 한인들에 의한 도난 사태도 막았다. 노동자들은 이제 자신들이 중심이 되고 주인이 되는 세상을 절실하게 원하고 있었다. 이병기는 사장이 사라져버린 공장을 지키는 노동자들을 찾아가 조선공산당의 이념을 선전하고 노동조합을 결성하도록 격려하고 고무했다.

고무, 제지, 연탄, 식용품 공장 중에서 가장 규모가 큰 공장은 연초 공장인 대구 전매청 제조창이었다. 전매청 담당도 이병기였다. 노동자들의 교육은 주로 점심시간이나 퇴근 후에 이루어졌다. 이병기는 8시간 노동제, 동일 노동 동일 임금, 아동노동 금지, 사회보장제도 등과 언론·출판·집회·결사 등 민주적인 기본 자유에 관해 설명했다. 노동자들의 상당수가 문맹이거나 교육 수준이 낮아 공부하는 것을 어려워했기 때문에 이병기는 보다 쉽고 명쾌한 방식으로 노동조합의 필요성을 설득했다. 이병기 등의 노력으로 조선 화학노동조합 대구시 지부가 결성되었고 이어서 섬유, 금속 등 12개의 산업별 노동조합이 만들어졌다.

10월 25일에는 이상훈을 위원장으로 하는 경북 도 인민위원회를 결성, 대구를 비롯한 22개 군에 위원회를 설치했다. 이 중 칠곡, 선산, 경주, 영덕, 문경, 봉화, 영양 등은 인민위원회의 영향력이 강한 지역이었다.

11월 17일에는 이병기, 윤장혁, 염필수, 서혁수, 이희형 등 대구 지역 노동운동가들을 중심으로 노동자 400여 명이 모여 조선노동조합전국평의회 결성 보고대회를 가졌고, 12월 10일에는 이렇게 결성된 전평의 대구 지방 평의회가 발족되었다.

12월에 화학노동조합 대구시 지부 2차 대회가 열렸다. 대회는 이현동에 있는 한 제실에서 열렸는데 도당위원장인 장적우, 황태성, 박명출, 김동환 등 원로들과 당원 40~50명이 모였다. 어느새 마흔이 된 이병기는 공산주의 운동권에서 보자면 원로에 속했다. 전력으로 보나 나이로 보나 노년층이 틀림없었다. 대회는 매우 은밀하게 이뤄졌다. 그런데 예상치 않은 일이 일어나 매우 소란스럽게 되어버렸다. 대구시당 간부의 선임 문제 때문이었다. 대회는 혈기왕성한 청년들이 주도했는데 그러다 보니 참석자들의 일제 시대 경력을 두고 시비가 붙었던 것이다.

이원식이 먼저 황태성을 공격하기 시작했다. 일제 말기에 전향자 조직인 대화숙에 들어간 황태성이 학병 장려와 전쟁 협력 입장에 서지 않았느냐는 것이었다. 그러자 다른 참석자들이 이원식을 비난했다.

"그러는 당신은 결백합니까? 일제 때 학교 선생을 하며 전쟁을 고무하는 포스터를 제작하지 않았소?"

나이 든 이들 대부분이 문제시되었다. 의장을 맡은 김해생도 대화숙에 들어가지 않았냐는 발언이 나오는 등 대회는 거의 난장판 지경에 이르렀다. 사실 참석자 중에 일제 말에 휴식하거나 훼절하지 않고 그야말로 결백하게 지냈다고 할 만한 사람은 거의 없었다. 대부분의 원로는 아무런 대꾸도 하지 않은 채 그 광경을 지켜보고만 있었다.

조직 활동을 못한 채 은신한 적은 있어도 친일은커녕 전향서조차 쓰지 않고 버텼던 이병기에게도 화살이 날아들었다. 수렴리에서 양조장을 했던 일이 빌미가 되었다. 일제가 양조장을 차려준 게 아니냐는 것이었다. 대회장에 앉은 거의 모든 사람이 의혹 섞인 시선으로 이병기를 바라보았다. 이병기는 짤막하게 말했다.

"양조장은 일제와는 상관없이 아는 분이 소개해준 것입니다. 돈도 일본이 준 게 아니라 전에 운영하던 여관을 판 것입니다. 나는 전향서를 쓰거나 일제의 돈을 받은 적이 한 번도 없습니다. 맹세합니다."

박두복이 소개했다는 말은 할 수 없었다. 그에게도 피해가 갈까 걱정되어서였다. 그러자 청년 하나가 벌떡 일어나 손가락질을 하며 말했다.

"변명하지 마십시오! 일제가 허가하지 않으면 어떻게 양조장을 합니까? 돈은 안 받았더라도 허가장을 받으려면 사상운동을 하지 않겠다고 약속했을 거 아닙니까? 안 그러면 허가장을 내줄 리가 있습니까? 아무도 모르게 전향서를 썼는지 누가 압니까?"

대회에 참석한 청년 대부분은 독립운동을 했다기보다는 일제하에서 태어나 어린 시절을 보냈을 뿐이었다. 그들이 험난하고 지난했던 독립운동에 대해 온전히 알 리가 없었다. 격세지감이었다. 이병기는 씁쓸히 웃으며 대꾸했다.

"난 전향서 같은 것 쓴 적 없다고 말하지 않았소? 난 해방 바로 전날까지도 경찰서 유치장에 있었소."

젊은이도 지지 않았다.

"유치장에서 해방을 맞은 건 아니지 않습니까? 전향서를 안 썼다는 말도 믿을 수 없지만, 몇 년 동안 술집하면서 운동을 휴지하고 편하게 산 건 사실이잖습니까?"

그러자 또 다른 젊은이가 앉은 채로 소리쳤다. 기껏해야 스물댓 살쯤 되어 보이는 앳된 노동자였다.

"하해여관도 마찬가지 아니오? 여관업을 한 게 무슨 항일 투쟁이오? 듣자하니 여관에는 조선 인민을 등쳐먹는 조선인 부호와 대지주, 민족주의자들이 많이 드나들었다는데, 그것을 어떻게 투쟁이라 할 수 있습니까?"

또 다른 젊은 당원도 말했다.

"맞습니다. 우리 당에는 철저한 규율과 무한한 헌신성이 필요합니다. 잘못했으면 뼈저리게 자아비판을 하면 그만이지, 구구한 변명이나 듣자고 이 자리를 만든 게 아니잖습니까?"

이병기는 목까지 차오르는 분을 꾹 눌러 참았다. 더 이상 대꾸해봐야 집단 공격만 당할 것이 뻔했다. 선배급 중에서 비판 대상이 되지 않은 이는 일본 간장 공장에 잠복했다가 해방 후에 나온 박일환이나 만주에서 소련군에 의해 풀려나온 김정덕 정도라는 사실도 크게 위안이 되지 않았다. 이병기는 대회 내내 입을 꾹 다물었다.

그렇게 곡경을 치르면서 대회의 의장이 박일환으로 바뀌었고, 시당 간부의 선임은 박일환, 김일식 등의 전형 위원을 선출한 다음 그들에게 일임하는 것으로 처리되었다. 그리고 당면 투쟁 노선을 토의하여 통과시켰다. 노동자계급을 중심으로 양심적 부르주아들도 포함하여 반파쇼 세력을 광범하게 규합함으로써 혁명을 이루어야 한다는 결의를 다지며 대회는 끝을 맺었다.

회의를 마치고 나오는 이병기의 가슴 한구석에는 날카로운 칼날이 깊이 박힌 듯했다. 영원히 그 비수는 빠지지 않을 것 같았다. 일제강점기의 운동은 개인의 희생만을 의미했다. 그러나 공산당이 권력기관이 되자마자 나타나기 시작한 권력 쟁투를 겪고 보니 어쩐지 공산당의 앞날이 암울하리라는 예감마저 들었다.

이병기는 집에 갈 수는 없었지만 항상 가족들의 근황을 듣고 있었다. 이병기 부자가 양남을 떠난 후 오묘연이 세 아이를 데리고 대구로 왔다는 소식은 이미 알고 있었다. 오묘연이 친정집 옆에 셋방을 얻어 살고 있다는 것도 남산동의 조직원을 통해 들었다. 그런데 얼마 후 오묘연이 황당한 일을 벌이고 있다는 소식이 들렸다. 이병기는 오묘연을 만나기 위해 서둘러 남산동으로 갔다.

"지금 자네가 시아버지와 남편 가는 길을 막으려고 하는가?"

이병기는 어두침침한 단칸방에 들어서자마자 눈을 부릅뜨며 말했다. 오묘연은 처음에는 무슨 영문인가 싶다가 슬며시 시선을 돌렸다. 짚이는 데가 있었다.

"머라예?"

오묘연은 짐짓 시치미를 뗐다.

"몰라서 묻나? 적산가옥 말이네."

오묘연은 고개를 수그렸다. 집에 들어오지도 않는 사람이 어찌 알았을까. 신통하고 신기한 일이었다. 해방 전까지 국내에 있던 일제나 일본인 소유의 재산을 귀속재산 또는 적산이라 했다. 적산관리위원회가 이를 관리하고 있었다. 발 빠른 이들은 위원회를 통해 일인이 남긴 농장이나 집 등을 싼값에 인수해 부자가 될 수 있었다. 오묘연도 친정 셋째 오빠의 소개로 집 한 채를 인수하려 했던 것인데 남편이 이렇게까지 화를 낼 줄은 몰랐다.

"워, 워낙 싸게 나와서……."

"해방된 조국을 위해 일하겠다고 나선 우리가 제 뱃속부터 차리려고 왜놈들 집을 사겠다, 그 말인가? 자네 대체 생각이 있는 사람인가?"

이병기의 얼굴은 차가워 보였다. 한 번도 본 적이 없는 싸늘한 눈빛이었다. 오묘연은 그래도 한마디 해보았다.

"그럼 우리 식구는 계속 남의집살이를 해야 되는교? 양조장 판 돈이면 그 집을 사고도 남는데 이번 한 번만…… "

이병기는 단호했다. 말끝마다 해방된 조국이었다.

"해방된 조국에서 셋방을 살면 어떻고 남의 집에 살면 어떤가? 그렇게 일본 집이 좋으면 혼자 가서 살게. 그리고 나하고는 이혼을 하세."

이혼? 세 아이를 놓고 이혼이라니? 오묘연은 덜컥 겁이 났다.

"아, 아니라예……."

당황한 오묘연이 말끝을 흐리며 쩔쩔맸다.

"그럼, 안 하는 걸로 알고 난 이만 가보겠네."

총총히 사라지는 이병기의 뒷모습을 보며 오묘연은 안도의 숨을 내쉬었다. 오묘연은 결국 뜻을 이루지 못하고 계약금만 날리고 말았다. 친정 오빠는 빌어먹을 팔자라며 속상해했고 오묘연 역시 속절없이 날려버린 돈이 아깝기만 했다. 도무지 물욕이나 명예욕 같은 것은 찾아볼 수 없는 사람이었다.

적산 가옥을 포기한 지 얼마 안 되어 이병기가 다시 나타났다. 잘했다고 칭찬하기 위해서가 아니었다. 그가 온 이유는 다른 데 있었다.

"양조장을 처분한 나머지 돈을 가져오게나."

오묘연은 또 겁이 나 조심스레 물었다.

"얼마나예?"

"전부 다. 당 활동비가 필요하네."

그렇지 않아도 계약금을 날린 게 억울한데 남은 돈마저 모두 달라니 오묘연은 눈앞이 캄캄했다.

"그럼 우린 어디서 뭘 먹고 살아예?"

오묘연이 울먹이며 항변했지만 소용없었다. 이병기는 몇 년 동안 수렴리 바닷가에서 아이들과 놀아주고 열심히 술을 만들던 그 남편이 아니었다. 머물 곳을 마련해두었으니 우선 그리 가 있으라는 말뿐이었다.

다음 날, 사람들이 이삿짐을 날라주러 왔다. 이병기는 나타나지도 않았다. 오묘연은 아이들을 데리고 일본식의 아담하고 예쁜 이층집의 이 층으로 이사하게 되었다. 바로 자기가 사려던 것과 같은 모양의 집이었다. 일 층에는 누가 사나 했더니 다름 아닌 조강아지가 통통거리며 이 층으로 뛰어 올라와 깊숙이 허리 굽혀 인사를 했다. 다름 아닌 조강아지의 집이었다.

조강아지는 키가 크고 뼈대도 굵은데다 얼굴은 우락부락하니 인상이 험했다. 사람들은 그 앞에서 말소리도 크게 내지 못하고 벌벌 기었다. 실실 웃으며 좋은 말을 해도 상대방은 언제 그의 성미가 폭발할지 몰라 전전긍긍했다. 그러나 이병기에게는 그지없이 온순하고 공손한 사람이었다. 오묘연에게도 송구할 정도로 친절했고 형수님, 형수님 하며 깍듯이 대접했다. 어쨌거나 한결 안심이 되었다. 오묘연은 아이들을 학교에 보내고 집안일을 하면서 지냈다.

서울에서 몇 달 지내던 이동하가 대구로 내려왔다. 중앙의 정치인들은 이동하에게 경찰청장을 맡아달라고 했고 노동당 당수인 유림은 이동하를 자신의 곁에 두고 싶어 했지만, 이동하는 모두 거절하고 낙향했다. 단 몇 달 만에 현실 정치의 쓴맛을 봐버린 탓이었다. 한번은 이승만을 만난 적이 있는데 이승만은 이동하를 보자마자 물었다.

"자네 돈이 있는가? 정치를 하려면 돈이 있어야 해."

그래서 이승만은 친일파로 떵떵거리며 살던 부자들이 모인 한민당과 손을 잡고 친일파 청산이니 매국노 처단 같은 말은 꺼내지도 못하게 했다. 이승만은 어디 가나 "뭉치면 살고 흩어지면 죽는다."고 떠들어댔지만 이는 친일 매국노들과 힘을 합치자는 말 외에 아무것도 아니었다. 말로만 뭉치자고 할 뿐, 이승만은 친일파 청산을 요구하는 공산당이나 임시정부 세력을 극도로 싫어해 암살을 포함한 모든 정치 술수를 동원하여 그들을 제거해나갔다.

고지식하고 결백한 성품인 이동하에게 그런 정치판이 맞을 리가 없었고 미 군정과 이승만에게 달라붙어 아부하는 정치인들이 곱게 보일 리는 더욱 만무했다. 이동하가 대구로 내려오자 김관제가 집으로 찾아왔다. 적산관리국장으로 있던 김관제가 일본인이 경영하던 송죽극장을 이동하의 명의로 이전해 서류를 만들어 온 것이었다.

"선생님, 이 집안에 누구 돈 벌 사람 있습니까? 생활 자금으로 쓰십시오."

김관제의 말에 이동하는 펄쩍 뛰었다. 아들이나 아버지나 똑같았다.

"그게 무슨 소린가? 내 잇속 챙기려고 그 고생하며 민족해방 투쟁을 했단 말인가? 난 절대 받을 수 없네!"

김관제는 받으라고 아무리 설득해도 이동하가 들어주지 않자 오묘연에게 던지다시피 서류를 건네주고 가버렸다.

"아버님, 저희도 좀 먹고살면 안 되겠어예? 어차피 주인도 없는 극장인데 우리가 가진다고 누가 뭐라 하겠어예? 저희 좀 보이소. 집도 없이 얹혀사는 신세인데……."

한 번도 자신의 뜻을 거스르거나 말대답을 하지 않았던 오묘연이 눈물로 애원하자 이동하는 아무 말도 하지 않고 방으로 들어가버렸다. 오묘연은 이동하가 허락한 줄로 알고 속으로 환호성을 질렀다.

그런데 다음 날, 한 남자가 집으로 찾아왔다. 송죽극장 관리인이라고 했다.

"어르신, 저희 좀 살려주이소. 저희 식구 모두 굶어 죽게 생겼습니다. 극장을 제게 주시면 안 되겠습니까?"

이동하는 그 관리인의 말을 듣고 나더니 고민하고 말고 할 것도 없이 순순히 말했다.

"난 그 건물 안 해도 되니, 걱정 말고 가시게."

그리고 오묘연에게 서류를 가져오라고 했다. 오묘연은 이럴 줄 알고 벌써 종고모에게 서류를 맡겨놓았다.

"그 서류 저한테 없습니더. 종고모님께서 가져가셨어예."

이동하는 버럭 호통을 쳤다.

"당장 받아 오너라. 우리 것이 아니니, 어떤 욕심도 갖지 말고 돌려줘라."

종고모가 서류를 내놓지 않으려고 버티자 이동하는 한바탕 호통을 쳐서 강제로 가져오게 했다. 그러고는 모두 보는 앞에서 신청 서류를 찢었다. 극장 관리인은 연신 고개를 조아려 인사를 올리고는 달아나버렸다.

오묘연은 기가 막혀 아무 말도 할 수 없었다. 어차피 되지도 않을 일에 혹시나 하는 마음으로 괜한 욕심을 부렸다는 사실을 깨달았다. 이동하는 오묘연을 불러 앉혀놓고 한결 누그러진 음성으로 다독였다.

“아가, 내 며느리로서 삼베를 입으면 어떻고 명주를 입으면 어떠냐? 이렇게 검소하게 사는 게 국민한테 죄를 안 짓고 사는 거다. 우리가 잘 먹고 잘 살면 국민에게 죄짓는 거다. 검소하게 살자. 좋은 거 안 먹고 안 입고 살자. 국민한테 죄를 짓지 않고 사는 집인데, 떳떳하지 않느냐?”

오묘연은 아무 말도 하지 못하고 고개만 숙인 채 앉아 있었다. 그동안은 그래도 여관도 했고 양조장도 했지만 이제는 돈 나오는 구멍이라곤 하나도 없었다. 그나마 양조장 팔고 남은 돈마저 한 푼 남기지 않고 남편이 가져가 버렸으니 앞으로 살 길이 막막했다. 오로지 정의와 양심만으로, 패기와 열정만으로 살아가는 시아버지와 남편이 앞으로 어떻게 가족을 부양하려는 건지 눈앞이 깜깜했다. 그래도 희망을 아주 잃지는 않았다. 두 사람이나 되는 가장이 살아 있는 한, 굶어 죽기야 하겠나 싶었다.

아직도 자유는 저 멀리에

미 군정에 대한 시민들의 인식은 초기의 우호적인 분위기에서 점차 부정적인 방향으로 바뀌었다. 미 군정은 시민들의 모든 요구를 거절했다. 토지개혁은 기한 없이 지연되었을 뿐만 아니라 오히려 일본인 소유의 토지마저 귀환 동포나 소작인에게 분배되는 대신 신한공사에 귀속되었다. 일본인들이 버리고 간 토지나 공장, 기계 등 귀속재산은 노동자 세력의 물적 기반이 되는 것을 막기 위해 미 군정에 접수되었다. 이는 사유재산의 존중이라는 기존의 국제법적 관례까지 깨뜨리면서 단행된 조치였다. 표면적으로는 조선에서의 일본 지배 청산과 기업 경영의 정상화라는 명분이었지만, 실제 의도는 조선 민중의 혁명적 운동을 억압하고 그 대신 미국이 바라는 부르주아 질서를 수립하는 것이었다.

미 군정의 보호 아래 우익이 돈과 권력 모두에서 일방적으로 유리한 위치를 차지한 가운데 좌익이 의지할 것은 오직 대중적 지지뿐이었다. 일제강점기에 끝까지 일제와 싸웠던 이들은 사회주의자밖에 없음을 잘 아는 민중은 그들을 진정한 애국자로 인식하고 신뢰했다. 민중의 요구와 사회주의자들의 요구는 정확히 일치한 셈이었다. 그러나 민중의 지지마저 잃게 만든 사건이 생겼다. 바로 신탁통치 사건이었다.

해방되던 해 10월 하순부터 신탁통치에 대한 말들이 나오기 시작하더니 12월 하순에 모스크바에서 만난 미국과 영국, 소련의 외상들은 새로운 결정을 내렸다. 우선 남북을 통일한 임시정부를 수립하고, 이 정부가 요구할 경우 안정된 국가 정착을 위해 5년간 선진 4개국이 신탁통치를 할 수 있다는 내용이었다. 확정된 것은 임시정부 수립안뿐이었고 신탁통치는 그 임시정부의 결정 사항으로 남겨두었다. 이른바 '모스크바 3상 협정'이었다. 그러나 40년간 식민지 생활을 해온 조선인들에게 신탁통치를 할 수 있다는 조항은 엄청난 반발을 일으켰다. 조선공산당조차도 이주하, 김삼룡, 이현상 등이 나서서 절대 신탁통치는 받아들일 수 없다는 성명을 발표했다. 북한은 소련군의 통제 아래 조용했으나, 남한은 연말이 되자 극렬한 반대 분위기로 들끓었다.

그런데 연말에 북한에 올라간 박헌영이 소련으로부터 신탁통치에 대한 설명을 듣고 돌아와 돌연 태도를 바꾸었다. 신탁통치를 하려면 일단 삼팔선을 허물고 남북한을 통일해야 했다. 박헌영은 이야말로 갈라진 조국을 합칠 수 있는 절호의 기회라고 생각했다. 신탁통치 5년 동안은 소련이 미국과 함께 한반도 전체를 관할하게 되므로 공산당 활동을 보장해주리라는 계산도 있었다. 박헌영은 찬탁운동으로 돌아서도록 전 조직에 지시했다. 신탁 반대 성명을 냈던 공산당 간부들도 입장을 바꾸었다.

1946년 1월 3일부터 공산당은 전국적으로 모스크바 3상 협정 지지 운동을 시작했다. 공산당 중앙당의 발표 어디에도 신탁통치를 지지한다는 표현은 없었지만 누가 보아도 신탁통치 지지였다. 우익과 일반 민중은 공산당이 신탁통치에 찬성한다고 생각했다. 대구를 비롯한 지방 공산당들은 신탁통치를 찬성한다는 구호를 외쳤다. 남북이 통일된 임시정부의 수립 문제는 어딘가로 사라지고, 찬탁이냐 반탁이냐 하는 엉뚱한 싸움이 시작되었다.

1월 3일, 대구 달성공원 하늘에는 먹구름이 짙었다. 간간이 눈꽃이 떨어져 흩날렸다. 군중은 새까맣게 무리지어 있었다. 무채색 군중 사이사이로 플래카드만이 붉고 푸른 색으로 도드라져 보였다. 플래카드에는 "3상 회의 결정 지지", "신탁통치 지지", "반동의 모략 분쇄" 등의 문구가 쓰여 있었다. 미술 조직 부원들이 황급히 쓴 것이었다. 본래는 신탁통치에 반대한다는 집회를 열 예정이었는데 하룻밤 만에 찬탁 집회로 바뀐 것이었다.

누군가 단상에 올라가 열변을 토했다. 조선공산당 당수 박헌영의 격려사를 대독하는 것이었다. 말이 끝날 때마다 우렁찬 박수가 터져 나왔다. 단상 뒤편으로 쭉 늘어선 헐벗은 포플러 나무들이 잿빛 구름을 날카롭게 찌르고 있었다.

이병기는 포플러 나무가 서 있는 줄 가운데서 집회를 지켜보았다. 연설자가 단상에 번갈아 올라가 3상 회의의 진의는 신탁통치가 아니라 원조하고 협력한다는 의미의 후견제라고 설명했다. 열렬한 박수와 함께 흥분하는 이들도 있었지만, 많은 이가 무언가 석연치 않은 표정을 짓고 있었다. 사람들은 신탁통치 반대가 하룻밤 새 지지로 돌변한 데 대해 의문을 떨치지 못했다. 명확하게 사태의 진상을 파악하지 못한 데서 오는 혼미한 상태였다. 상부로부터의 지시가 하부에까지 철저하게 전달되지 못한 탓이기도 했다.

이병기는 가두집회를 마치고 돌아와 생각에 잠겼다. 앞으로 상황이 어찌 될 것인가. 당의 결정이니 따를 수밖에 없었지만 대중의 심리를 잘 아는 이병기로서는 걱정이 앞섰다.

본래 신탁통치를 제의한 것은 미국이었다. 미국은 한반도를 30년 정도 신탁통치해야 한다고 제안했다. 조선의 민주주의와 경제 발전을 위해서는 강대국의 보호와 도움이 필요하다는 논리였다. 이야말로 일본이 을사년에 강제로 식민지 조약을 맺으면서 을사보호조약이라 이름을 붙인 것과 똑같았다. 소련은 이에 반대해 신탁 기간을 5년으로 한정하자고 주장해 그 안을 통과시켰다.

막상 신탁통치를 하기로 했지만, 미국은 부담스러웠다. 임시정부를 신탁통치하기 위해 소련이 남한까지 내려올 경우 한반도 전체가 공산화될 가능성이 높았다. 공산당에 대한 압도적인 지지 때문이었다. 미 군정 정보국은 지금 투표를 하면 공산당이 집권하고 박헌영이 대통령이 될 거라는 비밀 보고서를 올리기도 했다.

난처한 입장에 처한 미국을 살려준 것이 바로 반탁 시위였다. 마침 우익은 반탁운동을 주도하면서 그것을 좌익을 공격하는 절호의 기회로 삼고 있었다. 좌익은 급격히 대중의 신뢰를 잃어갔다. 일반인들은 즉각적인 독립이 아닌 또 다른 식민지 5년을 이해할 수 없었다. 공산당은 일시에 매국노로 규탄받기 시작했다.

미국은 재빨리 입장을 바꾸어 반탁운동을 내밀하게 지원했다. 수세에 몰려 있던 우익도 공산당의 위신이 떨어진 분위기를 놓치지 않고 정치의 전면에 등장했다. 신탁통치에 찬성하는 이들에 대한 무력 테러가 전국에서 벌어졌다. 테러 행위는 연말부터 급격히 늘어났다. 대표적인 민족주의자였던 송진우는 박헌영과 김삼룡의 설득을 받아들여 신탁통치에 찬성한다고 발표했다가 바로 그날 암살당하고 말았다. 김구와 한국독립당이 저지른 일이었다. 이승만은 신탁통치를 절대 반대한다고 방송하였고, 김구는 미국 통신기자와 회견하여 반공 담화를 발표했다. 김구는 "신탁통치 지지는 망국 음모"라고 단언하기까지 했다.

신탁 사건에 힘입은 미 군정은 본격적인 좌익 퇴치에 나섰다. 박헌영의 기자회견을 왜곡 보도한다든가, 조선공산당이 당의 소유인 인쇄소 정판사에서 위조지폐를 찍었다고 발표하는 등 공산당에 대한 민중의 지지를 떨어뜨리기 위해 모든 정보망과 음모 수단을 동원했다. 남한 사회주의자들의 비극이 시작되었다.

찬탁과 반탁, 정판사 사건으로 정국이 소용돌이치는 가운데 봄이 지나고 초여름이 왔다. 예로부터 내려오던 보릿고개였다. 그 어느 해보다도 배가 고팠다. "해방의 선물은 기근"이라는 말이 신문의 지면에 나돌았다. 여전히 계엄령을 유지하고 있던 미 군정은 일제 말기의 전시 공출처럼 곡식을 전부 강제로 매입해 배급량을 정하여 판매하는 정책을 썼다. 이는 심각한 문제를 불렀다. 해방되던 해는 유별난 풍년이었지만 도시민은 물론 농민까지 굶주리는 기현상이 일어났던 것이다. 미 군정은 거둬들인 쌀을 일본에 수출해 미 군정에 필요한 물품을 사들였고, 남은 쌀은 암시장의 쌀값 폭등을 기다리는 투기꾼들의 창고로 들어갔다.

대구에서도 도시민은 식량이 부족해 굶주렸고, 농민은 밀매 가격보다 훨씬 싼값에 쌀을 가져가려는 미 군정에 항거했다. 쌀 공출은 조선인으로 이루어진 우익 경찰과 우익 청년단이 맡았다. 미 군정의 보호 아래 무소불위의 권력을 누린 이들은 쌀과 보리의 반출을 거부하는 농민을 빨갱이로 몰아 예사로 구타하고 고문했다. 이들에 대한 농민들의 증오심은 깊어만 갔다. 대구 근처 청송군, 봉화군, 영덕군에서는 아사자들이 속출했다.

쌀 배급량은 2홉 5작이었지만 해방 후에는 전혀 배급되지 않다가 3월부터 쌀 1홉으로 결정되었다. 배급되는 식량마저 군정 관리들과 모리배, 지주들이 중간에서 가로채 사리사욕을 채웠고 쌀의 일부는 일본으로 밀매되었다. 극소수의 시민만 식량을 배급받을 수 있었다. 등에 가방을 멘 사람들은 열차를 타고 대전을 거쳐 호남 지방까지 가서 뭐든 가진 것을 쌀로 바꾸어 오곤 했다. 쌀을 구해 오는 것이 가장들의 절체절명의 과제였다.

미 군정은 식량 대책은 세우지 않고 고작 약간의 밀과 사탕, 초콜렛, 커피, 설탕만 가져왔다. 쌀은 시장에서 자취를 감추었고 암시장에서 거래되는 쌀값은 몇 달 만에 열 배로 뛰었다. 미 군정의 자유시장 정책은 암시장의 물가만 천정부지로 올려놓았다. 암시장만 살이 찌고 있었다.

인심은 점점 각박해졌고 민심은 흉흉했다. 강도와 도둑들이 넘쳐나 대구 형무소는 범죄자를 수용할 공간이 부족할 정도였다. 이런 혼란은 단순히 해방 직후의 혼란이라 하기에는 지나치게 길고 거세었다. 확실한 것은, 이 모든 책임은 민중의 생존권을 도외시한 채 좌익 세력 박멸에만 급급한 미 군정에 있다는 사실이었다. 적어도 해방 이후 1년 동안은 좌익은 먼저 폭력을 행사한 적도, 먼저 대규모 파업이나 시위를 일으킨 적도 없었다. 1946년 가을부터 시작된 전국적 폭동은 미군이 굶주리게 한 남한 민중이 자발적으로 일으킨 것이었다. 고의였든 실수였든 그 모든 책임은 미국이 져야만 했다.

10월 폭동이 대구에서 시작된 것은 대구 지역이 특히 어려움에 처했기 때문이었다. 많은 공장이 문을 닫아 노동자들의 생계가 막막해졌을 뿐 아니라 5월에는 대규모 콜레라까지 발생했다. 동남아시아 등지에 나갔던 한인들이 귀환하면서 전염된 것이었다. 미군이 부산항에서 예방접종과 방역을 했지만 모두 형식적이었다.

대구부립 회생병원은 전염병 환자를 수용하기 위해 일제 때 지어진 목조 건물이었다. 500평 남짓한 병원 건물은 대구와 그 근교에서 발생한 콜레라 환자들로 발 디딜 틈조차 없었다. 계속해서 들이닥치는 환자들을 수용할 공간은 턱없이 부족했다. 심지어 복도나 병원 마당에 가마니를 깔고 그 위에 환자를 눕히기도 했다. 환자들이 쏟아놓은 하얀 배설물로 병실과 복도 바닥이 온통 질벅거렸고 비린내가 가시지 않았다. 의사들은 장화를 신고 진료를 다녔다. 계속되는 설사와 구토로 탈수 상태에 빠진 환자들은 피골이 상접하고 온몸의 피부에 주름이 졌다. 눈알은 쑥 들어가고 눈꺼풀의 탈수 때문에 눈을 감을 수도 없었다. 환자들은 의사를 붙잡고 살려달라고 애원할 기력조차 없었다.

치료약은 절대적으로 부족했다. 일제 때 쓰고 남은 의약품들은 거의 바닥이 났고, 미군은 약을 충분히 공급하지 않았다. 본래 콜레라는 치료만 빨리 한다면 사망률이 높지 않은 질병이지만, 남한에서 콜레라의 사망률은 거의 80퍼센트였다. 콜레라로 죽은 사람들은 트럭에 실려서 화장터로 향했다. 가난한 이들이 모여 살던 대명동과 내당동에서는 더 많은 이들이 속절없이 죽어갔다. 2,000명이 넘는 이들이 회생병원을 거쳐 갔고 1,200명 정도가 사망했다.

미 군정은 콜레라의 전염을 막기 위해 교통을 차단했다. 외부에서 들어와야 할 생필품이나 농작물이 부족해졌고 쌀 반입도 완전히 끊겼다. 대구는 고립무원의 지경이 되었다.

6월에는 수해가 발생했다. 이틀에 걸쳐 내린 220밀리미터의 폭우로 용두방천 아래쪽이 무너지기 직전이었다. 150여 명의 소방대원만으로는 역부족이었다. 연락을 받은 이병기는 긴급히 전평 산하 노조원 1,000여 명을 이끌고 달려가 응급 복구에 들어갔다. 수성교 남방 200미터 지점에 작업 본부를, 가다쿠라 제사 공장에 임시 연락소를 설치한 후 돌을 넣은 가마니로 유실 지역을 막았다. 수위는 높아지고 격류는 넘쳐흘러 작업대가 전멸할 상황이었다. 가까스로 물결을 막은 후 모두 서로를 보면서 환성을 질렀다. 일이 끝난 후에야 경북지사, 대구부윤, 미 군정 간부들이 왔다. 늦게 나타나 체면 유지가 안되었다는 표정들이었다.

수해로 인해 쌀 대체 작물이 큰 피해를 입어 식량 사정은 더욱 악화되었다. 여름이 지나고 가을바람이 불 때야 비로소 콜레라 환자 수가 줄기 시작했다.

8월 23일, 대구에서 가장 큰 공장이라 할 수 있는 전매청 연초 제조창에서 파업이 일어났다. 담배 공장 파업이었다.

대구 화학노조는 해방 직후 이병기의 주도로 전매청 사무직원들과 활동가들이 모여 대구 연초 제조창을 중심으로 만들어졌다. 그러다가 차츰 현장 노동자들도 들어오기 시작했다. 화학 공장 조직책인 이일재가 화학노조 대구지부장을 맡고 30년 이상 연초 제조창에 근무해온 이봉조가 분회장을 맡았다. 이병기는 이들과 함께 공장의 현안 문제를 주로 논의하고 전평 행동 강령에 대해 토론하면서 조직을 강화했다.

주야 맞교대로 열두 시간 근무를 해야 하는 고단한 일이었지만 그나마 연초 공장은 조선총독부가 관리했던 기업체라 특별히 후생 시설이 좋았던 곳이었다. 의무실에는 의사와 간호사가 배치되었고 탁아소와 수유실도 별도로 있었다. 야근을 하면 특식이라고 해서 도시락이 하나씩 나왔고 봄과 겨울에는 옷이 한 벌씩 나왔다.

그러나 해방 후 사정은 열악해졌다. 식량난으로 공원들은 아침은 죽으로 때우고 점심은 거르기 예사였다. 한나절이 지나면 배가 고파 궐련의 부자재인 풀을 몰래 먹으며 허기를 달랬다. 관리자들은 풀을 먹지 못하도록 파란색 염료를 탔지만 공원들은 그래도 계속 먹었다. 배가 고프니 어쩔 수 없었다. 결국 담뱃갑의 풀칠 상태에 자꾸 불량이 나자 회사는 하는 수 없이 점심 한 끼를 주었다.

월급이라 해봤자 700~800원 정도였다. 공원들은 담배를 몰래 훔치는 일이 하루 일과가 되었다. 모두 아침에 출근해서 저녁에 퇴근할 때까지 담배 훔칠 생각만 했다. 이중 삼중으로 감시를 해도 소용없었다. 경비까지 결탁을 해서 나눠 먹는 것이 다반사였다. 청장부터 급사까지 도둑인 셈이었다. 전매청 일 년 다니고 집 못 사는 사람은 바보라는 말까지 나돌았다. 퇴근 시간 회사 출입문 뒤편에는 일종의 담배 암시장이 형성되었다.

노동자들은 담배 도둑질에 양심의 가책을 느끼지 않았다. 하루 열두 시간을 일하는데도 회사가 노동 재생산을 위해서 먹고 자고 자식들 키울 돈을 안 주니 직접 가지고 온다는 식이었다. 도둑질한다는 인식은 전혀 없었다. 감시망 전체가 도둑놈 구조 속으로 포섭되어 있었다. 숨겨 가는 방법도 여러 가지였다. 여자들은 낱담배를 풍성하게 파마한 머리 밑에 숨겼다. 담배를 배에 차고 가는 사람, 겨드랑이 밑에 숨기거나 양말 속에 넣는 사람, 은밀하게 사타구니에 차는 사람도 있었다. 도둑질을 하려고 취직을 하는 형국이었다. 그것 아니면 먹고살 길이 없고, 그 길밖에 생각나지 않는 사람들에게 운동이 어떻고 생활이 어떻고 하는 건 소귀에 경 읽기에 불과했다.

이병기는 모임을 가질 때마다 연초 노동자들에게 말했다. 그는 연설을 잘하는 편은 아니었으나 말에 조리가 있고 설득력이 있었다.

"그것은 도둑들이나 하는 짓이요 나쁜 짓입니다. 우리는 그런 짓을 하지 말고 정당하게 노동자의 권리를 찾아야 합니다."

"당장 먹고사는 기 중하지, 그기 대체 먼 말입니꺼?"

사람들이 코웃음을 치면 이병기는 더욱 집요하게 설득했다.

"저도 여러분 마음 충분히 이해합니다. 하지만 제 말은 낱담배 몇 개 훔치는 치사한 도둑이 되지 말고 공장 전체, 아니 이 나라 전체를 차지하는 진짜 주인이 되자는 겁니다. 담배 도둑질은 자기 이익을 챙기는 행위가 아니라 자기 권리를 포기하는 행위일 뿐입니다. 이제부터 진짜 여러분의 이익을 챙겨야 합니다. 남이 해줄 것이라고 믿지 마십시오. 노동자 한 사람이 항의를 해서는 공장주나 사장에게 무시당하고 해고당하면 당했지, 이야기를 들어주지 않습니다. 혼자 해결하려 하지 말고, 저항을 포기하고 몰래 뒤에서 도둑질하지 말고, 다 같이 단결해서 투쟁해야 합니다. 그것만이 문제를 완전히 해결하는 올바른 방법입니다."

사람들은 점차 이병기와 이일재 같은 운동가들의 말에 동조했다.

노동조합이 결성되고 일상 활동이 시작되었다. 노동자들은 신이 났다. 담배 도둑질은 줄어들었고, 대신 노동조건을 개선하려는 작은 싸움들이 시작되었다.

좌익이 대구 전매청 노조를 장악했다고 판단한 미 군정은 정도영을 새 청장으로 임명했다. 정도영은 대구로 오기 전 전남의 전평을 파괴한 장본인이었다. 그는 대구 우익, 특히 악명 높은 극우 폭력 조직인 서북청년단과 결합하고 있었다. 정도영 자신이 월남한 사람이라 반공 의식이 남달랐다.

정도영은 부임하자마자 노동자들을 구타하는 등 무법적인 폭력을 휘둘렀다. 기본적인 생계 대책 같은 건 세우지도 않았다. 노동조합 파괴 공작은 아무 제재 없이 자행되었다. 정도영은 회의나 집회 같은 단체 활동을 일절 금지했고 주임과 공장, 반장들을 통해 노조 활동하는 사람을 집중적으로 괴롭혔다. 작업량을 과도하게 할당했고 감시를 철저히 해서 일체 담배를 가져가지 못하도록 막았다. 청장이 "잘라라."라고 지시하면 그 즉시 해고 주간이 되었다. 해고 주간에는 노조에 열성적이던 이들이 우수수 해고되었다. 인원이 남아서 해고한 게 아니었다. 회사는 취업의 대가로 돈까지 받아가며 다른 사람들을 입사시켰다. 전주 전매청에서 노동조합을 파괴하는 데 공헌한 우익 깡패들이 대거 입사해 대구 지역 전평을 파괴하는 데 나섰다.

견디다 못한 노동자들은 결국 파업에 돌입했다. 이병기를 비롯한 화학노조 지도부도 이를 승인했다. 전면파업을 계획했으나 노동자 전원이 참가하는 파업은 하지 못하고 공장의 전기 시설을 파괴함으로써 공장 가동을 중지시키는 기술 파업을 일으켰다. 8월 25일 정기 조회 때 생산직 노동자 800여 명은 작업장 안에 있는 권상기계 등으로 바리케이드를 쌓고 운수노조원들의 지원을 받으며 농성에 들어갔다.

"정도영 반동 물러가라!"

"임금을 올려달라! 쌀을 다오! 해고 직원을 복직시켜라!"

요구 조건 가운데 노동자들이 가장 초점을 맞추었던 것은 정도영 청장 배척이었다. 경찰이 몰려오고 관리자들이 해고하겠다며 위협했으나 노동자들은 두려워하지 않았다. 경찰이 주동자들을 체포하려 하자 어린 소녀 공원들이 연행을 막기 위해 트럭 밑에 드러누웠다. 16세 이하는 고용하지 못하게 되어 있었지만 담배 공장에는 15~18세 아가씨들이 많았다. 다른 이의 호적을 가지고 취직한 가난한 소녀들이었다.

미 군정은 즉각 진압에 나섰다. 파업 이틀째인 8월 24일, 미 군정은 군정청 직원 신분으로 국고의 손실을 가져오는 불법 파업을 선동했다는 이유로 관련자 8명을 구속하는 한편, 앞장선 여공 20명을 연행했다.

비록 합법적이고 공개적인 활동은 못했지만 전매청 노조의 조직 자체는 살아 있었다. 노조는 파업이 깨진 이후 9월 중순까지도 노조 조직을 통해 밤마다 "정도영 청장 물러가라!", "모든 권력은 인민위원회로!", "박헌영 체포령 취소하라!" 등의 구호를 노동자들의 출근길에 있는 담장들과 공장 벽에 콜타르로 써넣었다. 그리고 몇 번인가 전매청 악질 간부들의 집을 습격하기도 했다. 구속을 피한 이병기와 이일재 등은 전매청의 노조원들을 고무 공장 직공들과 함께 모아놓고 현 상황에 대한 해설 사업도 계속했다. 구속된 8명

중 5명은 얼마 후 석방되었지만 윤장혁 등 3명은 군정 재판에 회부되었다. 고용준과 배중석은 각각 징역 6개월에 처해졌고 윤장혁은 9월 19일에 무죄 석방되었다.

연초 공장의 파업이 끝날 무렵, 전평 중앙에서 총파업 명령이 내려왔다. 9월 23일 전국적인 총파업이 시작되었다. 식량을 공급하라는 것이 주된 요구였다. 이날 낮에 부산 철도가 멈추는 것을 시작으로 전국 4만여 철도 노동자가 파업을 시작했고 15만 명 이상의 공장노동자들이 파업에 참가했다.

대구에서는 9월 24일 화요일 오전에 파업이 시작되었다. 이날 아침 대구역에선 한 차례의 기적 소리도 들리지 않았다. 그날 도착해야 할 모든 열차가 대구에서 동남쪽으로 첫 번째 역인 동촌역에 머문 채 들어오지 않았다. 대구역 승강장에서는 목포발 부산행 제42열차가 발이 묶인 채 떠나지 못했다. 대구 기관구 소속 철도 노동자 천여 명은 이날 아침부터 일제히 파업에 들어가 전날 예매한 기차표를 환불해주고 "금일에는 운행 예정 없음"이라 써 붙였다. 멋모르고 들른 승객들은 발길을 돌려야 했다.

대구 철도노조 간부들은 '대구철도 쟁의단 본부'라는 현판을 사무실에 달고 '민주 조선 건설의 대동맥인 철도의 사명'을 완수할 것을 선포했다. 그리고 일급제 반대, 급식 부활, 임금 인상, 쌀 배급, 해고 반대 등을 요구하는 전단을 작성해 배포했다. 기차역 특유의 소음과 분주함은 삽시간에 정적으로 바뀌었다. 기적 소리가 멈춘 역사 안은 썰렁하기 그지없었다.

26일에는 전평 산하의 산업별 노동조합이 총파업에 들어갔다. 27일에는 공산당 대구 시당위원장, 전평 경북평의회 의장, 경북 도

인민위원장 등이 주도하여 남조선노동자총파업 대구시 투쟁위원회를 구성했다. 위원장은 전평 경북평의회 의장인 윤장혁이 맡았다.

29일에는 대구 지역 40여 개 공장 노동조합을 비롯하여 전국의 전기, 해운 등 중요 기관의 노동조합이 일제히 파업에 들어갔다. 이로써 총파업은 절정에 이르렀다. 이날부터 대구 지역 출판노조가 파업에 들어가 대구 지역의 신문 발행이 중지되었다.

굶주리기는 공무원도 상인도 마찬가지였다. 미 군정의 실정과 산하 조선인 관리들이며 경찰의 폭정에 분노를 쌓아온 도청과 시청의 공무원들도 파업에 들어갔다. 상인들까지 모두 문을 닫아걸었다. 상인들은 철시를 통해 간접적인 파업 지지 의사를 표명했다. 생사의 갈림길에 선 빈민들은 직접 거리로 나서 미 군정에 식량 배급을 요구하는 시위를 벌였다.

전국적인 진보 단체인 민주주의민족전선의 대구부 의장 최문식과 사무국장 송기채는 경북 도지사를 맡은 미군 장교를 찾아가 식량 반입을 요구했다. 차량이 없다면 운수노조가 직접 나서서 식량을 반입하겠다고 제안했다. 그러나 미 군정은 이를 냉랭히 거절했다. 미군 장교들은 조선인들의 굶주림에 아무런 가책도 느끼지 않았다. 그들은 아무 문제도 없는데 공산당이 선동해 문제를 일으킨다고만 생각했다.

미 군정 관리들은 이해할 수 없다는 표정으로 되묻곤 했다.

"정육점에는 고기가 가득하고 시장에는 과일이 널렸는데 왜 조선 사람들은 쌀만 요구하는가?"

애초에 조선인을 위해서가 아니라 일본의 부속 도서를 점령하기 위해 진주했다고 생각한 미군은 쌀도 못 사는 가난한 민중에게 값

비싼 고기와 과일을 먹으라고 질책할 정도로 무심했다. 쌀 대신 일본인들이 놓고 간 세탁비누를 두 개씩 주며 가져가라는 관리들도 있었다.

"느그 집에는 세탁비누 묵고 사나?"

화가 치민 여자들이 항의했지만 관리라고 해서 없는 쌀을 내놓을 수는 없었다. 농촌의 빈민은 초근목피라도 먹을 수 있다지만 도시의 빈민은 그럴 수조차 없는 사정을 미 군정 고위 관리들은 알지 못했고 관심도 없었다. 당장에 삶의 질을 보장받지는 못할지라도 삶의 질을 높일 수 있다는 희망이 사람들에게는 필요했다. 미군은 그런 희망조차 줄 생각이 전혀 없었다. 그들은 사회주의를 박멸하고 자본가들에게 세상을 맡기면 세상은 저절로 좋아지리라 믿었다. 그토록 갈망하던 해방 조선은 점화만 하면 즉각 폭발할 화약고가 되어버렸다.

폭동

1946년 10월 1일의 아침이 밝았다. 초가을, 빗기운을 머금은 대구의 하늘은 점차 흐려졌다. 도청 앞 광장에 아침부터 모인 부녀자들이 식량 시위를 벌이고 있었다. 이들은 누구의 선창도 없이 저마다 고함을 질렀다.

"쌀을 주소!"

"배고파 죽겠소!"

"지사는 나와서 확답을 하라!"

같은 시각, 대구역 앞 광장과 서쪽의 금정 일대에는 긴박한 위기감이 감돌았다. 역전 광장에는 100여 명의 무장 경찰대와 기마 경관대가 경계 태세를 갖추고 있었다. 그중에는 이틀 전부터 지방 경찰서에서 차출되어 온 경찰관들도 있었다.

"쌀을 달라! 쌀을 달라!"

역전 광장에 모인 수백 명의 시민은 점차 소리 높여 외쳐댔다. 경찰이 해산하라고 명령했으나 노동자, 지식인, 학생, 사무원, 일반 시민 등으로 다양하게 이뤄진 군중은 오히려 점점 불어나기만 했다.

"배고픈 것도 죄냐? 무장 경관이 물러가지 않으면 해산하지 못한다!"

여기저기서 젊은이들이 외쳤다. 경상북도 인민위원장 이상훈과 인민보안대장 나윤출의 지시에 따라 움직이는 청년 행동대원들이었다. 100여 명이 1개 분단을 이룬 이들은 대구역 광장을 비롯한 주요 거리에 배치되어 선동을 하고 있었다.

한편, 공화당에서 칠성바위를 사이에 두고 약 300미터 떨어져 있는 금정의 운수노조 사무실과 그 위층의 전평 산하 대구시 투쟁위원회 사무실에도 아침부터 긴박감이 흐르고 있었다. 윤장혁, 서혁수, 염필수, 이동희 등 전평 대구평의회 소속 간부들과 각급 산별노조 간부들은 결전을 치를 다짐을 하며 숙의를 거듭했다. 사무실 주위에는 철도·운수·화학·섬유노조가 중심이 된 수천 명의 파업 노동자들이 구호를 외치며 대기 중이었다.

"쌀을 달라! 일급제를 반대한다!"

"박헌영 선생 체포령을 취소하라!"

미 군정이 조선공산당 지도자인 박헌영과 이주하 등에게 체포령을 내린 데 대한 반발이었다. 군중은 '적기가'와 '해방의 노래' 등을 합창하며 지도부의 결론이 나기를 기다렸다. 문제는 전날 경찰이 파업위원회의 현판을 떼어내라고 지시하면서 이미 발생했다. 전국적인 파업에 들어간 지 일주일 가까이 되었는데 위원회 간판을 철거한다는 것은 총파업의 정당성을 스스로 포기하는 항복과도 다름없었다.

노동자들의 태도는 완강했으나 상부로부터 명령을 받은 경찰은 물러나지 않았다. 현판을 떼려는 경찰과 이를 막으려는 노동자들이 "떼라!", "못 뗀다!" 옥신각신 하는 가운데 파업 노동자들의 구호와 노랫소리는 한층 높아졌다. 무장 경찰대와 시위대는 일정한 거리를 둔 채 온종일 대치를 계속했다.

그런데 저녁 무렵, 돌연 총성이 울리더니 경찰과 몸싸움을 하던 노동자 두 사람이 쓰러졌다. 즉사였다. 그중 한 명은 이병기도 잘 아는 사람으로 도 평의회 맞은편 대팔연탄 공장에서 일하는 화학노조원 황말용이었고, 다른 한 명은 철도노조원 김종태였다. 경찰이 마침내 도화선에 불을 붙인 것이었다.

이날 밤 8시경, 좌익 계열 간부들은 북성로 1가의 민전 사무실에서 긴급 비상대책회의를 소집했다. 조선공산당 대구시당 간부들과 파업투쟁위원회 간부들이 중심이 되었다. 인민당, 민주주의민족전선, 청년총동맹, 부녀동맹, 농민조합 등 사회단체 간부들과 학생 대표들까지 모두 모인 전체 회의였다. 참석자들은 각자 전체 조직원을 총동원하여 경찰에 항의하고 규탄하는 것은 물론 책임을 추궁하기로 결의했다. 구체적인 계획은 단체별로 알아서 하기로 하고 자정 넘어 해산했다. 이병기는 파업 노동자들과 함께 철야하면서 시신을 지켰다.

다음 날인 10월 2일, 이른 아침부터 부슬비가 흩뿌렸다. 대기는 냉랭하고 갈바람이 소슬하게 불었다. 안개가 낮게 내려앉은 시가지는 음산하고 을씨년스러웠다. 전평 대구평의회 앞에는 250여 명의 경찰과 군중이 대치하고 있었다. 군중이 소리쳤다.

"왜 함부로 노동자들을 쏴 죽였느냐? 살인 경찰 물러가라!"

"경찰은 자진해서 무장해제하고 투쟁에 동참하라!"

투쟁위원회의 지도를 받는 노동자와 학생들은 일단 질서를 유지하고 있었다. 그런데 배가 고파 거리에 나선, 조직되지 않은 일반 군중과 부랑자들이 만세를 부르며 돌을 던져 경찰을 몰아붙이기 시작했다. 어느 순간, 경찰 대열에서 또다시 총격이 시작되었다. 놀란 사람들이 일제히 바닥에 엎드렸지만 미처 피하지 못한 이들은 그대로 피를 흘리며 쓰러졌다. 시위대 17명이 그 자리에서 사망했다.

경찰은 군중이 당황해 흩어진 사이를 틈타 후퇴하기 시작했다. 일부는 다급한 나머지 총까지 버리고 달아났다. 총을 다룰 줄 아는 몇 사람이 경찰이 버리고 간 총을 주워 도 평의회 건너편에 있는 삼국연탄 공장으로 올라가 총을 쏘았다. 후퇴하며 응사하던 경찰 4명이 사망했다.

경찰의 집단 발포로 또다시 사람이 죽었다는 소식이 알려지자 의대, 사대, 상고, 고보, 여고 등 대구 시내 고등학생과 대학생들이 거리로 쏟아져 나왔다. 대구의대 학생들은 전날 죽어 의대 병원 영안실에 안치되어 있던 두 구의 노동자 시신을 들것에 메고 시위에 나섰다. 학생들이 시신을 영안실에서 메고 나오는 광경을 목격한 우익들은 실험용 시신을 들고 나와 경찰에게 죽었다고 거짓말을 한다는 소문을 퍼뜨리기도 했으나 전혀 사실이 아니었다. 죽은 노동자들의 신원은 정확했다.

시민이 도심을 완전히 장악하자 미군과 경찰은 당황했다. 대구 경찰서장 이성옥, 경북 경찰청장 프레이즈 소령, 조선인으로서 공동 경북 경찰청장을 맡고 있던 권영석은 대구 경찰서에서 대책을 숙의했다. 시민의 배고픔을 이해하던 이성옥이 건의했다.

"더 이상 시민들을 죽일 수 없으니 경찰이 무장을 해제하고 평화적인 시위로 유도하겠소."

하지만 프레이즈는 강경 진압을 주장했다.

"무슨 소리를 하는 거요? 미 군정에 반항하는 자들은 모두 폭도이니 무조건 쏘아 죽이시오!"

"그럴 수는 없습니다. 어떻게 비무장 시민을 사살한단 말입니까?"

이성옥이 말을 듣지 않자 프레이즈는 화를 냈다.

"이런 비겁자, 배신자 같으니! 대구의 유지들이 친일 경찰이라고 이구동성으로 반대하는데도 자기를 요직에 앉혔을 때는 이런 비상시에 솜씨를 보이라고 기대한 줄도 모르고……."

그러고는 프레이즈는 미군의 지원을 요청하기 위해서 바삐 나가버렸다.

대구 경찰서 안팎의 소용돌이는 혼돈의 절정으로 치닫고 있었다. 논란 끝에 권영석 공동 경찰청장이 시위대에게 대표자를 파견하라는 전갈을 보냈다. 이종하, 최문식, 이재복, 손기채 등이 경찰서로 들어가 자신들의 의사를 밝히고 담판을 시작했다.

오전 11시 10분쯤, 경찰 간부 복장을 한 사람이 이 층 베란다에 나타나 고함을 지르기 시작했다.

"학생 여러분! 나도 여러분의 편입니다. 여러분의 애국 충정은 그 누구의 총칼로도 막을 수 없습니다. 지금까지 경찰에 몸담았던 것을 부끄럽게 생각하며 이 순간부터 경찰복을 벗고 여러분의 투쟁 대열에 동참하겠습니다."

독립운동가 서상일의 추천으로 해방 직후 경위로 특채된 신재석 경위였다. 그는 갑자기 쓰고 있던 바가지 모자를 벗어 던짐으로써 경찰에서 손을 뗀다는 뜻을 표명했다. 동참을 증명이라도 하듯 목청을 높여 "인민공화국 만세!"를 삼창했다. 거리의 군중도 일제히 박수를 치며 열광했다. 담판을 위해 경찰서에 들어와 있던 학생 대표들과 좌익 인사들은 신재석에게 몰려가 악수를 하고 헹가래를 쳐주었다. 경찰 간부들은 신재석의 투항 연설로 더욱 흔들렸다. 이성옥과 좌익 인사들은 담판을 계속했다. 이성옥이 물었다.

"우리가 총기를 무기고에 넣으면 군중 해산을 책임지겠소?"

좌익 인사들은 사태를 낙관했다.

"걱정 마십시오. 이성 있는 학생들이라 총기를 거두면 자진해서 해산할 겁니다."

오전 11시 30분경, 경찰은 마침내 무장해제를 발표했다. 이성옥 경찰서장은 부하들에게 모든 총기를 무기고에 넣으라고 명령하고 특경대에도 이 명령을 알렸다. 이를 지켜본 좌익 인사와 학생들이 경찰서 현관 앞으로 나가 상기된 얼굴로 외쳤다.

"민주 인사들의 설득으로 경찰이 백기를 들었습니다. 총기를 무기고에 넣는 것을 우리 눈으로 확인했습니다. 이로써 학생 여러분과 애국 인민 모두의 뜻이 일단 관철되었습니다. 이제 안심하고 해산하십시오."

거대한 환호성이 터져 나왔다.

"와! 이겼다!"

군중 다수는 공산당의 지도에 따라 자진해서 해산하고 집으로 돌아가기 시작했다. 그러나 학생들과 일부 군중은 그동안의 대치 국면에서 느끼던 긴장감이 풀려 끼리끼리 모며 담소를 나누며 해산하지 않았다. 이 정도로 상황이 종료되어서는 안 된다는 분위기였다. 시민들도 마찬가지였다. 군중의 구호 속에는 '무장해제'와 함께 '사죄와 처단'이란 요구도 있었기 때문이었다. 군중 속에서 웅성거림이 들렸다. 단순한 언질보다는 구체적인 결과를 요구하는 분위기가 점점 더 커지고 있었다. 무장을 해제했다는 것도 경찰서 안에 직접 들어가 확인하겠다는 기세였다.

해산 결정이 있은 지 20~30분 뒤인 12시경, 홍분한 군중 수백 명이 사죄와 처단을 요구하며 경찰서 문 앞으로 몰려갔다. 시체 시위를 주도한 학생 시위대는 군중 모두가 보란 듯이 시신을 경찰서 현관 앞 계단 위에 놓아두었다. 학생들은 길바닥에 쭈그리고 앉아 지휘 학생의 선창에 따라 구호를 외쳤다.

"살인 경찰관을 처단하라!"

"경찰은 무장을 해제하라!"

구호는 시간이 갈수록 격해졌다.

"때려 부숴라!"

"죽여라!"

극언까지 마구 터져 나왔다. 학생들은 경찰서 안으로 들어가 정식으로 무장해제를 요구했다. 이를 본 노동자와 시민들은 웃는 얼굴로 박수를 치며 환호했다.

"학생들 속 시원하게 참 잘한다."

이에 몇몇 경찰 간부가 무력으로 대항하자고 주장하자 이성옥은 강하게 만류했다.

"우리 경찰이 이 자리에 쓰러지더라도 학도단에는 단 한 방의 총도 쏘아서는 안 된다. 문전에 모여든 저 학생들은 모두가 우리의 아들이요, 조선의 아들이다. 저들 한 사람 한 사람의 희생은 나라의 손실, 민족의 손실이다. 끝까지 무저항으로 임하라!"

실제로 연좌시위 중인 학생들 사이에는 이성옥의 아들이 앉아 있었다. 이성옥은 직접 발코니에 나와 군중에게 진정하라고 연설하고 스스로 무장을 해제했다. 그리고 자기 손으로 유치장 열쇠를 군중에게 건네 수감자 100여 명이 석방되어 나왔다. 김관제와 연초 공장 파업으로 유치장에 있던 강주영 등도 풀려났다.

그러나 공산당 지도부와 경찰 지도부의 합의에도 불구하고 흥분한 군중은 좀처럼 흩어질 줄을 몰랐다. 일부 과격한 시위대가 유치장을 부수고 무기고를 털어 무장하는 등 기세가 험악해지자 경찰은 아연 긴장했다. 무장을 해제하면 시위대가 완전히 해산할 줄 알았던 경찰은 겁을 집어먹고 도망치기 시작했다. 20~30명의 경관들은 본정국민학교와 맞닿은 서쪽 담을 뛰어넘어 재빨리 달아났다. 이미 경찰복을 벗어 던진 사람도 있었고 바지는 그대로인 채 경찰모와 윗도리만 벗어 던진 셔츠 차림으로 군중의 뒷전에 숨어드는 이도 있었다.

특히 벌써 일주일째 파업 노동자들과 승강이를 벌여온 특경대와 그 지원 병력에게 갑자기 무장해제 명령이 전해지자, 대구 역전 근처의 경관들뿐 아니라 대구 시내 도심지의 지서와 파출소 경관들에게까지 순식간에 공포 분위기가 퍼졌다. 경관들은 사복을 얻어 입고 필사적으로 도망갔다. 미처 피신하지 못한 몇몇 경찰 간부들은 붙잡혀 인질이 되었다. 무턱대고 달아나던 한 순경이 전평 사무실로 붙잡혀 왔다. 윗도리를 걸치지 않은 차림새 때문에 오히려 경찰이라는 티가 났다. 경찰이라고 하면서 그를 끌고 들어온 청년들은 기세등등했다. 이병기가 나서 경찰에게 물었다.

"어디 소속인가?"

아직 애티를 채 벗지 못한 젊은 순경은 김천에서 출동했다고 대답했다.

"신병이지? 지금 보내주면 집에 찾아갈 수 있겠나?"

이병기의 물음에 순경은 반색을 하며 그렇다고 했다. 이병기는 청년들에게 그를 풀어주라고 지시했다. 청년들은 매 한 대 안 때리고 순경을 보내주는 데 불만을 표했으나 이병기의 단호한 지시를 따를 수밖에 없었다. 순경은 허둥지둥 사무실을 빠져나갔다.

무기를 탈취한 군중은 100~200명씩 분단을 조직해 일부는 대구서를 지키고 일부는 파업 노동자들이 수세에 몰려 있는 대구역 앞으로 갔다. 또 일부는 대구 시내 각 동에 파견되어 포진했다.

오후 3시, 다시 이슬비가 흩뿌리는 가운데 미군의 도시 폭동 진압 및 시가전용 전술차인 M-7마운트 4대가 요란한 소리를 내며 나타났다. 그 뒤에서는 완전무장을 한 미군들이 고글을 끼고 어깨에 기관총을 메고 실탄을 주렁주렁 건 채 밀고 들어왔다.

미군이 대구역과 중앙로 양쪽에서 포위해 들어오자 군중은 비로소 겁을 집어먹었다. 탱크는 당장 해산하지 않으면 발포하겠다고 위협하듯 포신을 360도로 천천히 휘둘렀다. 군중은 삽시간에 공포감에 휩싸였다. 금방이라도 자신을 향해 포탄이 날아올까 봐 사람들은 엎드리기에 바빴다. 미군 MP들은 총대를 휘두르며 외쳤다.

"Get away, Get away(꺼져, 꺼져)!"

시민들은 사방으로 흩어졌다. 미군 탱크의 출현으로 대구 경찰서는 총성 한 번 울리지 않고 수복되었다. 대구 경찰서를 지키던 사람들도 도망쳐 시내의 다른 분단에 합류하러 갔다.

하지만 어느새 대구 시내는 폭동 상황이 되어 있었다. 대구역 주변의 깡패와 양아치들이 주동이 되어 폭도로 돌변한 것이었다. 그들은 대구평의회 앞에서 발포했던 250여 명의 경찰관, 그리고 대구경찰서와 파출소에서 달아난 경찰관들을 뒤쫓아 잡히는 대로 구타하고 죽였다. 경찰의 얼굴과 몸뚱이를 칼과 도끼로 난자하고, 손을 등 뒤로 묶어 출혈로 쓰러질 때까지 날카로운 돌을 던졌으며, 큰 돌을 머리에 떨어뜨려 짓이겼다.

공산당원들이 개입할 여지도, 여력도 없는 상황이었다. 공산당이 9월 23일 총파업을 지시한 것은 분명하지만 10월 1일 시작된 이 무장 폭동은 조선공산당의 지시가 아니라 민중 자신의 자발적인 항쟁으로 시작된 것이었다. 처음에 공산당원들이 곳곳에 포진하여 시위를 선동하기는 했지만 그들은 과격한 폭력 시위를 막아 평화 시위로 돌리려 애썼다. 그러나 깡패들에 의해 시위가 폭동으로 변하면서 당원들의 노력은 아무 소용이 없어졌다. 잘못 나섰다가는 경찰 첩자로 몰려 맞아 죽을 판이었다.

이병기를 비롯한 공산당 간부들은 속수무책으로 이리저리 뛰어다니기만 할 뿐 어쩔 줄을 몰랐다.

"큰일 났습니다. 이 일을 어떡하죠? 우린 어떡해야 합니까?"

화학노조 대구지부장 이일재 등 하부 조직원들이 쫓아가 묻자 시위 군중의 뒤편에서 난감한 표정으로 서성이던 이병기는 뭐라고 즉답을 못했다. 그는 입술을 깨물다가 겨우 말했다.

"무장 폭동은 막아야지. 지금은 무장 폭동의 시기가 아니야."

"이미 터져버린 걸 어떻게 막습니까?"

"……"

이병기는 대답을 하지 못했다. 20여 년을 항일 투쟁에 몸바쳐왔지만, 분노한 민중의 광폭함은 처음 목격했다. 그 엄혹한 일제 밑에서도 조선인들끼리 이처럼 참혹하게 죽이고 죽는 사건은 없었다. 이를 어떻게 수습해야 할지 앞이 깜깜했다. 젊은 당원들은 지도부의 무능을 비판했다. 소영웅심이 강한 윤장혁이 가장 흥분했다.

"이거 뭐하자는 겁니까? 지도부가 이렇게 손 놓고 있으면 우린 어쩌란 말이오?"

"그럼 어떻게 하나? 당장 혁명적인 정권을 수립할 것도 아닌데 배고픈 민중이 미군 탱크에 맞서 육박전을 벌이게 하는 것은 너무나 무책임한 짓이야. 중앙당의 지시도 없었고 말일세."

윤장혁은 펄펄 뛰었다.

"혁명적 상황에서 언제 중앙당이 회의를 열어 결정하기를 기다립니까? 대중은 혁명을 원하는데 지도부는 수수방관하다니, 이렇게 무책임한 일이 어디 있습니까?"

"일단 당 중앙에 보고를 했으니 명령을 기다려보자고."

당 중앙이란 조선공산당 총비서 박헌영을 의미했다. 이병기는 박헌영이 서울에서 중앙당을 지도한다고 생각하고 있었다. 미 군정은 8월 말, 박헌영, 이강국, 이주하 등 조선공산당 출신 남로당 지도부에 일제 체포령을 내리고 수천 명의 경찰을 동원해 이들을 체포하러 나섰다. 박헌영은 수배령이 내려진 가운데에도 한 달 간 서울 시내에 잠복했다가 남로당의 안전을 우려한 소련공산당의 지시로 월북했다. 그가 월북하던 날은 9월 30일로 아직 폭동이 일어나기 전이었다. 하지만 미 군정과 경찰은, 그리고 이병기 같은 공산당원들도 박헌영이 계속 남한에 숨어 투쟁을 지휘하고 있다고 생각했다.

윤장혁은 더 흥분해서 소리쳤다.

"대체 언제까지 중앙의 지시를 기다리잔 말입니까? 그리고 그 지시라는 게 빤한 거 아닙니까? 아무렴 중앙당에서 싸움을 말리라고 지시할 것 같습니까? 만약에 그런 지시를 내린다면 그건 당도 아니죠!"

윤장혁은 불만스럽게 투덜대며 가버렸다. 잠시 후 한 떼의 군중 속에서 미 군정을 때려 엎자고 선동하는 그의 모습이 보였다. 말릴 수도 없는 노릇이었다. 그렇다고 시내 전체가 엉망이 된 상황에서 전체적으로 지도할 지도부를 만드는 것은 불가능했다. 부분적으로 참여해 지나친 폭력이 일어나지 않도록 막는 것 외에는 할 일이 없었다. 이병기를 비롯한 당 간부들은 방향을 나누어 시내를 돌아보고 다시 만나기로 했다. 이병기는 군중의 소요가 가장 심한 진골목으로 향했다.

경찰서 습격, 파출소 파괴, 경관 폭행 등 경찰에 대한 보복 행동은 차츰 범위를 넓혀 부유층과 고급 관리들, 한민당 간부들과 우익 청년단원들에 대한 습격으로 번지고 있었다. 진골목은 군중이 집중적으로 공격한 부유층과 한민당 간부들이 많이 사는 남정의 속칭이었다. 이병기는 공화당 부근을 지나다가 유혈이 낭자하게 두들겨 맞은 채 길가에 앉아 있는 사람을 보았다. 사람들 몇이 둘러서 구경만 하고 있었다.

"저 사람은 왜 저러고 있소?"

한 사람을 잡고 물으니 대수롭지 않게 대답했다.

"뭐, 못되게 굴다가 저리 됐겠지."

일본인의 집이 털렸는지 한 집에서 물건이 마구 나와 있었다. 사람들은 물건을 갈라서 가져갔다. 이 사람 저 사람 귀중품을 모두 나눠 가졌고 아낙네들은 옷가지도 가져갔다. 천 같은 것도 뚝뚝 끊어서 나누며 떠들었다.

"이놈의 새끼, 이 나쁜 놈의 개새끼 말이야. 뭐 이래 좋은 것들 가지고 지네만 잘 처먹고!"

"이건 자네가 가져가소. 저건 내가 가져갈게."

도둑떼나 다름없었다. 이병기는 두 당원을 대동하고 여자들 사이로 파고들어 외쳤다.

"여러분! 우리는 도둑도 강도도 아닙니다! 저 나쁜 도둑놈들이 빼앗아 간 걸 되찾는 것뿐입니다. 그렇지만 우리끼리 나눠 가질 게 아니라 한군데 모아놓고 어려운 사람들에게 골고루 나눠줍시다!"

"옳소! 달성공원으로 가져갑시다!"

일부 여자들이 뒷전에서 불만을 표하기도 했지만 대다수가 찬동했다. 군중은 부유층과 시장, 전매청장, 도지사 등 고급 관리의 집에서 가져온 쌀과 광목, 옥양목, 설탕, 밀가루 등을 달성공원으로 나르기 시작했다. 산더미처럼 모은 물건들은 줄지어 몰려온 가난한 이들에게 질서 있게 배급되었다.

학생과 시민뿐 아니라 군정에 몸담고 있는 도청과 부청의 관리까지 학생들의 거사를 지지했다. 미 군정은 좌익 지도자들을 불러 이 전례 없는 비상사태를 조선인들이 자율적으로 수습하라고 요구했다. 그러나 실제로는 좌익이 영향력을 발휘해서 소동을 중지시켜달라고 당부한 것이었다.

그러나 좌익 인사들은 이미 엎질러진 물을 쓸어 담을 만한 힘이 없었다. 그들도 폭도로 변해버린 일부 비조직 군중의 광기에 찬 보복 심리를 되돌릴 수 없었다. 미 군정의 의사를 군중에게 효과적으로 전달할 수단도 가지고 있지 않았다. 좌익은 무너진 경찰력을 대신해 청년들에게 완장을 채워 도로를 정리하게 하고 자경대를 조직해 도둑질을 막도록 하는 정도밖에 할 수 없었다.

이날 오후 5시, 충남 경찰 병력이 도착하면서 계엄령이 선포되었다. 그러나 출판노조의 파업으로 대구의 일간신문들이 발간되지 않았고 라디오는 극소수 부유층의 전유물이나 다름없어 시민에게는 계엄령이 제대로 전달되지 않았다. 포고령을 집행할 경찰은 기강이 무너진 뒤였으니 통제 수단도 없었다. 오히려 곳곳에서 친일 경관들을 혼내주고 있다는 소문이 과장되게 전해지는 등 온갖 유언비어가 나돌아 계엄령하인데도 밤늦도록 보복 행동이 이어졌다.

오후 7시에 통금령이 내려지면서 경찰은 길가의 시민들을 체포, 수송하기 시작했다. 이때 무고한 시민들이 억울하게 체포되어 엉터리 통역 아래 미 군정의 즉석 재판에서 실형을 선고받았다. 체포된 이들은 단순한 통금 위반자가 대부분이었고 무리를 지어 다니거나 수상한 행동을 하다가 걸려드는 사람도 있었다.

서부 지구당 사무실로 돌아온 이병기는 조직원들을 기다렸다. 잠시 후 이일재가 황급히 들어왔다. 이병기는 이일재에게 전매청으로 빨리 가보라고 지시했다. 대구 경찰서 점령 후 소속 직장으로 돌아간 노동자들은 식당에 모여 '해방의 노래', '농민의 노래,' '인터내셔널가' 등을 부르며 전열을 가다듬고 있었다.

이일재는 충남 경찰대가 들이닥친 사실, 그리고 계엄령과 통금이 실시되었다는 사실을 알리고 서둘러 사람들을 해산시켰다. 사태가 급변했다는 사실을 깨달은 사람들은 너덧 명씩 짝을 지어 차례로 피신하거나 귀가했다. 무리를 지어 다니다가는 변을 당하기 일쑤였다. 어둠이 짙어진 거리에는 살기만이 감돌았다.

10월 3일 목요일, 살육의 하루를 지새운 대구 거리에는 전날처럼 가랑비가 내리는 대신 청명한 가을 하늘이 펼쳐졌다. 그러나 도심에는 새로운 긴장이 감돌았다. 곳곳에서 검거 선풍이 불었고, 일부 관공서에서는 집단 사직론이 거론되었다. 거리의 행인들도 수상쩍다 싶으면 경찰서로 끌려갔다. 오전 10시경 원정 입구에 있는 민전과 인민당 사무실에도 경찰이 들이닥쳐 간부들과 당원들을 연행했다. 그러나 일제 때부터 잦은 검속과 도피에 이력이 난 사람들은 이미 눈치를 채고 몸을 피한 뒤였다.

경찰이 사무실을 덮친 시각, 이병기는 대구 주변 군읍의 시위를 지원하기 위해 대구를 벗어나고 있었다. 중앙당은 폭동을 조직화하라는 결정과 함께 몇 명의 간부를 보냈다. "반미 시위를 조직하되 무력 충돌은 막는다." 정도의 지침을 가지고 내려온 중앙당 간부들 역시 쏟아진 물을 손으로 주워담으려는 힘겨운 노력을 되풀이할 수밖에 없었다.

일단 보다 광범위한 항쟁을 일으켜 미 군정의 경제 실정과 우익 편향을 두들겨야 한다는 데는 누구도 이의가 없었다. 이에 따라 이병기도 농촌 시위를 이끌기 위해 군당 조직책으로 내려갔다. 당시 도당은 당 위원장 밑에 조직책과 두 명의 부조직책을 두고, 그 밑으로는 각 군마다 오르그(org)라고 불리는 조직 책임자를 한 명씩 배치해 그가 전체적인 지도를 행하는 체제였다. 그리고 어떤 사안이 있을 때 그 사안만 전담한 공작원을 각 군에 내려보내는 제도도 운영되고 있었다.

공산당의 지시는 기본적으로 비폭력 시위를 의미했다. 그러나 시위는 대구시를 벗어나 인근 읍면으로 확대되면서 폭력화되었고 무장봉기로 변했다. 주로 인민위원회나 농민조합이 중심이 되어 시위를 주동하면 강제 공출에 분노를 쌓아왔던 농민들은 예상보다 훨씬 열성적으로 참여했다. 농민들이 경찰 지서 앞에 몰려와 무장해제를 요구하면 경찰들은 대개는 발포하지 않았다. 농민들도 경찰을 해치거나 하지 않았다. 폭력은 미군을 피해 화물 차량을 타고 대구에서 도망쳐 나온 도시 과격파들에 의해 시작되었다. 사실상 폭도나 다름없는 이들은 저항도 하지 않는 경찰관들을 잡아 폭행하곤 했다.

소요 사태가 가장 컸던 곳은 대구와 인접해 교통이 편리한 달성군의 서남 지역이었다. 폭도들은 달성군 현풍면 일대를 완전히 장악해 3일간 자치단체를 결성하고 해방구를 만들기도 했다. 그곳은 지리적으로 대구와 가까웠던 탓에 저항 의식이 강했다. 그리고 미군의 주력과는 떨어져 있었기에 상대적으로 보복 행위가 많이 일어났고 그 기간도 길었다.

도내에서 가장 많은 희생자가 난 곳은 영천군과 칠곡군이었다. 그동안 경찰과 마찰이 많았고 하곡 수집 등의 실적 문제로 미 군정과 농민조합 간에 대립이 심했던 곳이었다. 지주나 친일 토호들의 뿌리가 깊어 이에 대한 반감이 누적될 대로 누적되었던 곳이기도 했다. 반면 경찰 지서장이나 지주들이 평소에 농민들과 유대가 깊고 융통성 있게 처신했던 지역은 큰 소요 없이 평온을 유지하기도 했다.

시위 군중보다는 진압하러 온 경찰과 우익 폭력단이 유혈 사태를 유발하는 경우도 많았다. 미 군정은 부족한 경찰력을 메우고 법적인 한도를 넘는 폭력을 자유롭게 사용하여 시위를 진압하기 위해 우익 폭력단을 동원했다. 서북청년단이니 족청이니 하는 이런 폭력 단체들은 미 군정이 막대한 비용을 제공해 양성한 단체였다. 미군 장교들에 의해 군사훈련까지 받은 우익 테러단은 무장 경찰의 보호 아래 민전 간부들의 집에 쳐들어가 폭행을 하고 집과 가구를 부수었다. 농민조합, 인민위원회, 부녀동맹 사무실은 집중 파괴의 대상이 되었다. 상주군 이안면에서는 농민 2,000여 명이 낫과 괭이, 몽둥이를 들고 맞섰다. 이에 우익 테러단이 열세에 놓이자 경찰이 발포해 많은 사상자가 발생했다.

경찰 못지않게 무서운 것은 서울에서 파견되었다는 군복 차림의 방첩대원들이었다. 이들은 영장도 없이 사람들을 대거 창고나 교실에 잡아 가두고 고문해서 많은 사람을 죽였다. 이들은 시위대는 무조건 '빨갱이'로 몰아붙였다. 영천군에서는 시위 주동자들을 생매장한 사건이 일어났고, 마을 사람들에게 경로당으로 모이라고 하고는 수류탄을 던져 집단 학살하기까지 했다.

우익 테러단과 방첩대원들의 무자비한 학살에 놀란 마을 사람들은 그들이 나타나기만 하면 뒷산으로 도망갔다. 이로부터 밤에는 마을로 내려오고 낮에는 산으로 올라가는 슬픈 생활이 습성처럼 되어갔다. 밤낮없는 검거와 수색을 피해 산으로 도망가다가 개천가에서 총 맞아 죽은 청년도 있었다. 폭동에 가담한 농부의 집은 불탔고 피할 길 없어 타죽은 늙은이와 어린아이들이 속출했다.

경찰에 쫓겨 산으로 피신했다가 밤중에 내려와 양식을 요구하는 이들을 맞는 것도 괴로운 일이었다. 산사람들은 굶어 죽을 수 없어 양식을 내놓으라고 했지만 그 요구에 따라 양식을 제공했다는 사실이 경찰에 알려지면 끌려가 혹독하게 구타당하고 고문당했다. 좌익 사건으로 분류된 수많은 재판의 다수가 이들 산사람에게 양식을 빼앗긴 죄밖에 없는 농민들을 징역에 처하는 내용이었다.

10월 인민항쟁으로 불리게 되는 이 전국적 폭동의 결과, 한 달여 사이에 4,000여 명이 체포되었고 322명이 사형을 포함한 중형을 선고받았다. 시위 대열에는 좌익 계열뿐 아니라, 단순히 미 군정의 실정에 대한 분노나 친일파 청산을 요구하는 정의감으로 시위에 나선 이들도 많았다. 그토록 이병기를 잘 따르던 조강아지는 군으로 내려가 시위를 주도하다가 경찰의 총에 맞아 숨지고 말았다. 조강아지의 아내와 두 자식도 흩어져 삽시간에 가정은 풍비박산이 되었다. 민중의 소리에 귀 기울이지 않은 미 군정과 경찰, 그리고 우익 청년단들은 오히려 더 지능적이고 확실하게 민중을 들볶았다. 대구 폭동을 계기로 그들은 조금만 곧은 소리를 해도 '빨갱이'로 몰아 치도곤을 놓았다. 새로운 지배자 미국을 등에 업고 축재와 폭력과 학살을 감행하는 그들을 향한 민중의 증오는 나날이 높아졌다.

사람들은 조선공산당이 10월 항쟁 같은 극좌 투쟁으로 인심을 잃었다고 주장하지만 근거 없는 소리였다. 공산당에 대한 지지는 오히려 넓어졌다. 총파업은 파괴되었으나, 남한의 많은 젊은이는 친일파와 친미파를 타도하고 새로운 침략자 미국에 저항하자는 전투적 의식을 갖게 되었다. 새로운 침략자는 '날강도 미국 놈들'이라 불렸고, 일제의 손을 놓치자마자 그들과 손을 잡고 부귀영화를 추구하는 세력은 '매국 반동 괴뢰 집단'으로 불렸다. 수십만 명에 이르는 좌익 정당의 당원 및 적극 지지자들은 새로운 민족 해방 투쟁에 나서야 한다는 성스러운 의무감으로 충만해졌다. 직접 나서지는 못해도 상당수의 민중이 이에 은밀한 지지를 보냈다. 좌익과 우익의 전쟁은 피할 수 없는 대세가 되었다.

10월 항쟁의 열기가 채 식지 않은 1946년 11월 23일, 서울 종로구 견지동의 시천교당에서 새 정당의 결성식이 열렸다. 조선공산당을 중심으로 좌익 계열 3개 정당이 합당해 만든 남조선노동당의 결성식이었다. 약칭 남로당이었다.

이병기는 대구 대표의 한 사람으로 남로당 결성식에 참석했다. 그는 이날에야 박헌영이 삼팔선 이북인 황해도 해주로 피신해 올라갔다는 사실을 알았다.

"박헌영이 해주로 피신했다니 이럴 수가 있나?"

증기기관차가 뿜어낸 그을음으로 얼굴이며 옷이 거멓게 되어 돌아온 이병기는 오묘연이 듣는 앞에서 울분을 터뜨렸다.

"어떻게 지도자란 사람이 우리를 버리고 혼자만 도망갈 수 있단 말인가?"

다른 사람들은 미 군정과 우익 경찰의 탄압으로 죽음의 위협에 시달리고 있는데 박헌영을 비롯한 지도부는 안전한 곳으로 대피했다는 사실에 이병기는 서운함과 배신감을 감추지 못했다. 박헌영은 폭동이 일어나기 전에 월북했고, 그것도 북한의 강요 때문에 그렇게 했다는 사실을 이병기가 알 턱이 없었다.

울분 속에 한 해가 저물었고 1947년 2월 제2차 미·소 공동위원회가 열렸다. 그러나 이해가 상반되는 미국과 소련은 처음부터 동상이몽을 했다. 남북한의 완전한 통일과 경제적 자립 같은 것은 그들의 목적이 아니었다. 미국이든 소련이든, 조선인이 살아가는 데 무엇이 필요하며 그들의 소망은 무엇인지에 관심을 두지 않았다.

미국과 소련은 어떻게 하면 한반도에서 자국의 세력을 확장하고 공고히 할 수 있는지만 생각했다. 조선 민중의 운명은 남북한을 점령한 양국의 의지에 지배받고 있었다.

전평은 1947년 3월, 제2차 총파업을 단행했다. 폭력적 경찰 간부 처단, 경찰의 민주화, 테러 방지, 실업 방지, 검거된 좌익 지도자 석방, 생활비 확보 등이 목표인 24시간 시한부 파업이었다. 그 파업의 이면에는 우익 노동단체인 대한노총을 옹호하고 좌익 노동단체인 전평을 타도하려는 미 군정의 방침에 대한 반발이 있었다.

3월 22일 아침, 서울 출판노동조합을 비롯하여 철도노조, 전기노조 등이 파업에 들어갔다. 노동자들은 동대문 변전소에 장치된 저항기 레버의 고속 차단기를 빼내서 전차 운행을 중단시키기도 했다. 전국 각지의 전평 산하 노동조합은 모두 파업 지령에 응했다. 대구, 부산, 인천, 이리, 군산, 광주, 전주 등 남한의 주요 도시들에서는 철도와 공장 등 각 직장에서 파업이 일어났다. 이에 미 군정은 사전 신고 없는 파업은 불법이며, 불법 집회 및 시위는 처벌하겠다고 발표했다. 우익 폭력단원들이 만든 대한노총 산하 노조들은 비합법적 투쟁을 반대한다고 선언했다.

하루 파업이 끝나자 각 경찰 기관은 대대적인 파업 노동자 검거에 들어갔다. 전평은 치명적인 타격을 입었고, 이후 미 군정은 어용노조인 대한노총을 대표권 있는 유일한 노동조합으로 인정했다. 미 군정이 좌익 세력을 거세하기 위해 노동운동을 탄압하는 한, 노동운동은 자연히 정치투쟁이 될 수밖에 없었다.

우여곡절 끝에 남북이 제각기 단독정부를 수립하여 분단이 고착화되는 1948년 봄까지, 남로당의 총파업, 총력 투쟁 지시는 계속되었다. 이병기는 1년 이상 집에 거의 들어오지 못한 채 경북도당 산하 군당들을 돌아다니며 단독정부 반대 투쟁을 조직하느라 바빴지만 아무런 성과도 얻을 수 없는 헛고생이 되고 말았다.

떠난다는 인사도 하지 못하고

1948년, 남한의 단독선거와 단독정부 수립은 초읽기에 들어갔다. 5월 10일로 예정된 국회의원 총선거는 남한만의 단독정부를 수립하기 위한 최종 단계였다. 남한 민중은 거세게 반발했다.

김구와 김규식을 비롯한 투쟁적 민족주의자들은 선거 참여를 거부하고 남북협상을 추진했다. 이동하도 김창숙 등 항일 투쟁의 동료들과 함께 서울과 대구를 오르내리며 단독정부 수립을 막기 위해 혼신을 다했다.

"이승만이 그 미친 늙은이! 대통령 되고 싶어서 나라를 반쪽으로 가른단 말이냐?"

이동하는 사람들을 만나기만 하면 흥분해서 외쳤다.

"대통령 병에 걸린 미친 늙은이 하나 때문에 이 나라가 분단되려 한다고? 안 된다, 그래서는 안 돼! 얼마나 많은 피를 흘려 되찾은 조국인데 반 토막을 낸단 말이냐?"

조금이라도 양식이 있는 사람이라면 모두 하나의 마음이었다. 전국적인 단독정부 수립 반대 투쟁이 시작되었다.

남로당의 지휘 아래, 서울과 인천을 비롯해 경상도, 전라도, 제주도에 이르기까지 전국에서 파업과 시위, 동맹휴학이 벌어졌다. 남로당이 선동하기는 했지만 민중은 누군가의 선전 선동에 의해서가 아니라 스스로 통일을 요구하며 투쟁에 나섰다. 집계할 수 없을 만큼 엄청난 수량의 유인물이 살포되었고 전국 곳곳의 야산에서 항의를 표하는 봉화가 타올랐다. 수많은 공장이 파업으로 가동을 멈추었고, 철도노조의 파업으로 철도가 마비되었고, 통신이 두절되었다. 학생들은 수업을 거부하고 거리로 뛰쳐나왔고, 경상도 일원과 경기도 수원 등지에서는 경찰서와 관공서가 시위대의 습격을 받아 파괴되었다.

'구국투쟁'이라 명명된 남로당의 투쟁은 2월 26일 이후 급속히 격렬해지고 폭력화되었다. 미국이 주도하는 유엔총회에서 선거가 가능한 지역만이라도 먼저 선거를 실시하기로 결의했다는 소식이 알려지면서였다. 이틀 사이 전국에서 34군데 경찰 지서와 수많은 면사무소가 습격당했다. 이 과정에서 시위대와 경찰을 합쳐 24명이 사망했고 그보다 훨씬 많은 숫자가 부상당했다.

이틀 후인 2월 28일 남한에 단독정부를 수립한다는 공식 발표가 나자, 단독정부 반대 운동은 시위 차원을 넘어 봉기 수준으로 격화되었다. 경찰 지서와 면사무소는 물론, 그동안 좌익 탄압에 앞장서왔던 우익 테러 단체인 대동청년단, 민족청년단, 민주학생연맹 등의 사무실과 회원들이 타격 대상이 되었다. 친일 경찰과 한민당원, 그리고 이들의 뒤를 대주던 지방 유지들은 직접적인 살해 대상이 되었다. 미 군정의 쌀 수급 정책 실패로 인해 굶주렸던 많은 이들은 미곡

창고를 습격하기도 했다. 우익 단체 중 해를 입지 않은 곳은 단독정부 수립에 반대해 남북회담을 추진해온 김구의 한독당 사무실뿐이었다. 수백 명에서 수천 명에 이르는 시위대가 유엔 한국위원회 반대, 미·소 양군 동시 철수, 단독선거 반대, 인민공화국 만세를 외치며 돌, 곤봉, 죽창, 도끼에 일본도와 휘발유, 다이너마이트까지 들고 경찰서를 습격하는 일이 전국 곳곳에서 벌어졌다.

그러나 미군의 무기를 지원받아 훈련된 경찰을 당해낼 수는 없었다. 시위대는 간혹 한두 명의 경찰관이나 우익을 죽였을 뿐 경찰의 실탄 사격을 받으면 맥없이 쓰러졌다. 일부 시위대는 경찰 지서를 점령해 총과 탄약을 빼앗기도 했으나 이를 이용해 교전을 벌일 정도는 되지 못했다. 오히려 시위가 끝난 지역의 좌익들은 시위 관련 여부와 상관없이 모조리 끌려가 고문과 폭행으로 초죽음이 되었다. 당사자가 도망치면 아버지나 형제들, 아내가 대신 잡혀가 곤욕을 치렀다. 고문과 구타로 죽어간 이들의 숫자는 기록에도 남지 못했다. 죽음을 피해 산으로 달아난 좌익들은 1946년 9월 총파업으로 산에 들어가 있던 야산대에 합류해 '산사람'이 되었다.

남한의 단독정부 수립 일정과 맞서 북로당도 최고인민회의 대의원을 선출하기로 했다. 인민대의원은 남한의 국회의원에 해당하는 직책이었으므로, 이는 대의원 대회를 통해 헌법을 제정하고 단독정부를 수립하는 절차였다. 북로당은 남한에 있는 당원들까지 이 선거에 참여하도록 했다. 조선인민공화국이 북한만의 단독정부가 아니라 한반도의 유일한 통일 정부임을 강조하기 위해서였다. 당이 지하화된 상황에서 선거는 비밀리에 치러져야 했다. 남로당은 지하로 잠적한 전국의 도당과 시 군당 사이에 긴밀히 연락을 취하면서 비밀 선거에 총력을 기울였다.

대구시당도 지하 선거에 총동원되었다. 가로 10센티미터, 세로 5센티미터의 얇은 미농지에 열 명씩 연명으로 지하 선거에 투표했다고 이름을 쓰고 도장을 받는 작업이었다. 그다음 지역별로 선거인단을 선출해 해주로 보내면 이들이 남한 지역 인민위원회 대의원을 선출하게 되었다. 이병기를 비롯한 남로당원들은 주머니에 투표용지를 몇 장씩 숨겨 다니며 주변 사람들로부터 도장을 받았다.

이병기는 지하 선거라는 기상천외한 방식을 마땅하게 생각하지는 않았다. 선거라는 게 후보자가 공개되어 자기는 어떤 일을 하겠다고 유세를 하면 이를 보고 선택해야지, 당에서 미리 정한 대의원들을 추인하는 도장만 받는 게 무슨 선거냐 싶었다. 도장을 받으러 다니다가 경찰에 체포된 당원들이 속출하고, 그들이 가지고 있던 선거인 명부가 드러나 도장 찍은 사람들이 모조리 잡혀가 곤욕을 치르는 일도 무수히 벌어졌다. 이병기는 북한 정권이 남한 인민에게도 지지를 받는다는 사실을 입증하기 위해 벌이는 일치고는 피해가 너무 많다고 생각했다.

그래도 단독정부 수립에 반대하는 분위기가 거센 탓인지 일반인들은 예상보다 많이 동조해주었다. 나중에 체포되었을 때는 친분 때문에 어쩔 수 없이 찍어주었다고 발뺌했지만, 생명이 걸린 도장을 그냥 찍는 바보는 없었다. 그래도 통일을 이루려는 생각으로 위험을 감수하고 찍는 이들이 대부분이었다.

지하 선거가 한창이던 무렵, 남한만의 단독정부 수립은 마무리되고 있었다. 좌익과 양심 세력의 거센 반대에도 불구하고, 이승만은 1948년 7월 20일 대한민국 초대 대통령으로 선출되었다. 부통령에는 이시영이 당선되었는데, 이시영은 얼마 가지 않아 이승만의 아집과 독선에 분개하여 사임해버렸다. 8월 15일 새로운 정부 수립이 발표되었고 국호는 상해임시정부의 정통성을 잇는다는 의미로 대한민국이라 정해졌다. 미 군정은 폐지되었다.

남한의 단독정부 수립에 맞추어 북한도 최고인민회의를 구성하고 독자적인 정부 수립을 준비하고 있었다. 9월 8일, 지하 선거로 뽑힌 남한 측 대의원을 포함한 남북 대의원은 북한의 헌법 초안을 채택하고 행정부 수반을 선출했다. 김일성이 수상으로 선출되고 부수상으로 박헌영, 김책, 홍명희가 뽑혔다. 다음 날인 9월 9일, 조선민주주의인민공화국, 약칭 인공의 수립이 선포되었다. 이로써 한반도는 완전히 분단되어 두 개의 공화국이 태어났다.

공산주의 운동이 불법화된 남한에서 남로당의 모든 투쟁은 죽음을 감수한다는 것을 의미했다. 지금까지의 투쟁은 미 군정 아래 새로운 국가의 틀을 만들기 위한 것으로, 일종의 체제 내 정치투쟁에 속했다. 그러나 한국과 인공이라는 두 개의 정부가 한반도를 분할 지배하게 된 지금부터는 남한에서의 모든 투쟁이 반국가 행위로 취급받게 될 것이었다. 개량이나 타협의 여지는 사라졌고, 혁명 아니면 죽음이 이들을 기다리고 있었다.

정부 수립 후 처음 일어난 대규모 유혈 사태는 정부 수립 두 달 만에 일어난 여순반란사건이었다. 10월 19일 밤, 여수시에 주둔한 국방경비대 제14연대 병력 3,000여 명이 그해 4월에 일어난 제주도 반란을 진압하라는 출동 명령을 거부하고 총구를 남한 정부로 돌린 것이었다. 지창수 등 14연대 내의 남로당원들은 이승만 정권 타도를 내세우며 여수 시내로 밀고 나와 순식간에 시가지를 접수했다. 다음 날인 10월 20일 오전, 여수에는 인민위원회가 세워졌고 폭동은 순천 일대로 확대되었다.

국군은 10월 24일 여수 공격에 실패했지만, 25일 순천을 탈환했고 27일에는 여수도 탈환했다. 반군은 겨우 사흘 동안 여수를 장악했고 순천에서는 단 하루 만에 물러나 지리산으로 달아났다. 이 짧은 기간 동안 반군은 800여 명에 이르는 경찰과 우익 단체 인사, 우익 청년단 간부들을 학살했다.

진압에 나선 국군도 마찬가지였다. 반군 주력이 지리산으로 달아나 아무런 저항도 없는 두 도시에 뒤늦게 진입한 군경은 민중에 대한 대학살을 시작했다. 자발적이었든 반군의 강요에 의해서였든, 인민위원회에 가담했거나 반군을 도왔던 이들, 그리고 그 가족까지 3,000명 이상이 군경에 의해 집단으로 학살당했다.

여수와 순천에서 좌익이 벌인 학살이 한국 공산주의 운동사에 다시는 지울 수 없는 오점을 남겼다면, 이승만 정권의 잔혹한 학살은 자본주의가 저지른 세계적인 범죄의 하나로 남았다. 이는 전투 의지가 없는 비무장 민간인들이 학살당했으므로 전쟁범죄의 범주에도 들어가지 않는, 순수한 살인이라고 할 수 있었다.

학살은 제주도에서 더욱 광범위하고 잔인하게 이뤄졌다. 일단 여순반란을 진압한 이승만 정부는 대규모 군경과 우익 청년단을 제주도로 보내 대대적인 빨치산 소탕에 나섰다. 그러나 이들이 소탕한 것은 한라산 중턱 산간지대에 사는 주민들이었다. 군경은 전혀 저항하지 않고 무기도 없는 주민 3만 명을 보복 차원에서 학살했는데, 그 많은 사람을 처형한 방법은 잔인성과 악랄함에서 기록적이었다. 갓난아이까지 마을 주민 전체를 모아놓고 사살하는 것은 기본이요, 수십 명씩 줄줄이 뒤로 묶어 바닷물에 산 채로 밀어 넣거나 굴속에 몰아넣고 화염방사기로 태워 죽이는 등 상상을 초월했다.

남과 북의 대결은 이제 전쟁으로 치닫고 있었다. 두 개의 정부가 수립된 이후 삼팔선에서는 끊임없이 무력 충돌이 일어났다. 북한은 남한의 혁명 역량이 소멸하기 전에 전면전을 일으켜 통일을 이루기 위해 본격적인 전쟁 준비에 들어갔다. 소련은 북한에 막대한 무기를 팔았고, 갓 공산화된 중국도 군사 지원을 약속했다.

참혹한 전쟁의 피바람이 밀려오고 있던 이 무렵, 이병기는 자신과 민족에게 다가올 비극에 대해 아무것도 모르는 채 여전히 바쁘게 뛰어다니고 있었다. 이동하는 거의 집에 들어오지 않는 이병기가 간혹 잠을 자고 갈 때면 그를 불러 앉혀놓고 설득했다.

"아범아, 이쯤 했으면 좌익 운동은 그만두는 게 좋지 않겠느냐? 좌익은 이제 안 된다. 대한민국이 만들어졌는데 네 힘으로 뭘 어쩔 수 있단 말이냐?"

아버지 말이라면 싫어도 대꾸를 않고 빙긋이 웃어버리곤 하는 이병기였으나 아내와 아이들 앞에서 몇 번이나 같은 말을 듣자 반발을 하기도 했다.

"그러면 이승만이하고 우익들 하는 꼴대로 그냥 내버려두란 말입니까?"

"이 나라와 민족을 분단시킨 이승만이야 때려죽여도 시원찮은 놈이지. 하지만 이북 정치가 돌아가는 걸 봐라. 남한에 아무리 문제가 많아도, 이북으로 올라가는 사람이 얼마나 되느냐? 그런데 공산당이 싫어서 도망쳐 내려오는 사람은 백만 명도 넘을 거다. 나도 김창숙 선생하고 통일 정부를 수립하려고 애를 써보았지만 미국과 소련이 대립하는 이상 우리는 할 수 있는 일이 없다는 걸 절감했다. 아범아, 너도 이제 현실을 인정할 때가 되었잖느냐?"

단독정부가 수립되면서 더 이상 남한에 살 수 없게 된 남로당원과 간부 만여 명이 삼팔선을 넘어 북한으로 간 것으로 알려졌다. 반면, 북한에서 내려온 이들은 그 백 배가 넘었다. 주로 지주나 친일파 지식인들이 월남했다지만, 그래도 백만 명은 너무 많았다. 북한이 남한 이상으로 사람 살 곳이 못 된다는 점은 가보지 않아도 알 수 있었다. 사실 이병기가 줄곧 경찰에 쫓기고 툭 하면 끌려가 두들겨 맞고 고문당하면서도 월북하지 않은 것은 북한의 현실에 대한 불신과 경계심 때문이었다. 아무래도 저건 아닌데, 그렇다면 도대체 제대로 된 민주공화국은 어디에 있단 말인가? 이병기는 혼자 반문하곤 했다. 그렇다고 해서 남한의 모순에 눈감을 수는 없었다. 그것이야말로 더욱 불가능했다.

"이북의 문제는 이북의 문제고, 저는 이승만 파쇼하고 싸우는 겁니다. 친일 매국노들과 부패한 자본가들하고 싸우는 거란 말입니다. 제주도에서 저놈들이 빨치산을 토벌한다며 죽인 민간인이 3만 명이 넘습니다. 그중에 3분의 1은 노인과 아녀자들이었어요. 저런 놈들이 계속해서 조국을 지배하도록 내버려두어야 한답니까?"

이동하는 한숨을 쉬며 고개를 저었다.

"조국? 조국이 다 무어냐? 이남이나 이북이나 도대체 희망이 없구나. 해방된 조국이 이 모양이 될 줄 그 누가 알았겠냐? 부일 매국노들도 자기네가 돈과 권력을 그대로 차지할 줄은 꿈에도 몰랐을 거다."

남한 욕을 할 때면 이동하는 꼭 북한 욕을 한마디씩 보탰다. 이병기를 의식해서였다.

"이북도 마찬가지지. 김일성이도 해방될 때까지만 해도 자기가 위대한 장군으로 모셔지고 수상까지 될 줄은 전혀 몰랐을 거다. 남이나 북이나 권력은 미국 놈 소련 놈 엉덩이에 붙어 있던 놈들이 차지해버리고……. 우린 그저 고생만 하는 거라. 그래서 내 하는 말 아니냐? 아범아, 이제라도 네 아내하고 아이들 생각해서 집에 눌러앉아라."

오묘연은 옆에 고개를 숙이고 앉아 남편이 시아버지 말을 받아들이기를 간절히 바랐다. 그러나 이병기는 이야기가 이쯤 되면 그냥 나가버리기 일쑤였다.

1949년 연말이 되면서 이동하의 애원은 더욱 강해졌다. 국민보도연맹이란 것이 생기면서부터였다.

여순반란사건과 제주 4·3항쟁을 유혈 진압하고 정부를 안정시키는 데 성공한 이승만은 더욱 치밀하고 조직적으로 좌익 소탕 작전에 나섰다. 특히 그는 자신의 취약한 정치 기반을 보완하기 위해 정치적 반대 세력을 무조건 좌익으로 몰아 처단하기를 즐겼다. 1948년 12월 국가보안법이 제정된 이후 1949년 한 해 동안 12만 명이 체포되거나 처형당했다.

어느 정도 좌익이 평정되었다고 판단한 1949년 10월, 이승만 정부는 남로당을 비롯한 150여 개의 좌익 정당과 단체를 불법화하는 한편, 과거 공산당 활동을 했으나 반성하고 전향한 이들을 대상으로 '국민보도연맹'이라는 단체를 만들었다. 끊임없이 생성되는 반정부 세력을 모두 적으로 돌릴 수는 없으므로 전향을 시켜서 스스로 운동을 포기하게 만드는 작전이었다. 일제가 써먹었던 대화숙과 똑같았다. 전향하고 연맹에 가입하면 경찰의 요시찰 대상에서 제외해 편하게 살게 해주겠다는 명분이었다.

보도연맹의 가입을 촉진하기 위해 이승만 정부는 11월 한 달을 자수 및 전향 기간으로 설정하여 대대적인 전향 공작을 전개했다. 이 기간 동안 전국적으로 약 4만 명이 자수해 보도연맹에 가입했다. 전향 기간이 끝난 12월 1일부터는 대대적인 검거를 시작해 감옥은 좌익수들로 넘쳐났다. 체포된 이들 중 상당수가 살아남기 위해 전향서를 쓰고 보도연맹에 가입했다. 그해 겨울 미군의 막대한 무력 지원을 받아 빨치산 동계 토벌이 시작되었다. 그 과정에서도 무수한 사람이 빨치산들이 활동하는 산악 주변에 산다는 죄로 빨갱이 협조자, 동조자라며 체포되었고, 즉결 처형되거나 역시 보도연맹에 가입해야 했다.

보도연맹의 다수가 좌익인 것은 사실이었으나 또 상당수는 좌익이라고 할 수 없는 사람들이었다. 이승만은 정치적 반대자를 줄여보고자 보도연맹을 지원하여 최소 30만 명은 가입시키라고 지시했다. 막상 좌익사범의 숫자는 그렇게까지 많지는 않았다. 이에 중앙 관리들은 각 지역에 할당량을 주어 연맹원을 강제로 늘리게 했다.

각급 기관은 무리수를 두어 엉뚱한 사람들을 반강제로 가입시키기 시작했다. 관에서 하는 일이라니 무슨 감투인 줄 알고 가입한 이도 있었고, 밀가루를 배급해준다고 하여 가입서에 도장 찍은 사람도 있었고, 또는 동네 이장이 일방적으로 마을 사람들 이름을 죽 적어 내기도 했다. 보도연맹 가입자들은 전향의 진정성을 입증해 보이기 위해 옛 동료들을 색출, 밀고하거나 자수를 권하는 등 자진해서 반공 활동을 하기도 했다.

이동하의 고집은 완강했다. 비록 아들은 빨갱이지만 자신은 민족주의 저명인사의 한 사람이었기에 관청과 경찰에 인맥이 많았던 이동하는 지금이라도 보도연맹에 가입하면 이전의 죄는 모두 없애주겠다는 그들의 말을 철석같이 믿었다. 김창숙은 대구에 나오면 꼭 이동하를 찾았는데 그때마다 둘이 앉아 이병기의 근황을 걱정했다. 이병기가 집에 들어오는 날이 거의 없다 보니 직접 만나기가 어려워서 김창숙은 오묘연을 붙들고 이병기에게 좌익 활동을 그만두라는 이야기를 전해달라고 했다. 우익 인사로 대구에서 상당한 세력이 있던 서상일도 이동하를 찾아올 때면 꼭 이병기 이야기를 꺼내며 자수하고 보도연맹에 가입하라고 권했다.

모두 이병기를 아끼는 마음에서 우러난 권유라는 것을 이병기 본인도 잘 알고 있었다. 어른들은 결코 이승만이나 우익을 지지해서 그런 말을 하는 것이 아니었다. 자본주의가 아무리 문제가 있다 해도 근본적으로 자유와 민주를 지향하는 데 반해 공산주의는 오로지 이념에만 모든 것을 바쳐야 하는 독재국가를 지향하니 절대 추구해서는 안 된다는 생각에서였다.

한번은 김창숙이 찾아왔을 때 마침 이병기도 집에 와 있었다. 김창숙은 하반신이 마비된 불편한 몸으로 이병기의 손을 잡고 말했다.

"이보게, 병기. 공산주의는 결코 국민들을 행복하게 하지 못할 것이네. 이북에서 내려온 사람들 말을 들어보지 않았는가? 돈 많고 권력 있는 사람들이 가난한 사람들을 부려 먹는 건 좋은 일이 아니지만, 그렇다고 돈 없고 무식한 자들이 그것을 명분으로 내세워 독재 권력을 쥐고 나머지 사람들을 억압한다면 그건 더 무서운 불행이 될 뿐일세. 이승만과 친일파들 미워하는 마음이야 동감하네만, 그

목표가 공산주의라면 찬성할 수가 없네."

이병기의 고집도 만만치 않았다. 그는 좋은 낯으로 빙글빙글 웃으며 말할 뿐이었다.

"알겠습니다, 어르신. 너무 걱정 마십시오. 제가 알아서 하겠습니다."

전향을 하겠다거나 보도연맹에 가입하겠다는 말은 끝까지 하지 않았다. 그렇다고 당 활동에 열정을 가진 것도 아니었다. 남부 지역 남로당 도당과 군당은 모두 산으로 들어가 야산대의 보호 속에 군경의 추적을 피해 이리저리 떠도는 신세였다. 배철이 이끄는 경북 도당과 산하 군당들도 대구 북쪽의 팔공산 일대에서 군경의 토벌 작전에 하나씩 죽어가고 있었다. 이병기는 그들과 연락이 단절된 채 대구 시내에 남은 당원들과 연락을 유지하는 정도였다. 경찰의 추적과 밀고자들의 매서운 눈초리를 피해 극비리에 만나는 당원들은 하나같이 한숨만 쉴 뿐이었다.

실제 남로당은 이미 1년 전인 1949년 6월에 완전히 해체되어 조선노동당에 통합되었고, 남로당 지도자였던 박헌영은 당무에서 완전히 손을 뗀 상태였다. 그러나 남한의 하급 간부들은 이런 사실을 전혀 알지 못했다. 여전히 남로당이 살아 있으며 박헌영과 그 직계들이 당을 지도한다고 생각했다. 김일성이 모든 것을 관할하고 지하 남로당 총책인 김삼룡은 박헌영이 아닌 김일성으로부터 직접 명령을 받고 있다는 사실은 전혀 몰랐다. 때문에 사람들은 조심스럽지만 솔직하게 박헌영에 대한 불만을 토로하곤 했다.

"도대체 중앙당은 무슨 지침이 있단 말입니까? 상황이 이 모양인데 박헌영 동지는 무조건 싸우라고만 하다니, 이렇게 무책임한 상부가 어디 있습니까?"

당을 이탈해 보도연맹에 가입하는 당원의 숫자는 너무 많아서 일일이 셀 수도 없었다. 주요 간부들조차도 회의에 빠져 동요하는 이가 많았다. 상황이 이럴수록 더 열심히 투쟁하라는 격려는 이제 너무 진부했다.

그런 가운데도 의지를 잃지 않고 조직을 재건하기 위해 위험한 밀행을 계속하는 이는 경북도당 위원장 배철이었다. 경기도 개성 출신인 배철은 일제 시대부터 해방이 될 때까지 일본에서 공산당 활동을 했던 인물로, 이병기보다 여섯 살 어린 나이에도 경북도당 위원장으로 임명될 만큼 대단한 열정과 투지를 갖고 있었다. 배철도 경북도당 간부들과 함께 팔공산에 들어가 직접 총을 들고 싸우고 있었다. 한겨울에도 그 추운 산중에서 낙엽을 이불 삼아 자고 불을 때지 못해 생쌀을 씹는 생활이었다.

함께 전평 활동을 했던 이일재는 팔공산에 올라갔다 내려와서 배철이 어떤 사람인가 이야기해주었다. 이일재는 누런 군복을 입은 국방경비대를 누렁개라 불렀다.

"위원장 동지하고 몇 명이 산에서 내려오는데 누렁개들이 떼 지어 올라오는 겁니다. 우린 총알도 없어 꼼짝 못하고 나무숲에 엎드려 있었지요. 근데 마침 위원장 동지가 심한 감기에 걸려 있었습니다. 기침 소리를 냈다 하면 우린 몰살이지요. 위원장 동지는 끝까지 아무 소리도 내지 않는 겁니다. 누렁개들이 다 지나가고 나서 돌아보니 자기 수건을 입에 물고 있다가 숨을 못 쉬어 기절을 했어요. 난리가 나서 인공호흡을 해서 살려냈지요. 기침소리를 내지 않으려고 수건으로 자기 입을 틀어막아 기절까지 하다니, 정말 대단한 분이 아닙니까?"

이병기는 이일재의 이야기를 들으면서 배철에 대한 존경심과 함께 깊은 자괴감을 느꼈다. 그는 이제 더 이상 배철처럼 열심히 싸울 의지가 없었다. 이승만과 우익을 향한 증오심은 갈수록 커졌지만, 제주와 여순의 반란으로 수많은 민중을 죽게 만든 사회주의자들의 무모함도 싫었다. 어른들의 말씀이 아니더라도, 최고인민회의 참석차 북한에 다녀온 이들의 이야기만 들어도 북한의 사회주의는 뭔가 잘못되었다는 의구심이 사라지지를 않았다. 아무리 좋은 이상이라도, 아무리 위대한 사상이라 할지라도, 인간의 자유를 구속해서는 안 된다는 것이 일본 파시즘하에서 뼈저리게 느낀 생각이었다. 혁명이란 이름으로 민중의 자유를 억압하고 지도자 한 사람만을 신적인 존재로 떠받드는 모습을 보면서, 이병기는 정말 이건 아니라는 생각이 가시지를 않았다.

이병기 자신은 이러지도 저러지도 못한 채 하부 간부로서 관성적으로 당원 모임을 유지하는 정도였지만 경찰의 입장은 달랐다. 경찰 측 시각에서 보면 이병기는 여전히 대구 경북 지역의 공산주의 지도자였다. 집에 거의 들어오지 않는 그의 처신이 경찰을 더욱 긴장시켰다. 경찰은 한밤중이나 새벽에 신발을 신은 채 집 안으로 몰려 들어와 난장판을 해놓기 일쑤였다. 이동하가 무슨 짓이냐고 야단을 쳐도 소용없었다. 몇 차례나 온 집을 샅샅이 뒤져 이병기의 책을 모조리 가져가고 몇 장 없는 사진마저 다 가져가 버렸다. 아이들이 혹 울거나 반항의 기색이라도 보이면 손찌검을 하고 발길질을 해서 밖으로 내던지기도 했다.

견디다 못한 가족들은 몇 번 이사를 가보기도 했지만, 어찌 알고 형사들이 곧장 따라붙었다. 오묘연의 머리에 총을 들이대고 이병기가 있는 데를 대라며 으름장을 놓기까지 했다. 가족들에게 밤은 편안히 쉴 수 있는 평화로운 시간이 못 되었다. 집은 안식처가 될 수 없었다. 불안과 공포는 일상이 되어버린 지 오래였다.

집에 들어올 수 없는 이병기는 효철의 등굣길을 지키고 있다가 불쑥 나타나기도 했다. 집안의 안부를 묻고 아들을 보기 위해서였다. 어느 날 아침 효철이 매일 다니는 골목길로 걸어가는데 불쑥 이병기가 모습을 드러냈다. 어린 꼬마답지 않게 경찰의 감시에 단련된 효철은 먼저 사방을 살피며 수상한 사람이 없는지부터 확인했다. 그리고는 조심스레 아버지에게 다가갔다.

"아버지예!"

이병기는 천연덕스럽게 빙그레 웃는 얼굴로 아들의 머리를 쓰다듬으며 물었다.

"그래, 집안에 별일 없지? 할아버지, 어머니 말씀도 잘 듣고? 동생들도 건강하고?"

조용한 날이 없는 집이었지만, 효철은 고개를 끄덕이며 별일 없다고 대답했다. 이병기는 그런 아들이 기특했다. 이병기는 바짓주머니에서 무언가를 주섬주섬 꺼내 들더니 효철에게 주면서 말했다.

"자, 이거 받아라."

뛰어가는 아버지의 뒷모습을 아쉽게 바라보던 효철은 자신의 손에 들린 물건을 쳐다보았다. 세계지도책이었다. 아들에게 무언가 주고 싶은데 가진 것이 없던 이병기는 만주에서부터 지니고 다니던 낡은 지도책을 효철에게 준 것이었다. 효철이 다시 고개를 들어보니 이병기는 이미 골목길 어귀로 완전히 모습을 감춘 후였다. 효철은 텅 빈 길과 손에 들린 지도책을 한참 동안 번갈아 바라보았다. 그리고는 아버지, 하고 나지막이 불러보았다.

어느 날 밤, 한밤중에 쳐들어온 형사들은 효철을 툭툭 발로 차 건드리며 물었다.

"느그 아버지 어딨냐?"

잠결에 미처 꿈인지 생시인지 분간할 틈이 없던 효철은 "으음, 뒷집에……." 그 말만 하고 다시 깊은 잠에 빠졌다. 형사들은 옳다구나, 하고는 우르르 뒷집으로 몰려갔다. 뒷집 남자는 이병기로 오인되어 그 자리에서 걷지도 못할 만큼 두들겨 맞고 끌려갔다. 전혀 무관한 그 집 남자를 체포한 것이었다.

효철은 다음 날이 되어서야 아버지 대신 뒷집 아저씨가 연행되었다는 사실을 알게 되었고, 그것이 자신이 잠결에 한 말 때문이라는 것을 깨달았다. 전에 옆집에 공사하러 온 인부들이 낮에 효철의 집 마당에 와서 우물이 어디 있느냐고 묻기에 뒷집에 있다고 가르쳐준 적이 있었다. 효철은 잠결에 형사들이 묻는 말을 우물 어디 있느냐는 말인 줄 알고 뒷집이라고 대답한 것이었다. 끌려간 뒷집 남자는 다시는 돌아오지 못했다. 효철은 평생 미안함을 간직하고 살아야 했다.

거듭되는 야간 수색으로 집안 식구 모두 병이 날 지경이었다. 결국 이병기는 아버지와 서상일의 강권에 못 이겨 경찰에 자수하는 형식으로 출두했다. 전쟁이 나기 얼마 전인 1950년 초였다. 자진 출두라서 심문은 심하지 않았다. 그동안의 행적에 대해서는 친척 집에 숨어 있었다고 거짓 진술했다. 이병기는 하룻밤을 조사받은 후, 사상 전향서를 쓰고 국민보도연맹에 가입하고 말았다. 자의 반타의 반으로 이루어진 일이었지만, 타의가 섞였다 해도 결국은 자신이 한 일이었다.

"내가 보도연맹에 가입하다니, 내가 이 지경까지 되다니. 그 혹독한 일본 놈들한테도 전향서 한 장 안 써주고 버텨온 나인데……."

집에 돌아온 날 밤, 이병기는 오묘연 옆에서 한숨을 길게 내쉬며 잠을 이루지 못했다. 아무리 사회주의에 대한 의구심이 작용했다 해도, 정부 수립 2년 만에 4만 명에 이르는 국민을 학살한 자들에게 항복문서를 써주었다는 것이 죽고 싶도록 치욕스럽다며 한탄했다. 일제가 아무리 악독하다 해도 재판 없이 직접 쏘아 죽인 조선인의 숫자는 삼일운동 때 7,500여 명과 만주에서 수천 명 등 다 해봐야 2만 명을 넘지 않을 것이었다. 이병기에게는 대한민국이야말로 민중의 피바다 위에 세워진 피의 나라였다. 오묘연은 밤새 울분을 토하는 이병기의 회한과 자조의 소리를 들었다.

보도연맹에 가입한 후에도 이병기가 집에 머문 시간은 실상 많지 않았다. 가입만 하면 모든 죄가 사라지고 자유롭게 살 수 있다더니, 툭하면 소집 명령이 내려왔다. 나가보면 반공 교육을 받게 하거나 마을 청소 같은 일을 시켰다. 교관이란 자들은 연맹원들을 여전히 빨갱이 범죄자들로 취급했다. 전체를 모아놓고도 반말로 연설을 했고 함부로 욕을 했고 늦게 나오거나 행동이 굼뜨다며 주먹질을 하기도 했다. 좌익 출신들은 그러한 취급에 익숙한 편이었지만, 고무신과 막걸리를 받아먹고 가입한 평범한 일반인들은 잔뜩 겁을 집어먹고 두려움에 떨었다. 이병기는 두어 번 출석하다가 때려치우고 다시 잠적해버렸다.

이병기가 집으로 돌아온 날은 전쟁이 터진 바로 다음 날인

1950년 6월 26일이었다. 막내 아이의 백일을 맞아 밤에 몰래 다니러 온 것이었다. 다음 날 이른 아침, 형사들이 쳐들어왔다. 마당 한쪽 나무 뒤에 한때 이병기와 함께 남로당 활동을 했던 김 모가 경찰들 사이에 서 있는 모습이 보였다. 이병기가 없는 동안 가끔씩 찾아와 걱정도 해주면서 이병기가 어디 갔는가 은근히 캐묻던 자였다. 오묘연은 가슴을 쳤다. 한때 자신이 밥을 해서 먹여주고 옷까지 빨아준 동지가 적보다 더 무서운 적이 되어 뒤통수에서 화살을 겨누고 있었다.

동지들이 감옥에서 나오면 형무소 앞에 기다리고 서 있다가 내복도 벗어주고 겉옷도 벗어주고 신발도 벗어주고 오던 남편이었다. 그렇게 벗어주고 왔으면 떨지나 말지 떨긴 왜 떠느냐고 미운 맘에 한 소리 하면 그냥 씩 웃고 말던 남편이었다. 그런 남편의 동지가 적이 되어 나타나다니. 무서운 일이었다. 끔찍스런 일이었다. 오묘연은 배신감에 치를 떨며 그 사내를 노려보았다.

"아버님 어떻게 손을 써야지예. 어떻게 좀 해보이소, 예?"

오묘연은 이병기가 끌려가고 난 후 이동하를 붙잡고 하소연했다. 북한 인민군이 서울까지 밀고 들어왔다는 뉴스가 나와도 그녀의 귀에는 전혀 들리지 않았다. 그러나 이동하는 크게 걱정하지 않았다.

"너무 걱정마라. 전쟁이 나니까 예비검속을 하는 것일 뿐이다. 항상 그랬지 않니? 별일 없을 테니 마음 놓고 있어라."

이동하는 마음 한편으로 남한의 좌익들이 전쟁 분위기를 틈타 봉기할지도 모른다고 생각했다. 아들이 밖에 있으면 그에 가담할 게 분명해 보였다. 차라리 경찰서 유치장에 들어가 있는 게 좋겠다는 생각이 들었다. 이동하는 그런 이유에서라도 아무 데도 손을 쓰지 않은 채 수수방관했다.

오묘연의 생각은 달랐다. 서울이 함락되고 인민군이 파죽지세로 내려온다는 소문과 함께 시내에는 매일 매시간 흉흉한 소문이 휘돌았다. 춘천 형무소 등 중부 지방 형무소에 수감되어 있던 좌익수들이 모조리 처형되었다는 소문이었다. 전국에서 보도연맹원들이 연행되고 있으며 이들도 모두 죽여버릴 거라는 소문이었다. 그녀는 도저히 불안한 마음을 억누를 수가 없었다. 이동하의 짐짓 태연한 모습이 이번에는 전혀 위안이 되지 않았다. 그녀는 서상일의 집을 찾아갔다.

"선생님, 소문 들으셨지예? 무서운 소문이 돌고 있지 않습니꺼? 잡아간 사람들을 다 죽인다고 안 합니꺼? 선생님께서 어찌 손 좀 써주셔야 안 되겠는교? 지발 부탁입니더."

오묘연이 간청하고 애원했지만 서상일 역시 너무도 태연자약했다.

"무슨 소문을 듣고 왔는지는 모르겠네만, 정부에서 죄 없는 사람을 잡아다가 어찌 하겠나? 지들도 인간인데, 절대 그럴 리가 없다. 엄연히 법이란 게 있는데 판결도 없이, 그건 말도 안 되지. 곧 풀려날 테니 걱정 말고 집에 가서 기다리고 있게나. 아무 말이나 듣고 다니지 말고 말이야."

오묘연은 되레 호된 나무람을 듣고 돌아서야 했다. 아무 일 없기를, 그렇게만 되면 좋으련만, 왜 이리 마음이 놓이지 않는 걸까. 오묘연은 가녀린 어깨를 축 늘어뜨린 채 타박타박 발걸음을 돌렸다.

그녀는 이병기가 돌아오기만을 기다리며 지냈다. 하루하루, 일분일초가 길기만 했다. 밤에 잠을 자다가 옆에 누웠는가 싶어 눈을 떠보면 아무도 없어 허망했다. 누군가 대문을 두드리는 소리가 들리는 듯 느껴져 맨발로 뛰어나가기 다반사였으나 문밖에는 아무도 없었다. 이병기는 돌아오지 않았다. 돌아올 수 없었다. 매일 식은땀에 흠뻑 젖은 채 아침을 맞은 오묘연은 그렇게 속절없이, 마냥 기다리고 있을 수밖에 없었다.

사흘이면 평양까지 점령할 수 있다며 큰소리치던 이승만 정부는 전쟁이 일어나자 사흘 만에 혼자 살겠다고 한강 다리를 폭파하고 달아났다. 또, 감옥의 좌익수들과 보도연맹원들이 북쪽에 동조할 수 있다며 전원 체포해 사살하라고 명령했다. 형무소 죄수와 보도연맹원에 대한 미증유의 학살이 시작되었다.

오묘연이 들은 춘천 형무소 이야기는 헛소문이 아니었다. 춘천 형무소 좌익수들과 인근의 보도연맹원들이 학살당한 것을 시작으로, 경기도 이천 이남 전국에서 대규모 학살이 시작되었다. 대전 형무소에 갇혀 있던 좌익수와 인근의 보도연맹원 7,000여 명이 산내면 골짜기에서 학살되는 등 학살된 숫자는 20만 명에 이르렀다.

대구 일대의 좌익에 대한 체포는 전쟁 바로 다음 날부터 시작되었다. 미군의 감독 아래, 경찰과 국군은 지역별로 보도연맹 가입자들을 모두 불러냈다. 마을마다 군마다 수십 명에서 수백 명의 연맹 가입자들이 끌려나와 학교나 마을회관에 모였다. 처형 대상자는 3,500명에 이르렀다.

이병기는 대구 형무소에 감금되었다. 해방 후에는 어찌어찌 잘 피해 감옥 생활을 하지 않고 지내온 이병기였다. 잠시 방심한 것이 큰 실수였다. 무슨 일이 있어도 집에 가지 말았어야 했다. 이제 와서 후회한다고 달라질 일도 아니었다. 이병기의 가슴속에 두려움이 밀려들었다.

7월 8일 오후가 되자 간수가 이병기의 이름을 불렀다. 어디로 가는 걸까. 간수 말로는 부산 형무소로 이감되는 것이라 했다. 동료인 이원식도 함께 잡혀와 있었다. 이병기는 옆방을 지나쳐 가면서 이원식을 큰 소리로 불렀다.

"원식아, 원식아."

감방 안에서 이원식이 고개를 들어 창문 쪽을 바라보았다. 이원식은 아버지 이동하가 이름을 바꾸기 전의 이름과 같아서 이병기는 그의 이름을 부를 때마다 항시 조심스런 기분이 들곤 했다. 다재다능한 이원식은 한·양의사이자 수지학자였다.

"나, 나간다."

이병기는 한마디 겨우 던지고는 간수에게 끌려나갔다.

"형!"

이원식은 이병기의 발소리가 멀어져가는 소리를 들으며 맥없이 주저앉았다. 천운으로 살아남은 이원식은 후에 이병기와의 마지막 이별을 증언해주었다.

이병기가 끌려나간 형무소 마당에는 재소자 수십 명이 몰려나와 있었다. 무슨 일인지, 어디로 가는 건지 생각할 틈조차 없었다. 분위기는 험악했다. 총을 든 군인들이 트럭을 둘러싸고 서 있었다. 그들은 사람들을 네 명씩 묶기 시작했다. 그리고 트럭에 오르라는 명령이 떨어졌다. 철삿줄에 묶인 네 사람이 한꺼번에 트럭을 오르기는 쉽지 않았다. 군인들은 재소자들을 강제로 태웠다. 빨리 차에 오르지 못하자 개머리판으로 때렸다. 누군가 뼈 꺾이는 소리가 났다. 시간이 지남에 따라 그 소리는 더욱 잦아졌고 사람들의 신음소리는 커져갔다. 트럭 안에 층층이 쌓인 사람들은 고개를 바닥에 박고 아래만 내려다봤다. 숨을 쉬기도 곤란했다. 트럭 네 귀퉁이에 총을 든 군인들이 서서 험악한 얼굴로 사람들을 노려보았다.

"이 빨갱이 새끼들! 입 안 다물어? 고개 안 숙여? 뒈지고 싶어?"

어쩌다 머리를 움찔거리고 고개를 들기라도 하면 군인들이 개머리판으로 사정없이 내리쳤다. 트럭은 그렇게 한 시간여를 달렸다. 대구에서 경산을 지나 자인 방면으로 가는 국도에서 오른쪽을 향해 3킬로미터 정도 들어가면 일제 때 '돈방석'이라고 불렸던 코발트 광산이 나왔다. 트럭이 멈춘 곳은 코발트 광산 수평굴 앞이었다. 그 옆 비탈을 따라 약 20미터를 더 올라갔다. 미끄러지고 넘어지는 사람들이 늘어났다. 그저 앞사람이 걷는 대로 발을 맞춰 내딛어야 했다. 굴비처럼 묶인 30여 명이 수직굴 앞에 세워졌다. 뒤로는 깊이를 알 수 없는 까마득한 수직굴이 검은 입을 벌리고 있었다. 앞에는 군인들이 총부리를 겨누고 있었다. 수직굴 앞에 여덟 명씩 엮여 앉아 일어서 동작을 몇 차례 했다. 극도의 공포에 질린 사람들은 일말의 희망이라도 붙잡으려는 간절한 몸짓으로 군인들의 명령에 따랐다.

총성이 시작되었다. 온 산과 골짜기가 무너져 내릴 듯 엄청난 굉음이었다. 산새들이 일제히 날아올랐다. 대열 앞쪽에서 비명을 지르며 사람들이 쓰러졌다. 고꾸라지고 자빠지고 소리치고 날뛰고 울부짖었다. 마지막으로 인간이 낼 수 있는 모든 소리를 내며 몸부림을 쳤다. 군인들은 사람들을 수직굴 앞에 세워두고 일일이 총을 쏘다가 나중에는 대열 중간의 두세 명에게만 총을 쏘고 굴로 밀어서 산 사람까지 함께 떨어지도록 했다. 그것도 귀찮고 힘이 들자 대열에 선 사람들 중 한 명에게만 총을 쏘았다. 맨 앞사람에게 총을 쏘아 쓰러지면 발로 차서 나머지 일곱 명까지 산 채로 한꺼번에 수직굴 바닥으로 떨어뜨리는 것이었다. 마지막에는 아예 총도 쏘지 않고 개머리판으로 머리를 찍어 떨어뜨려 생매장을 해버렸다.

총성은 끊임없이 울렸다. 비명 소리가 산과 골짜기와 하늘을 메웠다. 이병기는 가슴에 총을 맞은 채 동굴 아래로 떨어졌다. 떨어지면서 우두둑 뼈 부러지는 소리가 났다. 이병기는 몸 어디에 총을 맞았는지, 어디가 아픈지조차 전혀 느껴지지 않았다. 느낄 수가 없었다. 이병기의 몸 위로 누군가의 몸이 떨어졌다. 가슴이 턱 막혀왔다. 처음엔 떨어지는 사람 수를 세었지만 언제부턴가 세어지지 않았다. 밑에 깔린 이들의 흐느낌과 신음 소리, 뼈 부러지는 소리, 비명 소리만 쉼 없이 들렸다. 몸이라도 들썩이고 싶었지만 움직여지지 않았다. 몸이 점점 눌리고 있었다. 몸 위로 점점 더 무게가 더해져 옴짝달싹할 수 없었다. 숨을 쉴 수도 없었다. 만사가 아득해졌다. 죽는 건지, 죽어가는 건지. 아니면 이미 죽은 것도 같았다. 정신을 차리려고 해도 자꾸만 스르르 눈이 감겼다. 정신은 점점 더 아득해지고 흐릿해졌다. 죽는구나. 이제 죽음이, 죽음만이 느껴졌다. 너무도 가까운 곳에 죽음이 있었다.

벗어나고 싶었다. 일생 죽음으로부터 도망쳐왔으니, 이번에도 어떻게든 벗어나고 싶었다. 소리라도 치고 싶었다. 이건 아니라고, 때가 아니라고, 악물었던 입을 벌리고 단말마의 비명을 지르고 싶었다. 그러나 소리가 입 밖으로 나오지 않았다. 두 눈이, 입술이, 목이, 심장이, 사지가, 온몸이 꽉 눌린 채 깊은 수렁 속으로 끝도 없이 빨려 들어갔다. 점점 없어지고 있다는 것이 바로 이런 느낌인 걸까. 마흔넷, 자신의 삶이 전부 사라져가고 있었다. 아내의, 자식들의, 아버지의 얼굴이 하나둘씩 가슴에 박혔다. 인사라도 할 수 있다면, 손이라도 흔들 수 있다면 좋으련만, 아무리 애써도 손이 들리지 않았다. 무겁고 몽롱했다. 그저 깜깜했다.

총소리는 저녁 무렵이 되어서야 그쳤다. 동굴 안에는 살려달라는 외침과 신음 소리와 꿈틀거림이 아직 남아 있었다. 군인들은 시체 위로 잔솔가지와 가랑잎들을 흩뿌린 후 동굴 안에 불을 질렀다. 피투성이 시쳇더미 속으로 불길이 타들어왔다. 건잡을 수 없이 뜨거운 불길이었다. 옷과 머리카락 타는 냄새, 피비린내가 가득한 동굴 안은 생지옥과 다름없었다.

차츰 동굴 안이 고요해졌다. 소리가 잦아들고 온 골짜기, 산 전체가 완전한 암흑에 휩싸였다.

코발트 광산의 총소리는 종일, 일주일이 넘도록 계속되었다. 하루에 백 명 가까운 이들이 죽음을 당했다. 수직굴과 수평굴이 시신으로 가득 차자 군인들은 대원골 구석구석에 시신을 묻기 시작했다. 그렇게 열흘 넘게 처형이 집행되어 3,500여 명이 학살되었는데 그중 여성도 열다섯 명가량 포함되어 있었다. 군경은 이들에게 단 한마디 변명의 기회도 주지 않고 집단으로 사살했다. 전국 각지에서 20만 명이 넘는 이들이 항의 한마디 못한 채 죽어갔다. 이병기도 그중 한 사람이었다.

미안하다, 내 아들아

이병기가 살해당했다는 사실을 알게 된 이동하는 한동안 넋을 잃었다. 잠도 못 자고 밥도 먹지 못하고 물도 거의 마시지 않아 얼굴은 새까매지고 입술은 부르텄다. 두 눈은 분노와 후회와 슬픔으로 시뻘겋게 충혈되었다. 이동하는 오묘연을 붙잡고 뒤늦게 회한의 눈물을 쏟았다.

"그래, 네 말이 맞다! 네 말을 들을 걸 그랬다!"

자신이나 서상일이 경찰서장이든 국회의원이든 한마디만 청원했어도 아들은 살아 나왔을 것이다. 그도 저도 안 되면 뇌물이라도 써서 빼낼 수 있었을 것이다. 실제로 잡혀갔다가 그렇게 풀려난 이도 여럿이었다. 아니, 이승만을 믿고 국민보도연맹에 가입하라고 애원한 자체가 잘못이었다. 분노와 후회가 뼈에 사무쳤다.

이동하는 자식의 시신이라도 수습하려고 코발트 광산까지 가기도 했다. 그러나 수직갱과 수평갱 모두 입구가 흙으로 막혀 안을 들여다볼 수조차 없었다. 피와 살이 썩어 수평갱 바닥으로 검보랏빛

추깃물이 흘러나오며 숨도 못 쉴 정도로 악취를 풍길 뿐이었다. 산을 내려오는데 참았던 눈물이 터져 이동하는 길옆에 앉아 두 시간이 넘게 통곡했다. 큰아들은 일제의 고문으로 잃고 둘째 아들은 친미주의자들의 손에 잃은 이 늙은 항일투사에게 남은 것이라곤 증오심뿐이었다.

이동하는 이후 죽기까지 9년 동안, 자신의 무관심이 아들을 죽게 했다는 자책감에서 단 한시도 벗어난 적이 없었다. 그는 양반 체면 따지던 예전과 달리 자신의 분노를 그대로 분출했다. 이승만과 극우 보수 세력을 향한 증오심을 언제 어디서건 터뜨렸다. 자본주의의 근본이라고 알았던 자유민주주의 자체를 불신하고 저주하게 되었다. 그는 마지막 남은 생애는 오로지 자식의 명예 회복을 위해 바치겠다고 결심했다. 이승만 정권을 타도할 수 있다면, 지금까지 자신의 사상과 대치되는 이념도 상관하지 않고 수용하겠다는 결심까지 세웠다.

이동하는 학살 장소에 가보기라도 했지만, 대부분 유족은 후환이 무서워 접근도 못한 채 시쳇더미를 버려두었다. 한여름 더위에 시체 썩은 냄새가 온 마을에 진동했다. 인민군이 밀고 내려온 후에야 유족들은 그곳에 가보았으나 시신이 뒤엉켜 썩어버려서 누가 누구인지 알아볼 수가 없었다. 사람들은 대충 옷이나 신발을 보아 자기 식구라 짐작되는 시신의 뼈를 추려 무덤을 만들려 했지만 워낙 시신들이 겹쳐 쌓여 있어 엄두조차 낼 수 없었다. 죽은 이들의 유해는 그대로 광산의 수직굴과 수평굴, 그리고 주변의 구덩이에 방치되었다.

뒤이어 남한 대부분 지역을 점령한 인민군 역시 적지 않은 사람들을 죽였다. 국군의 보도연맹 학살에 분개하는 삐라를 만들어

뿌리거나 그 내용을 인민위원 교육용 자료로 발간하기도 한 인민군 역시 새로운 지배자로서의 권위를 세우기 위해 학살을 감행했다. 붉은 완장을 찬 인민위원회 사람들이 지주를 잡으러 몰려다녔고, 지주와 그 자식들은 들로 산으로 도망쳐 공포의 나날을 보냈다. 그들은 단순히 부자이거나 공무원, 경찰의 가족이라는 이유만으로 인민재판에서 죽음보다 무서운 공포를 겪은 뒤 죽창이나 돌로 살해되었다. 또는 인민군이 후퇴할 때 무더기로 학살되었다. 그 숫자는 학살된 보도연맹원들이나 미군 폭격으로 죽은 이들에 비하면 백 분의 일이나 될까 했지만, 사람들이 겪은 공포감은 그에 못지않았다.

남으로 밀고 내려오던 인민군은 미군의 참전으로 낙동강 일대에서 더는 내려오지 못하고 석 달간 버티다가 다시 북으로 쫓겨 갔다. 세계적으로 사회주의와 자본주의가 팽팽히 세력 균형을 이루어 냉전이 시작된 때였다. 각기 사회주의와 자본주의의 지원을 받는 북한과 남한은 어느 한쪽으로도 밀리지 않은 채 예전의 삼팔선 부근에서 일진일퇴를 거듭했다.

중부 전선에서는 일진일퇴를 거듭하며 수많은 인명이 죽어가고 있는데, 임시 수도 부산에서는 이승만을 대통령으로 재선시키기 위한 정치 공작이 한창이었다.

영구 집권을 꿈꾸던 이승만은 다음 선거에서 다시 당선될 가능성이 극히 낮았다. 제헌헌법에 따르면 대통령과 부통령은 국회에서 뽑게 되어 있었지만, 국회의원 대다수는 이승만을 지지하지 않았고 민의가 반영될 수 있는 내각책임제 개헌을 원했다.

전쟁 초기 이승만의 거듭된 잘못은 국회 내에 반이승만 세력이 확대되는 중요한 계기가 되었다. 1950년 6월 27일 새벽, 서울 사수를 결의한 국회도 모르게 대통령이 혼자서 피신한 것은 국회의 심한 반발을 샀다. 국회는 인민군 점령 기간 동안 부역한 이들에 대한 심각한 인권유린에도 제동을 걸어 사형(私刑) 금지령 등을 통과시켰다. 그런데도 이승만은 계엄령 아래 땃벌떼니 서북청년단이니 하는 극우 폭력단을 동원해 국회를 억압한 가운데 대통령 재선에 열을 올렸다. 이승만 정부의 초법적인 부패와 민간인 학살에 분개한 이시영 부통령이 사임하자 국회는 반이승만 성향이 더욱 강한 김성수를 제2대 부통령으로 선임했다.

이때 이승만의 체면을 치명적으로 손상한 사건이 일어났다. 1951년 봄, 이동하가 이승만의 하야를 촉구하는 성명서를 발표한 것이다. 한글과 한문을 혼용해 가는 붓글씨로 편지지 열한 장을 빽빽이 채운 성명서는 이승만의 실정을 12개 항으로 나누어 통렬히 비판했다. 이동하는 이승만이 상해임시정부에서 권력욕과 독선으로 탄핵당했던 사실부터 거론하면서 친일파로 이루어진 이승만의 내각과 군경의 인사 문제, 전쟁이 일어났을 때 홀로 남쪽으로 피신한 점, 경찰을 동원한 국회의원 부정선거 사례 등을 지적했다. 특히 아무런 법률에 의거하지 않고 양민을 대량 학살한 죄악은 결코 용서받을 수 없는 살인죄라고 맹렬히 비난하며, 이승만은 당장 하야하라고 요구했다.

이동하 혼자서 한 일은 아니었다. 김창숙을 비롯한 여러 동지가 사전에 협의를 했고, 젊은이들이 이동하의 집에서 성명서를 등사했다. 오묘연은 몇 날 며칠 동안 이들에게 밥을 해주고 담배 심부름을 하며 모든 과정을 지켜보았다. 드나든 사람의 이름이며 등사에 참여한 이들의 이름도 다 알고 있었다. 김창숙은 성명을 발표하기 전에 오묘연을 앉혀놓고 물었다. 그는 오묘연을 자신의 친 며느리와 다름없이 대했다. 실제로 그의 친 며느리 손응교와 오묘연은 둘도 없이 가까운 사이였다.

"이리 앉아보게. 좀 있으면 이 나라 정국에 큰 파란이 일 것이야. 그러면 살인마 이승만이가 가만히 있을 리가 없네. 지금까지 이 일에 관련되어 보고 들은 일을 발설하면 여러 사람이 다칠 것이네. 절대 비밀을 지킬 수 있겠나?"

오묘연이 다부지게 대답했다.

"효철이 아버지가 있지 않습니꺼? 절 믿으시소. 지는 죽으면 죽었지 한마디도 안 할 깁니더."

"그래, 맞다. 효철이 아버지가 있었지. 병기를 죽인 저놈들에게 또 당할 수야 없지. 효철이 에미를 믿겠네."

김창숙의 말대로 성명서는 일대 파란을 일으켰다. 전시 임시 수도인 부산에 배포된 이동하의 대통령 하야 성명서는 엄청난 반향을 불러일으켰다. 다들 말로는 이승만을 비판하면서도 전시 계엄령이 겁나 직접 나서서 싸우는 사람이 없었는데, 70대 늙은 항일운동가가 선두에 나서자 큰 힘을 얻었다. 국회는 완전히 반이승만 분위기로 돌아섰다.

이동하는 안주머니에 독약을 넣고 경찰을 기다렸다. 만일 경찰에 끌려가 극도의 고문을 못 이겨 거사 동지들의 이름을 자백할 상황이 되면 스스로 목숨을 끊을 계획이었다. 아니나 다를까 득달같이 들이닥친 경찰은 그를 칭칭 묶어 고문실로 직행했다.

하필이면 일제 때 대구 경찰서 고등계 형사로 독립군을 고문했던 자가 경찰 간부로 승진해 이동하를 직접 심문했다.

"당신 말이야, 아들 이병기가 죽었다고 원한을 품고 이런 짓 한 것 아니야?"

이동하는 당당히 대답했다.

"그렇다. 나는 내 아들이 억울하게 죽는 걸 보고 이승만을 절대 용서하지 않겠다고 다짐했다. 그렇지만 이병기만 내 아들인 것은 아니다. 이승만 정부에 의해 처형된 수십만 젊은이가 모두 내 자식이다. 내 아들이고 딸들이다. 친일파와 매국노들이 판치는 이 더러운 나라를 바로 세우려고 목숨을 바쳐 싸운 모든 사람이 내 자식이란 말이다. 나는 내 친아들 이병기뿐 아니라 그 모든 자식을 위해서 이 일을 한 것이다."

경찰은 인상을 찌푸리며 이동하를 노려보았다.

"이 양반이, 입만 벌리면 친일파니 뭐니 하는데, 빨갱이 잡아 나라를 살리자는 데 친일파가 어디 있고 애국자가 어디 있어?"

이동하는 더 매섭게 그를 쏘아보았다.

"너 이놈! 이 더러운 놈 같으니! 일제 때는 네놈한테 취조를 받으면서도 그래도 네놈을 동정했다. 먹고살기 위해 어쩔 수 없이 저런 짓을 하겠거니, 이해해주려고 애썼다. 그런데 해방된 나라에서 너 같은 놈들이 승승장구해 권력을 잡고 인민의 피를 뽑아내는데 어떻게 참을 수 있겠느냐? 너희도 인간이라면 조용히 물러나 농사라도 지으면 될 것 아니냐? 인간의 탈을 쓰고 어찌 그런 짓들을 할 수 있단 말이냐?"

경찰 간부는 얼굴이 시뻘개져서 이동하를 죽일 듯이 노려보았으나 이동하를 주시하는 사회적 이목을 의식해서인지 폭행을 하지는 못했다. 대신 이틀 넘게 한잠도 안 재우고 동지들의 이름을 대라고 강요했다.

"내가 죽더라고 더러운 손에 죽지는 않겠다. 내 손으로 죽겠다."

끝까지 버티던 이동하는 품에서 비상을 꺼내 들었다. 당황한 경찰 간부는 그를 제지한 후 수갑을 채워놓고는 화를 내며 나가버렸다.

김창숙도 체포되어 조사를 받았으나 일체 진술을 거부했다. 이동하와 김창숙은 부산의 형무소로 이송되어 옥살이를 시작했다.

경찰은 오묘연을 지목했다. 오묘연은 대구 남대문 경찰서로 몇 차례나 연행되어 갔다. 처음에 형사들은 오묘연을 고문실로 데리고 들어갔다. 경찰은 오묘연을 직접 고문하진 못했지만 일부러 누군가 고문받는 바로 옆방에서 취조를 하곤 했다. 겁을 주기 위해서였다. 경찰 한 사람이 물었다.

"누가 자금을 댔소? 등사한 사람은 누구냔 말이오? 노인이 그런 짓을 혼자 다 했을 리는 없고, 누구요? 한 사람만 대면 풀어줄 테니 아이들 생각해서라도 얼른 말하고 나가시오."

"지는 모릅니더. 무식한 아낙인 지가 뭘 알겠십니꺼?"

막내를 업고 달래며 모른다고 잡아뗐다. 경찰은 금방이라도 죽일 듯 눈알을 부라렸다.

"서상일이가 매일 그 집에 가는 것 다 알아! 돈 버는 사람 하나 없는 당신네가 무슨 수로 먹고 살았나? 서상일이가 대준 것 아냐? 이번 자금도 서상일이가 댔지?"

그들은 어떻게든 서상일을 잡아넣고 싶어 했다. 좌익을 섬멸한 이승만은 이제 우익 인사들을 정적으로 삼아 어떻게든 제거하려 기를 쓰고 있었다.

"내사 아무것도 모릅니더. 서상일 선생님이 우리 아들에게 용돈 준 건 봤어도 생활비는 모릅니더. 시아버지께서 주신 돈으로 살았지, 왜 지가 서상일 선생님께 돈을 받습니꺼?"

"당신 시아버지는 며느리가 재봉틀 팔아 준 돈으로 활동비 썼다고 하던데. 그럼 재봉틀은 얼마에 팔았어? 당신이 팔았으면 그건 알 거 아냐?"

오묘연은 순간 당황했다. 재봉틀이라니, 금시초문이었다. 이동하가 얼버무린 모양이었다. 돈의 액수가 서로 맞지 않으면 빌미 잡힐 게 뻔했다.

"재봉틀예? 지가 기억력이 안 좋아서, 얼마 받았는지 잊어버렸는데예."

경찰이 곧이곧대로 믿지 않으리란 걸 잘 알면서도 오묘연은 무조건 모른다, 잊어버렸다, 로 일관했다.

"햐, 정말 미치겠네! 이 여자 이거 보통이 아니네! 순진한 척 무식한 척 혼자 다 하면서 말이야."

오묘연은 경찰의 온갖 유도 심문과 협박과 회유에도 끝까지 버텨 서상일을 보호했다. 등사를 한 젊은이들도 마찬가지였다. 이동하나 김창숙, 서상일 같은 이들은 워낙 유명 인사이고 나이가 많아 심한 고문을 못하겠지만, 젊은 사람들은 잡혀가면 고문으로 죽거나 즉결 처형당할 게 분명했다. 그들의 이름이야말로 절대 발설해서는 안 되었다. 한 사람의 이름도 안 되었다. 한 명만 잡혀 오면 나머지는 줄줄이 엮여 나올 것이었다.

"이봐, 아지매! 한 사람만 대란 말야! 안 그러면 시아버지는 사형이야, 사형! 당신이 한마디만 하면 시아버지를 살릴 수 있는데, 시아버지를 그냥 죽일 셈인가? 이 집 며느리 참 독하네."

혀를 내두르는 형사에게 오묘연은 아무 대꾸도 하지 않고 고개만 가로저었다. 옆에 있던 다른 형사가 안 되겠다 싶었는지 화를 내며 말했다.

"저 소리 들으니 어때? 그렇게 말 안 하면 당신도 저 꼴 날 거야. 좀 패야 말을 하겠나, 응?"

형사는 두 눈을 부라리며 한 손을 쳐들었다. 옆방에서 대나무 매로 때리는 소리가 들렸다. 맞는 남자는 금세라도 숨이 넘어갈 듯 단말마의 비명을 질렀다. 그 소리만으로도 몸서리가 쳐지고 심장이 떨렸다. 그러나 오묘연은 짐짓 태연을 가장하고 코웃음을 치며 말했다.

"지가 뭘 했다고 맞는교? 나 참, 개를 두들겨 팬다는 말은 들어봤어도, 사람 팬단 말은 첨 들었네예. 아는 게 있어야 말을 하지예. 대체 먼 말을 하란 말인교?"

형사들이 어처구니없다는 듯 오묘연을 쳐다보았다.

"허, 참. 보통이 아니네. 훈련이 많이 되었어."

오묘연은 속으로 '그럼, 훈련이 많이 되었지!' 혼잣말을 했다. 그 사람과 함께한 13년, 짧지 않은 시간 동안 참으로 많은 훈련을 받았다. 그 착하고 정의로운 사람을 잡아가고 고문한 너희들, 기어이 무참히 살해해버린 너희 놈들에게 어떻게 하는 게 잘하는 건지, 너무나 잘 훈련받았다! 오묘연은 겉으로는 우는 애를 달래는 무식한 촌부처럼 굴었지만 마음속으로는 독기를 품고 오기를 다졌다.

경찰은 혀를 차고 고개를 흔들며 자기들끼리 고문을 하자 말자 승강이를 벌이더니 하룻밤 만에 오묘연을 석방했다. 그 뒤로도 두어 번 더 잡혀갔지만 오묘연은 단 한마디의 정보도 누설하지 않았다. 남편을 죽인 놈들이 하는 어떤 회유와 협박도 그녀를 꺾지 못했다.

한 달 후 이동하와 김창숙 등은 무사히 풀려났다. 서상일, 조병옥, 조재천 등 대구 경북 지역의 저명인사들과 국회의원들이 탄원을 올리고 압박을 가한 덕분이었다. 그러나 집 주변에는 밤낮으로 경찰관이 배치되어 이동하를 감시했다. 그의 집을 방문하는 사람은 곧바로 연행되어 방문 목적과 대화 내용에 대해 호된 심문을 받아야 했다.

얼마 후, 김창숙이 오묘연을 찾아와 손을 꼭 잡고 말했다.

"고맙다! 참말 병기 아내 자격이 있다! 효철이 에미 대단하다!"

김창숙은 경찰의 압력과 협박에도 굴하지 않고 비밀을 지킨 오묘연을 대견하게 여기고 두고두고 칭찬했다. 실제로 오묘연이 한 사람도 발설하지 않은 덕에 모두 무사할 수 있었다. 등사기를 민 사람만 해도 몇이었으니, 사람들은 모두 무사한 건 기적이라며 웃었다.

성명서 사건 이후 살림은 더욱 어려워졌다. 그 무렵 이동하 일가는 남산동 산비탈의 손바닥만 한 판잣집에 살고 있었다. 겨울에는 방 안에 떠놓은 물그릇이 얼고, 장마철이면 벽과 천장 곳곳에서 물이 새는 초라한 집이었다. 그나마 딸자식이 방 한 칸 없이 떠도는 것을 불쌍히 여긴 오묘연의 친정아버지가 마련해준 집이었다.

가뜩이나 손님이 귀한 가난한 집에 말 한마디만 나누고 가도 경찰이 체포하니 손님은 더욱 줄었다. 이승만 하야 성명서 사건 이후 이동하는 기피 인물 제1호가 되었다. 이동하가 어렵게 산다고 이런 저런 경로로 들어오던 약간의 생활비며 철 따라 들어오던 선물들도 뚝 끊겼다. 오묘연이 남의 집 잡일도 하고 공장도 다녔지만 시아버지와 셋이나 되는 아이들을 부양하기에는 어림도 없었다. 먹는장사를 하려고 물건을 떼어 와도 굶주린 아이들이 다 먹어버리니, 장사조차 제대로 할 수가 없었다. 하루 두 끼니만 먹어도 다행인, 지글지글한 세월이었다.

국회에서 대통령에 재선될 가능성이 희박해진 이승만은 자신을 지지해줄 정당의 결성을 서둘렀다. 한창 전쟁이 치열하던 1951년 12월, 이범석의 우익 청년단인 조선민족청년단, 즉 족청을 기반으로 한 세칭 원외자유당이 조직되었다. 같은 시기에 국회 다수파는 내각책임제 개헌을 추진하면서 세칭 원내자유당을 결성했다. 정부는 정·부통령 직선제를 골자로 한 개헌안을 제출했으나 큰 표 차이로 부결되었다.

직선제 개헌안 부결에 분노한 이승만은 즉각 '관제민의'를 동원했다. 명칭도 희한한 땃벌떼, 백골단, 민중자결단이 부산 거리마다 벽보를 붙이고 시위를 벌이며 국회를 위협했다. 4월에 국회의원 123명 연서로 내각책임제 개헌안이 제출되자, 이승만은 다시 대통령 직선제와 양원제를 골자로 한 개헌안을 제출했다. 그리고 이를 관철하기 위해 국회를 더욱 압박했다.

1952년 5월 24일, 히틀러의 추종자로 비난받기도 했던 이범석이 내무부 장관으로 임명되었고 다음 날 부산 일원에 계엄령이 선포되었다. 5월 들어 국회의원 여러 명이 갖가지 이유로 체포되었고 26일에는 50명 내외의 국회의원을 태운 통근 버스가 헌병대로 끌려가 소위 '국제공산당사건'이 급조되었다. 곽상훈 등 열 명의 국회의원이 졸지에 간첩으로 구속되면서 '부산정치파동'은 본격화되었다.

국회는 5월 28일 자로 계엄령 해제를 의결했다. 그러나 이승만은 끄떡도 하지 않고 계엄령 해제는 절대 불가라고 맞섰다. 이에 분개한 부통령 김성수는 이승만의 헌정 유린 사태에 항의하여 부통령직을 사임했다. 전임 부통령 이시영과 김성수는 좌익 척결에 가장 앞장섰던 우익 인사들이었으나 이승만의 독재와 횡포를 견디지 못하고 저항의 길로 나선 것이었다.

하야 촉구 성명서 사건으로 고초를 당한 이동하는 또다시 자리를 차고 일어났다. 이번에는 사회 원로들도 대거 참여했다. 1952년 6월 20일 이시영, 김성수, 장면, 조병옥, 김창숙, 백남훈, 서상일 등 야당 및 재야인사 60여 명이 국제구락부에서 '반독재 호헌 구국 선언대회'를 개최했다. 한때 미 군정의 손발이 되어 좌익을 척결하는 데 가장 앞장섰던 조병옥까지 참여하여 이승만의 독재와 실정을 규탄하면서 민주주의를 위해 항쟁하겠다고 선언한 것이었다.

이승만은 즉각 땃벌떼 등 극우 깡패들을 보내 집회장을 습격하라고 지시했다. 우익 깡패들은 벽돌과 각목을 들고 행사장에 난입하여 닥치는 대로 기물을 부수고 참석자들을 두들겨 패기 시작했다. 대부분 늙어 힘없는 이들이었지만 깡패들은 사정없이 각목을 휘두르고 쓰러진 노인들을 구둣발로 짓밟았다. 연단에서 연설 중이던 김창숙도 각목으로 머리를 맞아 피투성이가 되었다. 하반신 마비인 김창숙은 피신하지 않고 그대로 피를 흘리며 땅바닥에 주저앉아 땅을 치며 소리쳤다.

"이승만이가 폭도를 시켜 이 난장판을 만들어? 어디 두고 보자! 이승만 이놈! 나라를 이 꼴로 만들다니! 제 명에 못 살 것이다, 이놈!"

김창숙은 흰 모시 두루마기가 핏자국과 흙으로 뒤범벅이 된 채 연행되어 40여 일 동안 투옥되는 고초를 겪었다. 이동하와 이시영 등도 한 달 넘게 갇혀 고초를 당했다. 이른바 '국제구락부 사건'이었다.

온갖 반대에도 이승만의 야욕은 아무런 상처도 입지 않았다. 국회에 대한 테러 공격은 계속되어 매일 이승만을 지지하는 관제 시위대가 국회를 포위하고 국회의원들을 죽이겠다고 협박했다. 이승만에 반대하는 국회의원들은 극우 테러단의 습격을 피해 6월 내내 숨어다녀야 했다. 총 183명의 의원 가운데 야당 의원 12명이 구속되고 20여 명이 피신했으며 52명은 국회에 참여하지 않아 국회의 기능은 완전히 마비되었다. 이승만은 순조롭게 대통령 직선제와 내각책임제를 혼합한 '발췌 개헌안'을 통과시킬 수 있었다. 그리고 한 달 후인 8월 5일 정·부통령 선거가 실시되었다.

이번 대통령 선거에는 해방 후까지도 조선공산당 지도자였다가 전향한 조봉암이 나섰다. 전향은 했으나 그의 주요 정책은 다분히 사회주의적이었다. 사회주의와 이승만을 모두 반대하는 우익 세력은 이시영을 후보로 내세웠다.

예상대로 이승만이 대통령으로 당선되었다. 그러나 민국당의 방해 공작에도 불구하고, 그리고 비록 근소한 차이이기는 해도, 조봉암이 초대 부통령 이시영을 누르고 2위를 한 것은 특기할 만한 일이었다. 조봉암이 운명적인 이승만의 라이벌로 등장한 것이었다.

이승만의 권력욕은 여기서 멈추지 않았다. 현행 헌법으로는 대통령은 1차에 한하여 중임할 수 있었기 때문에 1956년에 임기가 만료되면 이승만은 더 이상 대통령을 할 수 없었다. 1951년에 자신의 지지 세력을 모아 자유당을 만든 이승만은 1954년 5·20총선에서 자유당 의원을 대거 당선시켜 영구 집권을 위한 개헌을 하고자 했다. 친일파를 중용하겠다고 공언해 그들의 금권을 끌어모으거나 국회의원 입후보자들에게 개헌을 하겠다는 서약서를 받은 후 공천을 해주는 등 온갖 정치 술수를 동원하고 부정투표를 자행한 끝에 이승만의 자유당은 압도적인 승리를 거두었다. 당선된 이재학, 한희석, 장경근 등 친일파는 자유당 요직을 맡았다. 자유당은 무소속을 끌어들여 6월 중순에는 개헌 정족수를 확보했지만 당내 반대 세력 때문에 개헌안을 상정하지 못했다.

1954년 7월 이승만은 대한민국 대통령 자격으로는 처음으로 미국을 방문하여 북진 통일을 역설하고 소련, 중국과 일전도 불사해야 한다는 초강경 발언을 하여 세계적인 반공 지도자로서의 면모를 과시했다. 또한 남북협상, 중립화 통일 배격 등 강경한 결의안이 잇달아 국회에서 결의되어 반공 분위기를 조성했다. 국회 밖에서는 지방의회 의원 등의 민의 부대들이 또다시 동원되었고, 반공혈전대 사령부 명의의 협박 전단이 나돌고 학생 총궐기 대회가 열렸다.

험악한 공안 정국 속에 1954년 11월 27일, 또다시 개헌안이 표결에 부쳐졌다. 그러나 이승만의 기대와 달리 찬성표가 개헌 정족수에서 1표 모자란 135표밖에 나오지 않아 개헌안은 또다시 부결되었다. 그런데 정부 공보처장은 찬성 의원 숫자와 국회의원 숫자의 비율을 낸 다음, 0.5이상은 1로 반올림한다는 사사오입의 법칙에 따라 135는 과반수를 넘으니 개헌안은 통과되었다고 주장했다. 다음 날, 야당 의원이 총퇴장한 가운데 사사오입에 의해 개헌안이 통과되었다고 선포되었다. 새 헌법은 초대 대통령에 한해 중임 제한을 철폐했고 대통령중심제를 강화했으며 사회주의적 통제를 가능케 한 헌법의 경제 조항을 자유경제체제로 바꾸었다.

사사오입 개헌은 이승만 영구 집권의 기반을 마련했다. 그러나 동시에 이승만을 반대하는 세력들이 결집하는 직접적인 계기가 되었다. 1950년대에는 이미 도시가 급속히 팽창하고 있었는데, 도시민 특히 서울 시민은 사사오입 개헌 같은 유치한 행동으로 장기 집권을 꿈꾸는 '사사오입당'을 더는 용납하지 않았다. 도시 사람들은 모이면 "야, 그거 사사오입해버려!"라며 이승만과 자유당을 비꼬았다.

1956년 여름, 남산골 이동하의 판잣집에 낯익은 손님이 찾아왔다. 5월의 대통령 선거에서 파란을 일으킨 조봉암이었다. 중키에 각진 얼굴이 단단한 인상을 주는 조봉암은 일제 때 하해여관에 두어 번 찾아온 적이 있었다. 이병기를 만나기 위해서였다. 그런 조봉암이 이제는 그 아버지 이동하와 함께 일을 도모하기 위해 찾아온 것이었다.

조봉암은 천장이 머리에 닿을 정도로 낮고 좁은 판잣집에 들어오자 이동하에게 큰절부터 올리고 무릎을 꿇고 앉아 이병기의 일을 위로했다. 그의 비서는 문밖에 서 있었고, 오묘연은 얇은 판자로 가려진 옆방에 앉아 있었다. 굳이 들으려 하지 않아도 두 사람이 나누는 얘기가 들렸다.

"어르신, 이병기 동지에 대해 뒤늦게 얘기를 들었습니다. 어떻게 위로를 드려야 할지 모르겠습니다. 이승만이 그렇게까지 비열하고 악독한 짓을 저지를 줄은 저도 몰랐습니다."

이동하는 화를 내지는 않았으나 다소 싸늘하게 말을 받았다.

"우리 아들이 학살될 때 자네도 이승만 밑에서 농림부 장관을 하지 않았는가?"

1946년 조선공산당을 탈퇴하고 전향한 조봉암은 한때 이승만의 초대 정부에서 농림부 장관으로 일했다. 이승만이 북한의 사회주의식 토지개혁의 효과를 상쇄할 수 있는 자본주의식 토지개혁의 적격자로 조봉암을 지목한 것이었다. 나름대로 사회민주주의적인 제도를 실현할 기회라고 생각하여 입각한 조봉암은 유상몰수, 유상분배식 토지개혁으로 상당한 효과를 거두었다.

사회민주주의적인 개량을 선포한 조봉암은 농지개혁의 인기를 바탕으로 1952년 대통령 선거에 출마해 80만 표를 얻어 자신감을 얻었다. 이에 1955년 9월 서상일, 장건상 등의 원로와 윤길중 등 신진들이 광릉에 모여 혁신 세력의 정당화를 모색했다. 그해 12월 피해 대중의 자각과 단결을 호소하는 진보당 추진위원회가 조직되었다.

1956년 5월의 대통령 선거에서 조봉암은 진보당 창당준비위원장의 이름으로 216만 표를 얻었다. 이는 유권자의 23퍼센트가 넘는 상당한 표로 이승만이 얻은 504만 표의 절반에 가까운 지지였다. 피해 대중은 단결하라는 구호와 평화통일론은 조봉암 개인의 인기와 결합되어 특히 영호남에서 많은 지지를 얻었고, 조봉암은 이에 힘입어 본격적으로 진보당을 창당하기 위해 전국을 돌아다니는 중이었다. 조봉암은 무릎을 꿇은 자세 그대로 고개를 숙이며 사죄했다.

"죄송합니다, 어르신. 저도 나름대로 해보려 했습니다만 모든 일이 뜻대로 되질 않았습니다."

조봉암이 구구하게 변명하지 않고 사죄를 올리자 이동하의 말투도 한결 부드러워졌다.

"나도 자네의 마음은 알고 있네. 공산주의의 한계가 눈에 뻔히 보이는데 어떻게 공산주의를 지지할 것이며, 자본주의의 문제점이 이렇게 여실히 드러나는데 어찌 자본주의 맹신자가 될 수 있겠는가? 병기를 자네가 죽인 것도 아니고……. 그래, 어떻게 이 먼 대구까지 출정하셨는가? 편히 앉아 이야기나 해보시게."

조봉암은 그제야 다리를 풀고 편안히 앉아 용건을 꺼냈다.

"어르신 말씀이 백번 옳습니다. 그래서 저를 비롯한 여러 동지가 모여 새로운 정당을 만들려고 합니다. 공산주의와 자본주의의 폐해를 극복할 민주적이면서도 진보적인 새로운 정당을 만들려는 거올시다."

"저 천하의 악당인 살인마 이승만 놈이 가만히 두고 보겠나?"

"외람된 말씀이오나 제 나이도 이제 낼모래면 환갑입니다. 살 만큼 살았고 할 만큼 다 해봤으니 뭐가 두렵겠습니까? 이 일이 제 생의 마지막 임무라 생각하고 나라를 바로 세우기 위해 생명을 바칠 각오가 되어 있습니다."

"그러고 보니 자네도 많이 늙었네그려. 자네가 그런 결심을 세웠다면 나도 힘써 도와줌세. 늙고 병들어 뭐에 도움이 될까 싶네만…… 그래, 어떻게 하면 되겠나?"

"어르신, 감사합니다!"

조봉암은 머리 숙여 감사를 드리고 자신의 계획을 설명하기 시작했다. 두 사람은 거의 밤을 새우다시피 이야기를 나눴다. 이야기를 하다 보니 두 마디가 없는 조봉암의 손가락이 이동하의 눈에 띄었다.

"아니, 손은 왜 그랬는가?"

"고문을 받아서 그랬지요. 손톱 사이에 꼬챙이를 찔러대 후유증으로 손가락이 썩어서 잘라버렸습니다. 어르신도 목이 많이 불편하십니까?"

"수술을 잘 못 받아서 그렇다네. 그나저나 내가 죽으면 저 애들은 어떡해야 할지. 걱정이네."

"무슨 그런 걱정을 다 하십니까? 저희가 있잖습니까? 걱정 마십시오."

조봉암은 감시하는 경찰을 따돌리기 위해 한숨도 자지 않고 새벽 4시가 넘어 다시 길을 떠났다.

조봉암이 구상한 진보당은 서구 사회주의와 맥을 같이하는 진보정당이었다. 조봉암은 북한 공산주의자들은 도그마에 사로잡혀 유연한 대처 능력을 갖추지 못한 경직된 교조주의자들이라고 보았다. 그는 진정 올바른 사회주의란 러시아에서는 레닌주의로, 중국에서는 마오쩌둥주의로, 베트남에서는 호치민주의로 표출되는 것이라는 유연한 신념을 갖고 있었다. 그의 사상은 공산주의와 이념적 뿌리가 같으면서도 공산주의의 호전성과 전체주의는 배제한, 혁명적 변화보다는 점진적이고 평화적인 변화를 추구하는 사상이었다.

조봉암은 주요 산업과 토지 같은 생산수단에 있어서도 전부를 국유화하기보다는 집단적 소유를 원칙으로 하고 여기에 국가적 통제를 가하는 것이 옳다고 보았다. 부자들에 대한 세금을 늘리고 극빈자에 대한 사회보장을 늘리는 것이 사회 안정은 물론 경제 발전의 토대가 된다는 생각이었다.

이러한 조봉암의 사상의 기초는 서구 사회의 진보된 상황을 반영하고 있었다. 공산주의의 도전에 직면한 서구 자본주의는 실업, 과잉생산, 부의 불균등한 분배 등의 모순들을 극복하기 위해 여러 조치를 하여 사회 안정에 성공하고 있었다. 조봉암은 이에 착안한 것이었다. 그러나 남한의 현실은 그가 품은 제3의 이상주의와는 너무도 거리가 멀었다.

진보당 창당 작업은 어렵게 진행되었다. 이동하가 사는 대구에는 경북도당과 대구시당을 함께 만들어야 했다. 이동하는 진보당 창당준비위원회 위원으로 참가해 경북도당 건설 작업에 직접 나섰다. 전쟁으로 좌익이든 좌파든 진보 세력의 씨가 말라버린 남한 땅에서 새로운 진보 정당을 만들겠다는 시도는 고립무원의 정치 모험이었다.

1956년 11월 10일 진보당 중앙당이 결성되었고 12월 9일에는 경남도당이 결성되었다. 부산시 초량동 새한중학교 교정에서 개최된 경남도당 결성 대회는 우익이 동원한 부두노조원들과 사복 경찰관들이 몇 대의 트럭에 나누어 타고 장내에 침입, 난동을 부리고 소란을 피워 도저히 진행될 수가 없었다. 경남도당은 임시 사무실로 쓰던 박기출의 개인 사무실로 옮겨 급히 결당할 수밖에 없었다. 다른 지구당 결성식도 마찬가지였다. 우익 폭력단의 횡포와 경찰의 방해 때문에 장소를 옮겨 결당하지 않은 곳이 거의 없었다.

이동하가 위원장을 맡은 경북도당 결성 대회는 예정된 대회장에서 행사를 마칠 수 있었던 유일한 대회였다. 그러나 이것도 집회 허가를 받기 위해 중앙당 조직국에서 파견된 조직차장 전세룡이 서류 시정 명령에 따라 20여 차례나 서류를 새로 만들어 경찰서로 찾아간 끝에 겨우 얻어낸 성과였다. 그나마 대회 진행 중 꼬리를 물고 들려오는 대회장 습격 정보에 쫓겨 가까스로 이동하를 대표로 선출한 후 나머지 부서의 임원 선출은 다음날로 미루고 산회해야만 했다.

대구는 민혁당 대표인 서상일의 출신지인 만큼 진보 세력 사이의 조직 분열이 심해 도당 부서 임원 결정에서 상당한 혼선이 있었으나 이동하의 중재로 어렵사리 수습이 되었다. 조봉암은 "우리 일이 갈수록 태산과 같은 감이 있는 중에 돌봐주심이 참으로 감사합니다. 저희들이 불민하여 고생시켜 드리는 것 같아서 죄송할 따름입니다."라는 내용의 편지를 보내 이동하를 위로했다.

경상남도에서의 조직적인 테러와 방해에도 불구하고 서울특별시와 전라남도 도당 결성 대회도 계속 추진되었다. 1957년 4월 15일 서울 한복판에 위치한 시민회관에서 서울특별시·경기도당 결성 대회가 열렸다. 이 대회는 유지광 등 정치 폭력단과 서울시경 경관대가 동원되어 장내 혼란을 이유로 강제 해산되었다. 진보당은 이튿날 중앙당사에서 결성 대회를 마쳤다.

어렵게 당은 만들었으나 이동하는 병이 깊어져 점점 거동하기도 어려운 상태가 되었다. 이름은 진보당 경북도당위원장이지만 이승만의 폭정으로부터 젊은 세대를 지켜주기 위한 간판일 뿐, 그 자신이 직접 정치 활동을 하는 것은 불가능해졌다. 게다가 이승만은 끝내 진보당을 내버려두지 않았다.

1958년 1월 13일, 조봉암을 비롯한 진보당의 모든 간부가 북한 간첩과 접선하고 북한의 통일 방안을 주장했다는 혐의로 체포되었다. 몸이 아파 누운 이동하는 연행되지 않았으나 진보당 인사들은 전국에서 곤욕을 치렀다. 동아·조선일보 등 보수 우익 신문들은 연일 조봉암 등과 간첩의 접선을 기정사실화하여 보도했다.

정부는 2월 25일 진보당이 유엔의 결의에 위배되는 통일 방안을 주장했고 진보당 간부들이 북의 간첩, 밀사, 파괴 공작조들과 접선

해왔다는 것을 이유로 진보당 등록 취소를 발표했다.

그러나 조봉암과 진보당에 대한 검찰의 주장은 무리였다는 사실이 드러났다. 7월에 1심 재판부는 조봉암에게 불법 무기 소지죄로 5년형만을 선고했다. 간첩죄나 국가보안법은 적용할 수 없다고 판정했다. 구속된 다른 간부들은 모두 무죄를 선고받았다. 그러자 300여 명의 극우 청년단원들이 법원에 난입해 빨갱이 재판관이라고 비난을 퍼붓고 기물을 부수며 난동을 부렸다. 검찰은 항고했고, 이승만의 강력한 압력을 받은 2심 재판부는 돌연 조봉암 등에게 사형을 선고했다. 3심 재판부도 역시 사형을 선고했다.

1959년 7월 31일 재심이 기각된 바로 다음 날, 조봉암은 형장의 이슬로 사라졌다. 냉전과 이승만의 야욕에 맞서 싸운 역풍의 정치가의 최후였다. 사형선고를 받은 조봉암은 말했다.

"법이 그런 모양이니 별수가 있느냐. 길 가던 사람도 차에 치어 죽고 침실에서 자는 듯이 죽는 사람도 있는데, 60이 넘은 나를 처형해야만 되겠다니 이제 별수가 있겠느냐. 판결은 잘됐다. 무죄가 안 될 바에야 차라리 죽는 것이 낫다. 정치란 다 그런 것이다. 나는 만 사람이 살자는 이념이었고 이 박사는 한 사람이 잘 살자는 이념이었다. 이념이 다른 사람들이 서로 대립할 때에는 한쪽이 없어져야만 승리가 있는 것이다. 그럼으로써 중간에 있는 사람들의 마음이 편안하게 되는 것이다. 정치를 하자면 그만한 각오는 해야 한다."

망우리 공동묘지 조봉암의 비석에는 그가 평소 했던 말이 새겨졌다.

"우리가 독립운동을 할 때 돈이 준비되어서 한 것도 아니고 가능성이 있어서 한 것도 아니다. 옳은 일이기에 또 아니하고서는 안 될 일이기에 목숨을 걸고 싸웠지 아니하냐."

조봉암의 소식은 이동하의 심신을 완전히 망가뜨렸다.

"저런 죽일 놈들. 그래 멀쩡한 사람에게 죄를 덮어씌우다니……."

이동하는 통곡했다. 두 아들을 잃고 마지막 희망이던 조봉암마저 사형당하자, 이동하는 모든 희망을 잃어버렸다. 그 때문에 더욱 그는 병을 털고 일어날 수 없었다.

노환과 화병으로 쓰러진 이동하는 몇 달간 입원을 해야 했다. 김창숙도 같은 시기에 같은 병으로 입원했다. 두 노옹은 병원 옥상에서 아리랑 담배를 나눠 피우면서 이런저런 대화를 나누곤 했다. 몇 년 전 서울에 이승만 동상이 세워진 것에 대해 이동하는 두고두고 김창숙을 타박했다.

"이보게, 심산. 그놈의 동상 밑에 깔려 죽는 한이 있어도 못 세우게 했어야지. 그런 작자의 동상이라니, 말이나 되는 소린가? 나라를 위해 자기가 무슨 큰일을 했다고 동상을 세워? 나 같으면 그 밑에 깔려 죽어도, 이 목숨 죽는 한이 있어도 못 세우게 말렸을 걸세."

"그래, 내가 잘못했네, 잘못했어. 제발 그만 좀 하게나."

김창숙은 동상이 세워질 당시 서울에 있었다는 이유로 내내 이동하의 잔소리와 원망을 들어온 터였다. 오랜 동지이자 친구의 마음을 너무도 잘 알면서도, 그 심정이 오죽할까 싶으면서도, 이동하는 계속 핏대를 올렸다.

"놈들이 대구에도 그놈의 동상을 세우려 하는 거야. 나 참, 기가 막히고 눈이 뒤집히더구먼. 절대 그럴 수야 없지. 대구에 내가 살아 있는 한 그럴 수는 없지. 그래 내가 가서 그 앞에 드러누워 버렸네. 세울 테면 세워라, 나 죽이고 세우라고 말이네."

"백농, 자네 때문에 대구엔 동상도 못 세웠으니, 그놈이 얼마나 이를 갈았을꼬."

김창숙이 껄껄 웃으며 이동하를 바라보았다. 두 노옹은 처음에는 나라 걱정에 시국 토론을 하다가도 결국엔 울분과 화가 몰아쳐 신세타령으로 흘러가곤 했다.

"내, 이 꼴 저 꼴 안 보고 차라리 그때 왜놈 손에 죽었어야 했어."

이동하가 말하면, 김창숙도 긴 한숨을 내쉬었다.

"맞네, 자네 말이 맞아. 지금 와선 먼저 간 동지들이 부러울 따름이네."

"나라 꼴이 이 지경까지 되다니. 살아남은 것이 치욕이네, 치욕이야……."

한평생을 독립운동과 민주화 운동에 바쳐온 두 노옹은 지나온 삶이, 모든 것이 한스럽게만 느껴졌다. 그들은 담배 연기를 내뿜으며 깊은 시름에 잠겼다. 말도 잃은 채 그렇게 한참을 멍하니 앉아 있었다.

두어 번 기자들이 그들을 취재하기 위해 입원실에 왔다. 이동하와 김창숙은 한국에 남은 정객 중 가장 고령에 속했다. 그들은 '진보' 세력이자 '항구적인 소수파'였다. 기자에게 김창숙이 깊은 한숨을 내쉬며 말했다.

"50년 독립운동을 헛했어! 이게 대체 무슨 꼴인가!"

김창숙은 자유당 정문흠 의원 등 몇몇 의원이 모금해 온 14만 5,000환을 건네자 크게 화를 내며 거절하기도 했다. 병원비를 못 내 죽는 한이 있어도 나라를 이 꼴로 만든 자들의 돈은 받을 수 없다는 늙은 독립투사의 절개였다.

이동하는 사람들과 이야기를 하면서도 누구를 원망하는 소리인지 알 수 없는 한탄을 중얼거리는 버릇이 생겼다.

"몹쓸 놈들! 천하에 몹쓸 놈들!"

누구에게 그러는지 알 수 없지만 인터뷰 도중에도 간간이 그 말을 내뱉으며 가슴을 치곤 했다. 대구매일신문에 두 노옹을 취재한 기사와 침상에 누워 있는 그들의 사진이 게재된 후 몇 군데에서 위로금이 들어왔지만 일시적인 관심에 지나지 않았다. 심산과 이동하는 병원비를 구하지 못해 박대를 당하다 결국 퇴원을 해야 했다. 이동하 역시 생활이 극도로 어려웠지만 자유당 패거리의 부정한 돈은 일절 거부했다.

퇴원한 이동하가 거동조차 하지 못한 채 어두운 방 안에서 지낸 세월이 일 년이 넘었다. 몸은 움직이지 못했지만 정신은 맑았다. 얼굴은 너무도 맑아 은빛에 가까웠다. 가끔 둘째 부인과 그녀의 아들들이 다니러 왔지만 병간호를 하는 것은 고사하고 과일 한 상자 사 들고 오는 법이 없었다. 그의 대소변을 가리는 일은 모두 오묘연이 도맡아서 했다.

"너한테 이런 꼴을 보이는구나."

며느리에 대한 이동하의 미안함과 괴로움은 더 깊을 수밖에 없었다. 이동하는 가슴이 탁 막히고 뒷골이 지근지근 쑤시고 아파서 두 눈을 감아도 편안히 잠이 들 수가 없었다. 정확히 진맥을 해줄 의사도 없고 약을 구하기도 힘들었다. 약이라고 해봤자 수면제나 진통제가 고작이었다.

오묘연은 오묘연대로 마음이 아팠다. 환자에게 변변한 식사조차 드릴 수 없기 때문이었다. 잡숫고 싶은 게 있어도 해드릴 수 없는 오묘연의 마음은 너무도 안타까웠다. 돈이 없어 식료품을 살 형편이 못 되었다. 희멀건 죽을 쑤어 이동하 앞에 차려낼 때면 그렇게 마음이 불편할 수가 없었다.

이동하는 오묘연과 손자를 옆에 앉혀놓고 지나온 이야기를 들려주곤 했다. 지나온 날들이 쉴 새 없이 떠올라 머릿속을 어지럽혀 조금씩 비워내고 싶은 마음에서였다.

"고종 황제께서 살아 계시던 대한제국 시절 처음 서울로 올라갈 때는 우리 집안이 대대로 양반인지라 군수 감투나 하나 얻어 쓸까 하는 마음이 있었다. 그런데 위선을 배워야 한다는 것이 내겐 충격이었어. 그래서 보광학교를 졸업하고 대구에 협성학교를 만들고 안동에 보문의숙을 만들게 된 거란다. 그리고 나는 일생을 독립운동에 바치기로 결심했다."

이동하는 보문의숙을 만들기 위해 자살 소동을 벌인 일이며, 학생들의 머리를 깎아 어른들이 항의하러 온 일이며, 온갖 옛이야기들을 해주었다. 스무 살 청년이 된 이효철은 재미있는 옛날이야기라도 되는 듯 열심히 경청했다. 어느 날은 만주에서 벌인 싸움에 대해서도 얘기해주었다.

"만주 봉천에서 30여 명의 동지들이 왜놈들에게 총살을 당하고 나 혼자만 밤낮으로 숨어 몇백 리 길을 도주한 적도 있었다. 아주 아슬아슬했지. 너무 놀라고 조마조마하다 보니 그때는 동지들의 죽음이 슬픈 줄도 몰랐는데. 일단 목숨을 건진 후 돌이켜 보니 서른 명이나 되는 그 아까운 청춘들이 얼마나……."

목이 메어 말을 잇지 못한 이동하는 눈물을 훔치고 다시 기운을 내서 말했다.

"그래도 그땐 마적 두목이나 중국 정부도 우리 독립군이라고 하면 동정하고 많이 도와주었어. 유리한 정보와 무기도 많이 주고 우리를 참 환대해주었다. 그런데 되찾은 내 나라에서 그토록 분통 터지는 일들이 생길 줄이야 누가 알았겠느냐?"

환대는커녕 멸시와 냉대만을 받는 지금의 현실과 비교하면 그때는 차라리 행복했을까. 혼자 가만히 누운 이동하의 눈에는 늘 어두운 그늘이 드리워져 있었다. 시간이 가면서 참담한 슬픔과 후회는 노인의 기를 완전히 꺾어놓았다. 무슨 이야기로 시작하든 이동하는 결국 회한으로 말을 맺지 못했다.

"만주에서 참으로 많은 사건이 있었지. 국제 암살단 사건, 봉천 폭탄 사건, 상해 일인 학살 사건, 독립군 사건……. 사건이 아주 많았어. 난 운이 좋아서 그랬는지, 그때마다 용케 잘 피해서 형무소 생활은 하지 않았다. 그래서 해방이 된 후에는 결심했지. 내 남은 생을 조국의 번영과 민주주의를 위해 바치겠다고 말이다. 동지들의 죽음이 아깝지 않도록 말이다. 그런데 아무것도 한 일이 없구나. 미국과 이승만이 이렇게 쑥대밭을 만들어놓았지만 나는 아무것도 하지 못했어. 차라리 그때 만주에서 죽어버렸다면 이 꼴 저 꼴 안 보고 영광스럽게 죽었을 텐데, 대체 이게 무슨 꼴인지……. 헛되고, 헛되구나."

"그런 말씀이 어디 있어예? 아버님이 계셔서 얼마나 큰 힘이 되는데예……."

오묘연의 눈에도 눈물이 고였다. 오묘연은 말을 다 잇지 못하고 고개를 슬며시 돌렸다. 무릎 위로 눈물이 뚝뚝 떨어졌다.

"젊은 사람들이 일하는 것을 보지도 못하고, 아무것도 남겨준 것

없이 이렇게 죽어간다는 것이…… 한스럽구나."

이동하가 느끼는 회한의 의미와 깊이를 오묘연도 조금은 알 것 같았다. 살아 있음이, 가슴 절절한 아픔이고 고통이란 것을.

이동하는 심장병과 영양실조가 더해져 병세가 더욱 악화되었다. 저녁이 되어도 연기가 나지 않는 적막한 집 안에는 이동하의 괴로운 숨결만 높았다. 이동하는 가는 길이니 약을 쓰지 말라며 오묘연에게 간절히 부탁했다. 탄식만 하며 아무것도 입에 대려 하지 않았다.

이동하를 세상에 다시없는 아버지로 모시고 믿고 의지하며 살아온 오묘연의 가슴은 슬픔으로 터질 듯했다. 이병기가 죽은 뒤로 한 번도 잊지 않고 자신의 생일을 챙겨주던 시아버지였다. 그의 존재가 있어 온갖 시련과 고초를, 지난한 세월을 견뎌올 수 있었다. 오묘연은 이제 더는 아무것도 해드릴 게 없다는 것이 안타까웠고, 자신과 아이들만 이 척박한 세상에 남겨질까 너무도 두려웠다.

이동하는 끝내 숨을 거두었다. 1959년 3월 18일, 그의 나이 85세였다. 살아생전에 소외되었던 극빈자 생활과 달리 장례식은 사회장으로 성대하게 치러졌다. 사회장 장의식이 거행되기 전인 아침 8시 30분경 남산동의 초라한 상가에 운집한 조객들은 간단한 발인식을 마쳤다.

장의 행렬은 대형 초상화와 만장과 조화를 앞세우고 시가행진을 마친 후, 10시경에 대구역 앞 광장에 운집했다. 대구역 앞 광장에는 만여 명의 조객이 모여 그의 죽음을 애도했다. 식순에 따라 분향, 헌화, 조사 낭독이 이어진 후 여고 합창단이 부르는 '가셔서나 안식의 큰 복을 누리소서'라는 조가가 울려 퍼졌다. 평생의 동지인 심산 김창숙이 목멘 음성으로 고별사를 낭독하여 조객들의 눈시울을 적셨다. 정오경 식이 끝난 후 이동하의 시신은 장지인 실암동 백암록 선열묘지로 운구되어 안장되었다.

그 사람의 바다

이승만은 이동하가 죽은 이듬해인 1960년 4월 학생혁명으로 권좌에서 쫓겨났다. 학생 시위대는 이승만의 동상도 끌어 내렸다. 생애 두 번째 탄핵 대통령이 된 그는 한국보다 더 오래 살았던 미국 땅 하와이로 돌아가 여생을 마쳤다. 이승만은 삼팔선을 그어 한반도를 분단시킨 맥아더, 전쟁을 일으킨 김일성과 더불어 한민족에게 돌이킬 수 없는 큰 불행과 치욕을 안긴 인물로 역사에 남았다.

이승만을 내쫓은 남한에는 잠시 민주화의 바람이 불었다. 교원노동조합이 만들어지고 민주 노동운동이 시작되었다. 학원과 각계에서도 구악과 부패, 가부장적 전제에 대항하여 민주의 바람이 일어났다.

자유는 또한 진실을 밝히는 공간도 만들어주었다. 보도연맹원 학살 사건의 진상을 규명하려는 '피학살자 유족회'가 만들어졌고 암흑에 싸인 채 미궁에 빠졌던 사건들의 진상 조사가 요구되었다. 이효철도 아버지 이병기의 죽음의 진실을 밝히기 위해 학생 대표로 경산 코발트 광산 유족회에 참여했다. 유족들은 신문기자들과 함께 평산동 학살 현장을 방문하여 그 참상을 보도하고 유족회를 결성하여 진상 규명과 명예 회복을 요구했다.

하지만 이듬해인 1961년 5월 16일에 일어난 군사 쿠데타는 밝혀지려던 진실을 또다시 암흑으로 몰아넣었다. 쿠데타를 주도한 박정희와 파시스트들은 혁신계를 철저히 탄압했다. 민주주의는 압살당했고 혁신계는 제거되었다. 민간인 학살자 유족회 등 한국전쟁 때 군경에 의해 집단 학살당한 수많은 피학살자 유족회 관계자들이 검거되고 구속되었고, 그에 이어 피학살자 합동묘지가 파헤쳐졌고 비석은 땅에 묻혔다. 유족회장으로 나선 이는 사형선고를 받았고 다른 이들은 무기형을 받았다.

그때 구속된 이효철은 대학생이란 점이 감안되어 집행유예로 석방되었고 중형을 선고받은 이들도 오래지 않아 석방되었다. 그러나 이후 40년 가까운 세월 동안 누구도 공식적으로 학살이니 진상 규명이니 하는 말을 꺼낼 수 없었다. 오묘연과 이효철을 포함한 모든 유족은 유골 발굴조차 포기한 채 울분과 한을 삭이며 억압과 압제의 세월을 견뎌야 했다. 이효철은 39세 때까지 요시찰 대상이 되었다. 취직은 애초부터 불가능했고 장사를 하는 것도 수월치 않으니 사는 일 자체가 녹록치 않았다.

한 달에 한 번씩 형사들이 찾아와서 집이고 직장이고 다 뒤집어 놓으니, 먹고살기가 참 힘들었다. 친척들도 모두 등을 돌려 어떻게 세상을 살아가야 하는지 가르쳐주는 어른이 주위에 하나도 없었다. 그럴 때마다 아버지 원망을 한 번도 안했다면 거짓말이었다. 아버지 산소라도 있으면 찾아가서 왜 이렇게 가난하고 고단한 삶을 물려준 건지 항의하고도 싶었다. '아버지가 사회주의 운동만 안 했어도 우리 집안이 풍비박산이 되진 않았을 낀데' 그런 생각도 수도 없이 했다.

그런데 이효철도 나이를 먹고 밥 한술이라도 맘껏 뜨게 되니까 그게 아니었다. 아버지가 자기한테 물려준 것은 눈에 보이지도 않고 볼 수도 없지만 무언가 값지고 소중한 거란 생각이 들기 시작했다. 이 시대가 잃어버린 것, 잃어가고 있는 것들이 있는데, 아버지를 생각하면 그걸 잊을 수도 없고 잊어서도 안 될 것 같았다. 잊지 말라고 자기 안에서 누가 소리치는 것 같았다. 아버지는 나에게 그런 존재구나, 그런 의미구나, 깨닫게 된 것이다.

2002년 초, 노근리와 대전 형무소 집단 학살 사건 보도를 계기로 다시금 민간인 학살 사건이 언론의 주목을 받게 되었다. 이에 힘입어 경산 유족회가 재건되어 진상 규명과 명예 회복을 위한 운동에 다시 나섰다. 2005년까지 유족과 지역 언론, 시민 단체들이 활동한 결과, 폐광의 수직굴 한 곳과 수평굴 두 곳, 그리고 인근 대원골에 집단 학살된 유해들이 토석과 물에 잠긴 채 버려져 있다는 사실이 확인되었다. 드러난 일부 유해를 육안으로 확인한 것만 해도 그 수가 수백이 넘었다. 수습한 유해를 법의학 팀에서 감식한 결과 사인은 총상, 외상, 화염 등에 의한 것으로 밝혀졌다.

노무현 정부는 과거사의 진상을 규명하기 위한 여러 위원회를 통해 역사의 상처를 보듬으려 애썼다. 그러나 2008년, 10년 만에 재집권에 성공한 보수 정권은 기구를 축소하고 예산을 크게 삭감해 진상 규명의 기회마저 없애버렸다.

설사 코발트 광산 학살의 진상이 규명된다 하더라도 이병기의 진정한 명예 회복은 이루어지지 않으리라는 점을 오묘연과 이효철은 잘 알고 있다.

이효철은 아버지에 대해 생각했다. 무언가 큰 뜻이 없었다면 그런 식으로 평생을 살지 못했을 거라고. 그는 대학생 때 수배자가 되어 친구들 집으로, 안동 친척집으로 숨어다니면서 아버지의 심정을 조금은 알 수 있었다. 자기는 이 정도로도 힘들기만 한데, 포기하고 싶은데, 한평생을 도망 다니면서도 끝까지 운동을 하신 아버지는 무엇이 그리 좋았을까, 그런 생각이 들었다. 그가 기억하는 아버지는 한 번도 힘든 기색을 보이지 않았다. 항상 즐거워 보였다. 비단 아버지뿐만이 아니었다. 그렇게 대의를 위해 살다가 결국에는 처참한 죽음을 맞은 분들이 너무도 많았다. 그분들 덕에 이나마 살 만한 세상이 되었으나 이효철은 정의가 바로 서기 위해서는 아직도 많은 시간과 노력이 필요하다고 생각한다.

오묘연은 국가보훈처에 이병기의 항일운동 공훈을 기려 독립 유공자로 추인하기를 신청했으나 거듭해서 거절당했다. 보훈처가 밝힌 거부 이유는 "보도연맹 사건으로 죽었기 때문"이었다. 정부의 뜻에 따라 자기 사상을 버리고 전향했다는 것이 죽음의 이유가 되더니 이제는 복권 불가의 사유가 된 것이다. 이병기뿐 아니라 최소 20만 명에 이르는 보도연맹 사건 사망자들의 사정도 마찬가지이다.

오묘연은 아주 가끔씩 찾아오는 신문기자들에게 말하곤 했다.

"그보다 더한 좌익 활동을 했어도 보도연맹으로 죽지 않았으면 복권될 수 있지만, 보도연맹으로 죽은 사람은 복권이 안 된다데예. 자기네가 인정한 전향자들은 안 되고 끝까지 공산주의 운동을 한 사람은 독립운동가로 인정하고, 이기 대체 무슨 경우인지 모르겠어예."

그녀에게 하해여관은 영원한 마음의 고향이다.

"아버님이 하해여관 이름을 지을 때 생각하신 뜻처럼 '하해'와 같은 마음이 온 세상에 퍼져 나가기를 바라지예. 민족주의자건 공산주의자건 진정 나라를 사랑하고 걱정하는 사람들과 친교를 맺고 화합하신 아버님의 뜻을 새겨, 나와는 다른 사상일지라도 보듬고 안을 수 있는 사회가 된다면 얼마나 좋겠십니꺼?"

남편이 죽은 코발트 광산에 다녀온 후 오묘연은 깊고 깊은 마음의 몸살을 앓았다. 저만치 가라앉아 있던 슬픔과 그리움이 온몸과 머릿속을 헤쳐놓았다. 한동안 밥맛도 잃고 잠도 이루지 못했다. 성당에 가서 미사를 드릴 때도 혼자만의 기도에 빠져 함께 일어나야 할 때를 맞추지 못하기도 했고, 신자들이 모두 돌아간 텅 빈 성당에 남아 흠뻑 젖은 얼굴로 몇 시간이고 기도를 올리기도 했다. 오묘연은 시아버지와 남편뿐 아니라 얼굴도 본 적 없는 시숙 이병린과 그 가족들, 전쟁과 폭동의 와중에 죽은 김관제와 조강아지 등 그녀가 아는 모든 이를 위해 기도했다. 일제에게 죽고 이승만에게 죽고 김일성에게 죽은 그 모든 혁명가의 안식을 빌었다.

오묘연은 오랜만에 북성로와 약전 골목에도 가보았다. 부산스럽던 하해여관과 여관촌은 흔적도 없이 스러지고 대로가 들어섰지만, 그 흔적이나마 더듬어보고 싶었다. 대구역 앞 전철역에서 내려 북성로까지 마냥 걸었다. 우아하고 소담스럽던 옛날 역사는 사라지고 현대식 역사가 지어진 대구역은 웅장하기만 할 뿐 예전의 정취는 느껴지지 않았다.

그 옛날 나름대로 멋을 부린 일본식 가옥들로 운치 있던 북성로는 이제 번잡한 공구 거리로 변해 있었다. 인파로 가득하던 넓은 골목에는 쉴 새 없이 차들이 지나다녀 걷기가 불편했고 공구상에서 내놓은 기기들이며 시끄러운 기계 소리로 정신을 차릴 수 없었다. 옛 흔적이라고는 양 길가에 남아 있는 일본 가옥 몇 채뿐이었다. 일층은 공구상들이 쓰고 있었지만 너무 낡아 계단마저 부서진 이 층은 아무도 살지 않는 빈집이 되어 있었다. 벽은 검게 그을렸고 유리창과 문도 떨어져 나가 스산하기 짝이 없었다. 화려한 조명등, 멋들어지게 올린 이층집과 삼층집들, 반짝거리는 쇼윈도……. 사람들이 물결처럼 이 거리를 메우고 휘젓던 때가 있기는 있었던가. 오묘연은 그 시절을 떠올려보았다.

누군가 자신의 손을 잡아끌었다. 그의 손을 잡은 채 눈이 휘둥그레져 넋을 빼놓고 구경하고 다니는 열일곱 살 새색시가 보였다. 한없이 여리고 약한 자신이 그 곳에 있었다. 운명도 파란도 예측할 수 없고 그럴 여력도 없이 흘러온 한생이, 낡은 필름 감개에 휘감겨 있던 한생이 다시 흐르고 있었다. 흘러가고 있었다.

어느덧 땅거미가 내려앉은 거리에 하나둘씩 가로등이 켜졌다. 오묘연은 고개를 들어 하늘을 올려다보았다. 북성로의 하늘이 은방울꽃처럼 빛났다.

작가의 말

의미의 혁명가, 이병기!

역사는 연약하다. 이념은, 그 자체로만 보면 지극히 부질없다. 그렇다면 역사의 파란과 이념의 질곡에서 자신의 한 목숨을 버렸거나 혹은 반평생을 감옥에서 보낸 이들은 대체 무언가? 지하에서 살다가 그것도 부족하여 죽어서 뼈조차 추리지 못한 이들은 그야말로 혁명의 환상에 젖은 과한 이상주의자였을 따름일까?

이 글을 쓰면서 생존해 있는 몇몇 사회주의자들을 만날 수 있었다. 소위 '빨갱이'라 낙인찍힌 그들은 편벽하지도 않고 계산할 줄도 모르며 결코 과격하지도 않았다. 그들은 지나칠 정도로 유순하고 낙관적이었다. 그것이, 그것 때문에 나는 슬펐다. 소중한 삶의 대부분 시간을 감옥에서 보냈거나, 좋은 의미에서건 나쁜 의미에서건 이념의 악령에서 온전히 헤어 나오지 못했으면서도, 그들은 확신에 차 있었고 마음만은 항상 역사의 한복판에 서 있었다.

또한 친일의 행보를 걸어온 숱한 사람들과도 만날 수 있었다. 살아남기 위해서라기보다는 좀 더 편하게 살기 위한 생존 방식을 택한 이들이었다. 정작 그들이 무서운 점은 그러한 생존 방식이 합리화의 명분이 되고 목표가 되고 고착화되어 자자손손 이어져 '상속'된다는 것이다. 자본주의와 결합한 반인륜적, 반민족적, 반민주적 사고와 방식은 부패와 비리조차 능력으로 치부하는 괴물들을 양산했다. 그 모든 것이 용서되고 도리어 자랑이 되는 징글징글한 사회가 되어버렸다.

하지만 이런 나라를 사랑하고 있으며, 사랑할 수밖에 없다는 인식에서 이 글은 출발한다. 문학이란 나름의 독자성과 개성을 지닌 것이겠지만 그 어떠한 문학도 궁극적으로는 한 민족의 역사로부터 온전히 자유로울 수 없고 그래서는 안 된다고 나는 믿는다. 그것이 내 문학의 한 이유이기도 하다. 문학은 온갖 적들과 싸우는 일환으로 존재하기도 한다. 적들은 끊임없이 움직이고 재주를 부리고 대중을 선동하고 민심을 교란하니, 나 역시 미약하나마 갖은 힘을 다해 싸울 수밖에 없지 않을까.

이 책의 주인공 이병기는 사회주의 운동의 최선두에 섰다거나 공산주의를 대표할 만한 인물은 아니다. 탁월한 언변이나 조직력을 갖춘 지도자형도 아니었고 이념과 지식에 통달한 이론가도 아니었으며 역사에 남을 만한 굵직한 혁명가도 아니었다. 그러나 그렇기에 더욱, 일견 평범해 보이기까지 하는 그의 생애와 운동사를 조명해보고 싶었다.

몇 줄의 약력과 사진들, 그리고 이병기의 아내 오묘연과 아들 이효철의 증언만 가지고 독립투사로서의 이병기 가족의 삶과 사랑, 노동운동가로서의 그의 족적을 밝히는 일은 어떤 측면에서는 상당히 지난한 과정이었다. 사회주의나 사회주의자들에 대해 알 만큼 아는 이들은 왜 이병기처럼 존재감 없는 인물에 천착하는지 의아해했고, '공산주의' 하면 고개를 돌리는 많은 이들에게 그의 존재는 들춰내서 별반 좋을 일 없는 무의미한 수고에 불과했을지 모르겠다.

우리의 편견과 무지에 걸맞게도 한국 현대사 안에는 자유민주주의라는 명분 아래 자본주의가 일으킨 광기와 이념 수호라는 미명하에 죽음의 독재가 낳은 야만적인 역사 사이에서 자행된, 밝혀지지 못하고 밝히고자 하지 않은 억울하고 치욕스런 죽음의 사건들이, 인물들이 너무도 많다. 이병기라는 존재는 그 많은 이들 중 한 사람에 불과하다고 생각되었다. 그러나 이러저러한 지난함의 와중에 '이병기'는 단순히 이병기가 아님을 절감하게 되었다. 기쁘게도, 내 안에 도사리고 있던 편견과 무지가 깨져나가는 순간이었다.

'이병기'는 조선 독립을 위해 자신의 생애를 기꺼이 바치며 그 시대의 과업에 충실히 임했고, 해방 후에도 살 만한 세상을 위해 고군분투, 분투노력 하였다. 사람은 죽어서 '의미'를 남긴다고 한다. 그의 헌신적인 투쟁과 나눔의 생은 죽음을 넘어, 죽음을 통해 그 의미가 전이되고 전파된다. 경산 코발트 광산에 첫 취재를 갔을 때 그의 죽음이 너무도 부질없다고, 부끄럽다고 느꼈음을 고백한다. 그러나 그의 죽음이 그러했기에 더욱 그의 '의미'가 빛나는 것임을 또한 이제는 느낀다. 이 땅을 보다 나은 세상으로 만들기 위해 온전히 목숨을 바친, 진리를 따르고 자유의 편에 선 모든, 이름조차 갖지 못한 '의미의 혁명가'들의 표상임을.

그러니, 이 책이 묻히고 버려지고 잊힌 그와 그들의 영전 앞에 한 꽃이 되었으면. 어디, 누군가의 한 페이지에 이들의 이름이라도 한 줄 새겨놓았으면. 그로써 충분하겠다.

생존자 증언

오묘연 이병기의 처. 현 대구 거주.

이효철 이병기의 큰아들. 현 대구 거주.

박갑동 1919년 경남 산청 출생. 와세다 대학 졸업 후 민족해방 투쟁을 하였고 남로당 지하당 임시 최고지도자를 거쳐 월북하여 문화선전성 구라파 부장 역임. 박헌영 숙청 후 1957년 북한을 탈출하여 현재 동경에 거주.

이일재 1923년 경북 대구 출생. 해방 무렵에 징병통지를 받고 입대했으나, 입대 첫날 해방을 맞았다. 해방직후 전평활동을 하였으며, 일생을 노동운동에 투신.

도서 목록

『1920~30년대 중국지역 민족운동사』, 신주백, 선인, 2005.

『20세기 우리 역사』, 강만길, 창비, 1999.

『8 · 15의 기억』, 문제안 외 39명, 한길사, 2005.

『가슴에 품은 뜻 하늘에 사무쳐』, 이은숙, 인물연구소, 1981.

『경성트로이카』, 안재성, 사회평론, 2004.

『고쳐 쓴 한국현대사』, 강만길, 창비, 1994.

『근대 대구, 경북 49인』, 김도형 외, 혜안, 1999.
『나는 황국신민이로소이다』, 정운현, 개마고원, 1999.
『나를 울린 한국전쟁 100장면』, 김원일 외, 눈빛, 2007.
『대한민국사』1, 2, 한홍구, 한겨레출판, 2003.
『민중의 세계사』, 크리스 하먼, 천경록, 책갈피, 2004.
『바로 잡아야 할 역사 37장면』2, 역사문제연구소, 역사비평사, 1993.
『박헌영 평전』, 안재성, 실천문학사, 2009.
『북의 시인, 임화』, 마쯔모토 세이쪼, 미래사, 1987.
『사진으로 보는 근대 안동』, 안동대학교 박물관 편, 성심, 2002.
『서간도 독립군의 개척자』, 채영국, 역사공간, 2007.
『서대문 형무소 근현대사』, 김삼웅, 나남출판, 2000.
『서울에 딴스홀을 허하라』, 김진송, 현실 문화 연구, 1999.
『새로 쓰는 이육사 평전』, 김희곤, 지영사, 2000.
『신대한국 독립군의 백만용사야』, 이중연, 혜안, 1998.
『신흥무관학교와 망명자들』, 서중석, 역사비평사 2001.
『심산 김창숙 평전』, 김삼웅, 시대의 창, 2006.
『아리랑』, 김산·님 웨일즈, 동녘, 2008.
『아직도 내 귀엔 서간도 바람소리가』, 구술 허은, 기록 변창애, 정우사, 2008.
『아! 한이여 아픔이여』, 전국시사만화가협회, (사)경산코발트광산유족회, (주)경산신문사, 2008.
『안동 독립운동가 700인』, 김희곤, 안동시, 2001.
『역사 속의 대구, 대구사람들』, 대구·경북역사연구회, 중심, 2001.
『역사용어 바로쓰기』, 역사비평 편집위원회, 역사비평, 2006.
『역사의 길목에 선 31인의 선택』, 우리시대의 역사학자 18인 씀, 푸른 역사, 2006.
『열사의 노래』, 감정민 엮음, 비단길, 2003.
『올바르게 풀어 쓴 백범일지』, 김구, 배경식, 너머북스, 2008.
『이관술 1902~1950』, 안재성, 사회평론, 2006.
『이재유 연구』, 김경일, 창작과 비평사, 1993.
『이현상 평전』, 안재성, 실천문학사, 2007.
『이회영, 자유를 위해 투쟁한 아나키스트』, 김명섭, 역사공간, 2008.

『인물 조선족 항일 투쟁사』1, 리광인, 한국학술정보(주), 2005.
『일제는 조선을 얼마나 망쳤을까』, 김삼웅, 사람과 사람, 1998.
『일제하 노동운동사』, 김경일, 창작과 비평사, 1992.
『일제하 한국농민운동사』, 한길사, 1980.
『잊을 수 없는 혁명가들에 대한 기록』, 임경석, 2008.
『잃어버린 기억』, (사)경산코발트광산유족회, 이른 아침, 2008.
『절대적 자유를 향한 반역의 역사』, 이호룡, 서해문집, 2008.
『조봉암과 진보당』, 정태영, 후마니타스, 2006.
『조선 비망록』, W. F. 샌즈, 집문당, 1999.
『통곡의 언덕에서』, 박갑동, 서당, 1991.
『평양의 소련군정』, 김국후, 한울, 2008.
『폭풍의 10월』, 정영진, 한길사, 1990.
『한국 공산주의 운동사』, 김준엽·김창순, 청계연구소, 1990.
『한국 공산주의 운동사 연구』, 서대숙, 이론과 실천, 1985.
『한국 근대사의 풍경』, 노형석, 생각의 나무, 2004.
『한국 독립운동의 성지, 안동』, 안동독립운동기념관, 2007.
『한국 사회주의운동인명사전』, 강만길·성대경 엮음, 창작과 비평사, 1993.
『한국 현대 민족 운동 연구』, 서중석, 역사비평사, 1992.
『한국현대사』, 서중석, 웅진지식하우스, 2005.
『한국 현대사와 사회주의』, 성대경 엮음, 역사비평사, 2004.
『항일 유적 답사기』, 박도, 눈빛, 2006.
『혁명가들의 항일회상』, 민음사, 1988.